JAIME LARRAÍN AYUSO

OPERACIÓN CRISÁLIDA

RADIOGRAFÍA DE UN SECUESTRO

dNX

Larraín Ayuso, Jaime
  Operación Crisálida. Radiografía de un secuestro /
  Jaime Larraín Ayuso.- 1ª ed.- Ciudad Autónoma de
  Buenos Aires: Del Nuevo Extremo, 2018.
  304 p.; 23 x 15 cm.

  ISBN 978-987-609-711-6

  1. Narrativa Chilena. I. Título.
  CDD Ch863

© de esta edición, 2018, Editorial Del Nuevo Extremo S.A.
A. J. Carranza 1852 (C1414 COV) Buenos Aires Argentina
Tel / Fax (54 11) 4773-3228
e-mail: info@dnxlibros.com
www.delnuevoextremo.com

Imagen editorial: Marta Cánovas
Corrección: Mónica Ploese
Diseño de tapa: @WOLFCODE
Diseño interior: Marcela Rossi

Primera edición: marzo de 2018
ISBN 978-987-609-711-6

"El Presente solo se explica si entendemos cómo se gestó".

AUM

Barcelona, 2016

Le dolió el dedo anular de la mano derecha al momento de sostener el terrón de azúcar, que tenía por destino fatal el de no derretirse antes que el café lo invadiera totalmente. Sabía que su artritis incipiente ya no le permitía tomar un revólver como en otras épocas y, a sus setenta y dos años, solo le quedaban la astucia como arma y la ira como aguijón. Obviamente, su plan se debía a la primera, pero también a su audacia, sin restarle méritos a su mentor Aum. Había cenado bien, pero en el restaurante ya penaban las ánimas. Un mozo andaluz, lívido por un fluorescente que lo inmolaba, parecía un muñeco de cera resignado a su destino. La estampida de todos los turistas que súbitamente se diseminaron por las callejuelas del Barrio Gótico, había dejado esa soledad, muerta y apacible, que le vino muy bien para reponerse de los impactantes hechos vividos últimamente. Pero la inactividad era una actividad desconocida para Alex, de modo que, tras un segundo café y un mozo más desesperanzado, entró a su computador, sin rumbo, pero se detuvo en un *e-mail* que su amigo le había enviado, a modo de apoyo, hacía ya seis meses. Necesitaba releerlo esa noche. Era un mensaje indirecto de Aum, que lo impulsaba a la acción y al mismo tiempo reconocía que sus consejos, previos al plan e inspirados en la idea de que la evolución humana es demasiado lenta, no habían sido los mejores. Alex se alegró de que Aum ahora lo comprendiera y, mirando el reloj de pared que daba las 10.54, pidió la cuenta. Debía dormir, aunque no tenía sueño, mañana tenía una cita con el doctor Ridley, antes de ir a París, a cerrar el operativo. Sabía que ya no habría marcha atrás posible, pero un combatiente no puede fiarse hasta no dar la última estocada.

El Carrer de Montcada era un desierto. Por su cercanía al Mercado del Borne, escenario natural del misterio y la magia en las novelas de Ruiz Zafón, Alex revivió la atmósfera de las oscuras escenas que se sucedían en el laberinto de historias que, como muñecas rusas, se perdían en la penumbra de lo mágico. Recordando su novela preferida, *La sombra del viento*, se internó en la calle de los Sombrereros, para alcanzar la plaza de Santa María del Mar; y allí tomaría un taxi hasta el departamento. La calle de los Sombrereros hace justo el largo de la basílica de Santa María del Mar, la flanquea con un interminable muro de piedra, hermoso pero agobiante en una noche como esa. A pesar de la fecha otoñal, aún quedaban rastros del invierno que le obligaron a subirse el cuello de la chaqueta. A poco andar, un estrecho callejón, a la derecha, el Carrer dels Banys Vells quedó atrás, pero el silencio se había roto casi sin notarlo. Sintió pasos, demasiado suaves para ser inocentes, y de reojo volteó con disimulo, pero ya era tarde. Una sombra se le echó encima y los anteojos volaron sin destino. En el forcejeo casi inútil que estaba librando, con más pericia adquirida en los campos de entrenamiento que la necesaria fuerza para repeler al agresor, pudo notar que él no era el objetivo del asalto, como había supuesto, sino su maletín con el computador que Ahmed le había hecho llegar. Mientras tironeaba con un brazo, el otro intentaba repeler al corpulento agresor y los pensamientos ya iban en paralelo, entre la defensa y las consecuencias que esto traería: si soltaba el computador, todo estaría perdido y nada habría valido la pena. Toda esa información, que sustentó el secuestro, y los acontecimientos que luego se desencadenaron, en manos ajenas invalidarían varios años de preparativos y las represalias serían incontrolables. Su mano de combate se había aferrado a la cadena del medallón, que rodeaba el cuello del atacante e intentaba retorcerla para quitarle aire, pero no lo estaba consiguiendo y el dolor de su dedo anular ya era insoportable. Decidió entonces asestar un golpe con su frente en plena nariz de su agresor, sin medir consecuencias, no era el momento para tecnicismos. Tras el feroz golpe, un chorro de sangre le nubló la vista por unos segundos para luego ver que su atacante, de aspecto latino, casi podría asegurar que era el Mexicano, se había desplomado como saco de arena. Sin comprobar si respiraba, Alex revisó sus ropas. En su billetera encontró dólares, francos franceses, pero ningún documento de identificación. Su Magnum enfundada le confirmó que el móvil no era el homicidio, sino su computador. En un bolsillo interior, enrollada, encontró una fotografía que reconoció inmediatamente: su hija Rocío, en Bagdad. Eso lo estremeció, pero también le ayudó a atar cabos sueltos. De un tirón y lleno de ira, arrancó la cadena de su cuello y se guardó el medallón en su bolsillo derecho. Su respiración no quería volver al ritmo normal. Midió sus fuerzas, pero solo le dieron para encontrar sus anteojos, trizados, cumpliendo así con el protocolo de seguridad, el de "no repartir ni huellas ni ADN por el mundo", y luego se alejó arrastrando un lumbago ganado en la refriega. Eran las 11.11 de la noche, en una calle solitaria de Barcelona.

31 de octubre, 2010
Bagdad

Era inimaginable que en pocas horas más se gestaría una tragedia que tendría repercusiones insospechadas. Inocente de su destino, Rocío se duchaba llena de alegría y con una exquisita ansiedad por concretar su proyecto; mientras, Gerard observaba la ciudad y recordaba su adrenalínica estadía en Bagdad, hacía ya siete años.

–Mi amor, salga ya de la ducha. Parece una ecologista inconsecuente, consumiendo el agua del legendario Tigris. Además, Ahmed debe estar por llegar.

Gerard ya tenía la cámara en el bolso, las baterías cargadas y memorias adicionales para dar comienzo a una travesía por las tierras donde nació la cultura humana, entre el Tigris y el Éufrates, la antigua Sumeria. Saliendo de Bagdad irían a Uruk para hacer la grabación que daría inicio al proyecto que Rocío había generado con tanto esfuerzo y con la habilidad para conseguir los fondos necesarios. Dos años de preparativos que debían comenzar sí o sí en Uruk, a unos trescientos kilómetros al sur de la capital iraquí.

Frente al espejo, Rocío ensayaba un trozo del texto con el que comenzaría el video:

—Uruk, hacia 2700 antes de Cristo, fue, dicen los expertos, la primera ciudad humana, reinada por Gilgamesh, quien habría escrito la obra literaria más antigua de la especie humana, encontrada hasta ahora.

—¿Voy bien, Gerard? —pero Gerard no le contestó, absorto en sus pensamientos y Rocío volvió a su texto, aún con más énfasis—: Se cuenta, a través de tablillas de arcilla impresas con símbolos cuneiformes, que, durante el viaje que el rey Gilgamesh y su antiguo enemigo y ahora mejor amigo Enkidu realizaron en busca de aventuras, la ciudad de Uruk fue cuidada por la diosa Inanna, conocida por los babilónicos como Ishtar —y saliéndose del texto para intentar distraer a Gerard, dijo—: Ishtar, el nombre del Hotel Sheraton que mira sobre el famoso río Tigris y que, desde ayer, aloja a estos enamorados.

Y… mientras Rocío deambulaba por la habitación secándose con una mullida toalla blanca entre sorbos de un café que se enfriaba, Gerard, absorto en sus recuerdos, miraba la zona verde o zona segura, al otro lado del río, donde se elevaba el Hotel Al-Rashid, que había conocido en detalle mientras las bombas y los misiles zumbaban por los cielos de Bagdad. El hotel se convirtió por aquellos días de 2003 en la sede de CNN, desde cuyas ventanas Gerard había registrado impactantes imágenes de la invasión norteamericana para sacar a Saddam Hussein, con el burdo argumento de que tenía armas de destrucción masiva. A Gerard más bien le parecía que tal invasión respondía a un desequilibrio emocional de G. W. Bush para vengar la humillación que su padre había sufrido en la Guerra del Golfo por parte de un soberbio y desafiante Saddam. Sin duda, el control del petróleo también era otra causal de una invasión que crearía más caos entre sunitas y chiitas que bajo el dominio férreo y autoritario de Hussein, quien mantenía el país en un equilibrio inestable dentro de la zona y con un Al Qaeda debidamente acotado.

Habían pasado siete años y Gerard ya no cubría ni guerras ni conflictos internacionales, pero, según él, seguía en la batalla, ahora en su propia batalla, y en la cual se había enamorado perdidamente de Rocío. Fue en los días en que Rocío se jugaba por Greenpeace con actitud militante y participaba en el bloqueo a los barcos balleneros que, transgrediendo todos los tratados internacionales, estaban mermando drásticamente la población de esos maravillosos cetáceos.

Ni Gerard ni Rocío estaban en Bagdad para defender los derechos de ningún animal en extinción o para salvar un territorio de la depredación irracional que, en nombre del progreso, avanzaba desolando al planeta. Rocío, víctima de la impotencia ante la devastación global e insatisfecha con los resultados concretos de los gobiernos que decían sostener la sustentabilidad como eje del desarrollo y del crecimiento, había orientado sus intereses convencida de que los cambios nunca provendrían de los poderosos, sino de la población, de las personas. No podía obviar que, pese al distanciamiento de su padre, había asimilado sus ideas sobre la participación ciudadana, sobre la creación de comunidades de interés y por un internacionalismo alimentado por internet. Ese 31 de octubre de 2010, Rocío iniciaba un proyecto para desencadenar una nueva visión del ecologismo.

Ahmed los esperaba en el *lobby* con una sonrisa encantadora, juntó sus manos e inclinó su cabeza coronada por un sencillo turbante y dijo, casi susurrando: *"Salam aleikum"*. Ahmed sería el mejor guía, sería quien, conduciendo una ajada van Peugeot, les haría recorrer la historia de los primeros días de la civilización, contándoles cómo se entrelazaban los mitos y sugiriendo, muy cautamente, que el Génesis era posterior a la mitología sumeria. No más encontrarse con Rocío y Gerard, se explayó sobre su trabajo arqueológico en Ur y en Uruk, excavaciones que se reiniciaron tras la interrupción por la reciente invasión norteamericana, y después de otras dos más, correspondientes a la Primera y Segunda Guerra Mundial, explicó con detenimiento.

A esta apasionada presentación de sí mismo que Ahmed había hecho para certificar sus conocimientos y justificar una significativa cantidad de dinero y un silencio total sobre el proyecto que Rocío pasaría a contarle en unos minutos más, antes de salir de viaje, le siguió una breve presentación de su familia, mostrando una fotografía algo desteñida que sacó de un bolso que llevaba en bandolera.

Pidieron café y unos baklavas de miel y nueces que Rocío traía en su mente antes de llegar a Bagdad. Ahmed, haciendo méritos, se apresuró a detallar que había muchos tipos de baklavas y que no los confundieran con los turcos o los griegos, mientras Rocío los iba dando de baja con una voracidad sibarita. Saboreando un último trozo, aunque hubiera querido invadir el de Ahmed, dijo:

–Soy muy feliz. He comido baklavas en Bagdad, estoy haciendo el proyecto de mi vida, Gerard está conmigo y ahora conozco a nuestro nuevo amigo Ahmed, descendiente de Gilgamesh, quien nos guiará al Edén.

–¿Edén? ¿El jardín del Edén? –Y los ojos de Ahmed se iluminaron.

–Estimado Ahmed –agregó Rocío–, iremos a visitar el jardín del Edén, donde vivieron Adán y Eva o Eva y Adán, para no ser machista, y donde se inició todo, en medio de la naturaleza más espectacular, donde reinaban el equilibrio ecológico y la plena integración de los humanos y su entorno, todo un símbolo para los tiempos que corren.

Ahmed no comprendió si Rocío era ignorante o había enloquecido zambullida en metáforas épicas o bien le estaba tomando el pelo con algún tipo de humor occidental que él desconocía. Como no atinaba con la respuesta diplomáticamente correcta y a la espera de mayores explicaciones dijo:

–Por supuesto. Allí iremos –y una forzada sonrisa quedó congelada en su angulosa cara.

Ahora eran Rocío y también Gerard quienes no sabían si Ahmed se estaba burlando o quizás sí sabía dónde estaba el Edén y no lo había contado a nadie en el mundo, aún. Rocío decidió ser más literal.

–Sabemos, Ahmed, que hay varias teorías sobre la ubicación exacta donde estuvo el jardín del Edén. Según la descripción del Génesis 2:10, del Edén salía un río para regar el huerto, y de allí se dividía y se convertía en otros cuatro ríos –leyó textualmente de sus notas en el laptop y continuó–: el río Pisón, el río Gihón, el río Hidekel o Tigris y el río Éufrates. Podemos deducir, entonces, que el Edén está en la confluencia de estos cuatro ríos, en la desembocadura al golfo Pérsico. Un área que alrededor del 6000-5000 antes de Cristo volvió a florecer, a llenarse de vegetación, después de la sequía que desde el 15000 a. de C. había asolado la zona. Sabemos también que hay gran ignorancia sobre las coincidencias de los relatos, por un lado, los sumerios y por otro los bíblicos y, como usted sabe, la ignorancia divide a los humanos, la ignorancia trae intolerancia y esta, a veces, guerras, incluso en nombre de Dios. Si los cristianos supieran que el Enuma Elish, aquel relato babilónico que narra el origen del mundo, menciona que este fue creado en siete días y que comenzó en un jardín, siendo creado por la diosa Tiamat, con forma de serpiente gigante, seguramente les asaltarían varias dudas y más de alguno se cuestionaría el Antiguo Testamento, y otros postularían que eso demuestra que hay una sola religión desde los orígenes. Imagine, Ahmed, si agregamos que el dios sumerio Enki cedió una costilla para crear a la diosa Ninti, en fin, Ahmed, pondríamos en cuestión tantos mitos y esa labor no es la nuestra. Nuestro objetivo es resignificar ese origen y potenciar la idea de un gran jardín para la humanidad, un jardín donde hay abundancia, paz y sustentabilidad –Rocío hizo una pausa, un poco teatral, pensó Gerard, mientras escrutaba la reacción de Ahmed detrás de unos profundos ojos negros circundados por esas misteriosas ojeras oscuras. Ahmed no parpadeaba, a la espera de más información, a fin de no estropear el negocio. Aunque cada minuto le interesaba menos el dinero y sucumbía ante la idea de tan magnífico acto épico y a la nobleza que invitaba el proyecto Edén–. En concreto, Ahmed, iremos al supuesto lugar del Edén y allí grabaremos, sobre esas tierras actualmente áridas o sobre el mar, suponiendo que el Edén está hoy sumergido en el golfo Pérsico, abrazado por el Tigris y el Éufrates, bajo el agua. Allí, iniciaremos la serie, de 12 capítulos, convocando a restituir el Edén en todo el planeta, más allá de las religiones, de los países, de los políticos, para habitar la casa de todos, la Tierra, una verdadera globalización ecológica que deberá, en los capítulos finales, concretarse en medidas reales y posibles que están a la mano de cualquier humano. Las imágenes de Gerard y su sensibilidad para con la naturaleza son excelentes argumentos para convocar, sobre todo a los jóvenes, a una causa global de gran envergadura. Le aseguro, Ahmed, que no será otra serie de Nat Geo más, le aseguro que provocaremos escozor y seremos desafiantes y no porque sí, sino porque el planeta ya no da más, está harto. En definitiva, no permitiremos que nos expulsen, nuevamente, del Paraíso.

Ahmed pestañeó y dijo:

–Cuenten conmigo. Salimos a las 18.30, cuando baje el calor, al Edén.

La van crujía a babor y estribor, pero Ahmed la conducía con la elegancia de un jeque. Tomando la calle Karade Dakhil, el distrito de Adhamiya y tras un breve recorrido por Um Al-Khanzeer Island, buscaría la carretera 8, en ruta hacia la número 1. Ahmed, poseído por su rol de guía, explicaba todo lo que iba apareciendo frente a sus ojos. Mientras atravesaban el barrio de Karrada, surgió la iglesia de Nuestra Señora de la Salvación y Ahmed no pudo contener una exclamación, seguida de un suspiro.

—En esta pequeña iglesia católica caldea, la comunidad resiste los embates y presiones islámicas y ha logrado mantenerse por años. Es todo un ejemplo de resistencia cultural que... —El frenazo de la van asustó a Rocío, que miró en todas direcciones buscando el peligro, temiendo un ataque o un secuestro o algo. Se percató de que el andar por esos territorios, aunque las apariencias fueran pacíficas y la vida transcurriera como en cualquier parte del planeta, la tenía tensa. Mal que mal, las tierras del Edén habían estado convulsionadas como si fuera el mismo infierno. Los restos de los bombardeos aún exhibían retazos de horror y muerte y la prometida reconstrucción solo había avanzado plantando algunas palmeras de utilería. El británico *The Independent* había publicado sobre el fraude de algunos norteamericanos por montos superiores a 40.000 millones de euros, destinados a la reconstrucción de Bagdad. Aquella iglesia había sobrevivido milagrosamente y se había convertido en un símbolo para unos cuantos cristianos caldeos.

—Tenemos que visitar la iglesia. Bájense, es muy bonito el altar policromado y justo ahora están celebrando misa.

Aparcó cerca de la entrada, bajo el único árbol que pedía clemencia al sol, y entraron en la sombra fresca del portal y luego en la penumbra de la nave, que, aunque pequeña, era majestuosa. Era curioso ver hombres y mujeres con vestimentas que los occidentales asocian con islamitas, rezándole a un dios cristiano. Cerca de la entrada y de pie, dejaron las mochilas en el suelo respetando el tiempo que marcó Ahmed para la visita, antes de proseguir el viaje.

Aunque el sacerdote oficiara en lengua siríaca, Rocío podía reconocer algunos pasajes del rito católico, casi olvidado desde su infancia. El Cristo que presidía en la bóveda del ábside mayor le hizo recordar a aquel Cristo bizantino de la Catedral Santa Sofía, en Estambul, el famoso Cristo Pantocrátor, un mosaico de extraordinaria belleza llamado así por el significado en griego del atributo Pantocrátor o Todopoderoso u Omnipotente, atributo que antes le había sido asignado a Zeus, curiosamente. Ajena al rito, que con devoción seguían los feligreses, Rocío recorría con la vista aquel sencillo lugar, mientras apretaba suavemente el brazo de Gerard en un gesto de complicidad amorosa, sorprendida de estar allí, tan cerca del Edén, como si el tiempo fuera una invención de otros. Notó que Ahmed se dirigió hacia la nave lateral a observar un vitral que le llamó su atención, en el momento en que los gritos estridentes y amenazantes de varios hombres se escucharon en la entrada de la iglesia. Rocío vio los ojos desorbitados del sacerdote mirando hacia la puerta y supo, sin saberlo, que estaba ocurriendo un ataque grave. Antes que alcanzara a voltearse hacia la puerta, la metralla le había arrancado la vida y caía a la losa fría sin siquiera saber que Gerard seguía el mismo destino.

Ahmed relataría, en una breve nota a Alex, que el ataque terrorista, atribuido al Estado Islámico, cuando aún no se separaban del todo de Al Qaeda, había dejado al menos 58 muertos, incluyendo 2 sacerdotes y 75 heridos, después de que más de 100 feligreses fueran tomados como rehenes durante dos horas. Más allá de esta información casi periodística, que Alex ya conocía por la prensa, Ahmed dio sus condolencias y elogió a Rocío y a Gerard por el precioso proyecto que aquel día iniciarían. "Le hago llegar las pertenencias que logré rescatar del atentado. En la mochila de Rocío va su laptop con el proyecto", rezaba escuetamente el final del texto.

3 de noviembre, 2015
Alta montaña, otoño

Era muy diferente del estereotipo que se tiene de los millonarios. Los años, los millones y estrechos contactos con aristócratas de Europa habían pulido a ese tosco adolescente que se esforzaba más allá de la resistencia de cualquier mortal. Ya desde muy pequeño, tras múltiples intentos de ser un niño bueno, Klaus concluyó, casi sin pensarlo, que la vida era una guerra y una guerra en la que había que vencer. En esa impronta, mostrándose fuerte y decidido, se fue forjando su liderazgo y llegó a disfrutar secretamente de que su sola presencia o una inquisidora pregunta, emanada de una velada amenaza, lograran atemorizar a su interlocutor, especialmente cuando lo hacía en público. No era ni su corpulencia ni su elevada estatura ni tampoco su aguzada nariz aguileña que surgía desde muy atrás, asomándose entre dos ojos pequeños e intensos, lo que verdaderamente atemorizaba. Era la profunda certeza de que Klaus era capaz de cualquier cosa. Ya al momento de conocerlo, sabías que mientras le fueras leal tendrías total protección, pero de lo contrario podrías comenzar a encomendarte a los ejércitos celestiales.

Los cristales biselados descomponían en dos tiempos cada uno de los copos de nieve que silenciaban la noche. Las luces exteriores mostraban una cortina que en primer plano era de un blanco inexplicable destacando con el blanco de un paisaje de montaña, acostumbrado a los inviernos y ahora, a los otoños, desde que el calentamiento global ya era indiscutible. Klaus gustaba de ese silencio. Más le atraía interrumpirlo con un leve movimiento de una mano para crear una colisión entre dos enormes icebergs que flotaban en su vaso de whisky. Simplemente, le hacían sentir poderoso. Tal como había instruido a Boris, tres golpecitos suaves salieron de una vetusta puerta de pino oregón que se alzaba hasta el cielo de la enorme habitación.

—Pase, Boris.

La rutina venía repitiéndose desde hacía ya tres décadas, cuando Klaus fue nominado líder máximo del Grupo. La elección del lugar en el mundo, en la cima de abruptas y majestuosas montañas y un sinnúmero de protocolos, sumados a su natural don para liderar, permitían una vida apacible, imperturbable. No por ello Klaus se relajaría ni se dormiría en los laureles. Eso no iba con su carácter, sabía de sobra que el control, en cada detalle, es parte de las grandes hazañas. Siempre decía que un grano de arena podía atascar un cañón.

—Señor, todo en orden. El turno de noche acaba de asumir.

—Boris, no me hable con ese tono sumiso, detesto los blandengues, usted lo sabe, ¿o no lo sabe aún después de tantos años? Un tonito sumiso solo corresponderá cuando usted, querido Boris, haya cometido un error. ¿Se entendió?

—Por supuesto, señor. También le informo que los protocolos de seguridad están activados... y le deseo una buena noche.

–Gracias, Boris. Nunca olvide que confío plenamente en usted o… ¿debiera preocuparme? –Boris sonrió, ya estaba acostumbrado a que su jefe chequeara permanentemente su lealtad.

La pesada puerta se cerró con la suavidad de una caricia, dándole el protagonismo al silencio de la nieve que, centímetro a centímetro, iba aislando la mansión, elevándola por encima del mundo, un Olimpo que, a veces, parecía insuficiente para un Klaus acostumbrado a la lucha y al esfuerzo. Tanta paz, todo controlado, estaba resultando aburrido, poco desafiante.

Todo estaba ejecutándose según el Programa acordado en la última reunión global del verano recién pasado. La discreción para reunirse era más posible en España, en plena temporada turística, de tal modo que los asistentes podían llegar con sus familias con una coartada infalible. Ya en territorio español, con españoles preocupados por el desgobierno del PP mientras los indignados se indignaban más, era fácil implementar las minuciosas medidas de seguridad que permitieran seguir afirmando que el Grupo no existía, que solo eran rumores de los marxistas o de los paranoicos adictos a las conspiraciones. Obviamente, el encuentro contaba con planes de emergencia mediática para desactivar cualquier asomo de evidencia, al tiempo en que simultáneamente se generaría algún impacto noticioso en otra parte del mundo. Asunto en el cual el Grupo había ido ganando una sofisticada experiencia.

Klaus, a diferencia de su antecesor, había leído la realidad mundial con una visión más amplia y, conocedor de los mecanismos del poder, había ampliado el círculo de influencia del Grupo más allá de tocar los resortes de la economía. Sabía perfectamente las leyes de los equilibrios de poder en medio de los desequilibrios que tanto preocupan a las Bolsas, sabía cómo manejar el miedo humano generando siempre un enemigo imaginario, pero tan creíble como los fantasmas cuando aparecen en tu habitación, sabía crear la incertidumbre necesaria para movilizar los mercados y, para todo ello, había ido construyendo una red mundial de aliados al Grupo, una especie de periferia funcional que, sin saberse utilizada, creía estar ganando a manos llenas. Klaus sabía, sabía mucho, sobre el poder y el miedo y, en consecuencia, no le fue ajena la idea de influir en políticos y caudillos locales.

Con un gesto lento y parsimonioso, como una despedida triste, apagó su puro, ahogándolo hasta que dejó de respirar. Su halcón embalsamado lo miraba, como siempre, desde una esquina del salón. Le devolvió la mirada mientras se prometía que, en el próximo día con sol, sus halcones y sus águilas remontarían el cielo para disfrute de los vecinos y los turistas que acudían al espectáculo de cetrería. Klaus dedicaba muchas horas al adiestramiento de sus pájaros, traídos desde diferentes confines, en el arte de perderse de la vista humana volando hacia arriba para luego, en unos veinte minutos, dejarse caer en picada como un misil, con las plumas flameando y con el suspiro sostenido de los asistentes que dudaban de si el pájaro podría detenerse antes de quedar reventado en las rocas. Helmut, su halcón preferido, frenaba en pocos metros y, con la suavidad de un canario, se posaba en el antebrazo de un orgulloso Klaus. Desde siempre, y con el águila, especialmente, se había sentido identificado con tan majestuosos ejemplares, admirando su aguda vista que puede mirar sin ser mirado, por su vuelo silencioso y su elegancia desplegada en alas de una envergadura de hasta tres metros. Cómo quisiera tener un águila de Haast —soñaba—, el águila más grande del mundo, ya extinta, pero en su defecto había traído desde Panamá a su querida águila harpía, conocida como la más poderosa rapaz. Lo de carroñera, Klaus lo obviaba bromeando: "no son carroñeras, son ecologistas en acción, limpian el planeta de los cadáveres de especies más débiles", y reía con su propio humor. Por algo, se decía mientras caminaba en dirección a su dormitorio, la heráldica ha estado presente en los grandes momentos de la historia humana: en el Imperio romano, el bizantino, el español, el sacro Imperio romano germánico, en el Imperio ruso, el nuevo Reino de Granada y, antes que se le acabaran los dedos para enumerarlos, cerró su recuento con los escudos actuales: el de Alemania, de México, el águila bicéfala de Rusia, una atemorizante de Indonesia, una depredadora de serpientes en México, una afligida águila coronada en Polonia, una altiva de Irak y, por su puesto, una hermosa águila de los Estados Unidos, empuñando flechas guerreras y mordiendo una cinta con un curioso texto en latín: "*e pluribus unum*", dicho de otro modo, "de muchos, uno", aludiendo a las 13 colonias americanas, simbolizadas en un cielo con 13 estrellas, para crear un solo país. "Un solo mundo", murmuró, ya sumido en un mullido edredón e imaginó el nuevo Orden Mundial, único, que cultivaba entre sus sueños.

Borracho irrumpió en la habitación contigua y, entre gritos, insultos y groserías, el padre de Klaus comenzó a reclamar sexo, mientras Hildegard, lloriqueando, le rogaba que se calmara, que durmiera, que despertaría a Klaucy, como le decía su madre. Pero Klaus ya estaba despierto desde que el automóvil de su padre había chocado contra el muro de fondo del cobertizo: venía borracho. Aterrado, como tantas veces a lo largo de sus interminables diez años de vida, Klaucy decidió ir al dormitorio de su madre cuando escuchó gritar a su padre que los mataría a todos y en el entretanto que vio pasar a su padre zigzagueando frente a su dormitorio para ir a buscar una Smith & Wesson del 38, entró al dormitorio de su madre, pero no alcanzó a poner el cerrojo y fue empujado por la entrada violenta del padre, revólver en mano y furia en la mirada. Las rodillas de Klaus castañeteaban sin control y como si eso no importara, se interpuso entre el caño del revólver y su madre y sacando una voz que nadie le había escuchado, interpeló a su padre a quien tanto temía: "Dispárame a mí, cobarde".

Ese sueño recurrente le había perseguido toda una vida y, a pesar de que esa fue la noche en que perdió el miedo y supo que era poderoso, deteniendo el gatillo y haciendo llorar a su padre, Klaus sufría, esta noche de otoño, como aquella vez, como un niño que, de la noche a la mañana, se convirtió en un adulto desconfiado.

Lloraba calladamente y sentía los zamarreos de su padre, que no eran más que los intentos de Boris por despertarlo.

—Señor, señor...

—Tranquilo, Boris, solo era una pesadilla. —Y… cual pulpo que expulsa su tinta para escapar, arremetió para borrar su vergüenza de estar llorando—. ¿Usted no tiene pesadillas, a veces?

Pasándole un celular, Boris balbució dos escuetas frases:

—Esta sí que es una pesadilla, sin menoscabar la suya. Está en "llamada segura", señor.

—Aló… Cuénteme, rápido y preciso.

Boris observaba a su jefe intentando descifrar aquella noticia que merecía despertar al gran jefe a medianoche, y además por línea segura. Respiraba lo justo y necesario para seguir vivo y su atención estaba en el globo ocular de Klaus, que se movía inquieto, buscando una solución rápida, evaluando alternativas, sin por ello ocultar su asombro, que había borrado todo rastro de sueño.

–¿Feller secuestrado?

–...

–¿Y cómo es que ese pendejo se descuidó? En cada junta anual lo repito con total claridad, prudencia, discreción, pero bueno...

–...

–¿Del hotel? ¿Han pedido rescate?

–...

–En caso de que lo pidieran, agilice unos fondos para ofrecerlos a la familia, solo si lo necesitan. No contacte a su esposa, nosotros no existimos. ¿Quedó meridianamente claro?

–...

–Me parece bien. Coordine la información con nuestro contacto en la policía, sin levantar sospechas. No debe saberse que Feller es parte de nuestro directorio, por ningún motivo.

–...

–Manténgame informado, incluso de lo que parezca insignificante. Gracias por su información.

Al terminar la llamada, Klaus, que había caminado toda la conversación cruzando alfombras y porcelanatos italianos, sintió frío en los pies, se miró en el gigantesco espejo y vio a un viejo despeinado por la almohada y pudo olfatear el peligro. Un descuido y todo podía comenzar a rodar, como las avalanchas que podía ver, a lo lejos, cada invierno, a través de esos cristales. El secuestro podría ser solo un episodio solucionable con un rescate o quizás fuera el inicio de una estrategia para atacar al Grupo, para develarlo, para destruir sus cimientos. ¿Cómo saberlo? Klaus tenía plena consciencia de que la paz, en que el Grupo había vivido desde 1954, podría estar haciéndose humo, con consecuencias desastrosas, no solo para sus miembros, a nivel internacional, sino también en los mercados. Para qué hablar si se destapaban los financiamientos a políticos, poniendo en la mira a algunos presidentes. "Por lo mucho que se ha hecho, hay mucho de qué preocuparse", repitió dos veces. "Mierda", murmuró con la rabia que alimentaba un posible fracaso.

Su delfín, en quien había estado apostando para la sucesión cuando decidiera retirarse o bien por una sorpresa que le diera la muerte presentándose antes de tiempo, había sido secuestrado. Que era candidato a la sucesión, Feller no lo sabía, pero se sentía permanentemente a prueba, respondiendo a gestos de confianza que lo iban comprometiendo poco a poco, como sabía hacerlo Klaus, manejando los hilos del poder.

–Gracias, Boris, puede retirarse. Obviamente, active el protocolo. Buenas noches o, mejor dicho, buen resto de la noche.

–El protocolo ya lo activé, antes de despertarlo, como corresponde cuando hay una llamada encriptada, señor. ¿Quisiera una manzanilla?

–No, gracias, Boris.

Al cerrarse la puerta, Klaus se puso una bata y unas pantuflas, y se fundió en el sofá que miraba hacia la nieve cayendo. Con la imagen de Feller en su mente, recordó su último encuentro, en España.

En tono patriarcal, degustando un cremoso carajillo de coñac Torres 10 servido junto a la piscina del Hotel Buenavista, cercado por un condominio de sencillas casas mediterráneamente blancas, habitadas por alemanes octogenarios que buscaban el sol después de una espantosa experiencia de guerra y otros que, aprovechando el sol como camaleones para no ser reconocidos entre los cómplices del genocidio, se camuflaban como viejos jubilados inocentes, Klaus hablaba pausadamente, saboreando sus argumentos. En la terraza desde donde se divisaba Calpe, con su reconocible peñón, y se agradecía la lejanía del bullicio turístico de Málaga, Klaus se pavoneaba de su liderazgo pretendiendo alardear de su humildad, un viejo recurso seductor que, al tiempo de reforzarlo, le hacía parecer un hombre sencillo, casi campechano, como si todo lo que decía proviniera del sentido común y no de un frío análisis estratégico a nivel global.

–Mi estimado Rocke –le decía burlonamente, pero con simpatía, para recordarle que no era Rockefeller sino simplemente Feller–, a Putin, lo alimentamos en su narcisismo mientras se asienta la economía liberal y, de paso, ponemos la lápida terminal a cualquier brote bolchevique, a Putin –agregó con entusiasmo–, le alentamos que proteja a ese desquiciado de Siria para obtener el botín del petróleo, equilibrando de paso, siempre hay que jugar a dos bandas, mi estimado Rocke, la codicia de Norteamérica, ya asustada por el avance chino, respecto al control del petróleo, mientras la industria automotriz mueve importantes sectores de la economía, todo fluye y mientras fluya para estar por sobre los políticos y sus miserables ambiciones de poca monta, estaremos bien, mi querido Rocke. Mire usted lo que llaman crisis de refugiados, eso no es una crisis, es la movilidad que requiere el mercado, la mano de obra busca trabajo y los países europeos la necesitan barata para no quedar como el jamón del sándwich entre USA y China. Prefieren islamizarse a morir, ¿no le parece? Lo demás son declaraciones de ONG o son lo políticamente correcto que debe decir un mandatario supuestamente civilizado.

–Como la Merkel –apostilló Feller para demostrar que le seguía el rumbo al discurso de un Klaus que pareció no escuchar el aporte y continuó con un texto casi aprendido de tanto usarlo para, según él, situar las cosas en el contexto.

–Debemos reconocer que nuestro intento de coordinar multinacionales a nivel global, pensando en un nuevo orden, no funcionó. La codicia pequeña por mercados locales superó el plan inicial, pero reaccionamos rápido dando paso a las corporaciones, a fin de poner en el carril a unos cuantos empresarios y sus respectivos directorios que se estaban mirando el ombligo con sus éxitos locales. En ese sentido, Feller, no cabe más que reconocer su gestión de hormiguita que le ha convertido en un referente a la hora de orientar al mercado.

–Gracias, yo quisiera agrad...

–No me venga con actitudes de boy-scout. A usted lo hace feliz, por dos razones: porque le conviene y porque cree que lo que estamos construyendo, un nuevo Orden Mundial, es una buena idea. ¿O no?

–Como siempre, Klaus, usted logra sintetizar perfectamente lo que me mueve y tiene toda la razón, de verdad lo disfruto.

Empezaba a clarear y ya no caía nieve. Klaus prefirió elaborar un plan después del desayuno y, abrazado a un cojín, dejó de escuchar sus recuerdos y su mente entró en la neblina del sueño, donde no se es nadie.

Día 1

Lunes 2 de noviembre, 2015
Lugar desconocido

Abrió los ojos y esa no era la habitación del hotel. El sobresalto solo duró unos segundos y ya iba en camino para abrir las cortinas y saber dónde estaba. Feller tenía un fuerte dolor de cabeza y como en todo lo que hacía, quería solucionarlo rápido, saber qué estaba ocurriendo. Descorrió con energía las pesadas cortinas y solo encontró un muro ciego, que aceleró su pulso como no ocurría hacía ya mucho. La habitación era espaciosa, tan grande como la del hotel, entera de un blanco que cubría paredes, cielo y suelo, una habitación que más bien parecía de un monasterio. En su estado de alerta, la mirada de Feller recorrió todo el espacio buscando señales que explicaran su situación. Abrió la primera puerta y un gran espejo, sobre un vanitory, le devolvió a un Feller algo demacrado, vestido con unos pantalones blancos y una camisa perfectamente planchada, todo en lino. Vio que el baño era amplio, con una ducha impecable y cada minuto comprendía menos lo que estaba sucediendo.

Tomar el control remoto para hacer el clásico *zapping* hasta encontrar algo con qué matar el tiempo antes de dormir, era lo último que recordaba del hotel. Antes de la ducha, Feller había cerrado el día despidiendo un París poblado de luces, juntando las cortinas con un movimiento de brazos propios de un gladiador que ha vencido a un feroz enemigo. Efectivamente, ese día había cerrado un negocio durante la Convención en La Defense, y tras una exquisita cena de celebración en La Coupole, volvió al hotel, envió un Whatsapp con un "Todo perfecto mi amor, besos a las niñas", se duchó, y en medio de la cama ya lo esperaba un control remoto.

Se dirigió, ansioso, a la segunda puerta de esa extraña habitación, por momentos un hotel, por momentos una cárcel. La puerta no cedió y tampoco Feller, quien la golpeó una docena de veces: al comienzo, con gritos amenazantes, pidiendo que abrieran esa maldita puerta y poco después con susurros preguntando: "¿hay alguien ahí?".

Le fue evidente: estaba secuestrado. Y su mente comenzó a conjeturar, intentando compatibilizar su imagen mental de un secuestro, una habitación estrecha, sin luz, sin baño, con ese curioso hospedaje, lleno de luz y espacio. No encajaba, pero era.

Zelig sorprendió por la espalda a Feller cuando estaba por coger el control remoto. El pañuelo con éter no hubiera sido suficiente sin la experiencia paramilitar y la corpulencia necesaria para dejar a un Feller convertido en un muñeco de trapo, vestido con una suave bata de toalla blanca.

Pocos segundos antes, Finnley estaba bajo la cámara de seguridad del tercer piso y, ayudado por un bastón desplegable, ponía frente a la cámara una clásica carta de ajuste, alertando a la central del hotel de un desperfecto, al momento que le indicaba a Zelig que ya podía caminar esos cuatro metros hasta la habitación 36. Para más desconcierto de la central de seguridad del hotel, Finnley movió hacia arriba la carta de ajuste para que la cámara viera ese clásico hormigueo en blanco y negro de cuando una cámara sale de funcionamiento. Solo dos segundos de falsa desconexión y la cámara nuevamente enfocaba con nitidez el largo pasillo vacío del tercer piso. Zelig ya estaba adentro sin necesidad de forzar la puerta, gracias a que Olga, haciéndose pasar por personal de limpieza, había colocado un pequeño cartón para bloquear la cerradura.

Como una coreografía, al final del pasillo apareció, con parsimonia calculada, una mujer gorda, con un gorrito impreso con el logo de Patisserie Bovary enmarcando una cabellera rubia y algo desaliñada.

Empujaba pesadamente un carro repleto de pastelería, distribuida en tres niveles y sobre cuya cubierta se exhibían nueve atractivos postres. Enfrente de la habitación 36, se detuvo y se sonó estrepitosamente la nariz, justo en el momento en que los guardias de seguridad del hotel observaban un nuevo desperfecto de la cámara que cubría el pasillo del tercer piso. A los nueve segundos se restableció nuevamente la transmisión, cuando la señora de los pastelitos ya había salido de cuadro, en dirección a los ascensores. Zelig bajó por las escaleras con su rostro oculto a las cámaras por la visera de un gorro preciosamente impreso con el logo Bovary, llevando una bandeja de pasteles, en cuyo doble fondo iban el laptop, el celular y tres tarjetas de crédito de Feller. Finnley, de rabino, bajó en el ascensor con la señora gorda del carrito, en cuyo interior, inconsciente, viajaba Feller con destino desconocido. En la planta baja salió el rabino. Allí, en el *lobby*, al guardaespaldas, Kruger, nada le llamó la atención, salvo una cubana haciendo el *check out* y apuntándole con su trasero. La señora del carrito continuó al primer subterráneo, zona de cocina, que atravesó saludando al personal, para salir al estacionamiento de proveedores donde esperaba el furgón con un precioso y apetitoso impreso de Patisserie Bovary. El forzudo Zelig subió el carro al furgón, junto a la señora, e indicó al rabino, que ya no era rabino, que arrancara. A cinco cuadras del hotel, en un callejón ya previsto, se detuvo el furgón por cuatro segundos, los suficientes para que Zelig, de un tirón, despegara el logo pastelero, lo arrugara en sus manazas y lo guardara en el vehículo.

"Impecable, felicitaciones", dijo Iván cuando Finnley le llamó con un escueto "todo OK", mientras Olga se sacaba sus falsas gorduras y la peluca rubia. Un frondoso cabello pelirrojo caoba cayó con la gracia que la caracterizaba, con estilo, con *glamour*, de esos que ya no se ven. Olga le había dado el toque de distinción a un frío y calculado secuestro.

Puso el segundo terrón de azúcar sobre el primero y poco a poco el café comenzó a avanzar por encima de la espuma, con ganas de llegar al cielo. Iván esperó con expectación. Sabía que Alex siempre saboreaba un exquisito café, pero al mismo tiempo lo usaba como cábala, aunque nunca creyó ni en el destino, ni en la suerte. Lo de él eran el esfuerzo y la perseverancia. Aunque el café no alcanzara a teñir todo el terrón superior antes de que este se desmoronara como un cataclismo, Alex ya había decidido continuar su plan, sí o sí. El terrón se hizo café y como las fumarolas vaticanas de humo blanco, se inició lo más complejo de la Operación Crisálida: recibir al Invitado. Todo saldría bien, lo dijo con una leve sonrisa. O así lo entendió Iván, mientras revolvía su capuchino.

–Debo felicitarte, eres un gran jefe de operaciones, mi querido amigo de viejas andanzas. Has logrado aglutinar muy bien a todo el equipo Crisálida, a pesar de lo diferentes que son y de sus orígenes tan particulares. Te felicito, Iván, de verdad.

–Tengo claro que es el plan que ideaste lo que les hizo aceptar esta locura. Lo mismo que me pasó a mí. Estás loco de remate, Alex.

Alex no quiso seguir escuchando los reiterativos diagnósticos de locura que Iván venía haciéndole desde aquel día en que se encontraron en ese café, junto al puente Saint Louis, que conecta con L'Île de la Cité, y desde donde podía observarse la Catedral de Notre Dame, obra que tardó 182 años en terminarse, atravesando el románico para finalmente transformarse en un gótico sobrio. Recordaba Alex que Iván había bromeado con los 69 metros de altura de sus torres, los 69 metros de sus campanarios y los 96 metros de sus agujas. Por qué 69 y 96, decía riéndose con vulgaridad.

Desde 1990 no se veían, pero en realidad se habían distanciado desde el 82, cuando Alex se enfrascó en una tesis doctoral y abandonó sus posturas pro guerrilla. Las veces que se encontraron se fueron espaciando porque sus visiones ideológicas se hacían irreconciliables. En todos esos encuentros, Iván, lleno de pasión, invitaba a Alex a que volviera a aquellos tiempos de Angola, donde se conocieron. Alex con treinta y cinco años e Iván de solo veinte. Fueron tres años intensos en la Operación Carlota, que implementó Cuba, para sostener el gobierno de Dos Santos. El argumento que esgrimía Iván era su profundo agradecimiento por haberle formado, por haberle dado un marco ideológico a un jovencito que, en ese entonces, se movía por una pasión revolucionaria que solo venía de las entrañas y de un soterrado resentimiento contra los poderosos. Veladamente, le acusaba de traidor a la clase obrera internacional y le instaba a dejar tanta teoría intelectual para los burgueses. "Menos conferencias y más acción", le decía cada vez que se despedían.

"Por fin", pensó Alex, cuando en ese café Iván le confesó que había dejado la lucha armada, que ya tenía cincuenta y cinco años y que estaba buscando cómo reorientar su vida. Además de enorme cariño que le tenía Alex, ahora se había borrado la zanja ideológica y podrían reiniciar la amistad, en otros términos.

Alex pidió otro café a modo de ganar tiempo y sentir que era posible confiar en Iván. Y confió.

Así, después de haber recuperado los años perdidos, Alex le confió el plan, su soporte ideológico en el marco del siglo XXI, el contexto y cómo la Operación Crisálida iba a impactar generando cambios insospechados. Nada le contó de sus sucesivas frustraciones políticas y menos lo de Rocío. Todavía no.

—Yo, que soy loco —dijo un Iván sin saber si reírse o burlarse—, te digo que estás loco, Alex, completamente loco. Eso no es un plan, es un suicidio.

—Sin duda es muy riesgoso, pero debes reconocer que es muy creativo. Llevo preparándolo un año y necesito ahora a otro loco, como tú.

A Iván, que hasta el momento se había sentido solo como un confidente, en un café de París, se le cruzó la idea de aprovechar ese ofrecimiento para reorientar su futuro y, sin más, preguntó con una cierta indiferencia:

—Cuéntame del equipo —y ya lo dijo en tono de jefe de operaciones, justo lo que Alex esperaba.

Anochecía en París y se encendieron las luces que iluminaban la fachada de Notre Dame, recortándola contra el nublado de siempre, y a los cafés le siguieron unos *croque-monsieur* y unas tartaletas de manzana. Alex comenzó por Olga para ir ganando el interés de Iván.

A Olga no le gustaba su nombre, le parecía duro, como de institutriz alemana a cargo de niños insoportables, en una mansión bávara.

Prefería enseñar su nombre poniendo sus gruesos labios en forma de O para luego pegar su lengua al paladar indicando una ele susurrada para luego soltar un suspiro y un profundo gaaaaa, que se perdía en una sonrisa coqueta, llenando de misterio su mirada en escorzo. Después de pronunciar su nombre, a nadie le daban ganas de saber su apellido, con ese OLGAAA había sido suficiente. Coquetear era una de las mil formas en que Olga manifestaba su alegría por vivir, su entusiasmo por experiencias teñidas de felicidad. "La tristeza o la depresión son asunto de gente pusilánime, más bien tonta, que no valora la vida", decía con unas copas demás.

Pero su obsesivo entusiasmo por lo placentero que iba encontrando, incluso en episodios francamente desagradables, le jugaba en contra. Era víctima de su propia adrenalina, tornándola dispersa al punto que nunca pudo dilucidar cuál sería su vocación, cuando sus dieciocho y un padre inquisidor la ponían en la encrucijada de elegir, para toda la vida, una profesión, sinónimo de rutina y aburrimiento, asunto que aterraba a Olga.

Degustando un exquisito pastel, el tocinillo del cielo que la volvía loca y a la tercera arremetida de su padre exigiendo madurez, Olga, exagerando el placer del chocolate derritiéndose en sus labios, dijo, lentamente: "Patisserie, eso estudiaré". Fue lo único que se le ocurrió y, al decirlo, comenzó a degustar la idea, imaginando restaurantes, viajes, bodas, placer.

Sus siguientes años se alternaron entre romances cortos y L'Ecole de Boulangerie et de Patisserie de París. La cercanía con la Cinemathèque Française, en el Parc de Bercy, mientras pasaban traqueteando los trenes que arribaban a la Gare de Lyon, le hicieron maravillarse con Átame, del español Pedro Almodóvar, y la idea de un secuestrador enamorado le fascinó. *Goodfellas* con Robert de Niro y Joe Pesci, esos maravillosos *gangsters* que nunca olvidaría o más bien que olvidaría cuando *Ghost, la sombra del amor* irrumpió con aquella canción de los Platters para sellar el amor que Demi Moore sentía por un marido fantasma.

Ya con el título en la mano, Olga explicaba su nombre de otra forma, aludiendo a su significado: la invulnerable, la poderosa, la preciosa, sobre todo, la preciosa. Y reía, agregando que era la flor preferida de los guerreros, como preguntando: "¿Lo eres tú?".

Su interés inclaudicable por lo novedoso, por impedir la rutina, mientras otros la combatían, la llevó a colocar sus platos y presentaciones, siempre cambiantes, en los platós donde se filmaban los spots de TV. Su empresa de catering creció rápidamente, al igual que los contactos que iba generando gracias a su simpatía. Mientras producía fotografías de comidas, fue adentrándose en la fotografía de retratos, encontrando en Peter Lindbergh a un maestro y coincidiendo con él en que la fotografía en blanco y negro logra develar el alma del modelo, con tal asertividad que siempre conmueve. Aprendió de Peter, un viejo entrañable, que la risa, incluso la sonrisa, es un obstáculo para conocer el misterio que hay detrás de un rostro. "La risa es un camuflaje para que no te vean", decía, riendo.

Olga se preguntó, por aquellos años, si era posible, *a contrario sensu*, el ser una persona gozadora de la vida y al mismo tiempo espiritual. Todas las religiones promueven el abandono de la materia, de los placeres, denostan los apegos y aseguran que el espíritu debe prevalecer, para estar junto a Dios. Nada de eso convencía a Olga y, más aún, no estaba dispuesta a renunciar a su alegría por tener un cuerpo, por un exquisito *boeuf bourguignon*, por sus pasteles o por un redundante orgasmo. Cada día, Olga agradecía la oportunidad de vivir eso que llaman la condición humana, curiosear en la existencia y, sin más, disfrutar de la experiencia de estar vivo, con todo lo que implicara. Una especie de existencialismo optimista, a diferencia del de Camus. Osho fue su referente cuando leyó esa frase, casi como eslogan, que sintetizaba el pensamiento de ese indio que había conquistado a unos norteamericanos, ávidos de espiritualidad algunos, y otros ávidos de un líder: "Zorba el Buda". O dicho de otra forma más prosaica: placer y espiritualidad, asunto que ya había propuesto Epicuro, en la Grecia de 260 a. de C., advirtiendo, eso sí, sobre la necesidad de la prudencia.

En paralelo y a modo de sobrevivir, banquetes, matrimonios, *vernissages* la fueron conduciendo a cenas de empresarios, convirtiéndola en un símbolo de *glamour*. Su brillante pelo caoba le daba el toque de la pelirroja sofisticada, a lo Juliette Gréco cantando "Sous le ciel de Paris", que producía estragos en esos hombres de negocio que, deslumbrados por su aire de libertad y alegría, ponían en jaque a sus formales esposas. Entre los piropos, debía escuchar uno recurrente:

"eres más bella que Olga Kurylenko", otra pelirroja, modelo ucraniana y últimamente actriz, que estaba filmando, en esos días, *The Water Divine*, dirigida por Russell Crowe.

Pero Osho pudo más que la banquetería y Olga se sumergió en una sucesión de talleres y epónimos seducidos, en búsqueda de respuestas menos livianas que la crema chantilly. Fue en 2005, con unos treinta y cinco años bien vividos, que el maestro Aum entró a su corazón y se convirtió en una seguidora de su cosmovisión, más allá de las religiones, pero más acá, donde habita la espiritualidad, según cita textual de uno de sus escritos.

−¿Pastelera mística? −exclamó Iván−. Estás loco, Alex.

−Ya la conocerás, ya la conocerás −amenazó Alex, entrando directo a hablar de Zelig, para contrastarlo con esa despectiva y descalificadora frase de Iván al referirse a Olga.

Nunca reconoció tener pena. Tampoco se sentía culpable, en absoluto, de la muerte de su batallón completo en una emboscada iraquí, casi al final de la guerra, cerca de la ciudad de Kuwait, ese febrero de 1991. Mal que mal, las guerras son las guerras y hay muertos, así es. Más que los muertos, a Zelig le conmocionó profundamente el sentirse usado, en nombre de la libertad, para apoderarse del petróleo kuwaití, y una rabia, que traía desde pequeño, afloró como un volcán. Su batallón exterminado sin sentido. Solo muerte y destrucción. Su medalla como héroe de guerra fue a parar al fondo del mar y Zelig nunca más quiso hablar de la Guerra del Golfo, ni de ninguna guerra.

Su corpulencia, sumada a su actitud temeraria, ausente de miedo y una mirada desafiante, inspiraban temor, y Zelig lo sabía desde pequeño. De ser el líder del grupo, ya en parvulario, hoy vivía del temor que infundía. Pero no sería guardaespaldas de ningún mafioso o de un corrupto o de un político, afirmaba con una convicción ética, siendo una mezcla de su natural sentido de protección a los débiles y de su experiencia en Kuwait, que le llevaría a proteger a fiscales anticorrupción y posteriormente a altos personeros de ONG e, incluso, de la ONU.

En esos pasos protectores le había correspondido cuidar a Aum, en épocas en que este denostaba y denunciaba los casos de desplazamiento de refugiados, ganándose la enemistad de algunos gobiernos.

Su lado protector en nada se contradecía con la decisión que desplegaba al momento de actuar por la fuerza, en una especie de transfiguración poco explicable. Sabía, desde muy pequeño, que su suerte solo dependía de él y que debía estar siempre alerta, midiendo las lealtades y las traiciones, los dos componentes que, según él, constituían la esencia del ser humano.

Nunca habría podido imaginar, hasta la llamada de Alex, por recomendación de Aum, que ahora, a sus cuarenta y ocho años, debería proteger y cuidar al enemigo, como parte de un plan que le pareció fascinante, sobre todo porque era peligroso y audaz.

Afeitó su prominente mandíbula, eligió el traje para citas importantes y se dirigió al café que Alex le señaló. Pero no tomó café, le alteraba los nervios.

—Discúlpame que te interrumpa. Este celit, o como se llame, me hace más sentido para un secuestro. Al menos es bruto —y agregó—: como yo. Nos entenderíamos, estoy seguro. Ahora vamos mejor, Alex, continúa.

—Zelig, con Z, incluso él bromea con la Z, diciendo que es lo último, después no hay nada. Esa no es una broma de un bruto, ¿no te parece, Iván?

—Continuemos —exigió con un gesto de manos casi insolente.

—Como te imaginarás, Iván, nada puede hacerse sin dinero, por asqueroso que te parezca. Garret es el encargado de tan sucia misión —ironizó, sabiendo de la repulsa que el dinero le producía a un ex guerrillero—. De él te hablaré en otro momento. Solo te adelanto que estuvo en la cárcel y cuando lo convoqué, café mediante, aceptó gustoso y ya ha logrado significativos avances.

—Veo que toda tu vida, Alex, gira en torno a un café —se mofó un Iván incapaz de controlar sus pensamientos irónicos, casi todos.

—Estimado Iván, ya no es hora de café, es noche, hace frío y, en consecuencia, con tus observaciones agudas, doy por terminado este encuentro, en la esperanza de que aceptes el honroso cargo de jefe de operaciones de Crisálida —dijo ceremonialmente.

—Lo pensaré —aunque ya lo había decidido con un sí callado—, lo pensaré —repitió para darse ínfulas, insistiendo en que antes necesitaba conocer al resto del equipo, y agregó—: Una pastelera mística, un matón y un ex presidiario reconvertido, no promete mucho, pero el plan, aunque loco, es sumamente atractivo –dio un apretón de manos y se alejó por el puente Saint Louis, perdiéndose en una marejada de turistas japoneses que, ya con los pies hinchados y varios megas en fotos típicas, solo querían volver al hotel.

Recordar ese encuentro, ahora que el plan ya se había desencadenado, que Feller venía inconsciente dentro de una caja metálica rodeado de los pasteles de Olga, que todo parecía estar empezando según lo planeado, hizo que Iván comenzara a ilusionarse.

Sí, estaba secuestrado. Mientras recorría las clásicas preguntas: "¿Quiénes? ¿Para qué? ¿Pedirán rescate? ¿Serán de ISIS? ¿Le harán algo a mi familia? ¿De qué cuenta saco el dinero para el rescate?". Y otras preguntas más domésticas como: "¿Qué haré sin mis pastillas para la hipertensión? Me moriré en dos días", se decía, y al tiempo que pensaba en su cepillo de dientes y en su enjuague bucal, se paseaba como león enjaulado ya convertido en un gato encerrado, mientras Alex le observaba detrás del espejo que cubría todos los rincones de la habitación, salvo el baño, por razones humanitarias de intimidad, tal como fue planificado.

Recordó su laptop e inmediatamente se urgió. La mirada invisible de Klaus se posó en su mente acosándolo con recriminaciones, culpándolo de haber entregado información del Grupo a terroristas, de desencadenar el desastre, de hacer naufragar todo lo construido desde 1954, como un *Titanic* soberbio que se hunde por un descuido estúpido.

Su mente, obnubilada, pasó de la cara amenazante de Klaus al rostro asustado de su Ellen y sus dos niñas indefensas, Susi y Eileen, la menor, a la que le decían Pinky para no confundir su nombre con el de la madre y también por su obsesión con todo lo rosado. Necesitaba su celular. ¿Había quedado en el hotel o ya estaría en manos de los terroristas? ¿Y las tarjetas de crédito? Necesitaba su celular para bloquearlas. Se habría percatado de todo esto el bendito de Kruger, mierda de guardaespaldas, o andaría distraído con alguna latina, matón de pacotilla, ya lo sabía, nunca debió contratarlo, era un *looser*, maldito mediocre, y los improperios se atropellaron en su mente confusa.

Se vio la cara de desesperado en el espejo y sin dudarlo se abalanzó contra él, con la certeza de que sus secuestradores le observaban, golpeándolo y exigiendo que se identificaran. "Cobardes –gritaba–. ¿Quieren dinero?".

Sus propios gritos y golpes inútiles impidieron que Feller se percatara de una bandeja con desayuno que recién aparecía por una ranura en el muro, junto a la puerta.

"Debo ser más inteligente que ellos, me estoy comportando como un perdedor, les estoy dando el gusto, debo calmarme, tendrán que negociar conmigo", eran los pensamientos que Feller se repetía a sí mismo para darse ánimo y enfrentar ese nuevo desafío. Y Feller era experto en desafíos, su espíritu competitivo y su audacia le habían permitido convertirse en un millonario exitoso y reconocido por su mente estratégica cuando de logros se trataba, es decir, siempre. También su matrimonio había sido un logro fenomenal. Ellen era preciosa, una rubia que en cualquier cena o gala destacaba, todo un logro si además se consideraba que era la hija de un prominente empresario, quien, conmovido por las demostraciones de amor a su hija, había concertado negocios con un yerno ávido de éxitos.

No pudo creerlo cuando vio la bandeja del desayuno, exactamente igual a la de su casa: un tazón de café con espuma de leche, sus dos tostadas, mermelada de murtilla y un *waffle* con miel. En un pequeño pocillo, la pastilla de Cardura para su hipertensión volvió a sorprenderlo. "Cómo saben tanto de mi vida privada, deben tener secuestrada a Ellen y a las niñitas, si no, no es posible que sepan qué mierda tomo de desayuno, y mi remedio". Decidió calmarse y comer, "lo voy a necesitar", pensó.

El sorbo de café caliente fue volver a la vida. Cerró los ojos y vio su cocina, a las niñas desayunando, a Ellen dándoles prisa para ir al colegio, vio el sol entrando por los visillos por sobre el lavaplatos, y sintió paz. Estaba viendo todo lo que tenía: una hermosa familia y una hermosa casa, en un hermoso barrio.

Abrió los ojos y allí estaban las dos tostadas tibias aún. Al tomar la superior, apareció un sobre pequeño. Quizás era el primer contacto de sus raptores, quizás le indicaban el monto del rescate, quizás... y al abrirlo encontró una foto de su propio celular con un Whatsapp: "Mi amor, estoy bien. Me ausentaré por un tiempo, una especie de retiro para pensar. Te amo, Ellen, besos a Susi y a Pinky".

Aliviado por que sus raptores fueran tan considerados con su familia y al mismo tiempo aterrado por todo lo que sabían de su vida: el desayuno y que su Eileen era Pinky, Feller sintió que sus raptores llevaban mucho tiempo detrás de él. "Esto es grave", pensó. "Son impecables estos carajos", volvió a pensar.

"Tienen mi celular y deben tener también mi laptop, lo tienen todo, aunque si tienen mi celular podrán rastrearlos a través del GPS y quizás podrán rescatarme, aunque son tan profesionales que es probable que tras enviar el Whatsapp a Ellen hayan sacado el chip, aunque quizás, se les pasó ese detalle, y así varios quizás se sucedieron sin respuesta. Resumiendo —se dijo—, estoy en manos de terroristas profesionales; tienen mi celular y mi laptop; saben demasiado de mi vida privada; mi familia está bien; no son rehenes, el Whatsapp lo demuestra; Ellen cree que estoy bien, supongo que no piensa que me fugué con una morena del Caribe ya que el Whatsapp dice clarito 'Te amo, Ellen'. ¿Qué debo hacer ahora?", se preguntó para cerrar el resumen ejecutivo, que acostumbraba hacer con sus clientes: "Esperar, ellos tienen el sartén por el mango", concluyó. Y Alex, tras el espejo, también pudo leer su mente cuando el Invitado, como le llamaba, se recostó en la cama, cruzando sus brazos bajo la nuca.

Ya no le sorprendió la cena. Era su plato favorito, aunque socialmente lo era el salmón pochado con alcaparras y no ese maravilloso arroz con dos huevos fritos que le miraban desde el plato. Feller se giró hacia el espejo y pronunció un "gracias" muy modulado y esbozó una sonrisa. Era su primera demostración de entereza y dignidad. Una pera al vino y un café sellaron la cena. "Solo falta que ahora me traigan la cuenta", y apenas se lo dijo recordó sus tarjetas de crédito, pudo ver las cartolas en cero, en ce-ro, cee-rooo.

Apenas Feller cayó profundamente dormido, Alex anotó: "Día 1, impecable. El Invitado reacciona como estaba previsto, incluso más rápido. Demuestra control sobre sí mismo". Su bolígrafo quedó suspendido en el aire, marcando una pausa con el recuerdo de Rocío. Estaría orgullosa de su padre, se dijo con una especie de alegría melancólica, si era que ese sentimiento existía. Luego, cerró su block de notas y con un abrazo parco, felicitó a Finnley, que le había acompañado todo el día, detrás del espejo, observando cuanto detalle sirviera para lograr el objetivo. Cuando vio la cara de Feller frente al desayuno no pudo contener una sonrisa amplia. Si Feller supiera que su jardinero estaba detrás del espejo que tenía al frente, no lo creería.

Finnley nunca resolvió un caso policial. Atar cabos, tener un pensamiento deductivo como los grandes detectives no era su fuerte, pero tenía una habilidad extraordinaria para conocer hasta los más mínimos detalles de la vida de quien se propusiera investigar. Siendo un niño tímido y con un tartamudeo que nunca terminó de desaparecer a pesar de varios fonoaudiólogos, Finnley o Finy, como le decía su madre, aprendió a observar, a fijarse en los detalles, a criticar lo mal hecho, y a hablar poco, asunto que muchas veces le había hecho parecer poco inteligente. "Finy es muy callado, pero muuuuy observador", decía su madre a las visitas para que nadie fuera a creer que era algo tonto. Ya en la adolescencia y a falta de atributos físicos, Finnley comenzó a explotar sus dotes de investigador invisible para obtener datos y detalles de la vida de alguna chica que le estaba obsesionando. Investigaba, recababa información y sobre todo fue especializándose en los pequeños detalles en que nadie se fijaría. Terminada su pesquisa, Finnley jugaba a adivinar detalles de la vida de la chica en cuestión, simulando un trance paranormal. Sus ojos en blanco y unos chasquidos de su lengua creaban la atmósfera necesaria para impresionar a cualquiera. Se dio cuenta de que mientras hacía su actuación se sentía otro y no tartamudeaba en absoluto, lo que le daba una seguridad que, más de una vez, cautivó a una inocente proclive a los misterios del universo. El Adivino, comenzaron a decirle y Finnley concluyó que su vida estaría dedicada a ver lo que los demás no veían.

No le bastaron los estudios para ser detective y más bien le parecía burdo eso de andar interrogando gente y armando una red de soplones como hacían sus compañeros. Finnley revisaba la basura de sus sospechosos, entregaba pizzas en promociones inventadas para conocer los hábitos domésticos, era el gasista oportuno, el instalador de antenas, el pintor, lo que fuera necesario para escanear la vida de alguien. Obviamente, fue sofisticando sus métodos al incluir toda la tecnología que usaban los detectives privados que ganaban mucho dinero pagados por señoras y maridos cornudos. Telefonía, micrófonos, GPS, seguimientos, entre otros, eran sus mejores aliados para hacer el mapa completo de la vida de un ser humano. *La rutina mata*, se llamó un pequeño texto que publicó para contar cómo la rutina había delatado a personajes buscados por la Interpol. "De una u otra forma, el ser humano tiende a la rutina –decía–, más allá de los famosos *modus operandi* que cometen los asesinos en serie". A Finnley le pareció divertido que el título de su librito, *La rutina mata*, pareciera un libro de autoayuda, asunto que no fue gracioso cuando vio que no se vendía y que tampoco atraía a nuevos clientes.

Cuando la rutina de sus casos comenzaba a influir pesadamente en su estado emocional, Finnley decidió ampliar sus conocimientos a fin de realizar perfiles psicológicos de sus investigados. No estaba para estudiar psicología y pasarse años clasificando psicopatías y, por ello, se focalizó en el estudio de las tipologías de personalidad, a fin de anticipar los pasos de sus sospechosos. Estudió el MBTI, de Myers-Briggs, que clasifica a los humanos en 16 tipos, pero le pareció poco operativo tener que usar un test y optó por usar el Eneagrama, a pesar de que la CIA utiliza el primero. Descubrió que él era un 1; que su poderosa madre, un 8 y que su padre, siempre evitando el conflicto, era un 9. Fue en un taller de Eneagrama que dio con Alex en 2009, donde se conocieron y, entre broma y broma, se burlaban de sí mismos, apuntando a quién era más perfeccionista.

No le fue extraño a Finnley encontrarse con un Whatsapp que decía: "Uno invitando a Uno el próximo jueves a las 11.11 a. m., en el café de siempre".

21 de septiembre, 2014
Trece meses antes del secuestro
Lugar desconocido

Ya eran 51 minutos de viaje y el Google Maps, que Alex miraba de reojo mientras conducía un flamante Hyundai, que había arrendado en el aeropuerto, indicaba que el punto azul aún distaba del rojo en la proporción de un cuarto del camino recorrido. Unos trece minutos, calculó. No podía imaginar lo que le esperaba en el punto rojo, pero sí estaba seguro de que Aum lo estaba monitoreando para protegerlo de cualquier eventualidad. Desde que una mañana, cuatro primaveras atrás, Aum había leído una pequeña nota en el *USA Today*, había incrementado todas las medidas de seguridad posibles, y no era para menos. Su contacto en la Casa Blanca, Adams, había muerto de un fulminante infarto y su computador había sido revisado hasta sus últimos rincones, como lo indicaba el protocolo, incluyendo todo lo que pudiera haberse borrado intencionalmente. Aunque Aum había tomado los resguardos necesarios, aquel 11/9 había sido un día turbulento, de conmoción mundial, un día en que quizás hubiera dejado un cabo suelto, una hebra que conduciría a los aparatos de seguridad hasta su casa, siguiendo, quizás, a un impaciente Alex que, con la vista atenta en el punto rojo de su celular, se acercaba a su magnífico retiro.

El sol se apagó apenas entrar a un frondoso y centenario bosque, dejando pasar cuchillazos de luz que convertían lo tenebroso en un paisaje místico. La humedad penetrante se encargaba de recordar lo terrenal y el musgo en los troncos marcaba los puntos cardinales. Se lo había enseñado su padre, de las pocas cosas que recordaba con nostalgia, las demás eran críticas y exigencia. "Por tu bien, hijo —era la única justificación que su padre había encontrado para imponer su visión del mundo—. El musgo crece en el lado contrario en que da el sol, donde todo el día es sombra, igual pasa con la nieve en las laderas de sombra, demora más en derretirse, así podrás orientarte si te pierdes", y ese consejo lo había sentido con cariño, aunque parecía una instrucción militar.

El punto rojo y el azul ya eran un solo punto, pero allí no había nada, solo humedad y soledad. Miró en todas direcciones: nada. Apagó el motor y el silencio se le metió en los huesos. Buscó un lugar en la foresta donde esconder el auto, elegido verde bosque como se lo había indicado Aum. Casi por rutina borró las huellas de neumático entre el asfalto y el camuflado estacionamiento. Borró también el cuentakilómetros dejándolo en cero y deslizó sus guantes sobre el volante y la palanca de cambios. Volvió el punto rojo y en ese momento llegó un Whatsapp sin nombre. Un nuevo mapa, que lo llevaría a través del bosque hasta el mar. Un sendero mínimo invadido por helechos lo estaba llevando al encuentro con su amigo. La humedad le trajo el recuerdo de esa mañana neblinosa, con la mente ida, con el sinsentido instalado quizás hasta siempre, mientras sus ojos, como si fueran de otro, miraban su propia mano sobre unas hojas de helecho que cubrían parte del ataúd donde se iba, para siempre, su Rocío. En el tiempo detenido por la tristeza, no había nadie, aunque sabía que una multitud estaba acompañando a Rocío en su partida, gente del mundo de la ecología, amigos de infancia y muchos desconocidos para él. Como zombi caminaba solo y por momentos tomaba consciencia de una mano pequeñita que lo apretaba para que no la dejara sola. Aurora era, en ese momento, su ancla a la vida y le devolvía un suave apretón para agradecerle, como si Rocío pudiera volver, como algunos domingos, a rescatar a su nieta. Al otro lado del ataúd caminaba silencioso un Aum profundamente conmovido, que de cuando en cuando posaba su mano sobre la de Alex, sabiendo que su gesto poco hacía para consolar lo inconsolable.

Alex recordaba perfectamente esa mano, la misma mano que en pocos minutos le palmotearía la espalda en un abrazo de amigos de siempre, que necesitan como todos los machos de darse golpes para certificar el cariño y compartir fortaleza y salud. Cosas de hombres, le explicaba siempre a Monique, mientras ella balanceaba la cabeza para sacudir su incomprensión por tales hábitos masculinos. Pero Monique no venía al caso, era tema del pasado. El presente solo eran helechos, troncos oscuros y rayos de sol filtrados, motivo suficiente para sentirse vivo y en paz. Pero Alex no estaba en paz y esperaba lograrla conversando con su amigo. El bosque se fue disipando y el sol ya despercudía la humedad y la tristeza de los helechos mortuorios. A pocos metros se entraba a un callejón angosto y serpenteante, construido por hileras de troncos petrificados a ambos lados que, por alguna razón desconocida, Aum había instalado como un símbolo por ahora misterioso. Al caminar, las hendijas entre tronco y tronco iban disparando rayos de sol, construyendo un ritmo monocorde como la respiración mientras se medita. Tras una curva, se abrieron los troncos grises y eternos, ya sin ramas y apuntando al cielo, para dejar un amplio espacio circular, una suerte de Stonehenge que sobrecogía y obligaba a detenerse. Alex observó que algunos troncos de unos cuatro metros de altura estaban coronados por cristales de diferentes colores. Más allá, sobre el empedrado del suelo que alfombraba esta plaza circular, le pareció ver algo de color, que rompía el monótono gris de piedras y troncos. Al acercarse, Alex comprobó que no era ningún objeto, que solo era luz difractada por uno de los cristales que oficiaba de prisma. Un precioso arcoíris sobre una piedra de mármol blanco se desparramaba con alegría. En un borde podía leerse "Solsticio de primavera". No podía creerlo, Aum le había dado cita justo cuando se iniciaba el renacimiento del ciclo de la vida. Quizás a modo de consuelo por la pérdida de Rocío, quizás no. Las gotas de rocío son prismas naturales que pueblan el planeta como galaxias desplegando sus colores y ese pensamiento le llevó a Isaac Newton y su prisma, en 1666, a descomponer la luz en las diversas frecuencias de onda, que llamamos colores. Era un momento mágico, no para tecnicismos científicos, era un momento amoroso, una recepción especial. Buscando más simbolismos, de los que le gustaban a Aum, descubrió que el borde de la plaza estaba delimitado por un círculo construido por negras piedras volcánicas pequeñas y, de tanto en tanto, una piedra roja con un número. Al revisar los nueve números, en el sentido de los punteros del reloj, sonrió como se sonríe cuando se ha descubierto algo oculto.

Fue directamente hacia el número 1 y bajo la piedra roja, asomaba un papel: "Bienvenido, Amigo, amigo de la Amistosofía". Supo de inmediato que tenía que tomar el sendero que arrancaba desde el número 9 y pronto vería el mar. No había otros cristales activados, pero pudo imaginar que Aum había ubicado uno especialmente para la luna, quizás el de color azul, se lo preguntaría. Su amigo había salido a recibirlo sin siquiera hacerse ver, todo un mago.

Un muro de piedra clavado en ángulo en la tierra, un muro que no era muro, que nada separaba ni nada amparaba, asomaba desde la tierra como un espolón naviero sin destino. Recortado contra el mar, ese triángulo escaleno de piedra era lo único construido por el hombre, o sea, por Aum. Alex avanzó para curiosear detrás, donde está lo oculto, donde están las respuestas.

Una escala de piedra descendía pegada al muro, que ya bajo tierra comenzaba a girarse siguiendo una fibonacci, una caracola que configura la espiral perfecta, otro símbolo que Aum utilizaba para graficar la Ascensión y la Iluminación. Pero la Iluminación es hacia arriba, ¿y esta escala desciende? Otra pregunta para Aum.

En medio de ese páramo, la nada, se desplegaba una escalera descendente, que penetraba la tierra, y al igual que la Cueva de los Verdes, en Lanzarote, podría prometer un viaje iniciático. Allí, las profundidades de la tierra no albergaban múltiples túneles horadados por un volcán desbocado que corría para enfriarse en el mar, sino una gigantesca catedral, con una nave descomunal armada a base de estalactitas y estalagmitas, que construían, con solo la paciencia del tiempo, un gótico nunca imaginable. Que lo profundo de la tierra es también un espacio místico, había sido una sorpresa inolvidable, que Alex estaba recordando mientras un pie ya comenzaba a descender. Contó 27 peldaños, 2+7=9, otra vez 9, pero cuando vio la puerta que cerraba todo el ancho y alto de la escalera, se dijo: 3x3.

Tres círculos rojos vibrando sobre un fondo turquesa y rodeado por un círculo rojo mayor que envolvía todo, era suficientemente llamativo para no sospechar que algo mágico habría detrás de esa puerta, de madera noble y policromada con esmero y cargada de sentido. Antes de golpear recordó que, en ese símbolo, el círculo superior representa la espiritualidad y los inferiores, el arte y la ciencia. Nuevamente, Aum obsesionado con el Todo, con integrar. No había sido Aum quien había inventado tal símbolo el 15 de abril de 1935, aunque podría haberlo hecho fácilmente, sino que surgió como la bandera de la Paz como consecuencia del Pacto de Roerich, un acuerdo de paz firmado por la India, los Estados Bálticos y 22 naciones americanas, incluidos los Estados Unidos, a fin de proteger la herencia cultural o artística, tema que era motivo de sarcasmo para Alex, al igual que la inoperante Naciones Unidas. Pero Aum la mantenía como el símbolo que orientaba su vida. Los nudillos golpearon una vez en cada círculo, siguiendo la clave 3x3, y el círculo exterior, símbolo del Todo, comenzó a girar con los ruidos propios de un herraje que se oxida viviendo al lado del mar. Al abrirse la puerta, Alex se encontró a Aum con los brazos abiertos y con la sonrisa inocente de un niño que recupera un amigo.

Vestía de blanco y recortado contra la luz que entraba por los inmensos vidrios que separaban la casa del vacío, la figura de Aum se diluía en luz, borrando sus contornos como fotografía sobreexpuesta. Solo recién después de un largo abrazo, Alex comenzó a escuchar el rugido del mar, que 90 metros más abajo golpeaba el muro de roca negra del acantilado. Aum había adaptado una cueva natural revistiéndola de blanco y con un diseño muy moderno y minimalista, una placenta de luz que le alimentaba frente a un mar infinito y ancestral, decía, poetizando como Neruda a su mágica Sebastiana, en ese Valparaíso que una vez había visitado en 1969, cuando había sido testigo involuntario del ascenso de la Unidad Popular. No olvidaría las caracolas, ni las botellas de vidrio que coleccionaba el poeta y menos sus vinos y esos pescados al horno que parecían no presagiar el desastre que comenzaba a gestarse.

—Lo primero es lo primero: te mostraré el navío o ¿prefieres una ducha antes?

—El navío, señor capitán —precisó Alex.

Era una casa sin living o estar porque "el estar es donde estoy, es decir, toda la casa, en diferentes momentos —explicó—. A mis visitas, cuando hay, las atiendo en mi estudio, en el comedor, en la terraza del acantilado, donde ellas prefieran". La caverna principal que alojaba la casa se comunicaba a través de una habitación-puente, sobre el vacío, con otra caverna más pequeña que hacía de dormitorio. El techo acristalado de la habitación-puente permitía la entrada del sol hasta la misma cama de Aum y por la noche era la ventana al universo. Allí, escuchando la inmensidad del mar bajo sus pies, la inmensidad del cielo se hacía presente con su silencio. "Lo que es arriba es abajo", le comentó a Alex. Por una puerta entreabierta, Alex pudo ver una habitación con paredes en roca viva, donde operaban los computadores y las baterías alimentadas por paneles solares instalados, más allá, en la misma roca del acantilado. En el extremo opuesto, una cocina comedor provista a través de un montacargas, que Alex nunca vio a su llegada, daba paso a una terraza soleada cubierta por arena fina y blanquecina. Una playa a 90 metros de altura, "por si viene un tsunami", bromeó Aum, como si la broma ya tuviera tiempo en uso.

–¿Agua de vertiente, con hielo o sin?

Cómo hubiera disfrutado Rocío con esa casa. Le parecía verla, con sus ojos pícaros y llenos de futuro, pronunciando au-to-sus-ten-ta-ble, instalando el concepto en cada acto. A cincuenta metros de la casa, oculto de la entrada por la escalera de acceso, se desplegaban un huerto y un compost para basura orgánica y, ya semiescondida en el bosque, una cabaña que habitaban Matilde y su marido. Matilde había acompañado a Aum desde tiempos remotos. Enamorada ocultamente de su maestro espiritual, había decidido hacer su camino evolutivo a la sombra de Aum, alimentándose de sus reflexiones, sus libros y de largas conversaciones con el ronroneo del mar, como mar de fondo… Su marido, enamorado de sus ojos de agua, de pelo negro y crespo y de su infinita bondad, había aceptado en recalar sus vidas junto a Aum, en ese paraje lejano, aislado, donde el viento, las gaviotas y las nubes competían palmo a palmo con Nat Geo. La televisión permitía a Marco obtener materia prima de noticiarios *urbi et orbi* para elaborar complejas teorías políticas que, más de una vez, compartió con Aum.

Matilde y Marco aparecieron dentro de la casa, sin que Alex se percatara por dónde habían entrado, para presentarse y dar su bienvenida al visitante. Marco desapareció como apareció, mientras Matilde tomaba posesión de la cocina, amenazando con una exquisita salsa de tomates del huerto y tomates deshidratados, aceitunas troceadas y mucho picante que coronarían unos espaguetis al dente. Prometía la cena, pensó Alex, sumando una cerveza bien fría al menú.

—¿A qué has venido, Alex?

—A preguntar, a compartir, a verte, todo eso junto.

—¿A qué has venido, Alex? —repitió con cariño.

Un silencio largo y espeso se hizo sentir, con el peso de algo terrible. Los ojos de Alex se fueron hacia adentro, buscando la paz que no había encontrado desde aquel día. Balbuceando, dijo:

—Rocío dice que soy un fracasado. —Y Alex lloró sin consuelo mientras Aum le abrazaba sin comprender nada. Rocío había muerto hacía cuatro años y Alex nunca había sido un fracasado. ¿Qué estaba pasando?

Graznidos de gaviotas con sus risas macabras revolotearon la terraza, agresivas y burlonas repartían picotazos para hacerse de unos pocos restos de pescado que Matilde les dejaba, como una rutina acordada. "Son mi compost aéreo", decía, y luego reía como ellas, pero esta vez calló. El llanto ya sin aire de Alex había congelado el momento y Matilde optó por desaparecer para respetar lo sagrado que cada dolor tiene, caminando casi en puntillas, como lo hacía de niña al entrar a la iglesia, asustada, no sabía bien si para no molestar a Dios o temiendo que realmente despertara de un letargo eterno y descubriera que ella existía.

—Y… ¿tú eres un fracasado? —Aum sabía preguntar. Omitió el "te sientes un fracasado", para comprobar qué estaba pasando, allá adentro, diferenciando entre ser y sentir.

La tristeza se transmutó en una enconada rabia consigo mismo. Con la certeza de quien ha repasado su vida mil veces, evaluándose, comparándose y sospechando que siempre falta algo por hacer, el juicio lapidario de Rocío no hacía más que confirmar las ocultas sospechas que le habían acompañado, como perro apaleado, toda una vida.

—Obvio que soy un fracasado —espetó con certeza científica. Al sentarse, se sacó los zapatos y sintió el frío de la piedra, sintió que le ayudaba a ser honesto para aceptar definitivamente que había tocado fondo—. No quiero morir con esta sensación, no puedo permitírmelo, no puedo hacerle esto a mi hija, aunque esté muerta, no se lo merece —balbuceaba, y en ese atarantado torbellino de frases Alex decía mucho sin explicar nada.

—Ya me lo contarás mañana, ahora toca dormir —el tono paternal de Aum dejó en evidencia que se estaba comportando como un niño, un niño muy triste.

Los arreboles dorados que pintaban el cielo de la tarde como lo hacía el Canaletto, fueron dando paso a nubes grises e iluminadas desde abajo, desde un poniente que comenzaba a rendirse a la noche, a un paisaje en blanco y negro, ahora como una foto de Ansel Adams, manejando la luz a su antojo en un arrebato de humilde belleza.

Día 2

3 de noviembre, 2015

Un nudo tan apretado como el amarre a puerto de un yate en plena tormenta tironeaba desde los omóplatos hasta la nuca y la rigidez oprimía la alimentación de oxígeno al cerebro, dejando de paso un dolor de cabeza que latía como un corazón descontrolado. Feller nunca tenía dolores de cabeza como este, el peor, justo en su segundo día de cautiverio. En general dormía bien, aunque muy poco, unas cinco horas le bastaban para reponer la locomotora que vivía dentro de él, desde pequeño. A la una de la noche terminaba de revisar el día y dejaba anotados todos los pendientes para el día siguiente, es decir, seis horas después, considerando el sueño, la bicicleta estática, el desayuno y la ducha, seis horas, justo cuando las niñas se despertaban con los insistentes llamados de Ellen. Lo primero de la mañana era revisar la prensa, sobre todo el área económica y ojalá sacar algunas conclusiones que le llevaran a aprovechar alguna oportunidad que el mercado estaba ofreciendo, y de la que nadie todavía se había percatado. Anotaba en su iphone algunas ideas resumidas, mientras Susi y Pinky le besuqueaban mecánicamente, acompañando tanta saliva con un distraído *"Bye, Daddy"*. Ellen, en segundo plano, esbozaba la sonrisa de la felicidad y la satisfacción con la vida, por la familia que Dios le había regalado, mientras Feller se anudaba la corbata con esmero, como el símbolo máximo del "homo exitosus".

Le apretaba el cuello y no tenía corbata, solo había tenido una noche horrible. No quiso moverse ni abrir los ojos para poder atrapar detalles del sueño, más bien pesadilla, que todavía le tenían atemorizado. Sabía que era un sueño y al mismo tiempo tenía la certeza de que era real, al menos como símbolos que aún no lograba descifrar: al entrar por el angosto pasillo, largo, con muros que se unían en una bóveda de piedra, vio, en medio de la penumbra y del poco espacio visual que le dejaba la capucha, una calavera y unos huesos en cruz tallados en una de las piedras que a modo de cuña cerraban ambas curvas de la bóveda de cañón. No tenía miedo, a pesar de sus nueve años, y su talante siempre optimista le indicaban que todo saldría bien, aunque todo presagiara lo contario. Cuando el pasillo se abrió a un gran espacio de doble altura y sintió el agua que resbalaba por los muros, reflejando las luces de las antorchas, comenzó a temer lo peor. Cientos de siluetas oscuras, envueltas en hábitos y capuchas, le miraban acusadoras desde un espacio donde no había ojos, solo juicios. "Ya no eres como nosotros", fue la voz que escuchó sin saber de quién venía. Un torrente de agua se precipitó sobre la sala inundándolo todo y mientras luchaba por salir del torbellino y encontrar algo a que aferrarse, Feller pudo mirarse desde afuera y vio a joven de veinte años abrazado con varias chicas rubias que lloraban sin consuelo. "¿Por qué no te esfuerzas como tu hermano?", fue la pregunta acusadora que le sacó del torbellino y cuyo timbre de voz solo podía ser de su padre, el mismísimo Nicolaus Fellermann, a sus espaldas, vestido a la usanza del aprendiz de cervecero que había sido en Alpirsbach, en el encuentro fronterizo de su Alemania, con Francia y Suiza, repitiendo una y otra vez que "solo si te esfuerzas más podrás ser alguien en tu vida, ¿me escuchas, Brian?, ¿me escuchas?, y su voz se repetía con el eco del lugar. El ahora Nick Feller, desde que se había cambiado el nombre al llegar a los Estados Unidos en el año 47 para iniciar su negocio con la cerveza lager Alpirsbacher Klosterbrau, dorada, con sabores a manzana, malta y miel, se mostraba como ejemplo ante su hijo Brian Feller, con un orgullo que apabullaba a cualquiera, poniendo la vara tan alta que solo las águilas podrían cruzarla. "Pero con esfuerzo, todo es posible, ¿no es cierto, Brian?, responde con la boca, no moviendo la cabeza, no sea mal educado". De pronto, la figura del cervecero Nick Feller se transformó, al abrir sus brazos largos, en un águila que levantó vuelo en espiral para desaparecer entre las nubes y, sin previo aviso, se le vino encima, clavándole las uñas en los hombros y parte de los omóplatos. El intenso dolor despertó a Feller, asustado y al mismo tiempo sintiéndose a salvo en el cautiverio blanco que, desde ayer, le tenía sumido en la incertidumbre.

Dos, solo dos diferencias respecto del día anterior: una bicicleta estática, igual a la de su casa y varios periódicos acompañando su bandeja de desayuno. Al sentarse en la cama, un nuevo tirón en el cuello le llevó a preguntarse por qué había soñado con calavera y huesos si ya no pertenecía al grupo secreto de Skull & Bones, si ya no estudiaba en Yale, si habían pasado veinticuatro años de todo eso: "Ya no eres de los nuestros", era obvio, o "nuestros" ¿se refería a otros nuestros? Antes de tomar el primer periódico con un gran titular en portada –"Desaparece misteriosamente empresario Brian Feller"– volvió a sentir el águila clavada en su espalda y al mirarla de reojo pudo ver el águila embalsamada de Klaus, acusándolo de algo. Recién esa tarde, Feller asociaría ese misterioso "nosotros" con el Grupo que dirigía Klaus.

Cinco periódicos de diferentes países destacaban la misma noticia, pero la mente de Feller intentaba saber cuál de todos era el periódico local. Así sabría dónde estaba secuestrado. Bien podrían haberlo sacado de Francia, o hacia Bélgica, donde se rumoreaba que la policía era un verdadero desastre y, en consecuencia, el país se había ido transformando en una sede islámica o, en dirección opuesta, haberlo llevado a España, mientras dormía el sueño de los secuestrados. Nada, todos parecían diarios locales y todos parecían diarios extranjeros, nada. *Le Monde* fue el único que publicó una foto de Ellen. En la entrevista, Ellen fue escueta: "Brian –decía–, se comunicó conmigo al terminar la Conferencia en París para decirme que se ausentará por un tiempo para pensar algunas cosas...". "¿Se quiere divorciar?", preguntó la periodista. "En absoluto, me escribió que me ama y fue muy cariñoso con las niñas". "¿Qué quiere pensar el señor Feller, entonces?...". "No lo sé, pero debe ser algo interesante, él es un innovador, un guerrero y, como siempre, saldrá exitoso de esto...". "Dice 'saldrá', como si estuviera atrapado en algo o por alguien, como sugieren algunos con la tesis del secuestro, ¿que quiere decir?". "Es una forma de decir y no hay nada que interpretar", dijo, para cerrar, una Ellen que en la foto parecía tranquila.

La reseña sobre Feller era muy similar en todos los periódicos: en todos lo destacaban como empresario exitoso, otros matizaban que no era empresario sino un hábil especulador, otros sugerían que había hecho su fortuna al apropiarse de la representación de Transbank para toda América Latina, cuando su jefe de aquel entonces, Slimer, le había encargado cerrar el negocio para su imperio mexicano. Verdaderas o insidiosas, las interpretaciones sobre el origen de la fortuna Feller no le importaron mucho y más bien decidió poner foco en mantenerse en forma. Se puso una toalla al cuello para disponerse a transpirar con la esperanza de que se aliviaría la tensión del cuello. Giró la bici estática para darle la espalda al espejo y así poder aplicarse con tanta pregunta que bullía en su mente. La más inmediata fue: "¿por qué me pondrían una bici para entrenar si sospecharan que quiero fugarme? ¿O me están indicando que es imposible fugarse? ¿O piensan que no lo intentaré, pensando en mi familia? ¿O quieren mostrarme saludable cuando me liberen?". Prefirió concentrarse en el pedaleo en su nueva bici, en calidad de deportista en cautiverio. "Quizás haya un Guinness para esto", sonrió y rápidamente no le encontró ningún sentido a su propio humor negro.

—Nosotros, todos nosotros, estamos en peligro —dijo Klaus—, incluso usted, Boris, no se haga el tonto. Confío plenamente en Feller, sé de su lealtad y compromiso, demostrado latamente con intervenciones a favor de una economía estable, sin sobresaltos políticos, sin revoluciones, confío...

—Disculpe, señor, estamos usted y yo aquí, solos, en su salón escritorio. Ahora bien, puedo entender que usted esté ensayando el discurso frente al directorio, pero ¿no le parece más urgente ubicar a Feller antes que se vaya de lengua? Los terroristas son capaces de todo, usted sabe, lo ha visto en la tele, cuando los ajustician, y por la espalda.

—¿Qué sugiere, Boris? —Esa era la clásica pregunta que Klaus hacía siempre que no tenía ninguna respuesta: pasaba la pelota al otro lado de la red para ganar tiempo o para rebatir la idea de su interlocutor, un viejo truco para liderar bien y demostrarse siempre seguro.

—Sugiero dos cosas, señor. La primera es hacerle llegar nuestra preocupación a la señora Feller por su marido, pero con una sutil amenaza de que, si habla, todo se complicaría mucho, para todos. Y... darles saludos a Susi y a Eileen, para recordarles que las recordamos, me entiende, ¿no? —Boris hizo una pausa para comprobar que su idea había calado en Klaus y, al verificarlo guiándose por una ceja que se le subía cuando estaba de acuerdo, prosiguió—: La segunda y obvia, es demostrar nuestra profunda preocupación a nuestros contactos, a *Monsieur* Cadot en particular, en la Sureté Nationale Française, ya que si desapareció de un hotel parisino, el caso está en su jurisdicción, dado que creo que los terroristas no han salido de la frontera gala. Por supuesto, señor, advertirles que cualquier información nos la deben a nosotros antes que a la prensa y que, obviamente, hemos pensado en cómo agradecer este valioso sentido de equipo.

—Es increíble, Boris, lo mismo que había pensado yo.

—No me extraña, señor, que siempre coincidamos —dijo cínicamente un Boris que se las sabía por libros para llevarle el amén a quien quisiera. Mal que mal, había logrado la confianza de un desconfiado jefe, convirtiéndose en un secretario con visos de consejero privado. En público, Boris no articulaba palabra y demostraba una sumisión que Klaus valoraba profundamente.

—Bueno, como decía —y puso en record su grabadora portátil—: Confío plenamente en Feller, sé de su lealtad y compromiso, demostrado latamente con intervenciones a favor de una economía estable, sin sobresaltos políticos, sin revoluciones, confío en Brian Feller, como en un hijo. Pero... desconfío plenamente de los terroristas y ustedes saben, señores del Directorio, que estamos en problemas. Pueden imaginar que si es de dominio público el nombre de cada uno de nosotros, de qué país somos, cuáles son nuestras empresas, nuestras fortunas, nada grave ocurriría, más allá de confirmar los rumores internacionales de que existimos, que somos un grupo poderoso y que acostumbramos reunirnos una vez al año en algún hotel prestigioso y discreto. Por el contrario, podrán imaginar el descalabro si se conocen nuestros planes, cómo incidimos en la economía, cuáles son nuestros políticos aliados, cómo nos financiamos, en fin, ustedes lo saben a la perfección, como también lo sabe Feller. No creo necesario recordar lo ocurrido en 2007, con Florian Homm, que tras ocurrida su desaparición, las acciones en la Bolsa perdieron hasta un 90%, con el consabido descalabro en el equilibrio del mercado de capitales. Encontrar a Feller y dar señales de que todo está normal es nuestra mayor preocupación, por ahora.

"En consecuencia, deberemos pagar lo que pidan por el rescate, obviamente vía familiar, y rogar al Santísimo que no entren en nuestro sistema informático, sería letal. Mi preocupación es que Feller no resista la tortura y que entregue sus claves de acceso al Grupo y para ello, en consecuencia, he ordenado que cualquier señal de hackeo nos ponga en alerta roja y tengamos que plantearnos el tema Feller desde otra perspectiva, la de cuidar a todo el Grupo, lo cual es mi deber. Por ahora, les pido máxima prudencia, ya que no descarto más secuestros. K.

—Boris, por favor, encripte este mensaje y déjemelo en un pendrive, por si fuera necesario. Siempre es bueno ir un paso adelante, ¿no cree?

Stan era el más joven del equipo y nunca había manifestado ni un asomo de ansiedad, "es de los *cool*", comentaban los demás, hasta ese momento. Había logrado hackear todo lo que Alex le había solicitado y, desde ahora, no debería fallar en nada.

Enormes anteojos de color rojo y verde, un mechón de pelo no muy limpio y unas uñas comidas eran su carta de presentación. Desde muy pequeño, Stan era un tipo callado, celoso de su intimidad, que guardaba sus pensamientos cuando consideraba que hablar por hablar no tenía ningún sentido. Refugiado en sus pensamientos había pasado su infancia y adolescencia con un mutismo que cualquier monje tibetano le envidiaría. Había optado por vivir de noche para eludir las interrupciones o escuchar conversaciones de sus padres y, en el silencio que imperaba en aquella habitación oscura y con un desorden que solo él descifraba, Stan se abría al mundo a través de su computador. Había partido navegando en internet a los siete años, buscando algo que no sabía, solo buscando como los faros solitarios que rastrean el horizonte con la ilusión de que un barco se haga presente. Poco a poco comenzó a quedarse en algunos temas y ya en la adolescencia temprana, atravesaba noches completas sumergido en la física cuántica, maravillado con la idea de que la realidad no existe y que lo que percibimos es solo la manifestación de una entre las miles de posibilidades, solo de una. Stan disfrutaba imaginando que habría muchos Stan en paralelo viviendo otras realidades y, preso del torrente de hormonas de los quince años, imaginaba a un Stan hablador, seductor y exitoso con las chicas, imagen que se disolvía a los pocos segundos bajo el severo juicio de que todo eso era frívolo y estúpido. Entre pizzas y espaguetis cocinados a medianoche, fue transcurriendo el tiempo. La noche del 14 de febrero de 2005, sin embargo, fue una noche especial. Tres empleados de PayPal, en California, habían creado YouTube y, desde ese momento, Steve Chen, Chad Hurley y Jawed Karim se transformaron en los héroes para Stan, aunque su tendencia natural era no tener héroes. Curiosamente, Stan ni se inmutó cuando, veinte meses después, sus tres héroes vendieron a Google su preciado invento en la astronómica cifra de 1.650 millones de dólares. No era para menos, recién en mayo de 2006, YouTube tenía 2000 millones de visitas cada día. Stan nunca se impresionó por el dinero y más bien le era un estorbo, generaba dependencia de otros, preocupación por cuidarlo, en fin, una pérdida de la libertad que su austeridad sí le permitía. Pido poco, doy poco, parecía ser la consigna de un Stan que debía, dentro de poco, elegir a qué profesión se dedicaría. El solo hecho de planteárselo le hacía entrar en una suerte de ensimismamiento y silencio a ultranza del cual no salía en semanas, encerrado en su pieza y durmiendo como si el mundo se hubiera acabado. La profesión de Stan no figuraba en ninguna parrilla docente de ninguna universidad, ni nacional ni internacional. Stan hubiera querido titularse de Curioso. De la puerta de su dormitorio hacia afuera, transcurría la vida de sus padres como unos vecinos a los que hay que soportar, que hablan tonteras, que discuten por estupideces, que ven tele como drogadictos, que lo obligan a salir de su cuarto cuando hay visitas, mientras Stan defendía su búnker a punta de pestillos y de monosílabos ante cualquier intento de penetrar sus líneas. Pero Stan no podía evitar los ahogados llantos que su madre disimulaba y que se colaban por las hendijas de su puerta. Aunque la encontraba básica y no toleraba que se hiciera la víctima, le convulsionaba saber que sufría y, sin duda, su padre era la causa. "¿Qué otra causa podría tener mi madre sino es mi padre?". Se había casado con un gerente de ventas de la Coca-Cola para armar el hogar feliz que soñó tantas veces. Ella sería una buena madre, servicial, ocupada de todos los detalles para que ese lindo hogar floreciera. No importarían los sacrificios o el posponer sus deseos personales, siempre y cuando su marido estuviera feliz. Las incontables infidelidades socavaban progresivamente su autoestima, llevándola a ser cada día más servil, asunto que provocaba aún más desprecio por ella. No era muy diferente de lo que ocurría en otras familias, pero Stan no lo sabía y muchas noches interrumpía su navegación en internet para pensar y pensar. No se atrevía a enfrentar a su padre y el consolar a su madre de nada serviría, menos el impulsarla a que se separara, decisión que nunca sería capaz de tomar. ¿Qué hacer? Repentinamente sus dedos comenzaron a bailar en el teclado de su querido PC y una media hora después ya estaba dentro del computador de su padre. Había eludido la clave y ahora estaba revisando los múltiples correos con diferentes mujeres. Si la imagen de su padre no era buena, esos textos lo dejaban a la altura del unto. Stan no sabía cómo calificarlos, si vulgares, lascivos, infantiles, no sabía. Casi amaneciendo y ante la posibilidad de que su padre despertara, Stan borró su intromisión, limpió el historial y cerró.

Cada noche entraba al computador de su padre y suavemente su rabia se fue transformando en desprecio, en una desconexión emocional en que la palabra "padre" ya no sonaba a nada bueno. Le aterró sentir que estaba sintiendo una insistente necesidad de venganza, que reprimió solo porque le tenía miedo. "Tengo que ser más inteligente", se dijo y, como lo era, no tardó en parir una idea genial. Sí, se haría pasar por su padre y, una a una, terminaría con todas esas mujeres.

"Genial", se repitió. Una acción sin dejar huella. Antes de ejecutar el plan, Stan decidió practicar con otros y así fue descubriendo lo más importante, cómo salir sin dejar rastro. Después de varios éxitos con compañeros de colegio, en los que pudo descubrir que los seguros no eran tan seguros, que las lindas se sentían feas, que la provocadora aún era virgen, que el nerd estaba enamorado de la profesora, que los matones eran gays, y que el mundo no era lo que parecía desde su búnker, decidió avanzar en su capacitación. Entró a la Coca-Cola, a Nike, pero no se atrevió con Google ni con Apple por el temor a que los sistemas de detección lo localizaran. Ya vendría eso, cuando fuera un hacker de verdad, se dijo.

"Amor mío, no imaginas lo difícil que es vivir lo que estoy viviendo. Tú sabes que te amo y que tocar tu cuerpo es una obsesión que no puedo controlar, pero estoy muy confundido. El ver sufrir a mi esposa me tiene muy mal y peor me siento cuando veo toda su dedicación por mí y por nuestro hijo, que también sufre. Debe ser la edad la causa de tanta culpa que estoy sintiendo y ya no disfruto de nuestros encuentros pensando en mi familia. Quizás no comprendas esto porque eres más joven y espero que me perdones por tomar la decisión de separarnos. No he querido hacerlo en persona porque no lo resistiría y te ruego que no me busques, ni me llames y que en recuerdo de tantas cosas lindas me ayudes a olvidarte. Jorge".

Stan sonrió. No había sido fácil ese texto cursi, pero apoyándose en el estilo de los *mails* de su padre y en su básica redacción donde las comas no existían, había logrado un texto creíble. A pesar de que "Jorge falso" pedía que no le mandaran *mails*, Stan podía suponer que alguna no soportaría el término de una relación a través de un escueto *mail*, sin dar la cara. "Otra podría entrar en una espiral de rabia y aparecerse en casa, vociferando ordinarieces o insultando a mi madre", pensó, pero descartó eso último. Tras enviar cada *mail*, seis, fue borrándolos de la carpeta de enviados. También fue direccionando los *mails* de esas seis mujeres a su propio correo, para responderles algo y mantenerlas alejadas. Tampoco le fue difícil el reeditar los datos de su padre en los seis computadores para que se sincronizaran con los respectivos celulares. El número de teléfono sería otro, muy parecido, cambiando un 6 por un 9 o un 7 por un 4, y automáticamente los Whatsapp llegarían a unos desconcertados desconocidos que, descolocados por los insultos, los borrarían de sus agendas. En todo caso, si el plan no resultara tal cual, y era probable porque Stan desconocía cómo funcionaba la mente femenina, cómo reaccionaban ante un abandono tan abrupto y tampoco sabía si todas las mujeres eran iguales ni en qué estribada la diferencia si es que eran diferentes. "Es como hacer un plan para desconcertar a los marcianos sin siquiera saber cómo piensa un marciano. Quizás deba estudiar psicología más adelante, si quiero ser un Hacker Pro —pensó frunciendo el ceño y subiéndose los anteojos—. En todo caso, si todo falla, mi padre tendrá que enfrentar días muy turbulentos que no le dejarán ganas de volver coquetear, ni siquiera con Betty la fea".

Todos los *mails* que su padre enviaba para concertar encuentros iban aparar, gracias a la programación del CCC, al correo de Stan y él se encargaba de enviar un simple mensaje a la fémina respectiva que desarticulaba cualquier intento de infidelidad de Jorge. "No hagas caso del *mail* que recién te envié. Solo fue un arrebato de calentura. Gracias por respetar mi distanciamiento, cariños, Jorge".

Hubo una tregua de infidelidades de Jorge, no porque le fuera fiel a su esposa, sino porque estaba absolutamente desconcertado, al punto que dudó si habría perdido sus dotes seductoras. Stan se divertía ahuyentando cualquier nueva conquista antes que se concretara la infidelidad y Jorge se fue sumergiendo en una depresión disimulada que lo traía a casa más temprano y cada día lo hacía más adicto al fútbol. Todo iba mejor, la madre de Stan lloraba mucho menos y el solo ver a Jorge con una cerveza en mano y unos cuantos goles del Manchester City, le hacía sentir tranquila y satisfecha del hogar que estaba construyendo a punta de esmero, limpieza y comidas ricas. Stan ya no sufría por su madre, pero lo que más le alegraba era que no le interrumpiera su concentración con sus lloriqueos de víctima.

El tiempo de navegación de Stan estaba repartido en su capacitación como hacker, poniéndose desafíos cada vez más complejos y contactándose con hackers consagrados que lo ponían a prueba en su discreción, y en jugar a Jorge con una de las seis chicas, a la que comenzó a valorar. Ella aceptó ser la amiga de internet de Jorge, que no era Jorge, y parecía satisfecha con ese diálogo digital y con la sorpresa de descubrir un nuevo Jorge, más profundo o menos superficial, no sabía. Un Jorge que le escribía sobre el universo y le planteaba preguntas imposibles de responder.

Al entrar en el computador de Susan, Stan de dio cuenta de que eran de la misma manada, unos solitarios, obsesionados por el pensar y pensar y adictos al conocimiento. Las carpetas del escritorio estaban llenas de videos e información que recopilaba de internet y que quizás nunca alcanzaría a leer en toda una vida. El Big Bang, las ondas gravitacionales, la Teoría MNM eran algunos de los temas que llenaban carpetas científicas y en otras descubría la astronomía ancestral versus la moderna o algunos temas esotéricos en los que Stan no había incursionado aún. "Es fabulosa", reconoció con un pequeño cosquilleo en la cercanía de los pulmones. ¿Cómo Susan pudo engancharse con su padre? Por las fotos de su Facebook le había calculado unos seis u ocho años más que él, pero no le importó, porque siempre había valorado la experiencia y a las personas que tienen historia. No encajaba esa Susan con su padre. Tendría que descubrirlo, sin descubrirse.

Desde hacía cuatro años, mientras mantenía una maravillosa relación virtual con Susan, Stan ya era conocido y respetado en la cofradía de los Hackers Globales y se lo conocía como Bitman, por su capacidad de no dejar rastro ni siquiera de un bit navegando al azar, un ser sin ADN que lo inculpara.

—Stan, ya es hora de que decidas qué vas a estudiar, porque si sigues encerrado en tu pieza, trasnochando y con los ojos con forma de pantalla, no llegarás a ninguna parte, te morirás de hambre, Stan, te lo digo por tu bien. Eres bueno para las matemáticas y podrías ser un buen ingeniero comercial...

La monserga repetida una y otra vez solo creaba distancia con su padre y le confirmaba que eran de otro mundo. Ni el dinero ni la fama eran tema para Stan y eso de que "no llegarás a ninguna parte" era una insolencia. ¿Has estado en las tripas de Nike, de Google, de Apple, de la Nasa, has incursionado en el Pentágono, has conocido el Vaticano, has entrado a Silicon Valley?, eran las evidencias que hubiera querido enrostrar a su padre para demostrarle que sí había llegado a alguna parte, pero un Hacker Pro nunca caería en tal tentación, aunque doliera, aunque te trataran como fracasado, aunque fuera tu propio padre quien te estuviera humillando, nunca.

—Creo que estudiaré Neurociencia —respondió.

—¿Qué es eso? —Y una mueca de asco recorrió de extremo a extremo su boca, como un limón invisible que se manifestara.

—El futuro —una respuesta seca, contundente y que entre líneas se leía un "algo que tú no entiendes, papá".

—¿Y por qué no estudias computación, ya que estás pegado todo el día en eso?

—Es lo mismo, son dos computadoras, una artificial y otra natural. —Hizo una pausa para convencerse de que valía la pena decir la siguiente frase, y la dijo—: La inteligencia artificial es el futuro de la evolución humana —sentenció—. Aún nos falta integrar la biología a las computadoras. Ya hay quienes lo están intentando, papá.

—Stan, no sé qué bicho te ha picado, respeto tu decisión, pero que te quede claro que será la única carrera que te voy a financiar. Nada de andar picoteando de carrera en carrera, mientras buscas tu vocación, ¿entendiste? ¡Solo cuatro años y a volar, como debe ser!

La madre de Stan lloraba, pero no movió ni un solo músculo para defender a su hijo. Mientras, Stan se lamentaba de tener una madre tan insignificante y cobarde, aunque igual la quería un poco.

—Aparte de ese Iron Maiden que tienes allí, en ese afiche satánico, ¿me puedes decir qué hacen esos señores, esas fotos tachadas como si fueras un asesino en serie que ha marcado a sus víctimas?

Stan hizo un largo silencio, evaluando si alguna respuesta tranquilizaría a su padre. Recorrió los nueve rostros que estaban clavados al corcho en la pared y su mente se paseó por sus currículum, aprendidos de memoria, solo pensando que cada uno de ellos era mucho más que su padre.

Allí estaba Tsutomu Shimomura, el hacker de Sombrero blanco que buscó, encontró y desenmascaró a Kevin Mitnick, el cracker/phreaker más famoso de los Estados Unidos. A su lado, el famoso creador del virus Melissa, que se propagó con éxito por correo electrónico en 1999. David Smith, quien había sido condenado a prisión por causar daños por más de 80 millones de dólares. Fracasado. La mirada de Stan se detuvo unas milésimas de segundo en Steven Wozniak, quien realizó su carrera de hacker en los setenta, cuando engañaba los sistemas telefónicos para hacer llamadas gratis. Luego dejó el oficio para fundar Apple junto a su amigo Steve Jobs. Como hacker: otro fracasado. Michael Calce le causaba cierta gracia a Stan, quizás porque ya era un genio a los quince años, cuando comenzó su maliciosa carrera hackeando los sitios web comerciales más grandes del mundo. El día de San Valentín de 2000, lanzó un ataque que afectó a eBay, Amazon y Yahoo!, tras lo cual fue condenado a uso limitado de internet. Él mismo se vanaglorió de su hazaña en algunos chats. "Estúpido", pensó Stan. Con su cara de bueno, allí estaba Julian Paul Assange, hoy asilado en la Embajada de Ecuador a consecuencia de sus wikileaks. Fue parte del grupo de hackers llamado Subversivos Internacionales, por lo que, en 1991, la Policía Federal Australiana asaltó su casa de Melbourne y el *New Yorker* lo había identificado como Mendax. Assange accedió a varias computadoras pertenecientes a una universidad australiana, a una compañía de telecomunicaciones y a otras organizaciones, vía módem, para detectar errores de seguridad. Posteriormente se declaró culpable de veinticuatro cargos por delitos informáticos y fue liberado por buena conducta tras ser multado con 2.100 dólares australianos. Otro más, lo pillaron. Gary McKinnon, de Glasgow, también conocido como Solo, era un hacker británico acusado por los Estados Unidos de haber perpetrado el mayor asalto informático a un sistema militar de todos los tiempos. Johan M. Méndez era el cerebro del sistema de espionaje Black Net, un sistema capaz de registrar toda la información y control de un computador en apenas unos segundos sin que el usuario se percatara de lo que sucedía. Y Adrian Lamo, originario de Boston, era conocido en el mundo informático como "El hacker vagabundo" por realizar todos sus ataques desde cibercafés y bibliotecas. Su trabajo más famoso fue la inclusión de su nombre en la lista de expertos de *The New York Times* y penetrar la red de Microsoft. Sven Jaschan, quien fue detenido en mayo de 2004 tras una denuncia de sus vecinos que perseguían la recompensa incitada por la empresa Microsoft, ya que el virus afectaba directamente la estabilidad de Windows 2000, 2003 Server y Windows XP. El noveno fracasado. "Son genios, pero no hackers", pensó. Y esa fue la única idea que salió de su boca:

—Tienen esa cruz porque son geniales y también unos fracasados, papá.

"¡A un verdadero hacker —pensaba Stan—, nunca lo atrapan, ni siquiera se sabe que existe, es un fantasma que solo él sabe que es real!". A todos esos ídolos de papel que cada día le recordaban que el éxito era invisible, que nunca se sabría nada, que no habría felicitaciones ni reconocimientos, a todos ellos les manifestaba tanto su admiración como su desprecio. Desde 2009 ya no coleccionaba hackers, dado que, si sabía de alguno, eso significaba que era conocido o atrapado, es decir, un fracasado. Ni Stuxnet, aquel virus informático que intentaba sabotear los programas nucleares iraníes, creado por los Estados Unidos e Israel, ni Dragonfly, que apuntaba a sabotear las redes energéticas de los Estados Unidos y de otros países interesaron a Stan, que se declaraba apolítico. Ni qué hablar del hacker que hacía ganar elecciones presidenciales, tan solicitado en México y ahora en los Estados Unidos. Quizás Wasp fuera el único ídolo de Stan.

Para Stan o Bitman representaría al más alto desafío que un hacker soñara. Debía enlazar el sistema de internet, en una especie de coreografía, con diferentes tipos de satélites para garantizar el éxito de la Operación. Sabía de sobra que un fallo suyo significaba el colapso total. Pero la forma en cómo había sido reclutado para la Operación Crisálida nunca la supo y Alex se encargaría de que fuera así por siempre. ¿Cómo supo Alex que Bitman existía y cómo lo contactó?

Olga preparó un almuerzo de restaurante y no había consultado a nadie qué menú le gustaría al equipo Crisálida, en ese segundo día del Operativo. El menú ya venía indicado en el informe detallado que Finnley había hecho, especificando los gustos y preferencias de Feller para que se sintiera en casa. En consecuencia, ninguno se asombró de estar degustando en *boeuf bourguignon* con papas salteadas al romero, previa ensalada de apio con aguacate, para finalizar con higos en almíbar y nueces. Todos estaban comiendo según los gustos del "Invitado", asunto que, por lo demás, parecía de muy buena educación, aunque el Invitado ni siquiera se lo imaginara. Quizás algún día, según cómo fueran las cosas, Feller podría ver los cientos de horas de grabación. Bert había aportado la idea de grabarlo todo y sus argumentos parecieron convincentes a Alex y al resto del equipo: "Si nos descubren –y con cara de 'ojalá no'– podremos demostrar el buen trato que le dimos al Invitado ya que incorporaré, si están de acuerdo, un reloj digital a fin de demostrar que no editamos el material. Segundo, la familia le creerá todo y eso hará que la teoría de que se arrancó con la secretaria no tenga asidero y, tercero, pensando en el proceso Crisálida, podremos demostrar, a tanto incrédulo y especialistas de pacotilla que afirman que nada de esto es científico, que sí es posible".

La salsa de vino no se resistió al pan que Stan untaba con la mirada fija y con los codos apoyados en la mesa, asunto que hizo que Alex no pudiera evitar una severa condena a los padres del muchacho, deslizando en su mente una frase descalificadora: "mucha computación y poca educación", pero se la calló, en aras del éxito en la operación. Stan, sin duda, era clave para navegar con instrumentos y no a ciegas, sabiendo que afuera todo se manejaba de la forma menos santa, inimaginable, como Finnley lo había sugerido hacía pocos momentos.

–Este no es el clásico *boeuf bourguignon* francés –comentó Alex dirigiendo su afirmación en tono de pregunta hacia Olga.

–Se olvida, jefe, que no soy una cocinera, soy chef y, en consecuencia, cada uno de mis platos es una creación.

–A mí me gusta mucho –intervino Eve, para distender el ambiente que podría crearse, suponía.

–De eso no sé –apuntó Bitman con la boca llena y mirando el plato–, es la primera vez que como esto, el "vefburgiñon" o como se llame esta carne con salsa.

–Está exquisito, Olga –intervino Alex–, solo era un comentario. Recuerdo el verdadero *boeuf bourguignon* preparado en un pequeño restaurante cerca de Lyon, como debe ser, con un vino...

—¿Por qué no disfrutas de este "falso" *boeuf bourguignon* o la "falsa chef" te envenenará la próxima vez, como deber ser? —ironizó Olga—. ¿Decías, Bert?

—Sí, continúa, Bert —dijo Alex a modo de mantener su liderazgo después de ese desliz recurrente. "Lo mismo que me decía Rocío: 'papá, ¿por qué eres tan criticón?'", recordó como una ráfaga de viento que hubiese entrado por debajo de la puerta, sin golpear.

—Sabemos —continuó Bert—, sabemos con precisión todo respecto de la familia de Feller y conocemos a todas sus personas de confianza, pero no podemos descartar que nuestro Invitado pertenezca a algún grupo secreto. Me baso en que nuestro personaje tiene una tendencia a pertenecer a grupos, que no le gusta navegar solo: desde su equipo de rugby, su pertenencia al grupete Skull & Bones, ese al que perteneció Bush hijo, en Yale, hasta la alianza que armó con su suegro. Y si por otra parte observamos que las grandes fortunas se arman negociando favores en el mar de la internacional del dinero, cabe suponer que es posible la pertenencia a un grupo medianamente influyente, posiblemente cercano a la Bolsa. Asunto por dilucidar —dijo, mientras hacía crujir un apio—. De detectar eso me encargo yo y obviamente Bitman, Stan si prefieren, ya que hemos adaptado y diseñado un sistema para rastrear, incluso si los mensajes vienen encriptados y de cualquier parte del planeta. Es una idea, hoy en desuso, que se utilizó para neutralizar los drones que hacían su estreno mundial para la guerra de Irak y Afganistán. —Era la precisión con que siempre actuaba Bert, a pesar de su incierta lucha con un higo que quería huir de su plato con rumbo desconocido. Siempre comía apurado y ansioso.

En sus ratos libres, Bert jugaba con su dron y, en días de lluvia, practicaba en un simulador de vuelo X-Plane 10 Global. Siempre en el aire, Bert era un pájaro, incluso su nariz aguileña y filuda que emergía entre uno ojos grandes y negros daba ese aire riguroso y detallista con que marcaba cada cosa que se proponía. "Perfeccionista", le decían sus amigos a modo de insulto encubierto mientras Bert puntualizaba: "Perfecto, diría yo. Típico comentario de mediocres". Y reía burlonamente.

No había especificación técnica que Bert no conociera y siempre estaba dispuesto a explicar, en cualquier reunión social que le diera esos minutos de gloria, cómo funcionan esos avioncitos no tripulados y a distinguirlos de otros VANT, especialmente de los militares, para misiones de espionaje, de reconocimiento e incluso de ataque. Ya en la Guerra del Golfo y también en Bosnia, los drones jugaron un significativo papel, al instalarse como protagonistas de futuras guerras, pero muy pronto surgirían sus antídotos, hackeando la información entre satélite y los VANT de guerra, como ocurrió en Irak y en Afganistán, a través de un sencillo programa de US 25, el SkyGrabber.

Bert adquirió su dron con la empresa Phantom, un modelo Close con capacidad de subir hasta 3000 metros y con un alcance de 10 kilómetros, lo suficiente como para curiosear a través de su cámara HD y disfrutar como un halcón primerizo. Anne no perdía oportunidad para mofarse de la afición de su marido, invocándole que ya no era un niño, que madurara. En definitiva, Anne le sugería, sin explicitarlo, que fuera hombre, que dejara de jugar. Bert la escuchaba y en lo más profundo de su ser se juraba que nunca dejaría de ser niño. Al contrario, pronto iba a poder jugar con su adorado Matteo, que gateaba saboreando pelusitas de la alfombra.

Drones y simuladores de vuelo para el ocio y satélites para el trabajo. Bert se había convertido en experto en satélites, pero sobre todo en comunicaciones vía satélite. Aparte de explicar, en reuniones sociales, que estos rondan la Tierra a 35.786,04 metros de altura para lograr ser geoestacionarios o lo que es lo mismo que decir que están fijos en el cielo y que giran a la misma velocidad de la Tierra, sus oyentes ya comenzaban a desconectar oídos y el interés se trasladaba al último gol del Manchester City. Nunca pudo explicar, como hubiera querido, que la triangulación de algunos geoestacionarios les permiten, a esa sarta de ignorantes que enfrente suyo beben cerveza, tener GPS, bajar series e incluso era probable que el gol recién comentado hubiera llegado desde algún satélite. Tampoco podía entrar en detalles sobre las frecuencias de las transmisiones, la C, Ku o Ka para responder que la ku, si le hubiesen preguntado, era la frecuencia de la televisión. Ni imaginar que pudiera explicar el maravilloso tema de encriptar la información, de hacerla ilegible y privada. Menos aún contarles del Programa CryptoForge que ya manejaba con total destreza. Bert, si quería público, debía circunscribirse a los vuelos de su dron y contar alguna anécdota de una chica que tomaba sol, desnudísima, en la azotea de un rascacielos y de su audacia para hacerle un vuelo rasante.

A Bert le interesaron siempre las redes, ya no para el consumo como internet, sino para generar coordinaciones. El extenso banco de datos de todos los periodistas influyentes del planeta había nacido cuando, siendo un aprendiz, le hacían subir información al satélite, en las ventanas en que el canal de TV compraba para su señal internacional o con ocasión de un mundial de fútbol. Se fue dando cuenta de que se había convertido, sin quererlo, en una agencia noticiosa, que distribuía información y la viralizaba para denunciar oscuros negocios y sobre todo abusos de poder. Pero Bert no quería ser un pirata navegando en el ciberespacio, prefería ser un corsario, con un rey detrás, que le diera patente de Corso. Ya comenzaba a plantearse la idea de hacer de esta afición un rentable negocio y barajaba nombres para esa Agencia de Noticias, independiente de cualquier medio, de cualquier Estado, de cualquier empresario, cuando sonó el teléfono para tomarse un café con Alex.

Había agotamiento en el grupo, sin embargo se sentía, se palpaba, el sentido de equipo: Olga bromeando y haciéndose halagar por sus dotes de chef y comentando lo feliz que le hacía observar a Feller a través del espejo, mientras comía con entusiasmo, sin dejar nada y, a veces, agradeciendo hacia el espejo como si la adivinara; Eve, callada y presta a alertar sobre cualquier asunto inesperado y al mismo tiempo con una expresión de asombro al verse , a sí misma, metida en un operativo de tan alta envergadura, lleno de posibles peligros y que, sin embargo, le hacía sentir más segura que nunca: "que sea una causa noble debe ser la explicación", pensaba en su silencio; Bitman y Bert parecían hermanos cibernéticos y no paraban de bromear sobre temas ininteligibles; Zelig y sus anécdotas de guerra o de tiroteos, en las cuales el héroe era, en el cien por ciento de los casos, Zelig; Iván, intentando adaptarse a una modalidad de combate que desconocía, liderando las operaciones, pero alerta a no entrar en competencia con Alex; Garret, comparando el *boeuf bourguignon* con la comida de la cárcel y bromeando sobre el nivel 5 estrellas del cautiverio de Feller, haciendo llamados infructuosos a la mesura y la austeridad para no ir a la bancarrota; Romina tomaba el rol de primera dama y se mostraba maternal con todos... y Alex, extrañando no poder compartir ese momento con su amigo Aum.

22 de septiembre, 2014.
13 meses antes del secuestro
Casa de Aum en el acantilado

Aquella mañana, la casa se inundó con la música que Aum había elegido para despertar a Alex, después de una noche triste, desconsolada:

Y si
alguna vez tengo que marcharme
cierra los ojos
e intenta sentir lo que hemos sentido hoy
y entonces si puedes recordarlo...
mantén tu sonrisa,
que siga brillando,
sabiendo que siempre podrás contar conmigo
sin dudar,
para eso están los amigos.
Para lo bueno,
y para lo malo,
siempre estaré a tu lado.
Para eso están los amigos.

"That's What Friends Are For",
Dionne Warwick, Stevie Wonder, Elton John

Abrió el único ojo que no tenía sepultado en la almohada. Enfocó en las 11.11 de una mañana soleada con la voz de Dionne Warwick resonando con una acústica catedralicia. Al menos, había podido dormir unas seis horas, calculó. Antes de levantarse para un desayuno que estaba llamando con la música que Aum le estaba dedicando sin mediar palabra, Alex paseó la vista por la habitación de alojados. Estaba justo en el centro de un cubo de vidrio que, separado a unos tres metros, por tres de sus lados, de la roca viva, dejaba una terraza con suelo pizarra negra que remataba en una barandilla casi virtual que daba resguardo del acantilado. Esos tres cables de acero trenzado eran suficientes para sentirse seguro, al tiempo que no obstruían la vista al mar. Descorrió un tercio de la pared de vidrio panel y el mar se hizo presente, tras una callada noche detrás de los cristales. En un recodo de la roca, se armaba un baño con una bañera mitad roca mitad mosaicos que hacía de remanso de una vertiente natural que, a 90 metros, evacuaba lentamente en una lluvia de agua pulverizada por el viento. Había dormido en una escultura habitable, rodeado de arte y de una austera belleza, mientras su alma se aquietaba después de tan dolorosa conversación nocturna. Volvieron las palabras de Aum, mientras tomaba fuerzas para ponerse de pie, como si al hacerlo aceptara que volvía a la vida, con nuevo talante, aunque apaleado por las emociones. Escuchó en su mente la voz pausada y tranquila de Aum.

—No te culpes, Alex, no te culpes. Mientras tú sentías que estabas dejando una herencia valórica, tu Rocío solo quería un abrazo y un padre que estuviera a su lado mientras atravesaba la turbulenta adolescencia. Cómo podías imaginar que después de ese año 82, que siempre me lo has relatado como de una intensa relación con tu hija, ella comenzara a acumular una secreta rabia cuando tras terminar tu tesis, volviste a las andanzas internacionales y pasabas poco en casa. Es obvio, mi querido amigo, que Rocío sintiera celos de tu activismo político, de tus sesudos análisis de la situación internacional y todo eso que ocupaba tu dosis de pasión que alcanzaba para más de una vida. Sin embargo, sus celos estaban teñidos también de admiración, tan teñidos que, sin elegir el camino político que había comenzado a detestar, eligió, como tú, una causa noble. No es casualidad, Alex, que Rocío optara por la lucha como ecologista y tampoco es casualidad que llegara tan alto. Si la terapia la hubiera hecho a los dieciocho años, en vez de los treinta y siete, habría comprendido que se pueden tener sentimientos contradictorios hacia los padres, que se los puede amar y se los puede odiar simultáneamente. Pero Rocío no encontró otro camino que sepultar su admiración hacia ti con una buena dosis de rabia. Te puedo asegurar, Alex, que, tras su terapia, después de esa carta que nunca te envió, solo a dos meses de su accidente, Rocío ya estaría reconciliada contigo, ya habría comprendido tus ausencias y el vacío del abandono ya no campearía en su alma. No, Alex, no puedes culparte, no puedes culparte, con la experiencia de tus setenta años no puedes culparte de tu inexperiencia de los cuarenta y dos.

—Aum, cuarenta y dos es mucha edad para no darse cuenta de algunas cosas. Ya Monique me las hacía ver y de nada sirvió. Por cierto, siempre pensé que era un manipulador argumento de Monique para que yo no viajara tanto y no la dejara sola. Otra estupidez de tu amigo, ¿no crees? Antes de venir acá, me encontré con ella en el aeropuerto de Barcelona, pero no atiné a preguntarle sobre esos dos últimos meses antes de...

—Deberás preguntarle apenas puedas y quizás también debas hablar con su terapeuta.

—Pero igual, Rocío pensó que yo era un fracasado y yo coincido con ella. Ni en mi vida de político creyente en el camino democrático ni después, la del revolucionario, ni tampoco cuando dejé todo eso y me convencí de que los cambios de la humanidad solo podrían ocurrir a través de un profundo cambio de consciencia, nunca he logrado nada. Mediocridad, como decía mi padre, pura mediocridad.

—Sigues escuchando a tu padre, veo.

—Rocío tiene razón.

—No te victimices, no te sienta y no es la forma de camuflar una cierta soberbia. ¿Acaso tú solo ibas a cambiar el mundo, acaso tu liderazgo movilizaría a la humanidad? Vamos, Alex, lo que tú tienes es pena, una gran pena por no tener a tu Rocío al alcance de tus brazos y pedirle perdón esperando que sus ojitos te abracen de nuevo.

—Siempre tienes razón, viejo del alma, siempre.

—Rocío te amaba y te admiraba. Y aunque humanamente es muy duro lo que voy a decirte, igual te lo diré, amigo mío: afortunadamente, Rocío superó su dolor, aunque fuera meses antes de partir de este mundo. Lo logró, Alex.

—Yo debo lograr lo mío, debo lograrlo, debo lograrlo —se repetía en cada escalón, intentando volver de los diálogos de la noche anterior, cuando ya subía a desayunar con Aum.

—No quise despertarte antes. Tenías un cansancio milenario.

—Gracias por la canción de Dionne Warwick, todo un gesto.

—Respecto a tu plan, debo decirte tres cosas. —Hizo un silencio teatral buscando las palabras adecuadas y lanzó sus tres cosas—: No estás en edad para planes así. Segundo, podrías morir. Tercero, el plan es buenísimo, muy creativo. También mi ego se alegra de haberte inspirado, sin saberlo, en aquella conferencia en París.

—Debo hacerlo. Sé que corro peligro, que las posibilidades de éxito son bajas, que todo esto no se condice con mis propias ideas, las que tú me enseñaste y que hemos compartido por años. Sé que me estaría contradiciendo, que quiero apurar los procesos naturales de la evolución de la consciencia, todo eso lo sé y no es necesario que me lo hagas ver, lo sé. Sí, lo sé, pero debo hacerlo. Desde 2010, cuando redactamos el Acta de Ítaca, no hemos avanzado mucho, la Nueva Economía, te acuerdas del documento que propuse, nada destacable ha ocurrido y, salvo algunas iniciativas, continuamos en la Economía de la Competitividad. No es la economía el tema, sino el poder. Por eso, debo hacerlo, apuntando al poder.

—Eres una mula, con el perdón de las mulas. ¿De qué sirvió que, durante dos horas, sentados allí, en la terraza y con aquella botella que abrí especialmente, te explicara por qué la humanidad tiene un biorritmo evolutivo que es muy, pero muy lento respecto de la vida de un humano como tú o como yo? Tú mismo argumentaste que los cambios revolucionarios no habían sido más que ilusiones, que a poco andar tomaban la vía regresiva por el control del poder, etc., etc., como bien lo documentaste anoche, con la Revolución francesa, con la bolchevique, con la del Libro Rojo, incluso con la de Jesús, si es que analizamos los resultados tras una breve visita al Vaticano, dos mil años después. Mucho desarrollo tecnológico, vertiginoso, y al mismo tiempo, a paso de tortuga, la evolución global de la consciencia. No lo veremos, amigo querido, pero podemos aportar una nanopartícula de arena a la evolución, siempre y cuando la aportemos en dirección al propósito de esta. Ya te he hablado sobre cuál es, a mi juicio, ese propósito con mayúsculas, tanto de la evolución en general como de la especie humana. Pero no viene al caso tanta filosofía para una mula.

—Igual lo haré, aunque me repitas una y otra vez que el nivel evolutivo de la humanidad es el promedio del proceso evolutivo de los 7200 millones de encarnados, todos ellos en diferentes niveles evolutivos. Que Hitler fue posible como consecuencia natural de dicho promedio y que, por tanto..., todo está bien, como debe ser, de acuerdo al nivel de evolución en el que estamos hoy. Sí, amigo, ya lo sé. Somos, como tú dices, solo unos fetos evolutivos. ¿Puedo servirme otro café? No recuerdo habérmelo tomado —dijo, como si volviera de un viaje astral.

—Yo te lo preparo, las mulas no saben hacer café —Aum ya no quiso insistir. Sabía que ningún argumento racional le convencería y por ello, anoche había intentado por la vía emocional, consolándolo del dolor de aquella frase de Rocío, ayudándole a perdonarse y, en consecuencia, decidió que desistiría. Pero no. Alex estaba dando una clase magistral sobre la tozudez del eneatipo 1, cuando persiguen la perfección. Evidentemente, todo un retroceso evolutivo de Alex, quien durante tantos años se trabajó su severa tendencia a criticarse, a nunca sentir que era suficiente. La frase de Rocío, escrita en una tarea de un terapeuta, hacía ya cuatro años, estaba produciendo estragos y desencadenando acontecimientos que sacudirían al mundo.

—Lo haré —susurró, para convencerse.

Y lo estaba haciendo, solo trece meses después de visitar a Aum en su casa del acantilado, contraviniendo todas las recomendaciones de su amigo. Estaba en el segundo día de la Operación Crisálida, caminando por las calles de París, cambiando, como siempre, los recorridos para prevenir lo que fuera. "Así son los protocolos", se repitió dos veces, aunque con una cierta burla de sí mismo, viéndose como un ridículo 007 que sospechaba hasta de su propia sombra. ¿A sus setenta y dos años, jugando a los buenos y malos? Ese pensamiento le provocó una mueca de niño recriminado por papá y, como siempre, buscó una razonable explicación. "Hay muchos vejetes como yo que también están jugando".

Esa tarde, anocheciendo ya, había elegido salir a la superficie por la boca del metro Saint Sulpice para luego caminar por la rue de Rennes en dirección a Saint Germain des Pres, la rue Bonaparte y finalmente doblar a la derecha, por la rue Jacob.

Al cruzar el boulevard Saint Germain se encontró sorteando a la gente y a las sillas del café Les Deux Magots y mientras sus pensamientos recorrían su memoria buscando otros vejetes jugando, le pareció ver, tras los vidrios y modelado por la luz cálida del local, sentado como si el tiempo ya no existiera, al mismo Roman Polansky, quizás petrificado en su rutina de juventud, cada día allí esperando un financista para sus películas o simplemente había vuelto esa tarde a rememorar algo que parecía olvidado o quizás a celebrar que no sería extraditado a los Estados Unidos, acusado de abuso, ¿o ya habría muerto y ese Roman que bebía café no era más que su sombra habitando otra existencia? "Los vidrios engañan —pensó—, aunque parece que es él, otro vejete como yo, jugando al cine o aquel otro vejete, Sartre, más allá, o no es, sentado y divagando entre el ser y la nada o ese Hemingway histriónico contando anécdotas de España, puros vejetes que dejaron huella, bellos fantasmas que rondan París". A punto de llegar a la rue Guillaume Apollinaire, su mente recopiló otros vejetes juguetones: Einstein, relativizando aquello tan fijo, como el tiempo; y antes de continuar pensó en los vejetes malos, jugando con la paz mundial, jugando a los misiles, jugando a ser poderosos, jugando a la disuasión armada, jugando a la depredación de la naturaleza, jugando como si todo fuera solo un juego y fuéramos marionetas de un destino que transcurre a pesar de nosotros, inexorable. ¿Quizás todo sea un juego? ¿Quizás el que me hayan estado siguiendo también sea un juego? Y Alex lo había estado jugando hacía varios minutos, al despistar a ese hombre con aspecto de mexicano, supuso por el bigote y descartó que fuera norteamericano, como en el cine de suspenso.

Lo perdió, pero también dudó: o era un experto en elusiones o bien, el Mexicano no era muy profesional. Optó por la segunda.

Esta vez no llegó a su departamento a través de la Place Furstenberg, aunque la extrañó con solo acercarse al Quartier Latin.

Noche del día 2

Alex tardó en amarla, su corazón estaba petrificado desde 2010, exactamente desde la noche del 31 de octubre, cuando no quiso creer que Rocío estaba muerta. Casi dos años tuvieron que pasar para que se permitiera salir de su soledad, tímidamente y con cautela. Y, con santa paciencia, para que disipara sus miedos y que su duelo, aún sin explicación que le consolara, diera paso a una cierta normalidad, donde podría desarrollar una relación que, por el momento, avanzaba tan lentamente que a veces le hacía dudar si valía la pena, Romina aguantó estoica y digirió muchas tristezas ajenas, abrazó sin respuesta y, por sobre todo, confió en su intuición: Alex era una buena persona y ella estaría dispuesta a perdonarle su rigidez y su crítica ácida pero también lúcida, admirable. Romina había nacido para alegrar al mundo y Alex necesitaba su optimismo más que nunca en toda su vida. Desde que el mundo no se terminó ni dio un salto cuántico de Consciencia ese 21 de diciembre de 2012, cuando ella tuvo la certeza de que lo amaba y Alex, la corrosiva duda de si era o no capaz de amar a alguien.

Imagina que no hay cielo,
es fácil si lo intentas.
Sin infierno bajo nosotros,
encima de nosotros, solo el cielo.

Imagina a todo el mundo
viviendo el día a día...
Imagina que no hay países,
no es difícil hacerlo.

Nada por lo que matar o morir,
ni tampoco religión.
Imagina a todo el mundo,
viviendo la vida en paz...

Puedes decir que soy un soñador,
pero no soy el único.
Espero que algún día te unas a nosotros,
y el mundo será uno solo.

Imagina que no hay posesiones,
me pregunto si puedes.
Sin necesidad de gula o hambruna,
una hermandad de hombres.
Imagínate a todo el mundo,
compartiendo el mundo...

Puedes decir que soy un soñador,
pero no soy el único.
Espero que algún día te unas a nosotros,
y el mundo será uno solo.

Romina tarareaba con el mismo entusiasmo que lo hacía, con el biberón en la mano izquierda, mientras jugueteaba con la derecha en medio de una espesa cabellera rizada y de color dorado, cuando escuchaba *And I love her*. Y ese sonido de los Beatles le seguiría por años, por los cincuenta años que ya tenía, con dos matrimonios en el cuerpo. Disfrutaba, una y otra vez con *Imagine*, desde el 71, ya con nueve años, casi como un himno que orientaba su nave, siempre en dirección a la solidaridad.

A pesar de su formación en un ambiente hippie, Romina empezó su primer matrimonio atrapada por su compulsión a dar y dar, transformándose en una mujer más convencional que su propia madre, a quien criticó siempre por el servilismo hacia su marido. Romina se postergó en aras de una familia que nunca llegó a cuajar, entregada a su marido, que cada día era menos hippie y se iba convirtiendo en un próspero empresario, hasta que un buen día, Glenn, así se llamaba, igual que el astronauta, voló con una jamaicana que tarareaba canciones de Frank Sinatra. Romina no sacó conclusiones y culpó a Glenn de su desgracia. Se propuso también que sería aún más dedicada al próximo marido, si aparecía, a fin de evitar que mirara para el lado. Servicial a más no poder, dejó de lado sus proyectos, sus deseos de ir a África o a la India para ayudar a los más necesitados, y se sumió en el hogar, dedicándole sólo algunas horas a una organización internacional que apadrinaba niños abandonados. Y de abandono, Romina sí sabía. A sus siete años, su madre prefirió a un galán cubano y la dejó en un orfanato, al cuidado de unas monjas que eran adictas a Paul McCartney. Glenn la había abandonado y ahora Peter le pedía tiempo para pensar, asunto que se prolongó hasta que Romina estuvo ya plenamente convencida de que nunca volvería.

Escuchando a Lennon, ya desembarazada de los hombres, Romina inició una nueva etapa de su vida: Nunca más se postergaría. Iría a la India ahora. Sus cincuenta años no serían obstáculo. Su natural vocación de servicio y un optimismo, que a veces le hacía desconfiar, la llevaron a dirigir importantes organizaciones de ayuda humanitaria y, en consecuencia, a codearse con altos miembros de la ONU, de Derechos Humanos, de Médicos sin Frontera y a promover un sinnúmero de iniciativas locales.

Al fin, sus estudios de Sociología servían para algo. Poco a poco, fue sintiendo que ayudar y ayudar no tenía demasiado sentido, que todo lo que se avanzaba era rápidamente sobrepasado por el abuso y la codicia. Tras una breve depresión, que también podría haber sido por la menopausia tardía, y un nuevo sinsentido para su vida, Romina decidió enfrentar el tema del abuso, el del poder, el de la confianza, el abuso en todas sus dimensiones. Fue Aum quien le recomendó llamar a su amigo Alex, sin contarle en qué andaba, salvo que tenía sesenta y nueve años y que era experto en abusos, en abusadores, agregó bromeando, por si acaso. "Llámalo, quizás puedan celebrar juntos el fin del mundo este 2012 –dijo con cierta ironía para luego ensombrecer el ceño y agregar–: El hombre anda triste hace dos años, se le murió su Rocío, su hija adorada". Romina supo, en ese instante, que lo llamaría.

Alex eludió al Mexicano, si es que lo seguía y, mirando con disimulo en todas direcciones, entró al portal del 11 rue Jacob.

Apenas sintió el inconfundible ruido de la llave que entraba en la cerradura de la vetusta y noble puerta, anunciando la llegada a casa de un Alex, que no podía menos que venir hecho un estropajo, cansado a morir, Romina prendió una vela y escondió el fósforo, como una niña que tiene una sorpresa. En la penumbra del departamento, la luz de la vela hacía brillar dos copas de vino tinto y una mesa impecablemente bien puesta; y el resplandor del mantel blanco hacía más dulce aún el rostro redondeado y su sonrisa irresistible, que se abría mostrando unos dientes perfectos:

–Hace nueve días que no hacemos el amor y hoy no te me escapas –Y una carcajada cristalina selló su coquetería.

–¿Me quieres matar?

–A besos, Alex, a besos. Sé que estás cansado, que a los dos días del secuestro hay que sumarle un año de trabajo…

–Invitado, Romina, Feller no es un secuestrado. Invitado.

–¿Cómo lo entendería la policía eso de "invitado"? –Y si bien era una broma, también reflejaba un dejo de incertidumbre, de un potencial fracaso, asunto que hizo reaccionar a Alex:

—En ese caso, has preparado la última cena.

—Alex, por favor relájate y brindemos por todo lo bueno que está sucediendo —e inclinando la cabeza para que su pelo cayera tapando un ojo seductor— y que está por suceder... después de un *coq au vin* con cuscús, mezclando lo francés y lo árabe y luego una crema catalana para recordar ese día 12 de diciembre, en la Barceloneta, que no olvido, como ves.

—Prometedor —dijo Alex mientras se sacaba la chaqueta y rodeaba la mesa para abrazarla, y sin pensarlo, Romina dejó el fósforo en el borde de un plato y le esperó con los brazos abiertos. Y aunque Alex era parco con las expresiones de amor, se aventuró con un "gracias", seguido de un paréntesis de silencio para completar una frase menos visceral—: No hubiera sido posible toda esta locura sin ti, gracias.

Separó su rostro y obligó a que Alex la mirara a sus ojos:

—Todo lo que has hecho, mi amor, lo has hecho por Rocío y eso me conmueve y enamora. No me agradezcas nunca. ¿OK? —Con una leve sonrisa, alegre y triste al mismo tiempo, Alex respondió sin mediar palabra—. Cómo estaría de orgullosa tu Rocío si te viera liderando este operativo, audaz, esperanzador, si viera que no has bajado la guardia y si te viera, Alex, con esta mujer que tienes delante —sentenció coqueta a fin de que Alex no entrara en la melancolía que siempre brotaba con solo mencionar a su Rocío.

Sin ser consciente de que Amélie era su *alter ego*, que ese personaje de ficción, una camarera del Café des 2 Moulins que decidió, desde el más absoluto anonimato, hacer feliz a quien le rodeaba a través de ingeniosas acciones, Romina puso la música que la había acompañado desde que 2001 se había materializado en el cine, con la espectacular actuación de Audrey Tautou.

Alex celebró el piano de la "Valse d'Amelie", vio la sonrisa de Romina, pero su espíritu crítico, que no le abandonaba ni en los mejores momentos, se hizo comentario, breve, pero tajante:

—¿No te parece muy parecido, ese piano, al de Eric Satie?

—Satie es un homenaje a la depresión y la música de Yann Tiersen es optimista, juguetona, infantil, llena de sugerencias sobre lo que imaginamos cuando niños. Si quieres pongo una música más combativa, como "Bella Ciao", pero creo que nos liquidaría la noche romántica, ¿no crees?

Alex nunca había sido un tipo romántico, si bien valoraba los actos románticos como parte de una dinámica superior, de un amor como debe ser: expresivo, respetuoso y en muchos aspectos tradicional, riguroso de los onomásticos, de las fechas, del tiempo. El tiempo, tan esquivo, tan fugaz, tan eterno otras veces, tan lleno de recuerdos, tan atiborrado de frustraciones, tan prometedor cuando quería, el tiempo era un maldito traidor, que te engatusaba con la esperanza para luego darte un garrotazo inesperado, devastador. Alex se ensoñaba con que el tiempo dejara de existir, que ni el pasado triste te enturbiara la mirada ni que las expectativas obnubilaran el presente, soñaba con eso, en esos días y, quizás por ello, cuando escuchó, en su celular, esa voz femenina, y desconocida, que le dijo: "¿Sabes que faltan nueve días para el Fin de los Tiempos?", Alex no supo qué responder y la voz prosiguió: "Aum me recomendó que te llamara". Luego otro silencio. Al escuchar que Aum avalaba tan insólita llamada, Alex entró de lleno en consonancia con el diálogo y, como le era habitual, corrigió: "El Fin del Tiempo, no de los tiempos, con s, que no es lo mismo", dijo, con una escueta risa que fascinó a Romina.

–Tienes razón. El Tiempo, con mayúsculas, llega a su fin este 21 de diciembre, según los mayas –y agregó–: y yo les creo, ¿y tú?

Alex había comenzado a creer que las cosas que ni se ven ni se tocan pueden existir. Desde el año 91, Alex venía librando una dura lucha contra su racionalismo, que, mal que mal, le había servido mucho en la vida para buscar buenos argumentos, para tener la razón y sobre todo para configurar su ideología política, tanto la democrática como la guerrillera, surgida en el 73 en plena sensación de fracaso por el caso chileno. Recordaba que aquel día 9 de noviembre del 89, tras dieciséis años de lucha guerrillera y muchas conferencias, mítines y asambleas enfocadas a derrocar el Estado burgués, todo había terminado, al menos para Alex. Ese día, cuando vio que el Muro de Berlín caía demolido por jóvenes llenos de risa y esperanza, la vida se le desmoronaba; ese día en que la URSS se rindió, los modelos cayeron; que Gorbachov entregaba el mundo a Bush padre, aquel estudiante de Yale que perteneció a la secta Skull & Bones, que había sido director de la CIA y luego uno de los miembros principales del Grupo Bilderberg, junto a David Rockefeller y Henry Kissinger, era una brutal vergüenza; y ese día tuvo la certeza de que todo era inútil, que los caminos se habían agotado y, sin vislumbrar alternativas para la humanidad, dejó espacio en su mente para una solución que no encajaba con la lógica. Allí, en esos días de desorientación y de un autoexilio de la política, fue que apareció, sin siquiera proponérselo, un nuevo paradigma.

Alex hizo extraordinarios esfuerzos racionales, aplicando la lógica a contrapelo de lo que significaba asumir la creencia de que los cambios en la humanidad provendrían de un cambio interno, de cada individuo. La idea le parecía atractiva en la medida en que confirmaba que los cambios ya no vendrían ni con la revolución ni con el derrocamiento de nadie, que vendrían sin una gota de sangre derramada, casi como un milagro que hubiera venido gestándose desde siempre: la evolución de la consciencia, como recalcaba Aum, cada vez que se le ofrecía la oportunidad.

Sin poder desprenderse de una personalidad analítica y pragmática, se esmeró, como se esmeraba siempre y ante todo desafío, por elaborar un sistema de ideas que, sin caer en la zalamería del New Age, apuntara al autoconocimiento como la llave para superar el sufrimiento. Allí, en su discurso, Alex intentaba integrar ideas de Buda, de Osho, de Krishnamurti, del Dalai Lama y de cuanto sabio se pudiera asomar en su horizonte, ya sin la burla de Monique por todo eso que calificaba de esotérico, volado, hippiento y otros epítetos descalificadores. A pesar de que ella lo había dejado, Alex le estaba viendo el lado bueno a esta nueva etapa de su vida: podía pensar cualquier cosa sin sentirse criticado, asunto que le penaba desde niño, cuando le comparaban con los niños buenos. Niños inexistentes para él y que, además, hasta sus sesenta y nueve años, no había encontrado ninguno todavía. Tantos años perdidos, intentando ser bueno y correcto, era uno de los aprendizajes que le llegaron con la aparición de Aum en su vida, en el 93, cuando comenzó a comprender eso tan complejo del Ego y del Yo, aún sin entenderlo del todo.

Por eso, cuando Romina le había invitado a pasar juntos el Fin del Tiempo, a cuatro días de terminar el ciclo de 5250 años, ese 21 de diciembre de 2012, Alex aguzó su lógica, ahora metafísica, y le pareció obvio que, ese día, se produciría el salto cuántico de consciencia y toda la humanidad pasaría, casi automáticamente, a un nivel superior de evolución, y desaparecería la intolerancia de la faz de la tierra.

—Ya lo decía Buda —y con ello reafirmó lo que Romina le comentaba sobre el Tiempo, sobre las expectativas y los apegos que tanto hacen sufrir. Y añadió—: Sin la dimensión del Tiempo, tendremos acceso al No-Tiempo, al Todo, a Dios, según me ha enseñado Aum...

—¿No es una conversación para el celular, no crees?

—Cierto —y aprovechando que le estaban abriendo la puerta, a pesar de que hubiera querido terminar la idea de la espiritualidad versus las religiones adictas a la fe, se contuvo y dijo—: ¿Un café conversado?

Y partieron a Cancún y de allí a Chichén Itzá, en Yucatán, para conocer el Cenote Sagrado, ese gran pozo natural, conectado a kilométricos ríos subterráneos, hábitat del inframundo, sede de los dioses. Pero ni a Alex ni a Romina les importaba mucho el pasado. Querían vivir en presente perfecto, el fin del Tiempo, en el epicentro donde los mayas lo habían anunciado siglos antes, marcando el inicio de dicho ciclo en el 3113 a. de C., cuando un gran peldaño evolutivo de la especie humana se manifestaba en Ur, en Uruk y la Babilonia de Gilgamesh producía, por primera vez, escritura humana, en unas tablillas de barro. No era para menos que los mayas conocieran la fecha del origen de la civilización sobre la tierra y, por tanto, parecía bastante creíble que 2012 fuera el fin del ciclo de 5125 años. Demasiadas coincidencias como para farrearse ese momento histórico y, de no ocurrir nada galáctico, podría ocurrir algo con Romina, aunque el libro sagrado, el Popol Vuh maya no lo haya predicho, que se sepa.

—Si todo termina aquí, ¿tendrías algún pendiente? —preguntó.

Antes que la pregunta de Romina terminara, Alex ya estaba pensando en Rocío, pero descartó eso como un pendiente, más bien era un intenso deseo de tenerla cerca. Sin saber muy claramente eso de los pendientes en la vida, si se referían a perdonar, a decir algo no dicho o a develar un secreto, recurrió a una experiencia que suponía superada. Abrió una botella de tequila, sirvió los dos vasitos y sin hacer ninguna introducción, contó su historia, intentando neutralidad, aunque eso era batalla perdida:

—Apenas reconocí su voz. Veinte años sin escucharla, pero el galope de mi corazón me dijo que era él. Me está llamando mi padre, me está llamando a mí, y mi cuerpo comenzó a comportarse como si tuviera nueve años, pero tenía cincuenta y ocho. Perdí la concentración sobre el texto que estaba escribiendo y me paseaba intentando encontrar tiempo y calma para saber qué decir. Sin duda, la llamada me estaba desestabilizando por completo, dejándome convertido en un guiñapo de emociones contradictorias. Cómo iba a ser amable, siquiera, si hasta el momento no se había dignado conocer a mi hija Rocío, su nieta, se supone. Cómo no contestarle, si su voz era tenue, incluso cariñosa, deslizando mi apodo de infancia, Lexin, sin darse cuenta. Intentaba saber cuál era el motivo de su llamada y no podía descubrirlo, salvo que fuera para despedirse ante su inminente muerte. Sin duda estaba viejo y su voz, lejana y débil, pero esa no era la razón, de eso estaba seguro. Tras varios silencios y respuestas ambiguas pero educadas que hice, fue al grano: "quiero pedirte un favor, Alex". No fui capaz de imaginar qué favor podría hacerle yo a ese empresario todopoderoso, y allí tomé consciencia de que nunca en la vida me había pedido algo, que le ayudara, que le fuera a buscar un martillo mientras reparaba un mueble, "nunca, Alex, nunca te pidió nada". Quizás quiera asignarme una tarea, encubierta de favor, una tarea como hacer papeleos, un trámite, algo así, pero me sorprendió. "Tengo mucho dolor, me dijo, y supe que tú haces Reiki, ¿es verdad? ¿Podrías venir a hacerme una sesión?".

"Sentí cómo el tiempo se detuvo, y por primera vez en mi vida pude vivir esa maravillosa experiencia de sentirse aceptado por el padre. Él nunca creyó en asuntos alternativos, el Reiki era de charlatanes y nada que escapara a la lógica tenía asidero. Hoy estaba pidiendo algo que yo sabía y no dándome ordenes para que hiciera algo que él sabía. ¡Menudo cambio! El empresario había mostrado humildad o ¿todo eso era una estrategia, otra más, para lavar sus culpas antes de morir? Me odié por mi desconfianza, pero tenía motivos contundentes para tenerla. Decidí despejar esa incógnita, quizás fuera sincero y yo tendría lo que toda mi vida, sin saberlo hasta ese día, había esperado. Le pedí su dirección.

"Estaba sentado en un *bergère* y a su lado, como un edecán militar, un enorme tubo de oxígeno, que le acompañaba durante años para suplir todo el aire que los cigarrillos le habían robado, ya irreversiblemente. Noté que se había afeitado para recibirme. No recuerdo lo que hablamos, era intrascendente, pero su actitud era serena, jerárquica, y… extraño decirlo, cotidiana, como algunos domingos de infancia que yo atesoraba. Sus manos, ahora huesudas e invadidas por venas azulosas y prominentes ya no me daban miedo, ya no eran enormes ni amenazantes, eran las manos de un ser normal, viejo y frágil. Sus preguntas parecían provenir de un genuino interés y no para ponerme a prueba, para arrinconarme hasta la humillación o el silencio, que, por cierto, aprendí a manejar con astucia desde pequeño.

"Su mujer, a quien había conocido recién ese día, me llamó y dijo: "Tu padre, después de muchas semanas, durmió de corrido y me pidió que te lo agradezca". –Una gruesa lágrima, lenta, comenzaba a salir y, en un gesto lleno de dulzura, Romina se la llevó delicadamente con su dedo índice. Alex se esforzó por continuar con ese relato inédito–: ¿Cuánto vale una frase así? ¿Alguien puede tener tanta suerte como yo? Escucharla de tu padre antes que muera es un regalo de la vida, y prometí no olvidarlo nunca –ambos bebieron un sorbo de tequila, a modo de compromiso y Alex prosiguió–: Acepté la invitación para esa misma tarde y acepté, allí, todos sus pedidos de perdón. Nada de esto tiene mucha lógica, pero sucede, de repente todo se disuelve sin esfuerzo y ya no se siente resentimiento, aunque uno sabe que lo hay, pero que ya no importa, es extraño. Debe ser el perdón.

"Habían pasado cinco días desde el funeral y mi ánimo no era de tristeza. La paz que me inundaba era superior a todo eso, nunca había estado más feliz y una explosiva sensación de libertad copaba cada rincón de mi existencia. Las críticas, las exigencias, la severidad, todo aquello que había estado suspendido en el tiempo por décadas como un fantasma que dirigía mi vida, se había disuelto con ese encuentro, dos días antes de su muerte. Más liviano del tema recurrente a lo largo de mis décadas, el poder y los empresarios, recobré mi humor, irónico, que siempre me ayudó a tomar distancia emocional frente a sucesos que solo despertaban mi ira. Parecía que una nueva etapa de mi vida se abría hacia otros derroteros, más plácidos, donde la compulsión por hacerlo todo perfecto ahora podría disolverse poco a poco. Pero la vida siempre te sorprende, hasta que se aprende el arte de develar las supuestas coincidencias.

–¿Qué coincidencias? –preguntó Romina.

–Ahora la verás –y prosiguió con su historia–. Me había levantado temprano y me disponía al primer sorbo de café, el mejor del día, cuando la televisión interrumpió su programación con una de las imágenes más aterradoras que yo hubiera visto. Un avión de pasajeros se estrellaba en una de las Torres Gemelas. En segundos, no solo vi terrorismo, vi represalia, vi guerra y vi más terrorismo. No pude imaginarme a G. W. Bush tomando una decisión sabia, me fue imposible. Sustraerse a las imágenes dantescas que la televisión transmitía y repetía sin tregua, era difícil, el miedo se había convertido en personas cubiertas de un polvo fantasmal, huyendo sin destino. ¿Me preguntaba si los norteamericanos eran conscientes de lo poco que se los quiere en el mundo, si estarían conscientes de que, intervenir en otros países o erigirse como guardianes de la humanidad, tiene un costo, el costo que han debido pagar todos los imperios? ¿Aprenderían de este episodio sangriento y audaz o entrarían en el espiral del rinoceronte herido, atacando con furia inaudita? Antes de que la segunda Torre se desplomara, mi corazón ya sabía la respuesta. No dudé y llamé a mi amigo Aum.

—¿Y qué relación tiene Bush con esa historia de tu padre? No entiendo, Alex.

—Después de años de lucha política, en tono beligerante, confrontacional, el episodio con mi padre, la autoridad arbitraria, el empresario omnipotente y todo lo que significaba para mí, generó un vuelco interno y, a nivel inconsciente, dejé de ver la realidad en blanco y negro, cargada de rabia y resentimiento. En ese instante, en medio de la tragedia, pude ver la vida desde otro ángulo.

—¿Y Aum?

—Aum no tiene rabia, Aum tiene sentido del humor, es sabio y quizás por eso necesitaba de su complicidad. Le propuse hacer algo insólito, algo que operara desde el absurdo, todo un experimento para mi estructura de personalidad. En eso se relaciona el 11/9 con mi padre, o ¿es muy intrincado?

—¿Y cómo sabes que tu padre ya no es un pendiente?

—Las emociones me lo indican. Pensar en él ya no me despierta ni rabia ni tristeza.

Romina lo abrazó como una madre que consuela a su pequeño con un "ya pasó" aliviador.

—Ese era un pendiente que no me hubiera gustado llevarme a la otra vida. Estoy en paz con mi padre, aunque reconozco que aún quedan coletazos rezagados de toda una vida, pero estoy luchando contra mi perfeccionismo, aunque a veces no se note.

Y el salto cuántico de consciencia no había ocurrido aquel 21 de diciembre de 2012, quedando pendiente la analogía con "Mono 100", que tan esperanzados tenía a millones de personas.

—¿Sabes lo del Mono 100? —preguntó Romina cuando iban camino al aeropuerto.

—Se supone que lo que observaron en los monos macacos podría ocurrirnos a nosotros, los humanos —apostilló Alex ya con desazón porque nada había ocurrido, salvo está que con Romina ya se precipitaban los acontecimientos y la intimidad comenzaba a instalarse, con su respectivo pánico escénico, para ambos.

—Pero aunque ya no te convenza —adivinó Romina—, no deja de ser fascinante la idea. Imagina que, de repente, la especie humana hace el salto cuántico de consciencia y zas, nos encontramos todos conectados, como si fuéramos un solo Ser. Como los enamorados que se sienten fundidos en el otro.

—¿Lo has sentido?

—Sí, bueno, no, era solo una ilusión, ¿y tú?

—No sé —respondió Alex para no dar espacio a más preguntas incómodas. O quizás comenzaba a sentirlo, no lo sabía. Nunca se sabe, se respondió en silencio.

Y así fue, con ese fallido fin del tiempo, ahora en minúsculas, quedó pendiente el tema de la unicidad entre todos los humanos y con la naturaleza, y los dos mortales, que ya volvían a Barcelona, no habían tenido más que abocarse a la pasión, los chiles jalapeños, las margaritas y trasnochadas conversaciones bajo una palapa en playa del Carmen.

Alex se levantó a buscar un vaso de jugo y, a la pasada, cuchareó el último trozo de crema catalana que había quedado olvidado, al igual que Feller, por la premura del sexo.

Lo observaba mientras ponía mermelada de naranja en una tostada. Lo hacía con esmero, cubriendo toda la superficie, sin untarse los dedos, sin prisa. En sus manos, algunas manchas en la piel daban testimonio de su edad y su pelo blanco le quitaba la agresividad que sus facciones aguileñas le habrían caracterizado en sus años de líder político, decidido, preciso, crítico. Lo prefería así, con más edad, con más sabiduría y con una energía que no solo se había expresado anoche, sino también en la parafernalia que había montado, como un reloj suizo, para secuestrar a un conocido empresario y aventurar un plan que, de tanta apariencia de ingenuidad, podría resultar toda una sorpresa como motor de cambio social.

Desde que Alex había regresado a Barcelona, después de visitar a Aum en su casa del acantilado, Romina lo notaba diferente, como si hubiera renacido y sus energías se hubiesen multiplicado exponencialmente. Ese 22 de septiembre, trece meses atrás, había sucedido algo, se había desencadenado algo que Romina, en los dos años que llevaban juntos, no había conocido de Alex: no estaba segura, pero su intuición le indicaba que solo una decisión interna, relacionada con Rocío, podía ser más potente que todo lo elaborado desde que Aum le había iniciado en su camino espiritual. ¿Por qué Alex quería, sin decirlo, forzarles el ritmo a los procesos evolutivos cuando había sostenido con vehemencia, y lo había enseñado incluso, que la evolución de las sociedades es lenta, y que un cambio profundo, más allá del reemplazo de unos líderes por otros sin que nada de fondo se alterara, al mejor estilo del gatopardismo —"*se vogliamo che tutto rimanga come è, bisogna che tutto cambi*"—, solo se produciría desde un cambio de consciencia global? ¿Por qué ya no le importaba la humanidad y estaba sumido en una obsesión que lindaba con lo temerario, arriesgando la vida e involucrando a todo el equipo Crisálida en algo que podría terminar muy mal? Si era una inconsecuencia de Alex o estaba resolviendo un tema personal, no era algo que a Romina le preocupara: en ambos casos, el plan le parecía fascinante y, por sobre todo, quería estar al lado de ese hombre que, frente a ella, tomaba su primer y sagrado sorbo de café matinal.

Llegando a Barcelona le había dicho dos cosas inconexas y que Romina comprendería más tarde: "Cocinarlo en su propia salsa", como había dicho Aum en esa conferencia del 29 de marzo de 2003 en París y aquella frase de Mao Tse Tung: "Usted es un Invitado, no un prisionero". Con esas dos frases ya podía estructurar el plan que resumido en un concepto podría enunciarse como "convencer al enemigo", sin presionarlo, salvo un necesario secuestro, para que se transformara en un referente de cambio. Parecía un plan ingenuo, pero Alex no era ingenuo, su realismo era incluso enervante a veces, matando lo épico para atenerse a hechos concretos, medibles, calculables. En ese espíritu, Alex sabía de sobra que se enfrentaría con poderosos, dispuestos a todo si se veían amenazados y por ello, la elección de su equipo debía ser quirúrgica y ningún detalle debería quedar al azar.

"Te nombro mi brazo derecho", y la besó aquel 23 de septiembre de 2014, iniciando oficialmente la cuenta regresiva para la Operación Crisálida. En tono histriónico acotó el concepto:

—Crisálida la llamaremos porque el gusano no sabe que será mariposa y que con su vuelo cautivará a quienes la miren. Han cambiado los tiempos, ya no se trata de matar el gusano o de esperar que elevados niveles de consciencia global logren que los gusanos no se coman todas las hojitas del árbol de la vida, se trata de convencer, querida Romina, de que el gusano descubra que siempre ha sido, sin saberlo, la más bella mariposa.

—Parece que estuvieras hablando de un gusano con la autoestima baja —dijo Romina, entre broma y en serio, y como le gustó su propia observación, agregó—: En ese caso, el gusano requiere terapia.

—De hoy en adelante, le llamaremos "el Invitado". Eso de gusano no suena muy bien, como cubano en Miami, y lo de mariposa suena abiertamente gay. Prefiero Operación Crisálida, y el Invitado. Y ahora, a trabajar duro, estamos en cuenta regresiva.

Al paso de Alex y Romina, las palomas de plaza Catalunya despegaron coordinadamente para, tras un vuelo amplio, volver a tomarse el centro de Barcelona. Nada quedaba de las manifestaciones de los Indignados del 15M de 2011, ni en Madrid ni en Barcelona, y la indignación había tomado el cauce, en 2013, de nuevos partidos políticos, como el Podemos en 2014.

En 2011, Alex no quiso participar como un indignado, que lo era, pero más indignado estaba con la muerte de Rocío y tanta indignación era demasiado para un solo ser humano. A pesar de los miles de manifestantes indignados, cerca de 8 millones entre los meses de mayo a agosto, copando las calles de Barcelona y de 58 ciudades españolas, de lúcidas pancartas, de voluntades para colocar la participación ciudadana por sobre los políticos, a pesar de todo aquello, la masa no llegó a tener la consciencia del poder que estaban desplegando. Acamparon en las Cibeles, en plaza Catalunya y en tantas ciudades, sin asociar todo aquello con la destitución de Mubarak, en Egipto, en 2011, cuando a golpe de Facebook, la sociedad civil, sin mediar ni líder, ni partido político, convergía con un solo objetivo común, sin miedo, poniendo a la democracia por sobre el temor y la indignidad. Recordaba Alex, nuevamente indignado, cómo se ocultó mediáticamente la experiencia de Islandia, donde la ciudadanía, harta de abusos, dejó quebrar los bancos y no los socorrieron con los bonos del tesoro como en USA; pusieron en prisión a los banqueros y especuladores; rescribieron la Constitución; garantizaron la seguridad social y consiguieron crear empleo. La consecuencia, callada por los poderosos mundiales, recordó Alex, fue que Islandia salió del atolladero y hoy es uno de los países nórdicos que más crece. Era necesario acallar tal éxito ciudadano para que no cundiera y se replicara, poniendo en entredicho la institucionalidad y, por supuesto, "desequilibrando" los mercados.

Más allá, en Paseo de Gracia, la Bolsa y la banca recordaban a Pujol y la corrupción, y a pocas cuadras, Gaudí regalaba magia y cultura con su Pedrera, demostrando que se pueden hacer edificios que no parezcan edificios sino esculturas vivientes, con seres humanos que, más allá de la funcionalidad necesaria de la arquitectura, valoran la belleza y la creatividad.

—Fue considerado loco, Gaudí, me refiero —le dijo a Romina, sin necesidad de agregar un "como nosotros", porque ya lo había entendido, sabiendo que Alex hablaba, casi todo, con doble sentido y, si era posible, conceptualizando.

—La elección del Invitado será clave —dijo Romina mientras entraba al café de la calle Córcega con Rambla de Catalunya, a pocos metros de la Diagonal. Allí, el café era de lo mejor y para Alex, un lugar de parada obligada cuando le atacaba la necesidad de largas caminatas que comenzaban en el barrio gótico para ir subiendo, hasta que las piernas avisaran.

—Un *espresso*, un *macchiato* y dos medias lunas —pidió Alex, adivinando lo que Romina quería—. Deberás ayudarme con la selección del equipo, desplegar tu ojo clínico para conocer a las personas y advertirme si es necesario. No soy bueno con las personas, mi fuerte son las ideologías —y rio de sí mismo, como pocas veces lo hacía.

—Tanto por hacer —suspiró con cierto agobio prematuro y recobrando su clásico optimismo enumeró tareas ya conversadas—: Aparte del Invitado, lugar y fecha de la "invitación", necesitamos aliados en la prensa, un hacker como Wasp si es posible, satélites de comunicación a nuestra disposición, un bonito búnker...

—También deberemos comer, tener remedios, una salida de escape, una furgoneta y no podemos obviar a un forzudo que traslade al Invitado desde el hotel —puntualizó Alex, tomando a consciencia un rol femenino, para contrarrestar la lista más masculina de Romina. Sonrieron sin necesidad de evidenciar lo bien que se complementaban y Alex dejó suspendida la medialuna, a punto de ser engullida, para decir algo que no podrían olvidar—: Antes de trasladarnos a París, voy a Estocolmo a reunirme con Bjorn Thomasson y comprometerlo a que nos hará de nexo con los periodistas suecos, me refiero a Helena Bengtsson, a Sven Bergman, a Joachim Dyfvermark, Fredrik Laurin y también a Jenny Nordberg y, a cambio, le ofreceré la exclusiva de la entrevista en cautiverio de nuestro Invitado. Por tu parte, Romina, te pido que armes la red de medios, de periodistas serios y prestigiados, con sus *mails*, sus celulares y todo lo que sea necesario. Sobre todo, a todos los corresponsales mundiales de ICIJ. Luego, cuando tengamos a nuestro hombre de los satélites, te coordinarás con él para hacer fluir la información por allá arriba, sin ser detectados.

—A la brevedad, Alex, debemos encontrar al hombre de la plata, todo esto cuesta un riñón y medio y, según cómo, puede alargarse más allá del plan ideal.

Antes que Alex volviera a repetir que en todo el operativo no habría armas, una avalancha de turistas entro al café, obligándolos a pedir la cuenta. Podían decir que, para una reunión inaugural, había salido muy bien.

La misma Barcelona que había sido escenario de la conferencia en que Alex anunció su retiro de la política, en 1990, tras la caída estrepitosa del Muro de Berlín en el 89 y coincidiendo con la caída de su matrimonio con Monique; que sus veredas recordaran diez años de idas y venidas dando charlas y talleres de autoconocimiento, promoviendo las visiones de Aum; de aquel encuentro con Monique, separados y unidos para recibir el cuerpo de Rocío; esa Barcelona renacía a punta de esperanza.

Estocolmo
Un año antes del secuestro

−¿A quién quiere que investigue?

Había accedido al encuentro a regañadientes y solo porque Aum le había telefoneado se hizo un tiempo para acudir al Glenn Miller Café, atravesando una tupida lluvia que tenía a los habitantes de Estocolmo encerrados en sus casas y pegados al televisor para saber cómo la tormenta les golpearía, si es que no estaba ya haciendo estragos en medio de la oscuridad. La calle Brunnsgatan estaba vacía, desolada, y su tono azul contrastaba con una luz cálida y amarillenta que abrigaba entusiastas conversaciones al unísono con un grupo de seis jóvenes jazzistas que recordaban a Glenn Miller, con un sofisticado arreglo de "Moonlight Serenade", donde cualquiera extrañaría la orquesta completa y esa sordina de una trompeta melancólica.

Sorteando unos tres charcos, logró ir del taxi a la puerta del café e inmediatamente se sacó un sombrero y un impermeable ya empapados. Alex le esperaba al fondo del salón junto a un ventanal que se había convertido en una cascada. La luz de seguridad del estacionamiento P-hus Vaderkvarnen, al otro lado de la estrecha calle, encendía la cascada con brillos rojos, con una insolencia que no se condecía con el tiempo detenido, entre risas y tazas de café, que el local cultivaba desde hacía décadas.

—A nadie —le respondió Alex mientras apostaba con el terrón de azúcar que iba invadiéndose del café que subía lentamente y que, si resistía sin desplomarse, le estaría anunciando que el encuentro con Bjorn, tras un tedioso viaje y una lluvia espantosa, había valido la pena.

—Me han hecho fama de detective y yo solo soy un periodista.

—Lo sé, un buen periodista de investigación. Es decir, un detective.

—Si no hay nadie a quien investigar y no hay noticia, ¿qué le trae por acá?

Un relámpago inundó de luz azul la cafetería y por milésimas de segundo hizo visible un diluvio que azotaba a un transeúnte que luchaba por mantenerse en pie, mientras buscaba refugio en algún portal.

—1001,1002, 1003 —y un estruendo de múltiples barriles, que rodaban desde el cielo, hizo temblar la espuma que coronaba el café de Alex—. Está a 30 kilómetros el ojo de la tormenta —dijo con sabiduría de campesino el famoso periodista, sin inmutarse.

—Quiero que me ayude a crear una noticia. Usted, Bjorn, sabe cómo generar opinión, cómo mantener la atención de los lectores por semanas, y usted sabe que sabe.

—¿Quiere manipular a la opinión pública? No me parece muy ético, estimado Alexander, aunque Aum me aseguró que usted es una persona confiable y que no trae nada bajo la manga.

—Después que destapó el escándalo del empresario Hans-Erik Wennerstrom, usted puede considerarse un experto en empresarios, en cómo piensan, cómo actúan, cómo arman sus redes, en fin, Bjorn, creo que usted es el hombre. Además, con la publicación del caso Florian Homm usted tiene su prestigio y credibilidad muy bien ganados.

—Cuénteme —dijo desganado, disimulando su natural curiosidad, esa que tantas veces lo había metido en problemas—. Cuénteme, Alexander.

–1001, 1002… 20 kilómetros –dijo Alex, demostrando que aprendía rápido.

En no más de veinte minutos, Alex le explicó lo estructural de la Operación Crisálida, para luego hacer una reseña sobre el empresario que protagonizaría el plan.

–Interesante, creativo, naíf, posible, apasionante –fueron las cinco palabras con que Bjorn dijo que sí sin decirlo. Como buen periodista, se había quedado con los conceptos que implicaban el plan. Lo de "cocinarlo en su propia salsa" le fascinó e incluso llegó a imaginar ese título para una próxima novela. Con método analítico, se preguntó si como ciudadano común y corriente, el plan podría apasionarlo, si podría darle unas luces de esperanza en un mundo donde la codicia y el abuso de unos pocos se habían instalado y donde la resignación y la rabia contenida en gran parte de la humanidad parecían ser algo natural. Notó que su corazón le respondía que sí. Había aprendido el método de los *Seis sombreros para pensar*, que Edward de Bono había publicado hacía ya mucho, en 1985, y que permitía evaluar decisiones desde seis perspectivas que no debían mezclarse durante el análisis. Cada sombrero simbolizaba una forma específica de interpretar la realidad y evitaba la censura que ponen nuestras propias creencias o que nuestras pasiones distorsionan. Entre el sombrero negro del pesimismo, la cautela y la prevención, hasta el rojo de la pasión y las decisiones emocionales, se pasaba, entre otros, por lo creativo del sombrero verde, el control del sombrero azul, la información neutra del sombrero blanco y el optimismo del sombrero amarillo, como lo opuesto al negro. Bjorn creía a pie juntillas en este método y lo usaba cada vez que debía tomar una decisión. No era casualidad que su creador se hubiera transformado en un referente a la hora de pensar correctamente, de trabajar en equipo y encontrar soluciones creativas. De Bono era el experto en creatividad que en los últimos treinta años había asesorado a gobiernos y organizaciones internacionales, en paralelo con sus actividades en Oxford, Cambridge, London y Harvard. No era menor el recurrir a su método en circunstancias tan especiales.

—¿Dígame, Alexander, conoce el "método de los seis sombreros"?

—He revisado el plan de punta a punta con la inspiración de los *Seis sombreros para pensar*. Y pasó la prueba, mía y de mi equipo. Veo que estamos en la misma frecuencia, sobre todo cuando se trata de planes altamente peligrosos.

La conversación fue derivando naturalmente hacia temas de política internacional, de terrorismo, corrupción y el embrionario surgimiento de nuevos paradigmas. Mientras Bjorn revolvía un segundo café, Alex lo observaba tomando consciencia de que estaba enfrente del más grande periodista de investigación en Suecia y que, por motivos que desconocía, edad quizás, aún no formaba parte del ICIJ, The International Consortium of Investigative Journalists, asunto que secretamente afectaba el ego de señor que tenía al otro lado de la mesita. Bjorn sabía que un tema como el de Crisálida lo consolidaría definitivamente en la cúspide, más allá del prestigio que los periodistas jóvenes se ganaran merecidamente: cómo no valorar a Sven Bergman, el reportero *freelance*, investigador y también productor del programa *Uppdrag Granskning*, en SVT, la Swedish Public Broadcasting. Bergman se ganó el reconocimiento por sus numerosos reportajes investigativos relacionados con el comercio ilegal pesquero y temas de tortura en misiones de paz de Naciones Unidas. Y cómo dejar fuera a Joachim Dyfvermark y Fredrik Laurin, con quienes Bergman ganó dos veces el Stora Journalistpriset, el más alto galardón en Suecia y honores internacionales en el Press Club of America. Los tres periodistas ya pertenecían al ICIJ como los corresponsales de Suecia en la vasta red internacional del consorcio, que se ocupaba principalmente de los temas de corrupción.

—Antes de ser candidato, evalué a Donald Trump como un potencial empresario para el plan y, a poco andar, fue descartado por su patológico perfil que, ya candidato, ha desplegado con un desparpajo inusitado, donde el populismo raya en el fascismo, develando de paso que una buena parte de los norteamericanos lo siguen, para terror del mundo. Imagine a Trump, a Putin y a Kim Jong-un, y usted tendrá ganas de inscribirse en el primer viaje a Marte —hizo una pausa para dar espacio a la sonrisa de su interlocutor y, poniéndose serio, continuó—: El plan requiere un empresario medianamente equilibrado, aunque en realidad nadie es equilibrado del todo.

Terminado el último café con coñac, para darse ánimo y salir al frío y a la lluvia apocalíptica, Alex le entregó un teléfono satelital con capacidad de encriptar las conversaciones y le explicó que Bert estaría siempre alerta al otro lado del teléfono. Le repitió que no debía temer ser involucrado en la Operación Crisálida, que solo sería un avezado periodista que descubrió, narró y mantuvo en vilo a toda la prensa internacional durante varios meses. Solo un profesional, objetivo, imparcial, que ponía su talento y prestigio al servicio de la comunidad.

—Todo pensado, perfecto. Se diría que usted, Alexander, es un perfeccionista de cuidado.

—Lo soy y como lo soy, debo pedirle otro favor, para redondear el operativo. Sin más, le pido que me contacte con Wasp o como se llame, necesito el mejor hacker del planeta. Aum así la describió.

—Lo siento, Alexander, no sé cómo contactarla, ella se esfuma por largos períodos, como un fantasma que se hace ver solo cuando quiere. Solo puedo ofrecerle que yo deje un mensaje en mi computador y cuando ella entre a intrusear en mi vida, cosa que hace cada cierto tiempo, podría leerlo y quizás contactarlo a usted. Si no aceptara, quizás le recomiende a un hacker que solo ella conozca. Con ella nunca se sabe, es en todo lo que puedo ayudarle. —Lo que el camarero dijo, Alex no lo entendió, pero dedujo que se trataba de la cuenta cuando Bjorn se llevó la mano a la billetera, en el bolsillo trasero de su pantalón de pana—: Yo pago, usted es visita en Suecia.

—Gracias. Estimado Bjorn, tendrá una primicia que Sven Bergman, Laurin y Dyfvermark jamás podrían imaginar en sus carreras. Para qué decir de los miembros internacionales de ICIJ —con estas breves palabras de cierre para este encuentro en el Glenn Miller Café, Alex le hacía ver, no solamente que la oferta era irrechazable, sino también que lo habían investigado y seleccionado por su discreto, pero tangible resentimiento profesional.

Una bocanada polar entró sin pedir permiso al momento que ambos salían del café, cruzando la mampara de cristales y el arco de medio punto. Tomaron direcciones opuestas y se confundieron con la penumbra, mientras todo Estocolmo se sumergía en la noche lluviosa y solitaria. Atrás sonaba "Sentimental Journey", recordando la liberación de París el 25 de agosto del 44. Otros tiempos.

Día 3

Junto a su desayuno preferido, su remedio para la presión le recordó al doctor Brown, revivió su ceño adusto que lo amenazaba, por su bien, de que su autoexigencia lo llevarían a la tumba más temprano que tarde, que su pastilla diaria de Cardura XL no era milagrosa. "Con tanto dinero usted podría no trabajar –le decía en cada control– o al menos trabajar menos, usted no para, querido amigo, es como una locomotora y nada lo detiene, salvo la muerte". Pero el diálogo siempre era cortado por una lapidaria frase: "Así soy yo, doctor, no podría ser de otra manera". Feller ya iba en su tercer día de no hacer nada, nada. Hubiera preferido trabajos forzados en cautiverio que estar allí, en una confortable habitación blanca, como de hotel, un buen baño, su desayuno preferido, sus almuerzos y cenas a su entero gusto y unos captores que, si bien no se habían presentado, parecían unas buenas personas, dentro de lo que cabe en un secuestro a un empresario millonario: le habían hecho saber que su esposa y sus niñas estaban bien, que ese Whatsapp a Ellen, inventando que estaba en un retiro, bien, y que ya volvería , indicaba una cierta sensibilidad humana y bueno, su pastilla matinal, sin la cual podría caer infartado en cualquier minuto.

No hacer nada para quien la vida consiste en hacer era torturante, pero también esas largas horas le iba llevando a pensar en su vida, en lo que valía la pena, lo importante: pensamientos que eran interrumpidos por cifras, cada vez mayores, por pagar a sus secuestradores, si es que ya no habían vaciado su cuenta y sus tarjetas. Pero Feller, a falta de proyectos y de negocios por armar, se había fijado una nueva meta: escapar.

No percibía descuidos de sus raptores, los horarios eran suizos; la puerta, infranqueable; la eficiencia hecha secuestro, se dijo, así deberían funcionar todas las empresas, agregó. Cuando notó el absurdo de su comentario mental, reanudó el tercer ciclo de abdominales, hasta completar los 180. Estar en forma era, por ahora, junto con el comer todo lo que le trajeran, la idea central de su plan de escape. Imaginaba un descuido, una lucha, quizás a muerte, una carrera desbocada por una geografía desconocida, sin siquiera saber si estaba en el campo o en la ciudad o si alguien lo vería escapando y le ayudaría de alguna manera. Tendría que encontrar un teléfono, bloquear sus cuentas, llamar a casa o quizás a la policía. ¿Cómo escaparía con esa ropa blanca, que, aunque fuera del mejor lino, era demasiado llamativa y algo ridícula, más aún sin zapatos? Con mentalidad pragmática se respondió que todas esas variables eran variables y que lo único que estaba en sus manos era estar en forma. Al terminar los abdominales y camino a la ducha, recogió la ropa limpia que le habían dejado junto al desayuno, como si hubieran adivinado, una vez más, sus hábitos y su obsesión por la limpieza. Pero no alcanzó a llegar al baño y se devolvió. De reojo, había visto un sobre bajo la ropa impecablemente doblada.

Al abrirlo, encontró varios impresos y un destacador verde fosforescente. Una repentina taquicardia se desencadenó al reconocer el logo de su banco, encabezando los documentos. ¿Cómo tenían esa información confidencial?, se preguntó al momento de darse cuenta de que eran impresos y no originales. Revisó los papeles varias veces y comenzó a reír sin darse cuenta de que estaba riendo y tampoco podía dilucidar si era de alegría, de alivio o de ambas a la vez. Ahora sí que estaba desconcertado: a sus raptores no les preocupada el dinero, en absoluto. ¿A quién puede no preocuparle el dinero, sobre todo si es mucho y está al alcance de sus manos? Las cartolas del banco estaban intactas, salvo una pequeña compra de Ellen, de ayer. "En realidad, no es una compra —pensó—, es el pago del curso de piano de Pinky, eso es, no falta nada, nada, nada". Se le comenzó a enfriar la transpiración, el corazón ya latía a su ritmo habitual, y decidió seguir pensando bajo el chorro potente de agua a punto de hervir.

"¿Qué quieren entonces?", se repetía en voz baja, mezclando el balbuceo con el vapor de la ducha que ya había empañado el espejo del baño. "¿Qué quieren?", escribió, aún desnudo, en el espejo, sabiendo que detrás del otro espejo, el de la habitación, podrían leer su texto, con letras grandes y mayúsculas.

El plan estaba funcionando como reloj. Las reacciones del Invitado eran las predecibles: ya sabía que no era por dinero, sabía que su familia no corría peligro, pero aún creía que era un secuestro, ni se le había ocurrido que era un Invitado. La idea del Invitado tenía larga data y nunca la había olvidado desde que la había leído, entre los múltiples documentos que había absorbido con pasión revolucionaria, sobre la estrategia de Mao Tse Tung, quien, con un puñado de hombres combatiendo en guerrilla, poco a poco, fue sumando al enemigo a sus filas hasta dirigir un gigantesco ejército que finalmente derrotó a Chiang Kai Shek, en 1949. Alex nunca fue de la facción maoísta y aunque le sedujo, en su momento, la revolución cultural, no tardó en darse cuenta de que la represión y la hambruna de los años cincuenta no encajaban con el derrotero ideológico que Mao proclamaba con el Libro Rojo en ristre. Más interesante le parecía aquel otro puñado de cubanos que, desembarcando del *Granma*, habían logrado sacar a Batista del poder. Pero todo eso era agua pasada, sin embargo, el relato de la estrategia de Mao respecto del enemigo había perdurado más en su mente que los desvaríos ideológicos, tan ausentes de la Operación Crisálida. Mao, tras sus ataques sorpresivos, tenía por objetivo el capturar prisioneros, no matar enemigos, para luego reunirlos en un gran patio y decirles: "Bienvenidos, ustedes no son mis prisioneros, son mis Invitados. Después de algunos días, en los cuales conversaremos con ustedes para que conozcan por qué arriesgamos nuestra vida, cuáles son nuestros ideales, qué queremos para China, después de eso... cada uno de ustedes podrá elegir entre permanecer junto a nosotros y dar la lucha o bien podrán volver por donde vino y combatir contra nosotros. Ustedes decidirán su destino y, por cierto, el de China". Para Alex, ese concepto de Invitado, que disipaba al de enemigo y ponía un valor superior, le parecía una buena síntesis de su pasado combativo y de su posterior vida orientada a la consciencia, marcada por la idea de que todos los humanos convivimos en un solo proceso evolutivo, pero cada uno al ritmo de sus sucesivas reencarnaciones.

—Nuestro Invitado —le dijo a Eve y a Garret que compartían té y café respectivamente al lado de Alex— recién ha entrado en la fase del desconcierto total, y la búsqueda de explicaciones lógicas ha perdido sentido. Ni pagar rescate, ni una *vendetta* sindical, ni una amenaza contra su familia, nada, ni siquiera la posibilidad de un acto terrorista: ISIS no te sirve el desayuno con jugo de naranja, ni te da los remedios antes de decapitarte, simplemente te elimina y lo hace saber. Los diarios de ayer hablaban del misterio del empresario Feller y ya habían cambiado los titulares del primer día, de "posible secuestro" a "el misterio". Feller sabe —dijo Alex—, que está viviendo un misterio, pero que, al parecer, no es peligroso. Ahora, deberemos esperar el punto de inflexión que nos dará la oportunidad de la conversación — explicó pausadamente, sabiendo que todos los miembros de Crisálida conocían el plan al detalle, tanto las acciones como las fases psicológicas que el Invitado debería transitar.

No era casualidad que fuera Feller y no otro empresario. Apenas Alex y Romina habían dado la cuenta regresiva en Barcelona, hacía ya trece intensos meses, se fue configurando el equipo Crisálida y, como bien lo había dicho Romina, lo primero era lo primero, es decir, el dinero para realizar tal parafernalia. Como era imprescindible no levantar sospechas ni dejar rastros posteriores al operativo, comenzaron buscando al personaje que lo hiciera, con sigilo y con eficiencia. Apareció el nombre de Garret, entre otros.

Cinco años de cárcel, como en pocos casos, habían logrado regenerar a Garret de su compulsión por el éxito económico voraz, aunque no del todo cuando se hablaba de éxito, sin apellidos. Competitivo, audaz, optimista eran tres de las virtudes que le impulsaban a generar negocios, a especular en la Bolsa, a valerse del tráfico de influencias que su estatus, conseguido a costa de créditos y de amigos por conveniencia, y que le permitieron ir consolidando un pequeño imperio. Hasta aquel infausto día en que quebró, con tanta mala suerte que ocurrió días antes de poder traspasar sus dineros a un paraíso fiscal en las islas Seychelles. Su esposa, del mismo corte, vio la oportunidad de divorciarse en vez de esperar a su esposo por cinco años, al tiempo que hubiera tenido que enfrentar a acreedores y a gente muy mal humorada. Cambió de domicilio, de país, y buscó un nuevo millonario que le financiara su incontenible sed de viajes, cruceros y zapatos.

No fue la decepción de su esposa lo que le llevó a cambiar. Fue el Profeta, un compañero de celda que, habiendo cometido dos asesinatos en sendos ataques de ira, había tomado los caminos del Señor. Ahora era un "salvo" o salvado por el Señor, quien le estaba dando una segunda oportunidad. Al cabo de tres años de repetir el mensaje bíblico y cuantiosas citas de los apóstoles, Garret comenzó a resquebrajar su ateísmo para dar paso a la posibilidad de un Dios. Finalmente, el Profeta logró convencerlo con un sencillo argumento, que a Garret le convino: "Con el apoyo del Señor, podrás ayudar a los necesitados y al mismo tiempo podrás hacer mucho dinero, que no será para ti, sino para la gloria del Altísimo". A Garret le gustó la idea y, como todo competidor nato, comenzó a pensar en nuevos negocios, para el Altísimo.

Estudió el caso del Banco para los Pobres, aquella iniciativa de Junus que funcionaba porque los pobres son los mejores pagadores de los créditos, según decía este economista indio. Analizó los fenómenos de Fundrasing en diversas ONG, entre ellas World Vision y fue sacando conclusiones sobre el arte de pedir dinero, para otros.

Cumplida su condena, sin amigos y lleno de parientes avergonzados, logró increíbles ingresos a través de la publicidad que YouTube colocaba en sus videos, gracias a sus cuantiosas visitas. Garret conocía la escala de tarifas por seguidores que YouTube ofrecía. El éxito de seguidores se produjo cuando semanalmente Garret comenzó a subir videos con testimonios de ex convictos que ahora eran salvos y servidores del Señor. Los seguidores en YouTube, más que por el mensaje cristiano, se hacían adictos al morbo y a lo *freak* de las historias narradas por asesinos en serie, por violadores, pedófilos y todas las lacras sociales, incluso algún político reconvertido. Los dineros recaudados, menos los gastos de operación, iban destinados a hogares de menores en riesgo social, pero Garret seguía siendo ambicioso y su mente no paraba de buscar nuevos desafíos. Estando en esos pensamientos, y como nada es casualidad, recibió una invitación a tomar un café, que le cambiaría la vida.

—Bien, Garret, lo has conseguido. Crisálida le debe a Eve que hayas sido tú el privilegiado para tan trascendental epopeya —dijo en tono de discurso cursi, para quitarle gravedad a los hechos—, gracias, Garret.

—No me agradezcas a mí, es Eve la culpable de todo, así lo declararé si nos atrapan, no estoy para volver a la cárcel ni un segundo. Sí, ella me orientó hacia las fortunas de los paraísos fiscales y, podríamos decir, son varios los empresarios que están pagando la estadía de nuestro Invitado, y las nuestras, gracias sin duda a que Bitman, Stan quiero decir, ha entrado sigilosamente para obtener donaciones que ni sus propios dueños conocen o si conocen, prefieren no denunciar para no ser detectados como evasores profesionales. Una acción del tipo Robin Hood de las Seychelles o, en versión más caribeña, de Panamá. De todo esto está enterado mi Señor Dios, yo se lo planteé apenas Eve me orientó y, con su confirmación, le pedí a Bitman su apoyo logístico. ¡Cómo sabe ese muchacho de computación!

—Estamos creando una nueva ética —bromeó Alex y luego asumió su rol y puntualizó con seriedad—: analizada la historia de fracasos de los desposeídos, y de sus líderes y ante el avance incontrarrestable de un neoliberalismo a ultranza, brutal, obsceno —le gustaba decir obsceno—, no tenemos otra alternativa que recurrir a otras formas de lucha, en este caso la creatividad al servicio de la transformación —sintió que esas pequeñas frases y ese tono épico le devolvían un cierto aire mesiánico que todo combatiente debiera tener.

—En la que me he metido. Nunca debí haber aceptado ese café, Alex. Han hecho entrar a esta mujer —dijo, apuntándose con un dedo en la sien— en la clandestinidad, pero, por sobre todo, he entrado a contradecirme con todo lo que he sostenido en mi vida laboral —y haciendo una pausa reflexiva y una sonrisa de autoperdón agregó—: ya que en la vida íntima paso en eso.

—Confiesa, querida Eve, que tu vida está más entretenida, has roto la rutina y, no lo descartemos, te estás vengando de los corruptos, de los coludidos, de las feroces corporaciones y, respecto de ellos, eres la mejor conocedora del mundo. ¿Si no es así, por qué han querido comprarte hasta que se convencieron de que no tienes precio?

Eve era una de las personas más seguras en el mundo. Era profesionalmente impecable y absolutamente leal, cuando admiraba a sus jefes, ya que, de lo contrario, entraba en una espiral de disconformismo que, más de una vez, terminó en depresión. Pero Alex sabía que Eve era la persona más insegura del planeta y que por ello, precisamente, revisaba todo mil veces, trasnochaba para corregir una coma y dudaba permanentemente de sí misma. La compulsión a no equivocarse, con los años la convirtió en una perfeccionista, no movida por la perfección sino por un incontrolable miedo al error y, en consecuencia, al respectivo castigo. Su desconfianza había invadido todos los ámbitos de su vida y casi sin darse cuenta, estaba viviendo sola, en un departamento lleno de cerrojos.

Por esas extrañas coincidencias de la vida, la desconfianza de Eve, mientras estudiaba Economía, fue orientándose hacia el engaño y el fraude como temas que entraban en perfecta sintonía con su espíritu contralor. A sus veinticinco años, fue reclutada, recomendación mediante de un profesor, por la Direction Générale de la Sécurité Extérieur o DGSE en el Área de Inteligencia Económica. Cada mañana, Eve caminaba por el Boulevard Mortier, y entraba al 141, sede central de "La piscina", como se la conocía popularmente por su cercanía con Las piscinas Des Tourelles, en el barrio XX de París. Allí, pasaba sus horas, sus semanas y varios años, investigando a empresarios, empresas, bancos, consorcios, detectando colusiones o cuanta irregularidad pudiera inventar la mente de un estafador. Para Claude Silberzahn, el director general, Eve era sinónimo de confianza, tema radicalmente opuesto al que orientaba la vida privada de esta economista detective. El flamante director había llegado a hacerse cargo de la institución el 23 de marzo del 89, un año antes que Eve iniciara su carrera de sabueso, y tenía especial respeto por esta jovencita, capaz de escanear una empresa y las intenciones ocultas de algún empresario. A medida que fue adquiriendo más experiencia, *Monsieur* Silberzahn le fue encargando algunas misiones más delicadas y secretas, relacionadas con el lavado de dinero o con sospechas de cohecho sobre algunos parlamentarios. Eve hacía horas extraordinarias, que no cobraba, desde el computador de su casa, tomando, obviamente, todos los resguardos de seguridad, claves y encriptaciones de documentos, y siempre trabajando desde un pendrive que ocultaba, haciéndolo pasar como un elemento decorativo, en la jaula de su canario, a la vista de cualquiera, y cualquiera era *Madame* Doisneau cuando venía a hacer la limpieza. Los intentos de socializar terminaban en angustia y en tremendas desconfianzas sobre las reales intenciones de los demás. Para qué hablar de los hombres, esos seres desconcertantes, difíciles de descifrar. Eso que otras mujeres calificaban como básicos, para Eve era motivo de sospecha, le era imposible no imaginar que, tras las actitudes de simio moderno, no hubiera intenciones perversas.

En 1993, su adorado director dejó la DGSE y dejó también un vacío en el alma de Eve. Con treinta años y experiencia de sesenta, Eve dejó los votos de exclusividad con la DGSE y fue construyendo su carrera como asesora independiente, una especie de mercenaria antifraude que le permitiría conocer las tripas de bancos y empresas y todas las vinculaciones internacionales. Ya a los cuarenta y cinco años se la conocía en el medio como "La Araña", cuyas redes no fallaban con los fraudes financieros. Lo de araña también venía al caso por su actitud solitaria y un riguroso negro, con nada de escote. En el ámbito del amor, esta araña nunca aprendió a tejer, ni siquiera para ser una Penélope, algún día.

En 1998, cuando tenía unos treinta y cinco, fue contactada por Alex, quien preparaba un ciclo de charlas, todas ellas atravesadas por los fraudes que permitían el avance de los consorcios internacionales. Largas conversaciones técnicas fueron dando paso a una amistad, que si bien era cierto que se apoyaba en el pesimismo mutuo, endógeno por parte de Eve y adquirido en sucesivos fracasos, en el caso de Alex, dejaba un amplio espacio de confianza y, como con pocas personas, Eve se relajaba. Los cincuenta y cinco años de Alex y su actitud libre de testosterona sumados a una secreta admiración eran el coctel ideal para sedar a una desconfiada de nacimiento.

Alex no tuvo ninguna duda, al conformar el equipo Crisálida, y tratándose de un plan ligado al mundo empresarial, en telefonear a Eve para disfrutar de un rico *espresso*. La Araña recién cumplía cincuenta y un años.

Reconoce, Eve, ¿cómo te gustaría asestarle un revés al Grupo Bilderberg? Sería la culminación de tu carrera como sabueso económico, reconoce –dijo desafiante y con un cumplido implícito, un

Garret que soñaba, desde hacía mucho, con desenmascarar a la plana mayor del misterioso grupo, más allá de los nombres que la farándula de las conspiraciones manejaba como los supuestos cerebros que, bajo las sombras, iban construyendo un Nuevo Orden Mundial.

—Insisto, quizás no debí aceptar ese *espresso*, aunque estoy fascinada, ¿o no debiera estarlo?, sabiendo que tenemos a un secuestrado, o Invitado como debiéramos decirlo, y pensando en la angustia de su familia, que por lo pronto tampoco ha demostrado tanto cariño por su proveedor oficial, parece que sí estoy fascinada, creo. Quizás lo elegimos mal, aunque era el mejor de la terna final y sí, en definitiva, es el mejor. Si bien todo es así, confuso o en realidad no es confuso, es contradictorio y a veces me planteo que la vida en sí misma es contradictoria, sino, yo no estaría aquí, tomándome un café, un té en el caso de Garret, con unos secuestradores y yo como cómplice oficial. ¿O no?

Alex y Garret ya conocían esos ataques de inseguridad de Eve y no hacían ningún intento por interrumpirla. Se miraban como cómplices ante tal espectáculo de dudas, hilvanadas con insospechadas vinculaciones mentales, y sonreían con disimulo.

—Disculpen que los interrumpa —dijo Stan, o Bitman como lo había apodado Zelig, entreabriendo la puerta y asomando su nariz, que le precedía—, he interceptado un mensaje que le enviaron a la señora del Invitado. —Con el índice se subió sus anteojos rojo-verdes para darle peso a la noticia y el suspenso que ameritaba algo que nunca estuvo previsto.

—Habla, habla, Bitman, ¿qué esperas?

11 meses antes del secuestro
Barcelona

Alex estaba mareado con tanta información. Eve iba y venía con más argumentos y, obviamente, con contraargumentos igualmente sólidos que, por el momento, no estaban llevando a cumplir con el *timing* previsto. Afortunadamente era un día de sol en la plaza Real y las manadas de turistas estaban logrando entretener a Alex, que, con un oído escuchaba a Eve y con un ojo escaneaba a los paseantes para descubrir nacionalidad, a veces aventurarse con adivinar el oficio y otras, evaluar la relación que sostenían algunas parejas. El juego de adivinar historias le había seguido toda la vida, como una diversión oculta que practicó en el autobús, en el metro, en los aeropuertos, en los museos, donde quiera que una multitud hiciera nata, todos juntos, pero cada cual a su aire como si el resto no existiera. Igual que los niños de los parvularios, autistas y curiosos, que parecen no ver el mundo más allá de su interés momentáneo y que, por cierto, es cambiante, esquivo y arbitrario. Alex sabía que si no se tomaba pronto la decisión sobre cuál sería el empresario a secuestrar, Finnley comenzaría a reclamar y con justa razón. Debía investigar la vida del "elegido" hasta en sus más mínimos detalles, no solo para definir el momento del rapto, sino para anticiparse a todas las reacciones que tendría una vez secuestrado. Los quitasoles estaban cerrados para que el sol inundara la palidez de unos cuantos alemanes de tercera edad que casi dormitaban como iguanas, mientras succionaban lentamente algún jugo prometido como natural, no transgénico. Se les veía combinando café con leche en un gran tazón con unas papas fritas y unos *pumpernickel* untados en paté de pato, todo un menú, se decía Alex, al tiempo que escuchaba la lista Forbes que Eve le relataba, tanteando terreno para asegurarse de elegir de a dos, y así diluir su responsabilidad. Evidentemente, la señora de pelo violeta, que poco hablaba con su marido absorto en los muslos de las turistas italianas, estaba en serias dificultades para rumiar ese pan procedente de Westfalia, tan compacto como los agujeros negros y que solo una dentadura joven podía desafiar. A punto de atragantarse, sorbía un café lechoso casi frío que la devolvía al tour que tanto había ambicionado, aunque los toros y andaluzas con clavel en el pelo aún no se habían dejado ver. Eve solo miraba los documentos de su carpeta investigativa, repleta, atiborrada de fotocopias de prensa, de informes internacionales, de datos confidenciales y de otros hackeados por Stan, a pedido suyo. "Nunca he visto el escritorio de un computador a punto de rebalsar", pensó Alex, mientras continuaba intrigado por la discusión amorosa de una pareja de gays franceses, en la mesa de atrás.

Alex había sido muy preciso con el perfil del "elegido", se había tomado todo el tiempo necesario con Aum para comprender las características psicológicas que debería tener, para interpretar el contexto en que se movía, saber de sus emociones, en definitiva, elegir con el mínimo error posible. En lo estructural, y siguiendo los dictados del Eneagrama, el elegido debería tener una Tipología de Personalidad 3. Para Eve, todos los empresarios y gerentes eran eneatipos 3, los E3 como los llamaba Alex, dado que a todos los movilizaba el éxito, los logros y en todos ellos se podía observar la compulsión por hacer y hacer; pero luego comprendió, capacitación mediante, que más allá de esas características tan identificables se debía observar lo que Aum llamó "expectativas" y que en el caso de los E3 no eran ni más ni menos que una necesidad inconsciente de reconocimiento y… "¿qué es lo opuesto al reconocimiento?", le preguntó en aquella ocasión a su alumna Eve. "El rechazo", dijo, muy aplicada. "En consecuencia, el perfil de nuestro 'elegido', además de ser un exitoso, debería tener una fuerte carga de rechazo. El hijo de un inmigrante esforzado y obviamente exitoso, que haya inculcado en su hijo que la vara de la vida es muy alta y que, solo compitiendo, día a día, con un esfuerzo notable podría superar lo que esperaba de él. Nuestro invitado debe sentir que aún no ha llegado a la cima", puntualizó Alex. Para no dejar dudas a Eve y confundir la búsqueda, le aclaró que había empresarios movidos por el poder, como los E8; otros, los E1, movidos por la necesidad de validación, que era diferente del reconocimiento del E3, en fin, diversas motivaciones para algo que parecía tan obvio como el tener utilidades.

"Sí es importante la edad —le dijo Alex—, ya que debe ser hijo de un inmigrante de posguerra, sufrido y con dificultades iniciales de adaptación en su lugar de autoexilio". Eve no tardó en resumir la idea en dos palabras: USA, judío.

"Deberemos comprobar, y Finnley se encargará de eso, que nuestro elegido esté en franco conflicto con su padre, con una queja soterrada porque nunca ha logrado darle en el gusto, porque se siente rechazado, comparado con algún hermano o con algún niño 'ideal' que supone que está en la cabeza del progenitor. Debemos estar seguros de eso, ya que en el caso del E3, es la impronta que acarrea por la vida, su talón de Aquiles".

Entre los nombres que había barajado Eve, y que luego descartó, estaba el de Richard Branson, el magnate inglés conocido por la marca Virgin y las 360 empresas que conforman el Virgin Group, conocido por ser el número 286 entre los hombres más ricos del mundo. Ya a los diecisiete años, Branson había creado la empresa *Student*, una revista que luego daría paso a su primera organización caritativa, el Student Advisory Centre. Con gran esfuerzo y creatividad a prueba, inventó nuevas formas de comercializar música y de allí saltó a fundar un estudio de grabación, que vio desfilar a Sex Pistols, entre otros grupos. Virgin fue creciendo hasta mutar en la línea aérea Virgin Atlantic Airways y que años más tarde dio pie a formar Virgin Galactic, ofreciendo viajes en naves espaciales. "El número de empresas creadas por Branson es casi inverosímil –decía Eve–, abarcan la salud, la aviación, el fútbol y cuanto desafío fuera surgiendo". Alex vetó el nombre de Richard Branson con un sencillo argumento: el señor Branson ya buscó el cauce para ser reconocido y lo ha logrado. Efectivamente, entre Branson y Peter Gabriel financiaron al grupo formado por Nelson Mandela, The Elders, con miembros tan destacados como Desmond Tutu, Kofi Annan, Jimmy Carter, Muhammad Yunus, entre otros.

El magnate alemán Florian Homm también fue desechado por sus vínculos con el narcotráfico y la prostitución, a pesar de su redención tras un paso por la cárcel. Sin embargo, Homm tenía una característica que apuntaba al mismo objetivo que Alex buscaba, la transformación de una persona.

–Sería bueno –le dijo a Eve–, que nuestro elegido tenga un pasado no del todo pulcro, pero que sea razonablemente decente. Si hay negocios poco claros es perdonable, para nuestro objetivo, por cierto, Eve, pero esos negocios no deben estar relacionados con el narcotráfico, la prostitución, la trata de personas o de órganos, ¿me entiendes, no? Debe haber una redención de nuestro personaje, que obviamente debemos detonar nosotros, en pleno cautiverio. Muchos E3, mi querida Eve, obsesionados con los logros, traspasan la delgada línea de la ética y se mueven por la conveniencia, aprovechando una oportunidad que ven como única. En ese sentido, tienen mentalidad estratégica, la misma que los hace exitosos con el dinero. Nada los detiene y, como van a un ritmo trepidante que casi nadie puede seguir, avanzan solos, con dificultades para armar equipos. Gerentean bien, pero tienen ciertas dificultades para dejar un legado, asunto que deberemos cuidar con nuestro invitado que, por cierto, deberá liderar una idea potente, que deje huella.

—Sé de un empresario "USA-judío", que armó su fortuna en territorio no ético, pero que es, desde las leyes actuales, legal. ¿Recuerdas, Alex, a ese joven que se quedó con la representación de Transbank para toda América Latina cuando su jefe, el señor Slimer, le encargó esa negociación para su empresa?

—Me interesa. ¿Cómo se llama?

—No recuerdo, pero lo googleo inmediatamente.

—Eve, debes considerar también que el "elegido" debe tener alguna trayectoria de pertenencia a algún grupo de empresarios o de financistas que, en definitiva, hacen el rol del padre que nuestro "invitado" tanto detesta como buen E3, pero del cual espera esa simple frase de "hijo, estoy orgulloso de ti".

—Feller, Brian Feller. Hijo de un inmigrante judío. Casado con…

—Bien, Eve, creo que lo tenemos. Finnley deberá investigar ahora sus costumbres, cómo piensa, sus manías, sus hobbies, su familia… ¿Tiene hijos?

—Dos niñas, Susi y Eileen…

—Eso es bueno, rodeado de mujeres.

—Aquí tengo una foto de él. No está nada de mal, se le ve elegante, pulcro, educadito y muy sonriente…

—No hay duda, es un E3.

La sesión de ese día soleado había sido, a juicio de Alex, todo un éxito y con ella comenzaba la cuenta regresiva de once intensos meses de preparativos. Se despidió de Eve, felicitándola, y salió de la plaza Real para subir por Las Ramblas y entrar por el Carrer de Ferran hasta el Carrer dels Banys Nous. Siempre le había gustado internarse en el barrio gótico barcelonés, por esas callejuelas angostas, y a veces sombrías, tocando las piedras, mirando las macetas en los balcones y viendo flamear alguna ropa secándose entre fachada y fachada. Estaba excitado por la reunión y con algo de vértigo, al ver que la idea ya comenzaba a ser más que una idea. Desembocó en el Carrer del Bisbe y, como siempre, entró al patio de la Casa del Arcediano, del Archidiácono. Subió los peldaños y sin pensarlo giró a la derecha buscando el banco de piedra fría y añosa. Se apoyó en el muro y suspiró dos veces. A su derecha, las columnas de ese pequeño espacio íntimo contrastaban con la esbeltez de la palma que se asomaba por sobre los techos, mirando hacia la Catedral. Aquel Archivo Histórico de la Ciudad era un buen lugar para proyectar el futuro, se dijo. El sonido del agua de la pequeña fuente lo llevó por los recuerdos, por Monique, por Rocío correteando, por su tesis doctoral y en pocos segundos, el Patio del Arcediano se pobló con los personajes que habitaban su memoria.

20 de marzo, 2003
París

¿Es tonto, es torpe, es un mediocre con la sola herencia de tener el apellido de su padre, es un títere de la CIA, es un protector de Bin Laden, es... quién es GWB? Mientras subía las escaleras del metro Odeón y sorteaba apurados parisinos cerrando sus paraguas para encajar en el angosto túnel forrado en azulejos blancos, a cuyo paso rebotaban los sonidos del violín de un estudiante del conservatorio que financiaba su carrera con la esperanza de, algún día, ejecutar a Paganini o a Jean Luc Ponty, dado el caso, ya no bajo tierra sino en las alturas de un escenario, Alex esquivaba puntas de paraguas y mojados impermeables beige en una suerte de parto urbano que le liberaría de la multitud para ensimismarse en la reflexión que había surgido en el vagón de metro, silencioso, con el solo rechinar callado de los neumáticos y con los discretos y respetuosos habitantes cuando estaban en lugares públicos. Allí, un arrugado *Le Monde*, del 20 de marzo de 2003, sostenido por una mano enguantada cuyo dueño nunca pudo ver dado el hacinamiento propio de la hora punta, no tuvo otra alternativa que leer el titular y acto seguido notó su propia adrenalina, fue consciente de su oculta sensación de fracaso y una imperiosa necesidad de encontrar respuestas. El titular decía: "Bush invade Irak".

Los charcos, entremedio de los adoquines lustrosos por una lluvia suave eran agujeros negros que reflejaban la oscuridad del callejón que lo llevaría a la pequeña y añorada calle Saint André des Artes. Quién sabe quién habitaría la casa donde vivió Cortázar, quizás un saxofonista durmiendo o la nieta de la Maga drogándose, quién sabe, solo oscuridad y tiempo añejado. Más allá, haciendo esquina, el Café Mazet parecía un vulgar lugar donde ya no había ni rastro de un intelectual ni un asomo de tertulia, un lugar que estaba padeciendo de Alzheimer o quizás era Alex quien quiso recordar, pero no encontró ninguna cara conocida. Quiso ver a Helvio Soto entusiasmado, hablando un francés con acento argelino mientras esperaba día tras día el financiamiento para su guion *Il pleut sur Santiago*. Había conocido a Soto por intermedio de Ignacio Ramonet, a instancias de una entrevista para *Le Monde Diplomatique* en relación al golpe de Estado que derrocó a Salvador Allende. Antes del surgimiento del eurocomunismo, de Berlinguer, de Carrillo, de la Pasionaria, Allende representaba para muchos europeos la posibilidad de llegar al poder por la vía electoral, aunque te declarases marxista, y representaba la posibilidad de transitar hacia el socialismo en un proceso pacífico y democrático. No lo vieron así ni Kissinger ni la derecha chilena, quienes por distintas razones estaban dispuestos a abortar tal experiencia única. Kissinger no quería un precedente después del amargo trago con Cuba y la derecha chilena no estaba dispuesta a perder el control del país. Recordar a ese melancólico Soto en el exilio del Café Mazet no hizo más que reflotar su propio autoexilio y una desesperanza a la cual no estaba dispuesto a rendirse. Antes de salir del portal se detuvo y recorrió esa roja fachada del hotelito Saint André des Artes y sus recuerdos se adentraron por una angosta escalera donde a medio rellano y peldaño estrecho mediante, un angosto baño se escondía. Escalones irregulares y crujideras ancestrales daban a esta pequeña nave un aire de historia y de misterio. Sobre la cama y arremolinada entre sábanas, en penumbra y llena de una desnudez promisoria, Aranxa, la pasionaria defensora de los españoles en el exilio parisino, que en la fiesta anual de L'Humanité le había atrapado con su sonrisa, ahora le esperaba en penumbras y con una canción de Jacques Brel. ¿Qué será de ella, estará en su querida Guipúzcoa, se habrá aseñorado como tanto revolucionario, habrá mutado a ecologista, qué será de ella?

En fin, se dijo y decidió adelantar un pie para quedar bajo la lluvia y borrar el tiempo, para solo quedarse en la presencia de una noche lluviosa, en París, solo y sin mucho ánimo de asistir a la conferencia que, metros más allá, en dirección a L'Ecole de Medicine, se ofrecía, más que por su contenido, por el deseo de reencontrarse con Aum.

Aum no era su nombre de pila. Se había ganado ese extraño nombre como se ganan las arrugas o las canas, con años cargados de experiencias, pero por sobre todo ocurre cuando un ser humano comienza a tener un sello indiscutible y su identidad se manifiesta en plenitud. Durante toda una vida, Aum se había orientado por una pregunta obsesiva sobre el origen de las cosas, deambulaba buscando respuestas entre la filosofía, la ciencia y la espiritualidad como si presintiera desde muy niño la presencia del Todo, un algo donde no hay fronteras, un profundo sentido de unicidad que trascendía a cualquier religión o ante cualquier afirmación de una postura científica que no dejara espacio a la espiritualidad. Poco a poco, sus alumnos y sus lectores fueron descubriendo este rasgo obsesivo por el Origen, del universo, de la vida, de la evolución, y fueron atisbando el secreto que escondía la búsqueda del Origen. Nada más ni nada menos que la búsqueda de un Destino, del desentrañar hacia dónde se dirige la evolución, sobre su sentido o propósito si es que alguien se lo propuso. No se sabe si ocurrió por casualidad, de una broma respetuosa o si fue una colusión de sus admiradores, pero lo cierto es que un día comenzaron a llamarle Aum, fonética que corresponde el clásico OM o sonido del Origen, el más remoto sonido de la unicidad. Entre sonrisas compungidas, finalmente se asumió como Aum y redobló su búsqueda por el Origen.

La conferencia estaba anunciada como "El origen de la personalidad" y no era casualidad que la sala estuviera en el interior de L'Ecole de Medicine, confiriéndole una cierta bendición no declarada desde el ámbito de la ciencia y quizás también desde la Escuela de Psicología, quizás ahora con menor carga racionalista y con un cierto desapego a Descartes, que tanto daño había hecho al pensamiento francés, en el hogar como en los colegios y universidades.

Un murmullo plano, acomodo en los asientos y breves frases de cortesía para pedir paso, sonaban como el afinamiento de los instrumentos antes que salga a escena el director. Aquí no prevalecían los violines, sino las voces femeninas que siempre llenan estas conferencias, casi como un territorio vedado a los hombres por no entregarse a las emociones, por no mostrar su fragilidad y por atrincherarse en la lógica, en el hacer.

"Bon soir, Monsieur, Damé", se escuchó por los parlantes y un inmediato silencio atravesó la sala. Era el momento en que cada uno de los asistentes, sabiéndolo o no, esperaba saciar sus respectivas expectativas. Voces mentales se preguntaban si era posible saber cómo se origina la personalidad, cuándo ocurre, cómo es el proceso y sobre todo cuál es la razón por la cual los humanos tenemos personalidad. ¿Serían reales esas voces mentales o era Alex quien suponía esas preguntas en las mentes de tanta mujer reunida? ¿Cómo saberlo? En esta ocasión, Alex esperaba algo parecido y estaba lleno de curiosidad por conocer el proceso que había llevado a Aum a responder esas preguntas. Al menos, cuando Alex había asistido a los talleres que Aum dio en California, todavía no habían surgido tales preguntas en el medio de los que vivían la herencia de Esalen, una especie de epicentro que detonó con toda la riqueza que Ichazo, el psiquiatra Naranjo y jesuitas como Riso, cuando configuraron la versión moderna de una ancestral sabiduría, dicen de 2500 años, que hoy, en esa sala en París servía de plataforma para avanzar en el descubrimiento del Origen de la personalidad, asunto que los consagrados habían desechado por imposible.

Las asistentes, carcomidas por la curiosidad de cómo Aum desafiaba a los autores que habían servido de guía y referencia para los adictos al Eneagrama, tenían una expectativa contradictoria. ¿Y si lo que en los próximos minutos planteaba Aum desmoronaba todo lo que otros habían dado por cierto, cual Copérnico declarando que no somos el centro del universo como nos había dicho la Iglesia o bien, el sentir que todo lo ya aprendido cobraba un nuevo sentido integrador? Había de uno y otro bando, los desconfiados y los esperanzados, como siempre. Alex navegaba en estos pensamientos mientras la presentadora recorría el currículum de Aum. La conferencia aún no empezaba, pero realmente ya había empezado en cada uno ya hacía años, y hoy se materializaba y se hacía posible porque las preguntas generan realidades, todo un fenómeno cuántico, pensó y, por primera vez en muchos días, sonrió, justo cuando los aplausos recibían a Aum.

No vestía ni túnicas ni atuendos orientales, tampoco corbata científica, ni jeans de casual, ni ropajes negros de existencialista francés de los cincuenta. Vestía de rey y una corona ceñía su melena enarbolada de canas. Alex no podía creerlo, su antiguo amigo, ajeno al narcisismo, supuestamente sabio y evolucionado había enloquecido y, además, en París. Del silencio respetuoso se pasó al silencio gélido del desconcierto que, expresamente, Aum alargó por horas que eran segundos. Se paseó con aire señorial por el escenario y lentamente se sacó la corona y la posó en el pódium, luego desabrochó una cinta al cuello, dio la espalda al público y se sacó la capa de rey, la tomó con dos dedos, la alzó alejándola de su cuerpo y con una voz teatral dijo: "Esta es la personalidad". Y soltó la capa, dejándola convertida en trapos carentes de alma. Alex respiró, Aum era el de siempre, un nato comunicador y sobre todo poseedor de un agudo sentido del humor.

Nada divertido había ocurrido la última vez que estuvieron en contacto a través de *mails*. Solo hacía unos dieciocho meses, el mismo 11/9, cuando el mundo se estremeció con un espectacular ataque terrorista en los Estados Unidos de Norteamérica. Alex y Aum no olvidarían todo lo que hicieron entre el ataque y el discurso de George W. Bush. Desde entonces nada habían podido comentar sobre lo sucedido, en gran medida por razones de seguridad y en otra, la coordinación indirecta y compleja para encontrarse en París, con motivo de la conferencia de Aum sobre el Origen de la personalidad.

Durante una hora, Aum desplegó el Modelo al cual había llegado para comprender cómo ocurre el Origen, cómo cada ser humano elige inconscientemente un determinado ropaje o máscara para hacer el tránsito por esta vida. Recordó que *persona* provenía del griego y significaba "máscara" y que, desde la perspectiva del Eneagrama, había nueve tipos de máscaras. Graficó la idea: de los 7200 millones de humanos, por cierto, en diferentes estados evolutivos, había más o menos y teóricamente, unos 800 millones de cada tipología de personalidad. Como si en el planeta Tierra conviviéramos 9 especies muy diferentes, 9 especies de humanos que fantaseáramos con que somos y vemos la realidad de la misma forma y, cuando no es así, nos enojamos, nos transformamos en intolerantes, en discriminadores, en soberbios. Bastaba mirar la televisión. Hoy, Bush había hecho otra de las suyas. La imagen de la portada de *Le Monde*, que aquella mano enguantada había exhibido en el metro, saltó como un payaso con resorte, haciéndose más presente que la tranquila y pausada voz de Aum.

Difícil de saber si fueron segundos o varios minutos los que pasaron mientras Alex refunfuñaba mentalmente por las dinámicas estúpidas con que se desplegaban las políticas internacionales, a vista y paciencia de una abulia generalizada, como si tal locura tuviera una lógica, que para él hubiera estado vedada desde su niñez. "Tan rebelde este Alex", insistía su madre cada vez que podía. "Tan crítico, no sé dónde irá a parar con esa actitud", remataba. Ya desde pequeño, había cultivado su fobia por la indolencia y la pasividad. Obviamente, su madre encajaba perfectamente con la descripción que Aum haría sobre una de las tipologías de personalidad. Su mente volvió a la sala a media frase de Aum: "… un solitario —decía Aum—, un obseso por el conocimiento, por las ideas, por conceptualizarlo todo, un trasnochador profesional que cuida su espacio, su silencio, que exige respeto por sus ideas…", una voz desde el fondo de la sala salió desde adentro, con una potencia exagerada para el lugar y sin tapujos interrumpió la conferencia. Un "ese soy Yo" destempló el ambiente. Las asistentes giraron al unísono para identificar al desubicado y acto seguido, como un solo organismo que pide explicación, giraron hacia Aum exigiendo, con las pupilas dilatadas, que reaccionara.

—Estimado señor —dijo estirando las sílabas—, quizás tenga yo la culpa, que yo sea monótono y que mi voz adormezca, puede ser, pero más bien creo que usted se durmió cuando expliqué, precisamente, que la tipología de personalidad es una máscara, es el Ego. Por lo tanto, todo lo que usted cree ser es justamente lo que no es. Gracias por permitirme redondear el concepto.

Recién en ese momento, las asistentes volvieron a respirar y algunas se permitieron desahogar su tensión con frases inocuas como "lo cortés no quita lo valiente", seguidas de un suspiro existencial.

Más de una parada de carro le conocía Alex a su amigo, capaz de decir atrocidades, pero siempre con encanto, obligando más bien a agradecer que a reaccionar con enojo. Un maestro.

Las asistentes tomaban nota enfervorizadamente a medida que sus consciencias comenzaban a reconocer, según el modelo de Aum, su propio dolor basal, su miedo basal, su mandato interno e inconsciente y sobre todo, cuando identificaban esos atributos que permitían diferenciar una personalidad de otra. "Mi marido es 5, ahora entiendo por qué es tan ermitaño"; "mi hija es 4, tan melancólica y sufrida, me enerva"; "convivir con una mujer 1, te lo regalo"; eran breves comentarios de las asistentes a su vecino de asiento. Alex que ya había reconocido su propia tipología, en California, tenía ahora una nueva pista, como el Minotauro, para adentrarse en su subconsciente sabiendo lo que debía buscar. Era capaz, en esos pocos minutos de conferencia, de valorar el tremendo impacto de la propuesta de Aum, podía imaginar cómo el camino de las terapias podría acortarse ostensiblemente, vislumbraba diagnósticos certeros y estrategias de sanación más eficientes. Estaba divagando en esas potencialidades cuando por una extraña coincidencia, aunque las coincidencias no tienen nada de extrañas, Aum estaba entrando a destacar con ejemplos la efectividad del Modelo en su consulta. Aunque Aum no era de los marqueteros, sabía que el público siempre quiere pruebas creíbles, testimonios, mal que mal el ver para creer de santo Tomás todavía imperaba, más aún con el respaldo decimonónico de la ciencia y el aire cartesiano de París.

–Un día –dijo Aum–, llegó a mi consulta un hombre de cincuenta y cuatro años. Vestía impecable, locuaz, simpático y sin alterar su sonrisa perenne dijo: "He estado pensando en suicidarme". "¿Por qué ha pensado en eso?", le dije. "Mi negocio quebró, mi cuenta corriente que era de 2 millones de dólares está en cero, mi mujer me abandonó argumentando que yo soy un desastre, mal proveedor, que le daba vergüenza pública estar con un *looser*, que...". "Menuda esposa tiene este pobre hombre", pensé, al tiempo que me refutaba a mí mismo con un simple "por algo él la ha elegido". Era mi momento y le dije que...

Aum hizo una pausa y preguntó a la audiencia:

–¿Qué haría usted con un paciente que manifiesta que está pensando en suicidarse?

Las respuestas fueron variopintas, desde empastillar al sujeto mientras se le hiciera terapia por meses hasta que abandonara la idea del suicidio y viera la vida color de rosa; una señora afirmaba categóricamente que los que anuncian suicidios nunca se suicidan; un señor al fondo, con tono optimista planteó que mostrándole que la vida es hermosa saldría de su angustia, en fin, la sonrisa de Aum indicaba que nadie estaba dando en el clavo. Cerrando el cacareo de la sala, Aum hizo notar, con delicadeza, que no estaban relacionando la historia del prospecto suicida con el Eneagrama.

–¿Qué tipología es este señor según lo que hemos hablado en esta noche lluviosa? –preguntó.

–Es un 3 –argumentó una aplicada viejita.

–Bieeeen –dijo Aum–, y ahora dígame, ¿qué es lo que más teme un 3?

–Fracasar –apuntó la señora.

–Correcto, estimada, la invitaré siempre a mis conferencias. –Risas–. Eso le dije a mi paciente: "¿No cree usted que suicidarse sería un fracaso?". Nuestro señor 3 frunció levemente el ceño evaluando la pregunta y en menos de dos segundos cambió de tema y con una renovada sonrisa y tono decidido dijo: "Bueno, bueno, vamos a lo que vine". Nunca más habló de suicidio y la terapia se centró en su dolor basal de rechazo en la niñez, que hoy solo estaba regurgitando a raíz de un episodio de fracaso.

"Genial Aum –se dijo internamente Alex–, genial, lo cocinó en su propia salsa". Nunca imaginó Alex que aquella frase "lo cocinó en su propia salsa" tendría tanta repercusión en su futuro cercano.

La Coupole estaba a rebozar, los camareros volaban y un piano sonaba discreto con "My Son" de Keith Jarrett. Aum pidió una corvina *meunie're* y ofreció compartir un buen Beaujolais, aunque sabía que no era lo indicado para un pescado, pero, mal que mal la corvina se la comería él, a pesar de la mueca torcida pero discreta del camarero. Alex optó por una *soup a L'ognon* con crutones con la esperanza de que el frío parisino fuera aplacado, aunque en realidad necesitaba una sopa caliente para digerir la invasión a Irak.

Ya en los postres, comenzaron a revisar en lo que habían fallado aquel 11 de septiembre en Washington, no sin que antes Alex comentara la conferencia y preguntara detalles de cómo la investigación le había conducido a detectar el dolor basal de cada tipología de personalidad, identificando su origen. Sin tapujos ni delicadezas, como era la costumbre entre ellos, Alex relativizó críticamente el modelo de Aum para hacerlo hablar y secretamente comprobar que tenía un amigo sabio.

—No me dirás, Aum, que en el origen de la personalidad no incide también lo cultural, las circunstancia, la herencia, el carácter, en fin, ¿cómo saber qué es lo que marca más profundamente?

—A todo lo que apuntas, agrégale, mi querido Alex, los factores karmáticos y también las herencias emocionales, como lo señala Bert Hellinger. Sí, todo incide, pero lo importante, y curioso, es que al sanar el dolor basal se disuelve la personalidad, se esfuma el Ego y deja paso al Yo esencial, eso que siempre fuimos y que seremos. Resolver el karma no es un asunto de la personalidad o Ego, es un asunto del Yo y mientras más disolvemos el Ego, el Yo puede ocuparse de la misión en esta vida.

Con un "¿Te hace sentido?" siempre cerraba un párrafo.

—No me suena muy espiritual —apostilló Alex.

—¿Hay algo más espiritual que deshacerse del Ego para que el Yo florezca? —preguntó Aum, sabiendo la respuesta.

Sin esperar argumentación, Aum entró en materia. Ya habría otro momento para divagar y especular sobre esos temas que, por años, habían nutrido una profunda amistad.

—Querido Alex, más allá que yo tenga, como resultado de mis trabajos, de mi edad y de una cierta habilidad para generar contactos y vínculos, todo un navegador, lo que hicimos en Washington, ese 11 de septiembre de 2001, fue muy naíf, casi infantil, y debemos asumirlo quizás no como un fracaso sino como una chiquillada. Intentar que el presidente de los Estados Unidos de Norteamérica hiciera algo contrario a su naturaleza es como pedirle a un alacrán que no pique. Súmale los intereses de la CIA, de los poderosos, de quienes quieren controlar el petróleo y concluirás conmigo que, más allá de una anécdota para contar a los nietos, fue una estupidez, incluso una soberbia. La idea fue creativa,. reaccionaste rápido, Alex, y me contactaste oportunamente, pero no nos dimos el tiempo, que no había es verdad, para evaluar si la idea era realista. Alex, nos dejamos llevar por nuestros sueños de cambio y debo decirte, amigo, que para desgracia de quien vive la corta vida de los humanos en relación con la vida de las sociedades, no veremos cambios estructurales en esta reencarnación. Asume, Alex, y no pongas cara de corvina triste. La evolución de las sociedades es lenta. Morirás antes de verlo.

De vuelta en el hotel, Alex asumía su desvelo con aceptación y optó por releer el discurso que G. W. Bush había hecho el 11/9 y que había subrayado analíticamente al día siguiente, cuando fue publicado en la prensa y pudo comprobar, con pesar, que todo lo que estaba pasando era predecible: la barbarie ya estaba en curso, hoy había comenzado la venganza del imperio, hoy había comenzado el bombardeo a Irak. Leyó para comprobar si las partes subrayadas estaban vigentes.

Buenas noches,
Hoy, nuestros ciudadanos, nuestra forma de vida, nuestra libertad fue atacada, en una serie de actos terroristas deliberados y mortales.

Las víctimas estaban en aviones o en sus oficinas: secretarias, hombres y mujeres de negocios, militares y federales, trabajadores, madres y padres, amigos y vecinos. Miles de vidas se terminaron de repente por los actos malvados y despreciables de terror.

Las imágenes de los aviones que vuelan edificios, los incendios llameantes, enormes estructuras colapsando nos han llenado de incredulidad, tristeza terrible, y una ira callada e inquebrantable.

Estos actos de asesinato masivo fueron pensados para asustar y dejar a nuestra nación en el caos y el retroceso... Pero han fracasado. Nuestro país es fuerte. Un gran pueblo ha sido llevado a defender una gran nación.

Los ataques terroristas pueden sacudir los cimientos de nuestros más grandes edificios, pero no pueden tocar los cimientos de los Estados Unidos.

Estos actos rompen el acero, pero no pueden romper el acero de la determinación estadounidense.

Estados Unidos fue blanco de un ataque porque somos el faro más brillante de la libertad y la oportunidad en el mundo. Y nadie impedirá que esa luz deje de brillar.

Hoy nuestra nación vio el **mal, lo peor de la naturaleza humana,** y respondimos con lo mejor de América: con la audacia de nuestros trabajadores de rescate, con el cuidado de los extraños y vecinos que acudieron a donar sangre y ayudar en todo lo que podían.

Inmediatamente después del primer ataque, implementé los planes de emergencia de nuestro gobierno. **Nuestro ejército es poderoso y preparado.**

Nuestros equipos de emergencia están trabajando en la ciudad de Nueva York y Washington D. C. para ayudar con los esfuerzos del rescate.

Nuestra primera prioridad es conseguir ayuda para aquellos que han sido heridos, y tomar todas las precauciones para **proteger a nuestros ciudadanos en el país y en todo el mundo** de nuevos ataques.

Las funciones de nuestro gobierno continúan sin interrupción. Las agencias federales en Washington, que tuvieron que ser evacuadas hoy, estarán cooperando con el personal esencial esta noche, y estarán abiertos para **los negocios mañana.**

Nuestras instituciones financieras siguen siendo fuertes, y la economía estadounidense estará abierta para los negocios también.

La búsqueda está en curso para los que están detrás de estos actos malvados. He dado instrucciones a todos los servicios de inteligencia y de las comunidades del orden público para encontrar a los responsables y llevarlos ante la justicia.

No haremos distinción entre los terroristas que cometieron estos actos y aquellos que los protegen.

Agradezco mucho a los miembros del Congreso que se han unido para condenar enérgicamente estos ataques.

Y en el nombre del pueblo estadounidense, agradezco a los muchos líderes mundiales que han llamado para ofrecer sus condolencias y apoyo.

Estados Unidos y nuestros amigos y aliados se unen a todos aquellos que quieren la paz y la seguridad en el mundo; **y estamos juntos para ganar la guerra contra el terrorismo.**

Esta noche les pido sus oraciones por todos aquellos que sufren, para los niños cuyos mundos han sido destrozados, a todos aquellos cuya sensación de seguridad y su propia seguridad ha sido amenazada.

Y rezo por que sean consolados por un Poder Más Grande que cualquiera de nosotros, hablando a través de los años. Salmo 23. "Aunque ande en el valle de sombra y muerte, no temeré mal alguno porque tú estás conmigo".

Este es un día en que todos los estadounidenses de todas las clases sociales se unen en nuestra determinación por la justicia y la paz.

América ya ha vencido antes a sus enemigos, y lo haremos esta vez.

Ninguno de nosotros olvidará jamás este día; sin embargo, seguimos adelante para defender la libertad y todo lo que es bueno y justo en nuestro mundo.

Gracias, buenas noches.

Que Dios Bendiga a los Estados Unidos.

La evolución de las sociedades es lenta, es lenta, sería la frase con que finalmente Alex se durmió aquella noche mientras en Bagdad caían toneladas de bombas y, afuera del hotel, una gotera repiqueteaba sobre un latón, recordando que llovía sobre París.

Agosto, 2014

McCaine no podía tener más cara de agente de la CIA. Y lo era. Aunque en realidad los agentes de la CIA nunca tenían cara de agentes, McCaine encajaba perfecto con el estereotipo, mezcla de cómic y de héroe de Hollywood. Una prominente mandíbula tipo bóxer hacía presagiar que sus gruesas manos, con dedos como plátanos, podrían asestar una buena paliza sin decir agua va. Sin la boina que lo pavoneó en su juventud, su pelo rubio y lacio como la melena de una mazorca de maíz ya dejaba una tonsura que casi se encontraba con unas entradas como las de bahía de Cochinos. Sus rosados pómulos apretaban a dos ojitos rasgados y brillantes que casi nunca pestañeaban, como si no quisieran perderse de nada observable. Hacía ya mucho que

McCaine no tenía misiones adrenalínicas, pero su jefe directo le hacía creer que, sin él, la CIA y la Seguridad Nacional corrían peligro. En los años posteriores al atentado 11/9, no había logrado nada y su autoestima patriótica estaba severamente dañada. Mientras otros agentes que interpretaban mejor los deseos de la Casa Blanca aseguraban que Saddam Hussein tenía armas de destrucción masiva o que Bin Laden escamoteaba su larga figura en el interior de oscuras y polvorientas cuevas, McCaine debía contentarse con una visión oficial de la cual ni siquiera tenía asomos de duda y menos sospechaba de alguna manipulación política. Relacionar la invasión a Irak con el control del petróleo le era inimaginable, pero su ira por tan ignominioso ataque, artero, a los símbolos patrios generaba suficiente corticol para justificar el mayor despliegue militar posible. En ese sentido, McCaine era un norteamericano más, ofendido por un árabe tan peligroso que había logrado franquear todos los sistemas de seguridad de los que tanto orgullo tenían. Hasta ese momento, McCaine nunca se había preguntado el porqué, la causa, el motivo o como quiera decirse, de tanta violencia terrorista en contra de una nación respetuosa del mundo, adalid de la democracia y exportadora del sueño americano. La intervención que la Casa Blanca, previa asesoría de la CIA, realizaba en remotas latitudes no eran nunca vulnerando la soberanía local, sino que eran ataques preventivos para que el mal no se apoderara de la libertad y la democracia en el mundo. A veces, McCaine, en algún arrebato de lucidez, le comentaba a Gómez que, en su humilde opinión, había un desbalance en lo internacional. A la cara de pregunta de Gómez, aclaraba que, si era que asuntos de este tipo podían aclararse alguna vez, todas las intervenciones militares habían sido un fracaso, mientras que todas las movidas políticas y económicas siempre mostraban buenos resultados. El estímulo de la economía a través de la industria armamentista, la acertada elusión de responsabilidades respecto del Tratado de Kioto a fin de mantener a raya a los chinos en una guerra en que contaminar era un efecto colateral que no tenía importancia en la política interna, eran, citaba como ejemplos, mucho más eficaces que las vergüenzas en bahía de Cochinos, en Vietnam, en Afganistán, en Irak y ojalá que no, en Corea del Norte. McCaine no creía en tropas, a pesar de su pasado marine, y sí estaba convencido, como todo heredero de la Guerra Fría, del espionaje, de desactivar atentados, de descubrir complots y, en ese entendido, había aceptado el cargo de jefe del Departamento Koala, un apodo que definía a cabalidad la misión en juego: identificar y anular, a como diera lugar, a cualquier agente enemigo que despertara del sueño en el que se sumergían por años para atacar donde y cuando menos se esperaba. Magnífica misión, se repetía entre bocanadas de Marlboro que surcaban los aires en dirección a las turbinas de aire acondicionado, que vanamente pretendían mantener la cordura de los computadores y que, conectados al mundo, a los satélites, rastreaban a posibles koalas en su aletargado despertar, ya sin Guerra Fría de por medio.

A Gómez lo había elegido por dos razones principales. Era mexicano y era moreno. McCaine se sentía orgulloso por sus lecturas de geopolítica y, en tal dirección, estaba convencido de que la frontera con México era crucial para la Seguridad Nacional, amenazando a Gómez con que, si un solo terrorista entraba desde México, sería cosa de minutos su propia deportación. Lo moreno de Gómez, a su vez, y matando dos pájaros de un tiro, despistaba al enemigo por una parte y permitía infiltrarlo por su cara de bueno y una enorme nariz que el Estado Islámico envidiaría. Pero McCaine también hilaba fino y aplicaba la experiencia adquirida en los apremios a inmigrantes mexicanos, que le había permitido descubrir que los advenedizos temían mucho más a los capataces mexicanos que a los propios gringos, como les decían. Nada mejor que un mexicano que se cree norteamericano para defender la integridad de la nación. Así era Gómez, un verdadero gringo con cara de mexicano. Un adusto corte de pelo y gomina por doquier le hacían parecer hijo de mexicanos, al menos una generación más en el territorio de las oportunidades le daba más estatus y más libertad para opinar sobre los jefes, solo cuando McCaine abría una pequeña brecha a la crítica, generalmente cuando era humillado por su escasa labor de inteligencia o bien cuando su hemorroide le hacía ver cuervos anaranjados. Bien lo sabía Gómez y aprovechando su experiencia de origen, agregaba más chile en los sándwiches que debía prepararle como acto de sumisión y de respeto irrestricto a la pirámide del poder. La hemorroide cobraba entonces su máximo esplendor.

Una buena parte del día, Gómez la usaba navegando páginas porno, arguyendo que detrás de la pedofilia o del tráfico sexual de las redes se escondían los koalas, que, según él, se aburrían tanto que pasaban sus horas y sus vidas de clandestinidad dándose los placeres voyeristas mientras esperaban ordenes internacionales para actuar. McCaine nunca le compró tal argumento, pero a falta de acción, prefería tener contento a Gómez, a pesar de sus reiteradas idas al baño para aliviar las tensiones que su trabajo infringía a sus testículos. McCaine, que era muy observador y astuto, había comprobado que Gómez cerraba abruptamente la página porno cuando Nancy entraba a la oficina. No podía discernir aún si era por pudor de Gómez o porque Nancy era tan voluptuosa que tanta hormona haría reventar los sistemas de seguridad. Nancy, acorralada por un vestuario mínimo, siempre a punto del rebalse, parecía no darse cuenta de los estragos que provocaba. McCaine la había elegido para mantener los archivos del Departamento Koala, tras observar detenidamente que Nancy era una excelente bibliotecaria en su barrio y que era viuda de un veterano de guerra, de treinta y dos años. Su animadversión contra todo posible enemigo de su marido, aunque estuviera muerto, era digna de total dedicación, esmero y colaboración. A Nancy le atraían las causas épicas desde siempre. De barrista de rugby, ejército de salvación, santos de los últimos días, la habían visto desfilar con pasión y disciplina. Lo que aún no había dilucidado McCaine era el ciclo de vida de estas pasiones y, en consecuencia, hasta cuándo contaba con ella. Cada cierto tiempo, le encargaba una misión épica que devolvía entusiasmo y lealtad. A veces, enamorar a un informante para estrujarle toda la información, a veces transformarse en copetinera, otras en recepcionista de hotel y pocas veces en periodista, dada su escasa información sobre el acontecer mundial.

Nancy guardaba, con celo vaticano, la última carta que Jeff le había enviado desde el frente de combate, en esos días en que su batallón entraba a Mosul, enfrentando a mujeres y niños aterrados que levantaban las manos y balbuceaban cosas ininteligibles que no se sabía si eran súplicas o insultos. En la carta, recibida ya cuando Jeff yacía envuelto en una bolsa de plástico negro, se leía el miedo y la valentía al mismo tiempo, una suerte de esquizofrenia como única forma de vivir tanta locura. "Nancy, mi amor –decía–, se me hace difícil explicarte que te recuerdo intensamente pero que solo lo hago cuando es posible dormir tranquilo. Estamos siempre en estado de alerta, los muchachos se drogan porque no aguantan la presión, pero yo me he mantenido firme para estar consciente de la gran misión que nuestro país nos ha encomendado. Nuestros hijos, Nancy, serán libres y viviremos un mundo mejor. En ese ánimo, logro continuar a pesar todo". Las últimas líneas eran para preguntar cómo estaba Carlo Magno, si le había puesto las vacunas y si ya daba la patita cuando se le pedía.

Honrar a Jeff era la consigna que Nancy se impuso de por vida. Años después, Carlo Magno identificaba, entre miles de cruces blancas, la de su amo, héroe nacional, defensor de la libertad. Lo de defender el petróleo era un tema demasiado complejo para un perro doberman y para Nancy, un insulto a los ideales de su amado. El Departamento Koala había dado sentido a la vida de Nancy, pero no por ello dejaba de permitirse algunos lances amorosos que casi siempre terminaban en lances eróticos. Entre ellos, McCaine había sido premiado con algunos episodios furtivos, desordenando de paso el minucioso archivo que Nancy mantenía impecable. Esos tiempos ya habían pasado y ambos estaban sumergidos en un mismo sopor burocrático que no dejaba espacio al sexo.

Ese día, Nancy entró a la oficina caminando diferente, decidida. Cruzó sus nalgas frente a la nariz islámica de Gómez, puso sus brazos en jarra y desafiante preguntó a ambos:

–¿Saben qué koala despertó?

–Cómo vamos a saberlo si hace años que no despierta ninguno de los que tenemos como posibles koalas –respondió McCaine, venia de por medio, por parte de Gómez.

–Tiene que ver con el 11/9 –agregó Nancy con ojitos de "adivinen, adivinen"–. Apareció en Barcelona, encendió su computadora después de años, el mismo IP que el Departamento de Estado descubrió en el computador del asesor presidencial tras su infarto fulminante, el año pasado.

"No sabemos quién es, ni cómo es, pero sí sabemos que mandó un *mail* la misma tarde del 11/9 con un *attach* que parecía de una fuente diferente a la de Bin Laden.

—Nancy, trae el archivo ese y tú, Gómez, declara alerta roja inmediatamente.

—¿Alerta roja a quién? —preguntó Gómez desconcertado.

—No sé —dijo McCaine—. Alerta roja entre nosotros. —Nancy entraba ya de vuelta con el *attach* impreso y preguntando si ya lo habían leído. Gómez y McCaine negaron con la cabeza, como colegiales sin la tarea.

—Te dije, Gómez, que no buscaras en las páginas porno, podrías haber leído esto entre paja y paja, mediocre mexicano.

—Juro por Carlo Magno que lo encontraremos, lo juro —dijo Nancy con vigor patrio. Achunchado, Gómez asintió inclinando su nariz de arriba abajo y susurró, como un amén:

—Sí, lo encontraremos.

—Menos arengas y más lectura. ¿Quién lee? —Gómez se ofreció, hizo una pequeña caminata en círculo con los brazos en actitud simiesca e impostando una voz nasal, para meterse en el personaje, leyó:

Buenas noches,
Hoy, nuestros ciudadanos, nuestra forma de vida, nuestra libertad fue atacada, en una serie de actos terroristas deliberados y mortales.

Las víctimas estaban en aviones o en sus oficinas: secretarias, hombres y mujeres de negocios, militares y federales, trabajadores, madres y padres, amigos y vecinos. Miles de vidas se terminaron de repente por los actos malvados y despreciables de terror.

Las imágenes de los aviones que vuelan edificios, los incendios llameantes, enormes estructuras colapsando nos han llenado de incredulidad, tristeza terrible, y una ira callada e inquebrantable.

—Hasta aquí alcanzó a leer el discurso falso y fue en este momento cuando le devolvieron el discurso original, el que tenía membrete de la Casa Blanca, pero yo sigo leyendo el que enviaron los terroristas, pensando que nuestro Presidente es estúpido. Continúo:

Es normal que todos sintamos rabia, una ira profunda, de donde surge un impulso por vengar, por castigar, por sentar precedente para que nadie se atreva...

—Ese es mi Presidente… —exclamó Nancy con orgullo—. Eso es lo que corresponde, una buena venganza que…

—Nancy, por favor, siéntese y escuche y no diga cosas obvias. Por supuesto que no nos podemos quedar con los brazos abajo, se aprovecharían de nosotros. Siga, Gómez.

… a atacarnos. Tenemos un gran ejército, tecnología suficiente, servicios de inteligencia, medios de comunicación, aliados en Europa, tenemos todo lo necesario para asestar un duro golpe al terrorismo islámico…

—Cierto —apuntó McCaine, en su rol de líder koala.

… pero yo sería un mal presidente, el presidente del país más poderoso del mundo, si diera paso a este impulso, si entrara en la dinámica del terrorismo. He tomado la decisión, en consciencia, de convocar a todos los líderes de los grandes países para dar una solución definitiva al tema del terrorismo…

—Esoooo, con aliados es más fácil hacer polvo a esos malditos —dijo Nancy, presa de un ataque de matonaje internacional.

… erradicando su causa. ¿Qué alimenta al terrorismo? La respuesta es simple: la causa del terrorismo son la pobreza y la desigualdad. De eso se nutre el terrorismo.

—Es cierto eso, jefe, de eso se aprovechan, es cierto. Se ve gente muy mal vestida por allá, y flojos también, no todos, por supuesto, no se puede generalizar, ¿no es cierto, jefe?

… Sabemos, técnicamente, que somos capaces de erradicar la pobreza en el mundo, junto a los países desarrollados, en el plazo de un año, dejando sin argumentos al terrorismo…

—Esa es una buena idea, inteligente —dijo Gómez, dejando la voz pituda y retomando la suya, de macho mexicano.

... Más allá de la ira que tengo, como la tiene cada uno de ustedes, debo ponerme por encima de los impulsos y, con altura de miras, liderar la solución del problema. De no ser así, solo desahogaremos nuestro impulso de venganza, como nación herida, pero veríamos, muy pronto, una y otra represalia, aquí o en Europa, con miles de muertos inocentes.

–Bien inteligente eso de la altura de miras. Parece Presidente del Mundo cuando habla así –dijo Nancy con un toque de emoción.

... Mientras implementamos este acuerdo mundial, todos nuestros servicios de inteligencia se pondrán en estado de alerta para proteger a nuestra población. Los Estados Unidos de Norteamérica tendrán la grandeza de sobrellevar nuestro dolor para bien de la humanidad.

–Me emocionó –dijo Nancy, enjugándose una patriótica lágrima que resbalaba dejando una huella de rímel–. Tan lindo que habla nuestro Presidente –suspiró–, eso de la grandeza como nación me llegó.

–¿Que no se da cuenta, querida Nancy, que ese texto no lo escribió el Presidente, que alguien quiso aprovecharse de lo despistado que es para que leyera otro texto?

–Pero ese texto tan bonito lo habría hecho famoso –agregó tímidamente un Gómez que aún continuaba resentido con el calificativo de su jefe. "Cómo que mediocre, mexicano. Debo precisar a mi jefe –se dijo–, que yo soy norteamericano, ya habrá el momento para la dignidad".

–¿Cuál sería el móvil para escribir ese texto y enviarlo la misma tarde del 11/9? –preguntó McCaine, regodeándose con lo inteligente de su pregunta. "El móvil, esa es la pregunta clave que enorgullece al Departamento Koala, que yo dirijo", pensó con vanidosa humildad.

Ni Gómez ni Nancy respondieron. El silencio se hizo espeso y McCaine lo estiraba con la secreta esperanza de que el mejor equipo, bajo su mando, que había elegido, pudiera contestar. Encendió lentamente un Marlboro y erupcionó una bocanada de su desaliento al personal.

—Este texto —dijo agitándolo entre volutas de humo–, tiene un objetivo claramente militar. Es parte del Plan Bin Laden para que nuestra nación no ataque y quede en ridículo frente a la comunidad internacional, como unos cobardes que no saben responder una agresión de tamaña envergadura, es el colmo —se atragantaba de rabia– que ustedes no vean lo sutil de la maniobra. Nos atacan con aviones y al mismo tiempo pretenden hacernos ver como corderitos de Navidad.

"Si hubiera sido leído por nuestro Presidente, que a veces no se fija en lo que lee, el orden mundial habría tomado otro rumbo, sin dejarnos espacio para una razonable venganza. O ¿no? Ridículo —dijo, y releyó la parte que más irritó a McCaine–: "la causa del terrorismo son la pobreza y la desigualdad" —se puso de pie y ceremoniosamente sentenció–: La desigualdad es el motor de la economía y del progreso. Esos árabes no entienden nada de nada.

—Pescaremos a ese árabe esté donde esté —dijo Nancy–. Ya verá, ese maldito, lo que le pasará por intentar hacernos parecer idiotas con esas bonitas palabras, porque sí son bonitas, jefe, ¿no es cierto?

—Gómez, tú que eres mexicano, viaja ahora mismo a Barcelona y rastrea, con apoyo satelital y de la agente Susana Bórquez, por cierto, infiltrada exitosamente entre los Indignados, los 15M, a ese tipejo que se cree inteligente, que creyó que nuestro Presidente leería su textito por equivocación. Ja. Si bien es cierto que durante trece años ni le hemos visto el pelo, le llegó su hora y nosotros podremos cerrar ese expediente que mancha nuestra impecable reputación. ¡Qué se cree, tipejo despreciable! —sentenció.

Gómez, haciendo alarde de profesionalismo, procedió a puntualizar, aún con la mente en el discurso presidencial:

—Las primeras líneas sí las leyó el Presidente, pero alcanzaron a ponerle el discurso original antes que nadie lo notara. El agente Adams se fijó que, en los papeles que había comenzado a leer el Presidente no había membrete de la Casa Blanca como en la copia que tenía en sus manos, según protocolo, y procedió a canjearle rápidamente el discurso. De no ser así, nunca habríamos podido vengar a su padre por la ofensa de Saddam, años antes, en la Guerra del Golfo —aclaró ese punto, sintiendo que su aclaración era significativa y luego dio paso a su venganza personal—: No soy mexicano, yo soy norteamericano, Je-fe.

Agosto, 2014
Barcelona

"Hija, han pasado tres años desde que no estás". Nunca se había atrevido a pronunciar la lapidaria palabra "muerta", decir "hace siglos que estás muerta, mi Rocío, y nunca volverás". "Desde que ya no estás", era una frase menos definitiva, como si le dejara la puerta abierta a "un día volverás". Con una delicadeza casi celestial, Alex pasaba su dedo, suavemente, con un cariño póstumo, por el canto de una fotografía como si no se atreviera a tocar el rostro de su pequeña Rocío, que inocente reía con la risa de los inmortales, de los que tienen toda la vida por delante, de los que están seguros de que la muerte le ocurre a los demás.

Hoy tendría treinta y nueve. La muerte había ocurrido pocos días después de su cumpleaños treinta y seis, un cabalístico 11 del 11. Sin embargo, Alex se aferraba a esa desteñida foto de cuando Rocío tenía nueve años. Aquella noche, ya cansado de rellenar su vaso de vodka tantas veces como se preguntaba por qué la vida le estaba poniendo, día a día y ya hacía tres años, en tan difícil prueba, se hizo una pregunta diferente, a falta de respuestas: "¿Por qué quiero tanto esta foto?".

Había vuelto a residir en Barcelona después del accidente y había varado como un pesado mercante sin mercadería, vacío, oxidado, inclinado sobre la quilla de una costilla que no le dejaba respirar y que, de vez en cuando, solo le hacía suspirar con el desgano que únicamente la tristeza logra instalar. Esa foto, cuya risa aún reverberaba en el corazón de Alex había sido tomada en un paseo dominical por el Parque Güell y Rocío había entrado en un estado de éxtasis, de asombro, con todo lo que Gaudí le estaba regalando. La iguana colorinche que presidía esa escalinata, luciendo su piel de mosaicos, era sin duda una atracción natural para una niña que siempre desconfió de los animalitos Disney, y también fueron las inclinadas columnas de piedra con que, a modo de arbotantes, se sucedían prolongando la pendiente del pequeño cerro que Antonio Gaudí había tomado en nombre de la magia, convirtiendo todo en arquitectura. Rocío había entrado en consonancia con el espíritu integrador y el irrepetible talento de este arquitecto. Y no solo en las formas y las texturas que remitían a la naturaleza, sino también en esa extraña fusión de lo urbano y lo natural en una suerte de juego inocente que devolvía la niñez a los paseantes. Corriendo en zigzag entre las columnas inclinadas, Rocío sonreía como suspendida en ondas gravitacionales invisibles y, queriendo sorprender, se aparecía detrás de la última con su cuerpo inclinado al igual que la columna, para hacer creer que ambas se habían tomado la Ley de la Gravedad, y que todo el planeta se había torcido, incluyendo a su padre. Otro juego más, cambiando siempre el punto de vista, sello que invadiría su vida personal y laboral. Más allá, un arbitrario juego de gruesas columnas, haciendo un bosque pétreo que sostenía la terraza mirador, no había sido del gusto de Rocío, a pesar de que Alex se las quisiera vender comparándolas con las columnas de Lúxor, en Egipto. Para Rocío, eran duras, pesadas, amenazantes, y sobre todo ajenas a lo natural. El orden y la manifestación de poder que le sugerían a Alex no terminó por seducir a una Rocío que parecía nacida para encajar simbióticamente con la naturaleza.

Tenía nueve años en esa foto que Alex lloraba en el silencio de la noche. Un murmullo urbano interrumpido por una lejana sirena de ambulancia solo lograba hacer de sordina al dolor que nunca podría extirparse, que apretaba con tal fuerza que solo evidenciaba un vacío extraño, sin tiempo, ajeno a este mundo, eterno, sin retorno.

Sin saberlo, Alex había elegido esa foto, esa Rocío de nueve años, como la síntesis de todo el recuerdo, de un recuerdo en que todo era cariño y risas. Ahora, la ausencia y el dolor comenzaban a darle una explicación, a hacerle patente que su recuerdo no debía estar teñido por una adolescencia difícil, por una rebeldía que nunca terminó de comprender ni menos por los tensos meses antes del accidente. Esa foto le obviaba recordar esos años y el distanciamiento del que no fue consciente hasta que era demasiado tarde. Simplemente, esa foto no le hacía sentirse culpable.

Era el año 82, Rocío recién celebraba su noveno cumpleaños rodeada de niños que le cantaban en catalán mientras sus mofletes se llenaban de aire para soplar como el huracán del siglo. Alex, por fin, después de años viajando por el mundo, entrando y saliendo de la vida familiar como pasajero de hotel, había anclado en el puerto para tener un año sabático y terminar su doctorado con un esfuerzo titánico para reflotar un ideario revolucionario, pero con otro sello, proyectando un futuro teórico que superase los errores que habían socavado la praxis de la izquierda en el globo. Como nombre provisorio para la tesis barajó varios: "Los 10 errores de los idealistas"; "Replanteando el concepto de liderazgo en la Revolución"; "¿El pueblo quiere revolución?"; encontrándole a todos un tufillo a desesperanza encubierta, para que finalmente, un años después, la titulara "Lo que Marx no vio", parodiando secretamente un inconfesado "De lo que no me di cuenta".

Ese año sabático, entre lectura y redacciones corregidas y reescritas, luchando con la Olivetti y el papel carbón para la copia del texto, transcurría el descubrimiento de una hija que se le hacía real por primera vez.

Monique volvía a tener marido y desde su acostumbrado retraimiento observaba el reencuentro de Alexander y su hija. Habían acordado que le pondrían un nombre poético, en un idioma que no fuera de ninguno de los padres y, sin haberlo definido entre varias opciones, sucedió el rompimiento de aguas y el amanecer terminó poniéndole el nombre: Rocío.

A pesar de su origen chileno, Rocío estaba completamente catalanizada y participaba activamente, gracias al entusiasmo de Monique, del renacimiento de la lengua catalana con la llegada del octogenario Tarradellas, quien, con un *"Ciutadans de Catalunya, ja sóc aquí"*, dicho con energía y orgullo en el balcón del Ayuntamiento en la plaza San Jaume, había dado inicio al retorno de la identidad catalana, amagada desde el 11/9 de 1714, cuando las tropas borbónicas , durante la guerra de Sucesión Española, abolieron todas las instituciones catalanas. Eran los días en que los clandestinos Lluís Llach, miembro del grupo Els Setze Jutges y, junto a otros, uno de los abanderados de la Nova Cancó Catalana; el valenciano Raimon; la mallorquina María del Mar Bonet; el niño del Poble Nou, Joan Manuel Serrat, entre muchos, salían a la luz para cantarle a esta nueva Catalunya que emergía.

Rocío cantaba "Els Segadors", el himno catalán, con más entusiasmo que la Internacional Socialista que a veces entonaba Alex mientras lavaba platos, en arranques proletarios propios de un intelectual que se esmeraba en la consecuencia. Ese año, el 82, que Alex decretó sabático, fue un año en que se salió del mundo de la militancia para dejarse tocar por la experiencia directa de los hechos históricos y participar en su devenir. Con alegría sostenía sobre sus hombros a cuatro o cinco para formar un castillo humano, donde *els castellers de vilafranca* se ganaban los máximos honores, toda una tradición catalana que reforzaba, al igual que la Sardana, el sentido colectivo y de unión. Rocío trepaba, con sus pantalones blancos y una camiseta con las cuatro barras, amarillas y rojas, hasta alcanzar la cumbre, sonriendo, mientras las rodillas de Alex temblaban bajo el peso de la responsabilidad. Tenía que concentrarse en mantener la base del castillo bien amarrada, como un abrazo inclaudicable, sin saber si Rocío había logrado llegar a coronar la torre humana. Recién cuando escuchaba los aplausos, podía imaginar la alegría de su niña y relajarse al saberla sana y salva.

Nada parecía alterar esa vida intensa que Rocío, Monique y Alex estaban compartiendo como activos partícipes del renacer catalán. Algunas veces, Rocío dormía en casa de su gran amiga, y Alex y Romina se perdían, ya sea escuchando jazz en el Celeste o bien bailando en La Paloma. La amiga de Rocío, Constanza, había nacido en Chile y llegado en una primera oleada de exiliados que salvaban sus vidas del garrotazo golpista de Pinochet. Pero la familia de Constanza no era la única familia chilena que Alex y Monique frecuentaban, no solo por la empatía ideológica, sino también para que Rocío no se criara como hija única. El vínculo entre Rocío y Constanza se había fortalecido en el viaje que ambas familias habían hecho entre Barcelona y Estambul, unos 5000 kilómetros en sendas Renoleta y Citroneta, que marcaban la estética del exiliado. Ensimismados en esa vida, poca importancia tuvo la Guerra de las Malvinas, que casi parecía un juego de Atari, o las bravuconadas de Jomeini contra Saddam Hussein. Todo eso y mucho, mucho más se había cristalizado en aquella foto de Rocío que Alex miraba como si no fuera de este mundo.

Eran ya las 5.20 y el sol ya amenazaba con una marejada de luz sobre un quieto Mediterráneo. El terrado, donde Alex había quedado atrapado en el 82, repasando momentos que se entretejían entre Rocío, la tesis y Monique, armando una argamasa indefinida de momentos felices que hoy le estaban provocando una tristeza ineludible. Por sobre los tejados del barrio de República Argentina, donde Serrat había anclado por años en medio de un periplo de Poble Nou al Tibidabo, e interrumpido por su exilio catalán en México, la mirada triste de Alex descendía por la pendiente suave de Barcelona y se zambullía en el mar y en la lejanía. Flameaban en el tendedero una camisa, un calzoncillo y unos calcetines que había lavado aquella tarde apuntando la nave inflada como el despojo de un naufragio sin destino. Una mesa, un vaso, una botella de vodka absolutamente vacía y su computador portátil armaban la escenografía de esta noche triste, etílica y sin respuestas. Como siempre, Alex abrió su computador, pero esta vez sintió que estaba invadiendo un territorio ajeno y prohibido. Desde hacía tres años, había navegado naturalmente en ese computador como si fuera suyo o como si fuera una herencia legítima que Rocío le dejara tras su muerte. Un laptop que Ahmed le había hecho llegar, junto a una mochila que permanecía intacta, sin abrir. Esta vez no accedió al *mail* y fue a Mis Documentos en busca del texto en que estaba empantanado hacía meses y cuya pretensión era dejar por escrito su desencanto. Allí estaba la carpeta Edén, que había leído tantas veces para retener el recuerdo de los últimos días de su hija, pero no la abrió. Antes de hacer clic en su documento, que llamó "Agonía de una Era", se topó con una carpeta que nunca había abierto. Ecología se titulaba y, al abrirla, trece carpetas se alinearon. Parecían temas técnicos sobre ecología, impacto ambiental, Grandes Desastres, decía otra, Greenpeace, Tratado de Kioto, Calentamiento Global, Ecología del Ser, ecosistema, reciclaje, en fin, cuanto material había reunido Rocío para su activismo ecológico. Volvió atrás para reencontrarse con la carpeta Ecología del Ser, atraído por su concepto que implicaba, creyó, la integración interna del ser humano. Con esa expectativa, abrió el documento y no pudo creerlo. "Papá", un escueto "papá" coronaba el texto. Rocío le había escrito.

Leyó sin pausa y como nunca en su vida, lloró a gritos, atragantándose con el poco aire que entraba a sus constreñidos pulmones. Lloró y lloró, sintiendo que Rocío había muerto por segunda vez.

Papá...

Ya ni sé si decirte Papá o simplemente Alex, como corresponde a un extraño. Debo, aunque no quiero, escribirte esta carta porque mi terapeuta me la dio como tarea. Tengo 37 años y estoy llena de rabia, que me ha generado problemas con Gerard, a quien amo, y ahora está afectando a mi pequeña Aurora, que no entiende de mis arrebatos y se asusta mucho. Mi terapeuta me ha hecho ver toda la rabia que te tengo, pero no consigo sacármela de encima, aunque a lo mejor si la dejo en esta carta pueda lograrlo. Seguro que criticarías mi redacción o que la idea central se diluyó, como me decías siempre. Nunca me felicitaste por mis trabajos en el colegio. O eran muy vagos o muy poéticos o muy cualquier cosa, siempre faltaba algo. Te odio por eso. En las noches lloraba sin encontrar cómo darte el gusto y me proponía hacerlo mejor, con más atención y cuidado, pero nunca me resultó. Eres una mierda, insensible, incapaz de ver todo lo que me esforzaba, siempre insatisfecho. Despreciaste a los artistas y yo tuve que ocultar que yo me sentía artista, que quería ser artista, y aún no me lo permito. Nunca olvidaré ese día, cuando llegué del colegio con un dibujo para ti, el día del padre y lo miraste con displicencia y sentenciaste: "Se nota que es improvisado". No puedes imaginar lo que me dolió, hasta hoy, y mamá tuvo que explicarte que me tomó una semana hacer ese dibujo, donde estábamos los tres paseando en el Parque Güell. Pobre mamá que tuvo que soportar tus ausencias, tus malditos viajes secretos salvando a la humanidad del capitalismo, mientras te importábamos un pepino. Viejo egoísta. ¿Por qué te fuiste, a tus viajes, cuando terminaste tu tesis de doctorado? Recién había comenzado a tener la sensación de tener papá, tenía 9 años te acordarás, supongo, y nuevamente te largas. "La revolución me necesita", decías haciéndote el gracioso y desaparecías con tu maleta de mierda. ¿Te acuerdas cuando me obligaste a disfrazarme de claca, para la fiesta del colegio? Te dio flojera comprarme el traje de princesa que queremos todas las niñas y me pusiste una sábana pintada con manchas de colores, supuestamente inspiradas en los cuadros de Miró. Fue horrible, todos se rieron de mí y ni te enteraste. Mis novios siempre eran unos mediocres y Gerard se salvó porque es muy inteligente y te llevó el amén, como a los viejos gagás. Soy consciente de que te tengo mucha rabia, pero eso ni quita ni pone a que seas un fracasado, uno que se cree re-volucionario, o de la vía pacífica o de la armada, para luego virar hacia una supuesta espiritualidad, al cambio de consciencia, y en nada de eso, en nada, estaba tu hija, yo. Si al menos hubieras sido un gran hombre, quizás te estaría perdonando que hayas sido un padre de mierda. Eres un fracasado, Alex.

Sé que no cambiarás y quizás esta carta no valiera la pena escri-birla, aunque mi terapeuta me asegura que es el primer paso para sanarme y no seguir afectando a mi familia. Lo único que puedo asegurarte es que no quiero ser como tú, criticona, perfeccionista, cuadrada, con ínfulas fundamentalistas.

Tu hija invisible,
Rocío

Día 4

Ni a Bert ni a Stan les había sido fácil explicarle a Alex cómo interceptaron un *mail* extraño que recibió la esposa de Feller, la noche anterior. Ambos entraban en detalles técnicos que un mortal cualquiera sería incapaz de comprender. Alex fue entrando en el torbellino de la impaciencia, presa de una curiosidad que, suponía, le respondiera algo que nunca estuvo en los planes, ni siquiera imaginado.

—Paren, paren, muchachos, vamos a ir por partes, ¿entendido? —dijo Alex en forma tajante y haciendo gala, como cada vez que se sentía abrumado, de un afán por la metodología—: Quiero la siguiente respuesta, Stan o Bert: ¿tenemos el mensaje?

—Sí —dijo Bert y Stan movía la cabeza de abajo arriba, exageradamente.

—Bien. ¿Sabemos quién lo envió?

—No, pero podemos contestarle, si quisiéramos —dijo Stan a punto de comenzar a explicar cómo habían pensado hacerlo, pero Alex interrumpió:

—¿Cómo? ¿No sabemos quién es?

—No sabemos, pero sabemos —dijeron casi en coro—, sabemos que se llama K y que vive muy lejos de la señora Ellen.

—Veamos el texto del mensaje —dijo Alex mientras estiraba su brazo para recibir el tablet que le ofrecía Bert. En el trayecto, alcanzó a darse cuenta de que era escueto y que cerraba con una K.

Para Feller, esa mañana del cuarto día había comenzado con su desayuno de costumbre y unos sorpresivos huevos revueltos con jamón que, de seguro, estaban esperando para saltar dentro del pan caliente. Mientras bebía su café, con poca leche, como le gustaba y como Finnley lo había consignado en la ficha del Invitado, hojeó los periódicos de diferentes nacionalidades que venían en la bandeja. Brian Feller ya no era noticia de primera plana, lo había desplazado cuatro tornados en las planicies y el Medio Oeste de los Estados Unidos; un Hoax o mentira creada que *Le Monde* publicaba para relativizar las teorías de un calentamiento global; *The New York Times* mostraba a un John Kerry reuniéndose con Siria para tratar el tema de su guerra civil; y una impactante foto en *USA Today* de un manifestante con una máscara de Anonymous junto a un auto de la policía londinense en llamas. "Qué efímeras son las noticias", pensó Feller y no pudo evitar que la imagen de depresión de su amigo Kevin le trajera al presente el despido del que había sido objeto en ExxonMobil: "Pasé de recibir 850 *e-mails* diarios a cero, ya no soy nadie", decía Kevin, con la amargura de un niño que no han invitado a un cumpleaños. "Hace dos días era el 'importante empresario secuestrado', luego pasé a ser protagonista de una misteriosa desaparición y hoy, al cuarto día, ya no existo. Pero existo para Ellen, para Susi, para Pinky", y cuando vio que su cuarto dedo de la mano izquierda le traía a la mente la imagen de Wind, su precioso golden retriever, sintió una tristeza que no recordaba desde niño y una aplastante soledad le cayó como un tsunami de silencio. Por primera vez, al cuarto día de cautiverio, pensó en el sentido de su vida y sintió que los hombros se cargaban del esfuerzo y tensión de años, apretándole desde los omoplatos hasta la nuca, subiendo por las cervicales. "¿Estarán, mi gente de la empresa, mis pares o alguien, preocupados por mi destino o se habrán contentado con las declaraciones de Ellen, explicando que estoy en un retiro?".

La respuesta se hizo sentir a los pocos minutos, cuando la única puerta se abrió, por primera vez, y dejó recortada la figura de Alex:

—Buenos días, señor Feller.

Feller, sumido en su tristeza, no supo qué hacer, asunto que siempre sabía, y se quedó paralizado unos segundos hasta que se puso de pie, sin saber si para saludar el cordial saludo de su raptor o bien para atacarlo y escapar por esa puerta entreabierta. Balbuceó:

—Buenos días, aunque no sé si son buenos —y con esa ironía sutil se dio ánimos para repetir lo que su mente se decía desde el primer día—: ¿Qué quiere?

Y antes que continuara preguntando, Alex mostró las dos palmas de sus manos en un gesto sacerdotal mientras los pensamientos de Feller recorrían alternativas y observaciones: "No parece terrorista, narco tampoco, psicópata no –elucubraba–. Tan mayor, debe tener unos setenta y secuestrando, debe estar mal de la cabeza, sin embargo, parece buena persona", se decía.

–Los motivos por los cuáles usted está aquí, los conversaremos en otro momento, ya que, por ahora, tenemos una emergencia...

–¿Qué le pasó a mi familia? ¿Están bien?

–Sí –inmediatamente la mirada de Feller se relajó para convertirse en una nueva pregunta:

–¿Cuál emergencia? ¿Mis oficinas? ¿Qué?

–Hemos interceptado un mensaje amenazante y sabemos desde dónde salió...

–¿Amenazante para quién?, ¿para mí?

–Indirectamente sí, en el caso de que el remitente crea que Ellen y usted están en contacto, directo o a través de una negociación, con sus raptores...

–Ustedes –apuntó acusatoriamente.

–Ya hablaremos de eso. Para nosotros, usted, señor Feller, es un Invitado.

–¡Vaya forma de invitar! –pero la curiosidad por el texto era mayor que la discusión que estaba por venir–. ¿Qué dice? –inquirió Feller, al momento que se sentaba para recibir la noticia, acto que Alex acompañó en la silla de enfrente.

Alex leyó:

Querida Ellen:
Imagino los duros momentos que estás pasando con la desaparición de nuestro querido Brian. Espero que estés bien, tú y las niñitas y como siempre, cuenta con toda nuestra protección. Una persona de nuestra confianza está investigando qué ocurrió en el hotel de París y hoy me informan que ya tiene alguna pista. Nunca olvides, Ellen, que somos una gran familia mundial y nos debemos unos a los otros irrenunciablemente. Es sumamente importante, urgente, que logremos ubicar a Brian, quien ha demos-

trado su total fidelidad con nuestra organización, pero debemos considerar que es humano y por tanto frágil a cualquier acoso de un potencial grupo terrorista y, con ello, a la vulnerabilidad de nuestra información reservada. Por el momento, eres la única persona que puede evitar esto, accediendo a las demandas de los raptores y, obviamente, financiadas por mí, a fin de traer de vuelta a tu marido. Debes considerar que, de lo contrario, nuestro grupo debe defender su permanencia dada la importancia mundial que tiene. Seguramente Brian te ha comentado que a este juego se entra, pero nunca se sale, al menos vivo. Te contactaré mañana a las 19 para que me cuentes cómo lo solucionaste.

K

PD: cariños a Susi, Pinky y a Wind.

—Sabemos que Ellen no ha respondido a K, pero no sabemos si se ha contactado con el FBI. Esa frase que dice que ya tienen alguna pista, implica que el señor K no cree la versión de la señora Ellen y sugiere un secuestro.

—Está amenazando a mi familia, maldito bastardo —Feller se puso de pie y comenzó a circular por la habitación, conteniendo la rabia y buscando una solución. Zelig tomó precauciones y desde afuera y sin ser visto, cerró la puerta con suavidad.

—Señor Feller —dijo Alex en tono de advertencia—, tenemos una solución, pero necesitamos de su consentimiento. Como ve, no es habitual pedir consentimiento a un secuestrado, pero sí a un invitado.

—¿Cuál?

—Es evidente que míster K tiene pavor de que usted diga algo, también podemos deducir que nada sabe de nosotros, por ahora, e intuyo que no quiere ni policías ni periodistas de por medio. ¿Correcto?

—Correcto dijo Feller, impresionado por la capacidad analítica de su raptor, o ya ¿debiera decir anfitrión?

—¿Juega ajedrez, señor Feller?

—No. Pero si me está insinuando que la mejor defensa es el ataque, creo que entendí la jugada.

—¿Dejaría de molestar a su familia el señor K si usted lo amenazara con abrir la boca?

—No tendría otra alternativa, pero tarde o temprano, si salgo de aquí, seré un cadáver seguro.

—Salvo que el señor K tenga garantías de silencio, ¿o no?

—Es un buen negociador. Entendería. Si me eliminara, tendría complicado dar explicaciones al Grupo, mal que mal, se suponía que yo era el benjamín.

—¿Qué grupo?

—No sé por qué estoy confiando en usted, señor...

—Alex. A-lex, sin Ley. No tiene más alternativa que confiar, además lo estamos cuidando muy bien, pese al encierro.

—¿Cuándo saldré de aquí?

—Solucionemos la emergencia, señor Feller, es lo primero.

—¿Qué propone, Alex?, si es que es su verdadero nombre.

—Lo es —Alex extendió un papel con un texto y observó la expresión de Feller mientras leía en silencio.

Estimado ......, estoy de retiro, por un tiempo, para diseñar un proyecto muy interesante. Como siempre, te mando un abrazo, reiterándote mi fiel dedicación, mi reserva y mi compromiso, pero debo decirte, con la honestidad que acostumbro, que tus dudas me ofenden y tus veladas amenazas a mi familia no son ni serán el motivo para guardar la reserva a la que me comprometí. Por eso, que quede claro que tal discreción se rompería en caso de que mi familia sufriera algún ataque.

Un abrazo

—¿Es psicólogo, Alex?

—No, ajedrecista.

—Impecable. ¿Y cómo se la harán llegar?

—Para que sea impecable debe ser creíble por K y para ello, faltan dos cosas: poner el nombre y firmar con algún apelativo que solo sea de usted. ¿Me entiende, Brian?

—Cierto. Usted piensa en todo. Como mi desayuno, el Whatsapp tranquilizando a Ellen, mi remedio, las comidas, y aunque sea absurdo que un secuestrado agradezca, debo decir gracias, Alex.

—Si usted es un Invitado, se merece lo mejor.

—K es Klaus y podría firmar como Rocke. Solo él bromea burlándose de que solo soy Feller y que me falta mucho para ser Rocke Feller. Una broma estúpida...

—Pero sirve —dijo Alex, con la victoria en sus manos.

—Hay que avisar a Ellen que esté tranquila, que ya me comuniqué con Klaus...

—De inmediato lo haremos, pero agregaría que, por precaución, se traslade con las niñas a casa de algún familiar o amigo.

—De Kevin —dijo sin dudar—, él tiene una casa en el campo y Klaus no sabe quién es.

—Hemos salido de la emergencia, Brian. Pronto continuaremos hablando. Ha sido un buen trabajo en equipo. Gracias.

Feller no salía de su asombro, pero su alivio era mayor. Vio a Alex traspasar el umbral como si alguien le hubiera abierto la puerta en el momento preciso. Suavemente, la puerta se cerró y Feller se subió a la bicicleta estática y una sensación de tranquilidad se le instaló en la boca del estómago. Era el cuarto día, pero el primero de algo que aún no conocía.

Detrás del espejo, el equipo recibió a Alex con risas, abrazos y felicitaciones. Era el jefe en acción. Incómodo por los agasajos, Alex se dirigió a Bert y a Stan, entregando sendos papeles:

—Para K, ahora Klaus y este, vía Whatsapp, para Ellen.

—Habrá que investigar cuál es el famoso Grupo —puntualizó Iván con picardía.

—Todo en su momento, Iván. Ahora quiero saber, Stan, ¿cómo lograron ubicar ese *mail* y cómo saben dónde está K, Klaus?

—Sencillo pero muy complicado —dijo Bert, adicto a la paradoja.

Stan comenzó con el *mail*, tomando la parte computacional para dejar a Bert que explicara lo relacionado con los satélites:

—Lo primero, antes del Día 1, hackeé el computador de Ellen, pero no vi nada raro, hasta ayer, cuando apareció un *mail* encriptado.

Era obvio que la señora Ellen debiera tener la forma de desencriptar y, buscando y buscando, encontré un programa en su PC y zas, mensaje legible. Fácil, ¿no es cierto?

—Para ti —dijo Olga.

—Entonces, imagínense ir marcha atrás y podríamos deducir que si el *mail* es encriptado pudo llegar por satélite. ¿Cuál? La respuesta es obvia —dijo Stan con soberbia de adolescente. Y le dio la palabra a Bert, su nuevo socio en las correrías cibernáuticas:

—Mirando la hora de llegada del *e-mail* se puede deducir qué satélite estaba encima de la casa de la señora Feller y viendo la órbita de ese satélite, que no es geoestacionario, es decir, que viaja a diferente velocidad que la rotación de la Tierra, me siguen, tenemos un anillo alrededor del mundo donde podría estar el señor K...

—Klaus —puntualizó Iván—, el del Grupo.

—Y viendo la hora de salida del *mail* de Klaus podemos deducir que el satélite se cruzó con otro, geoestacionario, que tomó la información y la bajó, en este caso, subió desde el PC de Klaus. Todo un sistema de postas, una coreografía celestial, diría yo.

—¿Dónde está Klaus, entonces? —urgió la respuesta con las manos un Alex que ya no aguantaba su curiosidad.

—El punto exacto no lo sabemos —dijo Stan—, pero cuando le enviemos esta respuesta de Rocke, podremos localizarlo como con un GPS. En todo caso, está en la zona montañosa entre Suiza y Alemania, creemos. Para que Klaus no desconfíe ni nos localice aquí, voy a enviar el *mail* a Klaus desde el computador de la señora Ellen, apenas salga de casa en dirección desconocida.

—¿Y podremos entrar al PC del Grupo? —preguntó Iván.

—Por supuesto, pero es muy probable que tenga varios filtros si es que tienen algo tan secreto, pienso —dijo Bert y luego aseguró—: pero para Stan no hay muros ni deja huella, es un pro.

—Vivan Stan y Bert —voceó Zelig, como al mando de un pelotón en campaña.

—Síííí. Vivaaaaa —corearon Olga y Romina y en un tono menor, también Garret. Finnley no se lo permitió ya que estaba analizando un posible fallo del plan.

–¿Estás seguro, Alex, de que estamos haciéndolo bien?

–No es el momento para dudas.

Con esa pregunta fue recibido Alex, aquella tarde de noviembre, al abrir la puerta del departamento D, en el tercer piso del 11 rue Jacob. Se había tomado la tarde para descansar, en ese 4° día de la Operación Crisálida. Tres días detrás del espejo, observando y anotando hasta las más mínimas reacciones de Feller para determinar el momento cero de la Crisálida, aquel minuto en que debía entrar a la habitación y presentarse ante el Invitado, habían sido agotadores. Según el plan, ese momento debería ocurrir el día 6, pero los planes y la realidad no siempre coinciden. Hasta el momento, todo iba sucediéndose sin alteraciones y no era el tiempo de ponerse ansioso, por el contrario, debía descansar antes que se desencadenaran los hechos de fondo. Tras los necesarios trasbordos, por precaución, emergió en la estación de metro de Saint Germain des Près, en medio de una tupida llovizna, y tomó la vereda contigua a la iglesia hasta llegar a la esquina de la rue Cardinale y esta vez eligió La Rhumerie, más protegido del frío que su habitual Café Mabillon, para premiarse con un cortado y dos *croissants* tibios. En frente, un McDonald's, con su insolente eme amarilla, le enrostraba la invasión cultural en pleno barrio histórico de París. Con el primer sorbo de café caliente, valoró ese primer momento en que estaba consigo mismo después de tanta tensión vivida. Reafirmó su voluntad de continuar con el plan, mientras dos estudiantes, probablemente del Beaux-Arts, se besaban sin dejar las tazas de café, que habían quedado suspendidas en el tiempo cuando la pasión irrumpiera sin previo aviso, junto a la ventana empañada.

"Será una exquisita siesta", pensaba mientras doblaba, como siempre, en la rue de L'Abbaye para, veinte metros más allá, entrar a su lugar preferido en París: la Place Furstenberg. Sus cuatro paulonias aún tenían sus flores lilas que sumaban ese color melancólico, flotando en medio de la llovizna. Tan pequeña y tan bella, una síntesis absoluta de lo que era París. Una isla que no llegaba a ser una plaza, era solo un concepto hermoso, rodeado de las apersianadas fachadas parisinas. Tras una de ellas, Delacroix había visto florecer las paulonias y seguramente admirado los oscuros troncos que se esmeraban por alcanzar el cielo, remontando los tejados y las chimeneas. Había otras formas de llegar a su departamento, pero Alex siempre elegía hacerlo a través de su placita, *ma petit place.*

No fue casualidad que Alex arrendara en el 11 rue Jacob, a la vuelta de la esquina de la Place Furstenberg y en el edificio contiguo, en el 13, donde se había enamorado del lugar en ese noviembre del 73, a pocos días de llegar a París, vía la Embajada de Francia en Chile. Monique, como ciudadana francesa, había hecho posible la salida, con una Rocío de apenas cinco meses, del infierno que se desató en esos días de golpe de Estado.

Le abrió la puerta la misma Marta Rivas a quien había conocido en Chile, en sus disparatadas clases sobre Proust, en el Pedagógico. Pequeña, de ojos claros y deslumbrantes, un cabello corto, a la francesa, y un talante avasallador, con voz de fumadora, no esperaba un segundo para desafiar con alguna idea, algo atropellada, donde se entremezclaban algunas groserías que le resultaban socialmente refinadas. Marta era una aristócrata intelectual, burlona de la estupidez, que enarbolaba su sentido común, desde una cultura que los demás no tenían, como si su enfoque fuera evidente. Ese humor sarcástico y una irreverencia desatada, parecían no caber en su cuerpo pequeño, pero de su energía no cabía la menor duda. La bondad y ponderación de su marido, Rafael Agustín Gumucio —no exento de la energía necesaria para abandonar la Democracia Cristiana, de la cual fue fundador, para crear un nuevo referente cristiano, ahora de izquierda— contrastaban con el torbellino que revoloteaba en la mente de Marta. Ahora, callada y sombría, atendía con cortesía francesa a sus invitados. Marco, su nieto de cinco meses, en brazos de su madre, disfrutaba de su llegada a la vida, rodeado de cariño, pero en medio de un desastre duro de digerir. Su padre, Miguel Enríquez, máximo dirigente del Movimiento de Izquierda Revolucionaria había muerto en un enfrentamiento con los soldados de Pinochet hacía pocas semanas y su abuelo, fundador de la Izquierda Cristiana, no tuvo más que autoexiliarse. En ese ambiente de duelo, de derrumbe de un proyecto social que pretendía construirse por vía de elecciones democráticas, Alex se planteaba, en silencio, sobre la inviabilidad del camino democrático, mientras observaba, al otro lado del salón, a Regis Debray, testigo directo de la muerte del Che en Camiri, Bolivia, hacía ya seis años. Debray era, en ese entonces, un referente, el intelectual europeo que había conocido en persona al Che y a Allende, al revolucionario y al republicano, dos facetas en pugna dentro de la izquierda. Ambos líderes estaban muertos y a diferencia del Che, cuya revolución respiraba en Cuba, la vía democrática de Allende había expirado para siempre.

Quizás, y nunca lo sabría con certeza, fue ese el día en que en su mente se abrió la posibilidad de escoger la vía armada para lograr los cambios en la sociedad. Desde su adolescencia, cuando comenzó a interesarse por los temas sociales había entrado en colisión con su padre, un empresario esforzado de posguerra que no se detenía en temas éticos en el afán de proteger a los suyos, sin importarle un comino los destinos de la humanidad. El autoritarismo y la arbitrariedad del padre, sumados a permanentes críticas de una madre puntillosa marcaron un distanciamiento irreversible de Alex, llevándolo a buscar, obsesivamente, la justicia y a luchar por ella. Allí, fue afianzándose su formación política, siempre vista desde el ideario republicano, en una Europa que ya había sufrido lo indecible y que necesitaba reconciliación y respeto por las diferencias. El miedo a la guerra y a la violencia lo había heredado en la leche materna y pronto se había sumado el miedo a la carencia. Quizás, ese miedo fue el que le llevó a estudiar economía y su mente se focalizó en ella como la llave para lograr equidad y justicia. Por aquellos años, Alex no manejaba otras variables para comprender la historia y de allí que fuera presa fácil de la visión economicista del marxismo. Discrepaba, eso sí, de la idea de la toma del poder por las armas y era un claro disidente de lo que estaba ocurriendo en la URSS, menos podía comprender la construcción del Muro, en Berlín, en esos días de agosto del 61, cuando recién cumplía sus dieciocho años y entraba a la universidad. Su rechazo a la confrontación se hizo patente en las convulsionadas semanas del Mayo del 68 y Alex optó por la reflexión política, absteniéndose de lanzar adoquines a los policías que rodeaban la Sorbonne, para concentrarse en cómo la revuelta estudiantil estaba dando paso a una alianza entre la elite intelectual y los obreros. Entre el amor y un torrentoso sexo, también se sucedían intensas discusiones ideológicas: Monique, imbuida por la pasión de detonar la revolución y Alex defendiendo tenazmente el cauce democrático, la necesidad de ganar elecciones para construir el socialismo.

Menos de un año después, ya amagado el Mayo Francés, Alex se sintió intensamente atraído por un fenómeno único en el mundo. Lejos, en un país pequeño, un marxista intentaba llegar al gobierno a través de elecciones. Más sintonía imposible: "Al fin ocurre lo que he estado sosteniendo", le decía a Monique, con un dedo recriminatorio que, a su vez, le enrostraba el fracaso del Mayo francés.

Como las casualidades no existen, Alex fue aceptado para integrarse, pese a sus veintiséis años, al Centro de Estudios de la Realidad Nacional que el sociólogo belga Armand Mattelart estaba creando en un Chile que terminaba el gobierno del demócrata cristiano Eduardo Frei Montalva y se aprontaba a las elecciones presidenciales del 70. Qué mejor oportunidad para vivir, desde adentro, la transición al socialismo por vía democrática. Alex y Monique tomaron el avión a Chile.

Recordando esos años y mirando a Regis Debray –quien entrevistó extensamente a Allende, meses antes del golpe de Estado de Pinochet, desde la postura del intelectual, del filósofo, que acorrala con respeto al líder de una insólita experiencia política– allí, en el salón de Marta Rivas, un día de noviembre del 73, sombrío y en duelo, no pudo soportar la avalancha de recuerdos de esos cuatro años en Chile. En su mente se agolpaban intensas experiencias de esperanza e inexorablemente se teñían, en un segundo, con sangre, disparos, miedo, borrando un proyecto de vida a punta de tortura y desapariciones. Las noches, con el silencio del estado de sitio, solo interrumpido por una metralla lejana o por el llanto de la pequeña Rocío recién llegada al epicentro de la barbarie, muerte y vida al unísono, evidenciando brutalmente que la transición al socialismo por vía democrática había abortado en medio de una hemorragia difícil de detener. Alex, abrumado por las ráfagas de recuerdos y sufrimiento se dirigió al *toilette*, y no más cerrar la puerta, vomitó como si la vida estuviera apagándose en medio de estertores de tristeza, de sinsentido. Abrió la ventana y mentalmente calculó la distancia desde allí hasta el techo más cercano, hábito que el miedo vivido entre el golpe de Estado y su salida por la Embajada de Francia había instalado. Buscar siempre una salida de emergencia ante un inminente allanamiento se había hecho una costumbre de sobrevivencia y cuando Alex tomo consciencia de que no estaba en Chile, que estaba en París, sin amenaza de muerte, se le hizo evidente el estrago del miedo y pudo imaginar lo que millones de chilenos estarían sufriendo en esos mismos momentos. El miedo dio paso a la rabia y, al levantar la cabeza y verse en el espejo, se dijo: "Alex, Pinochet te está convirtiendo en un guerrillero".

Y así fue, incrédulo de la vía democrática, con el dolor del fracaso y viendo el poderío que aplastaba los intentos de cambio, una obscena economía neoliberal que crecía y crecía sin pudor, optó por enrolarse y pronto se vio luchando, fusil en mano, en Angola, a raíz de que Castro había enviado combatientes, bajo la Operación Carlota, para sostener al gobierno de Dos Santos. La convicción de que ahora sí se lograrían sus sueños de justicia le habían devuelto la alegría por la vida. Allí llegó, en el 79, para sumarse a la lucha, un joven apasionado, de veinte años, con muchas ganas y con poca formación política. Iván sí que tenía rabia y ganas de guerra. Su dura infancia, entre abusos de poder y de un heredado resentimiento social le habían llevado a concebir la vida como una guerra, una guerra que hay que ganar. Pero Iván no se tentaba con el poder, sino con sentirse poderoso, que no es lo mismo, decía. Tanta gente desprotegida en el mundo que uno no puede hacerse el idiota, era su argumento de batalla. Audaz, desafiante y con naturales dotes de liderazgo y una ausencia total de miedo, le hacían peligroso, pensó Alex y se dispuso a darle formación ideológica, un marco para ese volcán furioso.

"Treinta y cinco años después, ya con cincuenta y cinco, Iván está más tranquilo, más reflexivo", pensó Alex mientras abría el portal del 11 rue Jacob para luego revisar su *boite aux lettres*, como siempre, sin encontrar ninguna carta, solo publicidad. Iván le había asegurado hacía pocos meses, aquella tarde en L'Île Saint Louis, que había dejado la lucha armada hacía ya un tiempo y que estaba pensando en qué hacer con su vida. La Operación Crisálida estaba en su cuarto día e Iván lo había hecho perfecto como jefe de operaciones, liderando al equipo, coordinando y, además, se le veía contento. Contrastando con los amargos recuerdos de la rue Jacob del año 73, Alex ahora se sentía tranquilo y seguro de estar haciendo algo positivo con su vida. Eso sentía mientras subía las escaleras hasta el tercer piso. Nada más abrir la puerta, escuchó:

—¿Estás seguro, Alex, de que estamos haciéndolo bien?

El tono de la pregunta no era de duda. Iván estaba exigiendo una respuesta directa, poniendo a prueba la seguridad con que Alex estaba manejando el plan. Sin embargo, tras ese emplazamiento, que Alex conocía desde el 79, sí existía una duda oculta, y como Iván nunca reconocería ningún temor y menos un error, Alex decidió llevar la pregunta al terreno de la duda, contraatacando sutilmente, justo allí donde obligaba a Iván a justificarse:

—No es el momento para dudas.

—No estoy dudando —mintió Iván.

—Y qué haces aquí, a esta hora. ¿No debería estar, señor jefe de operaciones, al cuidado de nuestro invitado Feller?

—No exageres, Alex, todo está bajo control. Dejé a los chicos a cargo de tu famoso Invitado. Stan y Bert han entrado en la fiebre de los computines y andan hurgueteando en los archivos del poderoso Klaus. No paran de reírse y celebrar las combinaciones y enlaces entre internet y los satélites geoestacionarios y de los otros, esos que se mueven...

—Los que vemos moverse son los LEC y los geoestacionarios son los GEO, obviamente, los que van al ritmo de la rotación. Lo único que pido es que estos muchachos no intenten entrar a ninguno de los 149 satélites militares, lo único.

"¡Le está bajando el perfil al hecho de estar aquí, en mi departamento, en horario de guardia y distrayéndome con Stan y Bert!", intuyó con certeza, mientras colgaba su gamulán en un perchero vienés que se había acostumbrado a vivir con un viejo sombrero que esperaba el invierno.

—Ze pasé la llave del departamento para una posible emergencia... ¿Hay alguna?

—Emergencia no, pero quizás estemos a tiempo de abortar la Operación.

—¿Abortar? He probado, o hemos probado, la vía de las elecciones o se te olvidó nuestro fracaso en Chile; hemos probado la guerrilla o también olvidaste Angola, donde te conocí; hemos probado la formación de nuevos líderes...

Alex se sentó en el sofá, que se lo tragó por el peso de los fracasos, y retomando el aire, ahora francamente molesto por las dudas de Iván, le miró desafiante y continuó con su idea:

—Que aún no te das cuenta, Iván, de que nada ha cambiado en el mundo, que las cosas están peor, que luchar por devolver la soberanía al pueblo es una idea estúpida, incluso suicida. Lo que llamábamos pueblo en los setenta ya no existe. Que no te das cuenta de que el neoliberalismo se instaló en el ADN de cada uno de los que llamábamos pueblo, y solo quieren celulares y plasmas. De que probaran el caramelito de la modernidad y la ambicionaran ya se encargaron los poderosos, ya ofrecieron el sueño de que todos podríamos ser como ellos, si nos esforzábamos, y el famoso pueblo les creyó. Allí está el pueblo, a codazos entre ellos, compitiendo para acceder a las migajas, soñando que sus hijos tendrán más oportunidades que las que ellos tuvieron. Mientras, los hijos, que no entienden eso de las oportunidades, que no las ven, salvo a unos padres estresados y poco felices, optan por el momento, algunos borrándose a punta de alcohol, otros volando extasiados. Todo mal, querido Iván.

—Por eso mismo es que hay que tomarse el poder y olvidarse de un solo empresario. Son miles de empresarios coludidos, globalizados o ¿no lo ves?

Alex no podía creer lo que estaba pasando. Una discusión estratégica mientras el secuestro estaba en marcha era como discutir durante la cuenta regresiva del *Apollo* si era conveniente hacer viajes espaciales. Francamente irritante, pero prefirió continuar con ese estúpido debate para confirmar si la continuidad de Iván en el grupo era para preocuparse. Alex arremetió con una pregunta cuya respuesta era obvia:

—¿Que ha pasado cuando se han tomado el poder? Acaso ves un cambio sustantivo en la sociedad, y no solo hablo de bienestar económico o acceso a internet, hablo de va-lo-res, valores como la solidaridad, la justicia y todas esas "utopías" por las cuales hemos arriesgado el pellejo.

—Esos cambios valóricos vendrán, Alex, con la educación y tú sabes que eso demora dos o tres generaciones como mínimo. Mientras, hay que tomar el poder y dejarse de ingenuidades.

—¿Ingenuo yo? Por favor. No fastidies, y menos ahora. —Balanceó la cabeza con un claro gesto de "no puedo creer lo que estás diciendo", apretando los nudillos para controlar la rabia, agregó—: ¿Me vas a decir que la educación hará cambiar el mundo? Cómo te han engañado, Iván, y lo peor es que les has creído como un ingenuo. Lo que vemos en el mundo no es educación, es domesticación. Y no lo digo yo, lo dice Ken Robinson, lo dice Claudio Naranjo, y yo lo puedo comprobar en la realidad. No es más que capacitar a las nuevas generaciones para replicar el modelo neoliberal, ofreciéndoles la ilusión de ser alguien, alguien exitoso, es decir, con dinero y bienes. ¿Cuándo la educación ha estado preocupada por el Ser más que el Tener, cuándo Iván, cuándo? —Alex caminó hacia la ventana y desde el contraluz que cegó a Iván, arremetió—: Y me vas a discutir que los que se tomaran el poder tendrían la visión sobre qué enseñar o, presa de su propia incultura, insistirían en visiones añejas, como la transmisión de conocimientos que, supuestamente, se deben saber y que a ningún mortal logra entusiasmar. Al menos yo, Iván, quiero que me devuelvan trece años de mi vida, perdidos, aprendiendo miles de cosas que olvidé, que nunca me han servido, ni en lo técnico ni para ser más feliz. Quiero que alguien me devuelva trece años, que ahora los necesito más que nunca.

Iván, cuya cultura era la de la fuerza y el poder, no atinaba a contestar y ese silencio alentó a Alex a humillarlo con preguntas que no respondería.

—¿Qué es una diatomea? Contesta, Iván, contesta. ¿Qué son la panza, el bonete, el librillo y el cuajo? Dame tres características del Renacimiento… ¿Wagner es romántico o barroco? ¿Quién es Jerjes? ¿Y Gilgamesh? ¿Por qué no cundió el monoteísmo en Egipto, después de Akenatón? Contesta, Iván, contesta. En realidad, no contestes, porque no sabes y no te preocupes, nadie sabe nada. El colegio es solo un *reality* de mal gusto, una abducción, una domesticación flagrante para formar esbirros que muevan los engranajes de una economía depredadora, cruel, obscena. ¿Crees, Iván, que los supuestos líderes que se tomen el poder serán capaces de contradecir, aunque lo quisieran y tuvieran la visión, a esa masa que se mueve seducida por el dinero, el éxito y el arribismo? Como dijo mi amigo Aum: "Hay que cocinarlos en su propia salsa" y eso es lo que estamos haciendo con Feller, para empezar. Si es la economía lo que mueve los intereses de las mayorías, *cogito*, es con la economía que hay que producir los cambios.

—Sabes, Alex, que la teoría del rebalse, que el crecimiento traerá bienestar a las masas es, simplemente, una falacia y que ese enfoque trae aún más desigualdad, y para más inri, los poderosos disfrutan de impunidad por sus corruptelas, de tal modo, Alex, que la solución no es económica, sino política. Quien tiene el poder, tiene el sartén.

—Iván, por Dios, aunque no sea religioso, por Dios, Iván. Si yo pensara, como crees entender, que estoy por defender el "crecimiento", adorando ese Dios, es que no me conoces bien. Eso sería una traición a toda mi historia, a todos con quienes he compartido la lucha. Estoy hablando, Iván, de aquello que hablaré con Feller, y con lo cual estuviste de acuerdo cuando te incorporaste a Crisálida.

Era cierto, Iván conocía el plan, lo había suscrito, había organizado la logística del secuestro, pero Iván solo había querido provocar a Alex con aquello del famoso "crecimiento" con que la derecha se enjuagaba la boca antes de comer caviar. Tampoco tenía muy claro lo que quería lograr y quizá solo esperaba que Alex lo volviera a reencantar, pero su carácter le impulsaba a decisiones menos elaboradas, más brutales y drásticas, como había aprendido a manejar su vida en cada instante: la fuerza y el poder. Incluso, comenzaba a sentir que el Plan Crisálida era ni más ni menos que un acto de debilidad que no se podía permitir. Pero ese argumento no se lo dio a Alex, lo calló y decidió que debería pensar en eso, a solas. Mientras, haría un último intento:

—Y… ¿qué pasaría, Alex, si cambiamos el plan, cobramos rescate y usamos los millones de euros para alguna causa noble, al estilo Robin Hood? —La risotada de Alex no dejó otra alternativa que proponer otra idea—: O, ¿si nos metemos en sus bancos, con ayuda de Stan, y traspasamos fondos a países pobres? —Alex se había puesto de pie y caminaba, disipando su risa al tiempo que se culpaba de haber elegido a semejante bruto como su jefe de operaciones—. O, ¿descubrimos al tal Klaus y sus secuaces como lo hizo Assange? ¿O todo junto?

—¿Te quieres retirar de Crisálida?

—¿Cómo se ocurre, Alex? Yo cumplo mis compromisos y nunca te traicionaré, dejándote sin mi apoyo.

—Nunca se me ocurrió que pudieras traicionarme...

—Es una forma de decir, solo quiero decir que cuentes conmigo.

Alex no supo qué era lo que había que decir en circunstancias así. Estaba confuso, molesto y el bichito de la desconfianza se había colado por su puerta. Decidió no apresurarse y esperar, observar a Iván y ser más cauto con la información. Para mantener su liderazgo, con tono calmado, desde el Olimpo, dijo:

—Gracias, Iván. Ahora, creo que es mejor que vuelvas a nuestro adorado búnker y vigiles que nuestros niños no estén entrando al Pentágono, ponle ojo a Stan.

Al cerrarse la puerta y sentir las pisadas de Iván que se alejaban por las escaleras del 11 rue Jacob, Alex concluyó que no podría dormir siesta.

Klaus observaba la nieve agarrada a los riscos de las montañas que cerraban el valle mesetario. La miraba fijamente, por eternos minutos, a la espera de que repentinamente se desprendiera produciendo una avalancha descomunal que arrasara bosques completos. Pero nada ocurría, nada había vuelto a ocurrir desde que Holger había sido perseguido por una inesperada avalancha, hasta tragárselo sin dejar rastro. ¿Habrá sido él mismo quien provocó el alud? "Tan al límite, este muchacho", maldecía Klaus que no se conformaba con haberlo perdido.

—Señor, disculpe que lo interrumpa…

—Qué bueno que me interrumpa, Boris. Estaba recordando algo que ya no tiene vuelta a atrás, que ya pasó… y la vida debe continuar, ¿no le parece?

Boris conocía todos los rostros de su jefe y el que estaba viendo era el de la impotencia, una mezcla de ira y tristeza, la misma que controló el día del accidente de Holger. La fortaleza que Klaus desplegó en el funeral fue digna de admiración por algunos y por otros, de frialdad. Con rostro severo pero tranquilo, Klaus repitió varias veces una misma frase a quienes se acercaron a darle el pésame: "Lo peor que le puede pasar a un padre es la muerte de un hijo". Pero la frase no estaba completa: "a pesar de ello, miren qué fuerte soy", estaba dicha con la sola actitud. Algunos de los parientes, la familia de Ute, que ya habían tomado nota de la misma distancia gélida, cuando su hija había muerto en el 2005, después de un cáncer y una dolorosa agonía, dejando a un Holger de nueve años, vieron repetirse la escena cuando la avalancha engulló a su nieto. "Se hace la víctima", decían, sin comprender que la única forma que conocía Klaus para enfrentar el dolor era, simplemente, desconociéndolo. De eso sabía Boris, quien lo vio llorar a escondidas en dos ocasiones, y por no más de tres minutos.

—¿Se refiere a Holger, señor? —dijo, con la certeza de haberle leído la mente y el corazón.

—Siempre le advertí que no se acercara a los bordes, pero era un muchacho que no tenía límites, desde niño fue así, con una alegría desmedida, que no se entera de lo duro que es el mundo, nunca quiso crecer.

"Qué difícil debe haber sido para Holger el tener un padre como el señor Wander", pensó un Boris, que no atinaba si continuar con aquel tema sensible o, abiertamente, cortarlo con la entrega del papel que tenía, semiarrugado, en su mano derecha. Optó por no sabotear ese momento, tan escurridizo y que, quizás, aliviara en algo ese dolor que Klaus no terminaba de asumir:

—Usted sabe lo mucho que quise a Holger, señor, lo vi nacer y siempre lo recuerdo, si me permite, con una sonrisa. Y eso me ha hecho pensar que…

—Siga, Boris, siga.

—… que, quizás, su destino no era el de seguir sus pasos, sino el de alegrarle la vida a quienes le rodearan. Era muy simpático, optimista, tan lleno de alegría, con unas ganas de vivir, que muchas veces envidié sanamente, por supuesto. Pude observar, señor, que sus intentos por llevarlo a ser el heredero de todo lo logrado, con el esfuerzo que usted vivió, no lograban disuadirlo de que pensara que la vida solo es para disfrutarla...

—¿Me está diciendo, Boris, que fracasé?

—Con todo respeto, yo diría que sí, que es su único fracaso, al menos de lo que yo conozco del señor.

—Hay que educar a estos jóvenes que creen que todo es gratis, ¿o no?

—Ese joven, señor, Holger, no creo que haya estado sobreprotegido como hijito de papá, más bien creo que era su naturaleza, como lo es el combate en la suya o como lo es mi obsesión por la tranquilidad. Discúlpeme usted si estoy invadiendo su intimidad, sería lo último que desearía.

—Nunca lo vi así, Boris. ¿Por qué nunca me lo dijo?

—No es fácil darle consejos a usted.

—¿Me está diciendo soberbio, Boris?

—Llevado de sus ideas, diría, con todo respeto.

"Pobre hombre —pensó Boris—. Nunca le escuchado decir que estaba equivocado y eso de pedir perdón, ni qué hablar. Debe sufrir mucho con eso de estar siempre alerta, sospechando que todos quieren aprovecharse de él. Cuántas veces le enrostró a Holger que era un flojo, un disperso, que solo quería heredar, sin darse cuenta de que lo único que su hijo quería era no heredar, ni siquiera el carácter de su padre. No debe ser fácil ni relajado ser así, aunque es admirable su empuje y determinación. Quizás por eso, frustrado con Holger, eligió a Feller como su sucesor, un tipo que no le haría el peso en cuanto a disputar el poder del Grupo y que podría manejar incluso después de su retiro, desde las sombras".

—A propósito, señor...

—¿A propósito de qué? ¿De que soy testarudo?

—En absoluto, me refiero... a esto, señor —y estirando su mano derecha, le pasó el *mail*—. Me parece que es del señor Feller, por su contenido, sin embargo, lo firma Rocke, ¿extraño, no?

—Rocke Feller...

—Buen chiste, señor.

—Espero que no sea ningún chiste, déjeme leer, Boris, por favor.

Estimado Klaus:

Estoy de retiro, por un tiempo, para diseñar un proyecto muy interesante. Como siempre, te mando un abrazo, reiterándote mi fiel dedicación, mi reserva y mi compromiso, pero debo decirte, con la honestidad que acostumbro, que tus dudas me ofenden y tus veladas amenazas a mi familia no son ni serán el motivo para guardar la reserva a la que me comprometí. Por eso, que quede claro que tal discreción se rompería en caso de que mi familia sufriera algún ataque.

Un abrazo,
Rocke

—Cómo aprende este muchacho, no solo no se asustó, sino que contraataca con decisión. ¡Vaya!!

—Lo que me extraña, señor, es que el *mail* llegó desde el computador de la señora Feller y eso quiere decir que están juntos…

—O está triangulando para despistarnos.

—Quizás debiéramos mandar a alguien a casa de la señora Ellen para tranquilizarla y ofrecerle ayuda, para borrar la amenaza, digo.

—Buena idea, Boris. Impleméntela.

—Gracias, señor…

—Dime, Boris, ¿piensas que fui mal padre?

—No, señor —mintió, más bien por lástima que por preservar su trabajo—. No es fácil educar a los hijos —dijo, intentando empatizar.

A las 21.30, Feller recibió un libro y un escueto mensaje de parte de Alex: "Klaus controlado. Ellen en casa de Kevin".

Alex intentó leer para distraer su mente y así convocar a Morfeo para que le trajera el sueño que no podía conciliar. Estaba seguro de que había tomado todas las precauciones de seguridad desde el día en que inició la Operación Crisálida, en Barcelona. Incluso había traído consigo el PC de Rocío, que ya era suyo, y vaciado su computador antes de salir de Barcelona. Fue la única vez que Alex encendió su computador, lo vació y lo apagó, dejándolo en casa de Monique. Luego, con el computador de Rocío, partió rumbo a París, en el Talgo.

Del operativo mismo del secuestro tampoco tenía dudas y las publicaciones periodísticas se lo confirmaban: no había hipótesis que indicaran que algo se sabía, ni del móvil ni de cómo sucedió, aparte de la mención a un vehículo de una pastelería inexistente. Alex revisaba, paso a paso, cada detalle, hasta que llegó a su mente aquel "mexicano" que logró despistar hacía dos días. Dejó el libro que no leía y se desveló, envidiando la suave respiración de Romina que estaría soñando en algún lugar. Rato después, otra idea inquietante se instaló en su mente: el "Mexicano" puede ser la persona de confianza de K, la que mencionó en el *e-mail* a la señora Feller. O quizás no. "El insomnio nunca es buen consejero", se dijo, y haciendo un esfuerzo para convencerse de que todo estaba bien, cerró ese cuarto día.

5 años antes...
Ítaca, 16 de agosto, 2010

> *Ten siempre a Ítaca en tu mente.*
> *Llegar allí es tu destino.*
> *Mas no apresures nunca el viaje.*
> *Mejor que dure muchos años*
> *y atracar, viejo ya, en la isla,*
> *enriquecido de cuanto ganaste en el camino*
> *sin aguantar a que Ítaca te enriquezca.*
>
> ....
>
> *Así, sabio como te has vuelto, con tanta experiencia,*
> *entenderás ya qué significan las Ítacas.*

C. P. Kavafis, 1999

Aum había elegido Ítaca como lugar de retiro para escribir. Con sus ochenta años recién cumplidos había motivos más que suficientes para escribir una cosmovisión, que, a su juicio, debería tender a la integración de diferentes disciplinas: la ciencia, que busca una teoría unificada para encontrar a la física de Einstein con la mecánica cuántica; la teología insistiendo en la fe y una filosofía cada vez más arrinconada entre ambas, constreñida a la ética. ¿Podría haber una visión que integrara las tres disciplinas, sin ser denostado desde los tres flancos en permanente pugna estúpida? ¿Podría aceptar un teólogo que un científico le demostrara la existencia de Dios, aunque este no encajara con la imagen que se tiene desde la fe? ¿Podría un científico aceptar que en el mundo cuántico habita Dios? ¿Podría aceptar un filósofo que hay un propósito para la evolución y para la especie humana, que hace de puente entre la ciencia y la teología? Aum sabía, por experiencia de vida, que estos temas poco interesaban a los mortales comunes, pero también era consciente de que influían directamente en la vida cotidiana, en la cultura, en la política, en las creencias que se tenían de la vida y la muerte. Para qué comprar seguros, querer tener la razón, dominar a los demás, depredar el planeta, discriminar a lo que parece diferente, los nacionalismos, y tanta barbarie que vio en sus ochenta años transitando por la condición humana. Nada despreciable era su experiencia de haber sido testigo de buena parte de la historia más convulsionada, quizás, del mundo moderno.

A sus nueve años, Aum, tomado de la mano de su padre, un aguerrido republicano español, atravesaba la frontera por La Junquera, para internarse en los nevados Pirineos, junto a medio millón de españoles que huían de la brutal represión de Franco, que se prolongaría por más de cuarenta años. Pero la pesadilla no terminaba al saberse en territorio francés, allí los esperaban para encerrarlos en campos de concentración. A los catalanes, los enviaron a Argelès-sur-Mer, al este de Francia y, más tarde, cuando Alemania invadió Francia el 22 de junio del 40, muchos españoles terminaron en campos alemanes, en Mauthausen en particular. La familia de Aum tuvo más suerte y logró embarcarse en el *Winnipeg*, con destino a Chile, junto a dos mil doscientos españoles que salvaron sus vidas gracias a la gestión del cónsul Pablo Neruda. Ese 3 de septiembre del 39, Aum conoció en carne propia la persecución y la solidaridad como un mismo fenómeno con dos polaridades.

La visión de conjunto que se fue gestando en Aum provenía de haberse transformado en un ciudadano del mundo y, por cierto, a la visión de unos padres que llevaban a la mesa los grandes temas por los que atravesaba el convulsionado siglo XX.

La Segunda Guerra Mundial dio paso a la Guerra Fría. La proscripción del Partido Comunista Chileno, por el presidente González Videla y el campo de concentración de Pisagua, a cargo de Augusto Pinochet; la crítica economía de los cincuenta, no había acontecer mundial que no se pusiera entre la entrada y el postre. El movimiento hippie sorprendió a Aum en pleno estudio de Sociología, en París, y desde allí escuchó a Martin Luther King y su épico discurso *"I have a dream"*; a Kennedy prometiendo que los norteamericanos llegarían a la Luna; estuvo atento a la Guerra Fría, de manifiesto en la crisis de los misiles en Cuba; al destino de la revolución estudiantil de Mayo del 68; a la derrota de USA en Vietnam; a la estrepitosa caída del Muro de Berlín, y así, Kosovo, Afganistán, Kuwait, Saddam, Bin Laden , cientos de hechos que torcían, periódicamente, los destinos del mundo. Siguiendo la ruta de los Beatles, a Aum se le despertó el interés por la India y a la música de Ravi Shankar le sucedieron los mensajes de Krishnamurti y más tarde los de Osho. Integrar, integrar era su lema de vida. En paralelo, los agujeros negros, la mecánica cuántica, la fibra óptica, la comunicación digital, el genoma humano, la neurociencia, se agolpaban sorprendiendo a las mentes inquietas, a los curiosos del devenir humano.

Pero Aum era enemigo de las autobiografías, y si bien las entendía como una de las formas posibles para trascender a través de algún pensamiento, o motivadas por un ataque incontenible de narcisismo, prefería pensar en el futuro y ser partícipe en la construcción de este. Ese sería el tono de lo que estaba escribiendo en Ítaca.

Mientras esperaba, revolvió el granizado que cubría su clásico jugo, una mezcla fresca de menta, jengibre y limón, y puso su atención en el monte Niriton, a lo lejos, por sobre el horizonte árido y que coronaba la isla de enfrente, la mayor de las islas jónicas, Cefalonia. Sus 809 metros de altura parecían más altos e imponentes, amenazando con ser un volcán de incógnito, cubierto por la vegetación, que estallaría sin previo aviso. Imaginó que la erupción cerraría la lengua de mar que separaba Cefalonia de Ítaca, comiéndosela y haciendo desaparecer la patria de Ulises, borrando el sueño de la vuelta a casa, aquella Odisea que recorren los humanos, algunos sin siquiera percatarse de que están en viaje, y otros, con la consciencia del inexorable tiempo y, buscando el retorno, se quieren proyectar al futuro. Había motivos para fantasear con terremotos: el de 1648; 1766; 1876; 1912; 1918 y el más devastador de 1953, cuando Aum terminaba sus estudios de Sociología en París. Su amigo y compañero de universidad, Miklos, perdió a toda su familia, atrapada por el derrumbe de una vieja casa de adobe, en Vathí. Quizás, a pocos metros desde donde Aum le recordaba. Miklos acostumbraba a seducir parisinas, envolviéndolas en la mitología griega, citando dioses, pronosticando tragedias, y, cuando lo ameritaba, hacía unos teatrales recorridos por Platón, Sócrates y culminaba con Epicuro, quien le ayudaba para despejar las contradicciones entre el placer y la espiritualidad, lo justo y necesario para llevarlas a la cama. Su bigote y su pelo negro rizado, sin el aval de sus historias y el peso de toda la cultura griega, de nada habrían servido. Para comprobarlo, bastaba observar a sus compañeros argelinos, a quienes ni Alá lograba ayudarlos en los lances sexuales, menos aún, cuando Argelia daba sus primeros pasos para lograr su independencia como colonia francesa. Fueron más de 400.000 argelinos los muertos en esos ocho terribles años que culminarían con el triunfo del Frente de Liberación Nacional y la definitiva independencia de Argelia, en 1962. Tras la liberación, se sucedieron sangrientos atentados en la ciudad de Argel que cobraron la vida de 33.000 franceses y, en consecuencia, no había mucha disposición amistosa para con los magrebíes residentes en París, a pesar de la consigna que enorgullecía a los franceses desde 1901: *France, terre d'asile*. Ni árabes, ni griegos, ni españoles gozaban de prestigio en esa Francia de los cincuenta, salvo Picasso o Dalí o algún *pied-noir* como Albert Camus polemizando con su recién publicado *El hombre rebelde* o un Miklos en los jardines de la universidad, seduciendo en nombre de Epicuro.

"¿Dónde andará Miklos? Habrá muerto o será un viejo verde", se preguntó, sin darle mucha carga dramática al hecho de morirse.

Había elegido Ítaca por su simbolismo, como casi todo lo que hacía Aum, pero también por su tranquilidad para concentrarse en darle forma a muchos textos que se fueron sumando para, exigir ahora, ser reunidos en algo como una cosmovisión, aunque, a Aum, ese calificativo le parecía algo pretencioso. "Hay miles de cosmovisiones como para que yo me ilusionara con que la mía es la correcta", le había respondido a Alex la última vez que se vieron, cuando el entusiasmo por el desarrollo personal desbordaba a un Alex siempre amante de un deber ser, aunque fuera de esos espirituales. "Cuida, querido Alex, tu tendencia al fundamentalismo", le espetaba un Aum, ajeno a las adulaciones de un supuesto discípulo.

Ya no quedaba jugo y el sol se hacía sentir en ese paraje seco, ajeno a tan épicos episodios, donde era difícil imaginar a Penélope esperando a su Ulises, cuando apareció Alex, destacándose entre unos pocos turistas rubios. El efusivo abrazo del reencuentro puso en aprietos al camarero, quien intentaba no perder el equilibrio, al tiempo que buscaba cómo poner en la mesa una exquisita variedad de *mezzedes* y unas copas de vino, como cortesía de la casa, apenas aparecía un comensal invitado.

—Feliz cumpleaños, amigo mío, no se cumplen ochenta a cada rato. El sol de Ítaca y esa camisa azul te hacen un viejo con bastante dignidad.

—Hace una semana que ya tengo ochenta y fue recién que tenía los sesenta y siete tuyos. ¡Cómo van de rápido los años, como misiles, y yo con tanto por hacer aún! —La mano izquierda de Aum se posó sobre una carpeta llena de textos, indicando que ya lo estaba haciendo, pero su rostro indicaba que el tiempo le venía pisando los talones, que debía apurarse. Levantó la copa en señal de bienvenida y al mismo tiempo, la sostuvo, como un anuncio de algo importante:

—El viernes llegan los demás y por fin podremos darle forma al Acta de Ítaca. Aunque seamos unos pocos ancianos, con brotes artríticos, con colesteroles amenazando con accidentes cardiovasculares, triglicéridos desbocados o próstatas recalcitrantes, creo, mi querido amigo Alex, que podremos instalar algunas visiones sobre la evolución de nuestra querida, y muy vilipendiada por la historia, especie humana, tan frágil y tan poderosa, tan amorosa y tan cruel, tan contradictoria y tan obsesionada por la certidumbre, evitando el asombro a punta de certezas que, finalmente, se diluyen en el flujo natural de la existencia: salud, por el Acta de Ítaca.

—Salud. Ítaca es volver al Origen, a tu obsesión de vida para buscar el destino. Como dices tú: ¿cómo saber dónde termina el viaje, el destino, si no conoces el origen?

—Y ¿cómo hacer el viaje, si el viajante no sabe quién es? —Aum completó el texto con esas dos preguntas con que iniciaba sus talleres y que Alex había escuchado varias veces, cuando se explayaba sobre el Tiempo, con mayúsculas, cuando acusaba al Apego como la raíz del sufrimiento humano, a diferencia de Buda que habla de los apegos, en plural.

Untó una tostada con *tzatziki* y el olor a pepino fresco y eneldo salió del yogur griego, abriendo el apetito de Alex que, sin quedarse atrás, atacó el humus y un largo sorbo de vino mediterráneo, de Lesbos, le convenció de que ya había llegado a Ítaca, que tenía cuatro días para conversar y conversar con Aum, y en la convicción de que el Acta no sería otro documento más.

—¿Cómo está Rocío? ¿Ya te levantó el castigo? —y al no recibir respuesta, quiso ser empático—: En algún momento de la vida, nuestros hijos nos castigan y ese dolor nadie lo puede comprender hasta que no lo vives —sentenció Aum, desde su propio dolor.

—Vi a Rocío hace poco, pero ella no quiso hablarme. Ya son tres años de silencio y lejanía, y no imagino qué es lo que ocurre, no dice nada, ni siquiera me ataca o me insulta, simplemente no existo.

—Discúlpame que te interrumpa. ¿Tienes la consciencia tranquila o crees que has hecho algo que la ha dañado?

—Reviso y reviso y no encuentro la explicación... Sí, tengo la consciencia tranquila, aunque nunca puede saberse si has producido un daño sin siquiera saberlo.

—Acuérdate, Alex, de todo lo que hemos trabajado sobre el "suponer" en estos últimos años y ahora te veo suponiendo, o una cosa u otra, todas suposiciones. ¿No crees que debieras preguntárselo a Rocío, abiertamente? ¿O le temes a la respuesta? —Para hacer una pausa y dejar que su comentario se asentara en la mente de Alex, Aum bebió vino lentamente y prosiguió con sus preguntas que obligaban a buscar la respuesta verdadera, despejando las razones que parecen razonables pero que ocultan lo importante–. ¿No será que aquello que te agobia es la culpa, con mayúsculas, culpa, incluso de algo que no sabes lo que es? Y, de esa incertidumbre, tu mente solo piensa en lo peor: que Rocío no te ama. –Los ojos vidriosos de Alex, sus labios apretados hasta doler y la mirada en el pasado, allá atrás, le indicaron a Aum que su pregunta era la pregunta, que los temores de ese aguerrido hombre, combatiente de la justicia, protector de los desposeídos, lo habían convertido, de un minuto a otro, en un niño triste y asustado por el supuesto desamor de su hija.

–¿Y cómo sabes que Rocío sí me ama? ¿Cómo lo sabes? –insistió desafiante, queriendo comprobar con algún argumento creíble, lo que Aum le estaba sugiriendo.

–Para desgracia de los hijos, y tú y yo lo hemos sido, aunque estén muy enojados o resentidos les es casi imposible no amar a sus padres. A veces, Alex, la rabia es tan invasiva que parece que nos odian y en realidad nos están exigiendo, sin tenerlo consciente, que los amemos más, que les digamos que estamos orgullosos, que les pidamos perdón si así lo necesitan. Mientras más quieren odiar a los padres, más atados a ellos están.

–Es que me parece injusto. Creo haber sido buen padre, y solo me arrepiento de haber estado viajando y viajando. Pero creo, y ella debiera comprenderlo, que había una causa noble, un cambio para la sociedad, ¿o no? –Se atropellaban los argumentos, los contraargumentos, las suposiciones, las emociones, y la mente de Alex deambulaba sin rumbo, atrapada por sus propias creencias, cuando Aum la interrumpió con una nueva pregunta:

–¿Qué habrá pensado Rahula, el hijo de Buda, cuando su padre se ausentó por tres años buscando la Iluminación? ¿Qué habrá sentido cuando lo vio llegar de regreso? ¿Le importó que su padre fuera un Iluminado, que se hubiera transformado en un referente espiritual para la humanidad? No puedo asegurarlo, Alex, pero creo que ese hijo solo sintió que lo había abandonado su padre adorado. Al verlo, ¿sentiría felicidad o rabia o las dos cosas al unísono? ¿Cómo saberlo? A su vez, ¿cómo juzgar a Buda por su ausencia de casa mientras se encaminaba a la Iluminación? ¿Por qué ese niño eligió encarnarse teniendo como padre a un Siddharta Gautama que se transformaría en un Buda? Difíciles respuestas. Lo cierto es que Rahula no podía sino pasar por esa experiencia, como lo hacemos todos, como lo hizo Rocío, como ocurre con el ciclo de las reencarnaciones, donde nos experienciamos a nosotros mismos, espíritus, en diversas facetas de la condición humana. Y en esa condición, ¿qué más humano que tener rabia ante el abandono?

—Nunca me ha manifestado rabia...

—Alex, por Dios, Rocío odia la política porque tú amas la política, y prefiere culpar a la política que culparte a ti, acusándola inconscientemente de haberle robado a su padre. Sin embargo, está siguiendo tus pasos y está haciendo política desde otra vereda, desde el ecologismo, otra causa noble, como la tuya, Alex, ¿no te parece?

Una leve sonrisa y un nuevo brillo en los ojos mostraron a un Alex ahora orgulloso, y eso lo percibió Aum:

—Ves, Alex, hace unos minutos eras víctima de Rocío y ahora eres el padre más orgulloso del mundo. ¿Cuál es la realidad?

—Sabes, Aum, Rocío parte en dos meses más a Bagdad, a fines de octubre, con Gerard. Están en un proyecto espectacular, se llama "Edén", y fue el tema de su presentación en el Congreso Anual de Ecología. Fue brillante. Denostó con furia a los gobiernos, a los políticos y los amenazó con una participación ciudadana global que les haría temblar en sus sillones de poder. No creo que vayan a reaccionar, han demostrado que no quieren, que prefieren estrujar el planeta hasta ahogarlo a cambio de unos dólares que no servirán de nada, como a un muerto no le sirve la fortuna que haya tenido en vida, les dijo con furia y también con cifras contundentes. Esa es mi Rocío.

En segundos, su rostro pasó de la alegría a una profunda tristeza. Estaba recordando que, al terminar la Conferencia, la esperó en el hall sin tener la certeza de que Rocío lo hubiera visto, allí agazapado al fondo del salón, durante su exposición. La vio salir acompañada de varios periodistas e inundado por todos sus temores, se hizo el valor y salió a su encuentro, obstruyéndole el paso. Su corazón latía a su aire, sin respetar ritmos y víctima del torrente de sus emociones, sus manos sudaban y su rostro era un homenaje a la súplica. Antes de articular palabra se apagó el sonido del mundo cuando escuchó una lapidaria y escueta frase: "Papá, no quiero hablar contigo". Y con un gesto de mano, entre despectiva y determinada, pidió que la dejara pasar, alejándose hacia la puerta, donde Gerard la esperaba con una sonrisa de enamorado que Alex repetiría en su memoria, causando oleadas de celos.

–Tienes que hablar con ella y preguntarle todo. No estés triste, amigo querido. Vamos a casa, te gustará.

Pero Alex no podía borrar esas imágenes que le rondaban como fantasmas, danzando en su mente e invadiendo los territorios de la emoción. Camino a casa de Aum para trabajar en la redacción del Acta de Ítaca, seguía pensando en aquella conferencia de Rocío, en su gesto despectivo.

Roma, junio, 2010
Congreso Ecologista Global / 2010

Sobre la gigantesca pantalla del salón de Conferencias, se proyectó la primera imagen. Una majestuosa ballena se sumergía haciendo despliegue de su cola triangular como bandera de libertad en las soledades de un mar frío y agitado.

–No se preocupen –dijo con una voz serena y con una sonrisa de niña astuta–. Hoy no voy a hablarles ni de salvar a las ballenas en extinción ni voy a denostar a las grandes empresas pesqueras que saquean nuestros mares, dije nuestros mares, los mares de nuestro hogar, de nuestro planeta azul. Para qué perder tiempo intentando que algunos empresarios comprendan que ni somos unos románticos, ni ex hippies revenidos por la historia que pretenden frenar el desarrollo. ¿Flora y fauna en peligro? Florcitas y animalitos obstruyendo la natural virtud humana de doblegar la naturaleza en nombre del progreso –ironizó Rocío–. Cómo explicarles a los adalides del crecimiento que todas sus ambiciones dependen del vuelo de una abeja, que bastaría su extinción como resultado de los pesticidas usados para que todo el ecosistema se desmoronara. ¡No hay nada más peligroso que la ignorancia!

Rocío se desplazaba con soltura sobre el escenario y su tono vehemente ya había cautivado a los asistentes. Sin embargo, pequeños gestos que Alex le conocía desde sus primeras inseguridades infantiles todavía afloraban con disimulo y con la gracia que regala la experiencia. Su prestigio en el mundo de la ecología le daba la audacia suficiente para ser desafiante y directa, sabiendo que sus palabras impactaban a la audiencia y renovaban el espíritu combativo, que este año caracterizaba este encuentro mundial.

Desde la última fila, a un costado y cerca de la puerta, Alex podía observar a su hija desde la penumbra, como si no fuera su padre y con ello la viera diferente, como la ven los demás, se decía, intentando comprender por qué no la había valorado como se merecía. Algunos aplausos que interrumpían la conferencia le dolían como metralla, recordándole los ojitos de una Rocío adolescente que no pedían un aplauso, sino un simple abrazo. Remordimiento y orgullo al mismo tiempo, una mezcla extraña cuyo resultado era un tremendo vacío y una melancolía que no era propia de un hombre fuerte y luchador como él.

Rocío atacaba con furia, una furia que solo Alex podría comprender, a políticos y empresarios cómplices de la depredación del planeta, descartando implícitamente que pudieran, algún día, abandonar sus ansias de poder y control. Alex sabía que estaba hablando de él, sabía que parte del rechazo hacia los políticos era un velado celo por haberle sido arrebatado su padre, cuando más lo necesitaba. Si Rocío era consciente de ello, Alex no lo sabía, como tampoco podía asegurar que la actitud combativa y el genuino interés por la comunidad humana fueran herencia suya. Intuía que sí y eso calmaba su culpa, al menos por un rato.

Allí, sumido en su tristeza, Alex evaluó la posibilidad de hablar con Rocío antes que partiera a Bagdad, pero no antes de haber cumplido con su compromiso, viajando a Ítaca e incorporándose al equipo de trabajo que Aum había conformado para redactar el Acta de Ítaca.

Viernes 20 de agosto, 2010
Acta de Ítaca

Solo eran las 10 y ya hacía un calor que presagiaba un día duro, se necesitarían varias jarras de limonada, jengibre y menta, como a Aum le gustaba ofrecer a sus invitados. Una exquisita comida preparada por una entrañable vieja griega y unos descansos, sumergidos en el tranquilo Mediterráneo que lamía la playa eran, de alguna manera, diversas formas de agradecer a los convocados que hubieran viajado desde tan lejos para arreglar el mundo.

Fue lo primero que aclaró Aum al inaugurar ese intenso día de trabajo:

—Casi nada va a cambiar en el mundo por más que tengamos buenas ideas. La Evolución, con mayúsculas, de la humanidad transcurre muy lentamente, y a pesar de nosotros, tan lentamente que no veremos resultados. Desde el surgimiento de la escritura, en Babilonia, transcurrieron 4850 años hasta la invención de la imprenta y hoy, 575 años después, la humanidad prácticamente no lee, menos aún ahora que Google tiene supuestas respuestas para todo y que el mundo audiovisual ha desplazado al lingüístico. Es lento. ¿Cuánto hemos avanzado en términos de felicidad? ¿Somos menos agresivos que un Neanderthal, salvando la diferencia técnica entre un garrote y un misil? ¿Somos más ecológicos que Adán y Eva, a pesar de la serpiente? Es muy lento.

"¿Para qué entonces, para qué reunirse, trabajar y haber dedicado un año en preparar este encuentro en Ítaca?

"Tampoco estamos aquí como una réplica tardía del Club de Roma, cuarenta y dos años después, preocupados de los límites del crecimiento o del peligroso, según lo pronosticaban, crecimiento demográfico de la URSS y de China. Más allá de los diagnósticos, casi siempre catastrofistas, o de los pronósticos, muy acertados en el caso del CO_2 y la temperatura del planeta, nosotros estamos en Ítaca por otros motivos. El informe actualizado, "Los límites del crecimiento: 30 años después", es decir, hace seis años, asegura que no puede haber un crecimiento ilimitado ni en población, ni económico, ni industrial, en un planeta de recursos limitados. Sin duda, este análisis es la proyección a partir de cómo estamos haciendo las cosas y ni por asomo considera la innovación y la creatividad y, en nuestro caso, al cambio de paradigmas que generen otra realidad.

"A mi juicio, las causas de fondo que identifican los amigos de Roma no son tales, dicho en simple, la fiebre no es la enfermedad, es solo el síntoma.

"Por otra parte, en Lindau, en ese hermoso paraje del lago de Constanza alemán, cada año, desde el 51, se reúnen los ganadores del Premio Nobel en Física, Química y Medicina, para compartir sus trabajos con destacados estudiantes de todas partes del mundo. Alegrándome de que eventos así existan, no puedo menos que insistir en que la ciencia discurre por separado de otras disciplinas humanas. ¡Cómo quisiera que todos esos cerebros, cincuenta y nueve Nobeles, estuvieran en la frecuencia de la integración, hablando de filosofía, de antropología, de teología, del futuro!

"Bueno, bueno, por esto estamos aquí, en Ítaca, donde se inicia el viaje.

Los ocho expertos, congregados en semicírculo y ordenados de forma intercalada mujer-hombre, cuatro y cuatro, sabían que esa era una convocatoria para debatir, intercambiar, para relativizar, para integrar las respectivas disciplinas. Así fue definido desde el comienzo, como también se explicitó que ninguna solución o propuesta debiera ser técnica, aunque lo suficiente como para ser potencialmente implementada. Alcanzar las estrellas, pero con los pies en el barro, en este caso, en la arena.

—Estar en Ítaca no es una casualidad, queridas y queridos amigos. Aquí comenzó el viaje de Ulises y aquí es donde siempre quiso volver. Pero no siempre el volver al origen es tan fácil. Son muchos los episodios necesarios para volver; las experiencias del vivir, una tras otra, con aciertos, errores, aunque Ulises, cabe destacarlo, nunca perdió su originaria habilidad con el arco y por ella fue, precisamente, tras una larga ausencia, aceptado a su retorno. Por su parte, Penélope nunca viajó, y valga como símbolo para aquellos que deciden vivir la vida de otros, postergándose o ciegos a la oportunidad de la experiencia de ser un humano. Para Penélope, la experiencia de vida fue el esperar, tejiendo y destejiendo, esperando a un otro, matando literalmente al tiempo, en una niebla nostálgica que dejó a Ulises congelado en su juventud, en una apariencia que no fue capaz de reconocer a su regreso, cargado de años y experiencias. Tampoco es casualidad que quien lo reconociera en esta isla anclada en el tiempo, fuera precisamente su hijo, su propia sangre, su vínculo con el futuro, y quien le diera sentido al regreso, una especie de regreso al futuro.

"Nuestras ideas son nuestros hijos –afirmó con severidad– y nuestro viaje, si lo deseamos, puede remontarse al origen, a las preguntas que todos los humanos nos hacemos y que muchos dejan pendiente o delegan en filósofos, teólogos o científicos. Estamos en una era que llama a integrar y ese es nuestro desafío –miró a cada uno de los ocho, dándose el tiempo para sentir que compartían esa sintonía–: Si lo lograremos poco importa, si tiene repercusiones tampoco importa y lo digo para que hoy, aquí, nos despojemos de cualquier asomo de expectativas. La evolución tiene su propio biorritmo y ese biorritmo tiene una característica que viene operando desde que somos sapiens y que, obviamente, nos rige calladamente en nuestro transitar por la condición humana. ¿Qué es eso?

Algunos aprovecharon la pregunta, como escolares pillados *in fraganti*, para rellenar el vaso de limonada y otros para buscar una respuesta en los rincones de su mente.

–Las creencias –apuntó Marc–, el cambio de creencias es lo que origina los cambios, la evolución de nuestra especie. La neurociencia ya ha demostrado que es posible modificar nuestras creencias con su respectivo correlato biológico, es decir, nuestro cerebro se transforma, se adapta, cambia sus neuronas...

–¿Está queriendo decir, querido Marc, que si creo en Dios puedo dejar de creer, así, tan fácilmente? –La pregunta de Alex, aunque respetuosa, estaba teñida de la incredulidad por quienes suelen ver la realidad en blanco y negro, dura lucha por matizar que venía librando desde años y que, en momentos así, se revertía en incredulidad y, por cierto, en agresividad intelectual, disimulada.

–Antes que aparecieran las religiones monoteístas, todas eran politeístas y nadie parecía escandalizado. Más bien les parecía que la gran familia de hombres y deidades era la forma natural de vivir. Pero, estimado Alex, desde el momento en que se instala la creencia de que Dios es Todo, de inmediato se deriva en que no pueden existir muchos Todo, solo uno es posible. A partir de esa nueva creencia, el tener muchos dioses se transforma en sinónimo de primitivismo religioso, ¿o no?

—Cierto —reconoció Alex y acto seguido Aum prosiguió con la idea de Marc:

—Pero esto no solo pasa con las grandes creencias sobre Dios, desde las diversas religiones, ocurre con los paradigmas que han marcado la historia...

—¿Se refiere a los famosos memes de Beck & Cowan? Porque si es así, yo los incluí en mi trabajo sobre educación.

—Perfecto, Catherine. Me parece un tema tan transversal que quizás debiéramos ponerlo en la introducción del Acta de Ítaca y cada uno podrá hacer referencia en la medida en que lo estime conveniente. ¿Les parece? —dijo Aum, buscando un primer consenso.

Los nueve conocían esa investigación a nivel mundial, cuyas conclusiones podrían interpretarse, según, como una mala noticia o una muy esperanzadora. Si se suman los memes, el rojo, el azul y el naranja, que reflejan cada uno un tipo de pensamiento excluyente, tendríamos una mala noticia: un 90% de la humanidad opera rechazando lo que otros piensan, y siente que tiene la razón, y actúa en consecuencia: intolerancia, discriminación, segregación, agresividad, guerras. Pero si en cambio ponemos la atención en el pensamiento inclusivo, que recién en la historia de la humanidad aparece, por los sesenta, tendremos la esperanza de que hay una tendencia progresiva hacia la comprensión, al respeto, a la integración, hacia lo holístico, es decir: evolución.

—Es clave destacar, en nuestro texto, que estamos ante un gran paso evolutivo nunca antes visto. Creo que es necesario dejar muy explícitamente dicho que esos memes excluyentes van en retroceso...

—Pero cuidado con fantasear —interrumpió Alex—, cuidado con confundirnos y confundir. Es cierto el retroceso que comentas, pero es muy precario aún. Es el meme naranja, el que afirma que quien conozca las leyes de la naturaleza, a las cuales se han agregado las leyes del mercado, es el que tiene el control del mundo, que se ha estado imponiendo con su racionalismo y pragmatismo al meme azul, desplazando la idea de un plan divino al que debiéramos suscribir, por cierto, a través de sus "representantes" eclesiales; imponiéndose también sobre el meme rojo que postula que en el mundo hay dominadores y dominados. Es cierto que, en términos de poder, el naranja, el neoliberalismo para decirlo claro, ocupa el 50% del poder total. Controla la Banca, la Bolsa, los Consorcios y, por qué no decirlo, la venta de armas, el narcotráfico, el lavado de dinero, en definitiva, la corrupción *urbi et orbi*.

—Sí, pero hay un 13% verde y un 2% entre los amarillos y los turquesas, hablando en porcentajes de influencia en las nuevas ideas, inspiradas en la inclusión. Hace pocos años eran casi cero, nunca lo olvidemos.

—¿Y tú crees que a ese 85% de la humanidad, es decir, 6120 millones de seres, les interesa realmente todo esto que estamos hablando?

La pregunta hizo reaccionar a Anna, en su rol de socióloga y antropóloga, y sin esperar un segundo arremetió:

—Obviamente, a las personas, a esos 6120 millones, no les preocupan estos memes de colorcitos con que nosotros estudiamos las dinámicas sociales y la evolución de la cultura. ¿Es, acaso, preocupación de estas personas los estudios que hacen los meteorólogos o solo les interesa comprobar, en sus celulares o en la tele, si lloverá o habrá sol? Dicho de otra forma: cuando Copérnico cambió la creencia mundial de que nosotros éramos el centro del universo, léase "Creación" para los católicos, por la de un sistema solar, uno de ellos, entre millones, del cual formamos parte, no solo se abrió la posibilidad de observar el universo de una forma nunca antes vista, sino que puso en cuestión que los humanos no somos el centro de la Creación, desencadenando con ello nuevas preguntas para los filósofos, pero a *Monsieur* Jacques, un ciudadano común, le permitió dejar de pensar en que el rey era el representante de Dios y, en ese convencimiento, quiso superar el abuso y salió a la calle para tomarse La Bastille. La pregunta es: ¿quién hizo la Revolución francesa? ¿Los pensadores o el pueblo? Ninguno, diría yo, o ambos a la vez, pero lo que cambió fue una creencia y desde ella, se desencadenó lo que socialmente estaba en potencia, es decir: no más abuso. Por esto es...

—Disculpa que te interrumpa, Anna. ¿Estás diciendo que son las vanguardias las que cambian la historia?

—Como científico, Marc, sabes que la membrana de una célula es el cerebro de la célula y no su núcleo, como lo demostró el doctor Bruce Lipton, y por tanto es clave entender que el intercambio entre adentro y afuera y el de afuera-adentro es la inteligencia de la vida orgánica. Si aplicamos esto a Hitler, podríamos decir que Hitler no hubiera sido posible sin un contexto que le diera razón de existencia, pero ello no significa que Hitler fuera una marioneta del destino, era malo, muy malo. Tuvo que juntarse una Alemania dolida por el Tratado de Versalles, humillada por Europa tras la Primera Guerra Mundial y un jovencito resentido con delirios de grandeza, para que se desencadenara una Segunda Guerra Mundial y su consiguiente Guerra Fría, un Muro en Berlín, en fin, ya sabemos.

—Si entiendo bien, la conjunción entre una nueva creencia y un ambiente propicio son las condiciones para un cambio, pero saber cuál es la creencia y cuándo hay condiciones para la semilla es lo realmente difícil de dilucidar.

—Como historiadora, estimada Inge, sabes que no basta una buena idea, y ni siquiera un buen contexto. Es necesario, creo yo, un liderazgo...

—¿Y cómo van a surgir liderazgos en medio del total descrédito de las instituciones? Ni políticos que nos representen, ni religiones que nos consuelen, ni Estados que nos protejan de la depredación del neoliberalismo, estamos solos, muy solos...

—E indignados —apostilló Alex, a quien el desgobierno le inquietaba. O la oligarquía o el pueblo, eran su blanco y negro y, en consecuencia, no imaginaba por ahora un nuevo paradigma para los destinos de la humanidad.

—Solos y sin utopías —agregó la antropóloga e historiadora Ingelore, especialista en ideologías y mitos—. ¿Cómo se vive sin utopías?, es difícil de entender para mí, a mi edad, pero constato que el individualismo y el pragmatismo están campeando a gusto en el planeta.

—Pero como todo es cíclico, cabe la esperanza de una nueva utopía que purifique la sangre...

—Debemos imaginar una utopía que en nada se parezca a las anteriores, que no sea un modelo rígido, como el capitalismo o el comunismo, sino una visión inclusiva, abierta, abierta hacia la evolución de la consciencia –acotó Aum con extrema humildad.

Aum sintió que, si todos los temas se perfilaban con esta pasión ya recién empezada la jornada, el encuentro prometía y el Acta terminaría siendo un gran documento. A fin de ordenar el debate, puntualizó:

–Si las cifras, que dan los memes de colores, son pesimistas u optimistas es relativo a quien las observe. En consecuencia, nuestro trabajo, más que apuntar a defender una u otra, debiera enfocarse en cómo podría, este humilde grupo, acelerar la evolución instalando nuevas creencias...

–Cuáles creencias y, lo más difícil, cómo difundirlas para no quedarnos como un grupo más de intelectuales frustrados –agregó Elisa, que había permanecido callada y extremadamente atenta, abanicándose con una carpeta improvisada, mientras se recogía, con la otra mano, su hermosa cabellera negra azabache, casi azul.

–Yo sugiero que vayamos tema por tema y que de allí afloren los debates transversales –dijo Jacques, enarbolando el orgullo metodológico propio de los urbanistas.

–Me parece –dijo Aum y apuntó amablemente a Jacques indicándole que comenzara su exposición, de acuerdo con el sorteo inicial, durante el desayuno.

Jacques tenía la escuela de Le Corbusier, pero no en la forma, sino en la actitud de observar el hábitat humano, la ocupación del territorio, la integración, y más que un teórico de las mallas urbanas, las densidades poblacionales, la función del suelo urbano y rural, prefería observar al ocupante de las ciudades.

Sin duda, había aprendido de Christopher Alexander su propuesta sobre los patrones o *patterns*, y que luego relacionó con los fractales y con los nueve pasos que propone Gurdjieff, sin embargo, su foco no estaba en la funcionalidad de la malla urbana que podría hacerse más eficiente y flexible al paso acelerado del crecimiento poblacional y de la concentración en grandes ciudades. Para Jacques, el tema central era la felicidad, la plenitud del ser humano y, para ello, su hábitat debería promoverlas y, a su vez, ser reflejo de tal estado.

Tras la necesaria demostración del colapso urbanístico, de la depredación inmobiliaria, de la contaminación del aire, el ruido y el estrés de los embotellamientos en calles y autopistas, perfectamente documentados, pasó a plantear algunas preguntas a los asistentes, que por cierto eran víctimas de la modernidad urbana en carne propia.

¿Cuál es la cantidad máxima de personas en un hábitat para que las personas puedan vivir en seguridad, solidariamente, con sentido de pertenencia al grupo?

—¿Estás pidiendo una cifra para constituir un barrio? —preguntó Alex.

—Si aprendemos de la historia —dijo Anna desde su experiencia antropológica— estaríamos hablando de comunidades, pero físicas, no como las virtuales de internet, que por cierto están reemplazando a las primeras, ya absorbidas por los tentáculos urbanos, podríamos decir que...

—No me refiero a la "Población Óptima", definida como la población humana ecológicamente sustentable, cuyos parámetros son económicos, sino al parámetro de la felicidad —puntualizó Jacques y tendiendo una mano esperó alguna respuesta.

—Es relativo —dijo Alex, pensando en densidades urbanas, en las redes de intercambio de productos, en el incentivo económico y en tantas variables en que se pierden los técnicos puros, aunque Alex se esforzaba permanentemente por salirse de ese esquema rígido para interpretar la realidad.

—Vamos por parte —intervino Jacques, mostrando un gráfico sobre delincuencia urbana—. Existe un número, aproximado, de habitantes que se autorregulan en sus conductas y donde la delincuencia ocurre solo excepcionalmente: 250.000 personas. Imaginen comunidades pequeñas, autorregulables, y el debate sobre si más o menos policías, más alarmas, más alambres eléctricos o, como en Singapur con la pena de muerte, el debate sobre la eliminación física de los delincuentes, nada de eso tendría sentido. ¿Cuánto se gasta para sentirnos seguros y cuán poco seguros nos sentimos? Ahora, partiendo de esta cifra de 250.000 podemos observar que la gestión y la participación serían reales, que la comunidad podría ser autosustentable en muchos aspectos, como la energía, el reciclaje, los servicios comunitarios, escuelas, parvularios, en fin.

—Es como una célula —puntualizó Marc—, células que se comunican con otras células, células sanas y no cancerosas como las que conforman nuestras ciudades.

—Si aceptamos esta visión ecológica, es decir, si afirmamos que la felicidad es una manifestación de la Ecología del Ser, podremos, desde allí, buscar las soluciones técnicas para interconectar esas células felices. Solemos pensar al revés —dijo Jacques con la risa del absurdo.

Los ocho asistentes tenían en su mente una pequeñita ciudad, tranquila, con vecinos amables, con niños jugando sin el peligro de las drogas acechando, cuidando el entorno, festejando los logros de la comunidad, sí, como ocurría con las comunidades llamadas primitivas. Pero Jacques quiso ir más allá y desplegó esquemas y planos que proyectó en la pantalla, dándole forma a la célula: siguiendo el ciclo de la vida.

—Redonda, inclusiva y con anillos concéntricos que representaban los ciclos de la vida, era el esquema urbano basal: al centro, la cultura, la memoria, el corazón, que irradia su experiencia en oleadas hacia los bordes, donde el campo la recibe sin ser invadido.

"Imaginen que al centro de este círculo existan cines, bibliotecas, salas de conciertos, teatros, auditorios, exposiciones, bibliotecas digitales y multimedia, que la cultura conviviera con paseos, parques, cafés, de tal modo que el pasado, el presente y el futuro estuvieran articulados en una arquitectura lúdica, creativa, mágica. Rodeando este epicentro urbano, vivirían los llamados adultos mayores y su experiencia y sabiduría los haría dignos administradores de este centro.

"Radialmente, naciendo desde este centro como los gajos de una naranja, vías peatonales recorriendo parques, conectarían los diversos anillos de esta célula: los adultos mayores cercanos al centro, como decíamos; las familias con nido vacío; las familias con hijos escolares; y ya en la periferia, los estudiantes universitarios, las facultades, junto al campo. Es decir, las personas irían cambiando de barrio, acercándose al centro a medida que fueran avanzando en edad, de tal modo que no sería necesario construir hasta hacer colapsar dicha célula. Obviamente, se podrían construir otras células, a varios kilómetros, conectados por un eje.

"Tal eje –explicaba Jacques con verdadero entusiasmo–, será el eje de la comunicación entre células y en torno a él estará el comercio, lo administrativo, los servicios de salud, los bancos, en fin, un eje colectivo que se articula por un metro subterráneo que al salir de la célula se convierte en un tren intercelular de alta velocidad. ¿Visualizan ahora una red de células diseminadas en el campo, en medio de la naturaleza y que pueden dialogar fácilmente, a minutos de distancia, en esos trenes que surcarían los campos sembrados o los bosques?

–Maravilloso –dijo Elisa–, maravilloso, yo viviría allí.

–Un honor, Elisa –dijo Jacques como el rey de su ciudad célula–. Pero no quiero apropiarme de este encuentro. Los planos, esquemas, estudios de sustentabilidad, energía solar, desechos, todo está en esta carpeta.

–Disculpa, Jacques, esta célula que nos estas mostrando, ¿no sería otro modelo más, como el de Brasilia?

–Excelente observación, Tzering. Lo importante no es el contenedor, sino el contenido y, en consecuencia, el espacio físico, urbano, debe ser el reflejo de las creencias que mueven a un determinado grupo humano.

–Y qué es primero, ¿el huevo o la gallina? ¿Se cambian las creencias y luego se construyen las ciudades o se hacen ciudades que promuevan el cambio de creencias?

–En este mismo ejemplo de la célula que expliqué recién, la propuesta es que el centro de la célula es la sabiduría, la historia, la experiencia, y eso implica que tenemos la creencia de que para construir el futuro hay que aprender del pasado. Si aceptamos eso, parece natural que los barrios de la tercera edad se sitúen en torno a ese centro cultural otorgándoles valor social a los viejos al tiempo que se les facilita lo práctico, distancias cortas, el compartir, el enseñar...

–Nuevamente aparece el tema de las creencias –apuntó Aum, con ánimo de fijar esa idea en los asistentes.

–OK, ¿pero qué le importa a un ciudadano común y corriente esta idea si en su mente está el estatus social, el diferenciarse, en su vanidad legítima?

–Como en todo, la gente se resiste a los cambios, salvo por una necesidad imperiosa o por... envidia. Si yo observo y constato que un amigo que vive en una célula de estas es muy feliz, relajado, vital y que su familia se desarrolla integralmente, es muy probable que quiera vivir allí. Ahora tiene un nuevo deseo, pero se encuentra con obstáculos de conectividad entre su trabajo y su hogar y en ese punto surge la necesidad de una política pública que comprenda que la trama de células debe ser más eficiente, más rentable, más sustentable.

—Así es —intervino escuetamente Tzering—, lo estamos viviendo en Bután: hemos cambiado la creencia de que el PIB es lo más importante. Para nosotros el PIF o Producto Interno de Felicidad es nuestro parámetro, ya no cuantitativo, que mide nuestra calidad de vida. Estamos entre los ocho países más felices del planeta y sin embargo somos de los más pobres. Solo cambiando una idea. Más tarde, cuando presente mi trabajo, entraré en más detalles y comprenderán por qué la ONU está promoviendo nuestro concepto para ser aplicado en cualquier país.

—Pero algunos protestarían porque, según ellos, se vulnera la propiedad privada y las libertades...

—Siempre habrá resistencia para pasar del egoísmo a la solidaridad...

—Precisamente —dijo Alex— en mi propuesta toco el tema del salario máximo, aunque parezca una restricción a ganar o tener lo que se desee. Si es restar, habrá resistencia, pero si es sumar habrá aceptación. ¿Qué más puede ganar un empresario exitoso y millonario? ¿Más éxito y más millones para estar en *Forbes*? ¿Qué podría parecerle una suma, a ese empresario?

—Alex —dijo Aum— está entrando al terreno de cómo se implementa un cambio de creencia en quienes tienen el poder con mayúsculas y... de luchas de poder, Alex sabe...

—Pero he fracasado en eso, querido Aum.

—Existen los fracasos o solo las experiencias —acotó Cristine, a modo de consuelo para Alex y retomó la conversación preguntando—: Y... ¿qué harías, Jacques, con el negocio inmobiliario?

—Muy fácil —dijo, riéndose al tiempo que posaba su mirada en Alex—, muy fácil, trabajar con Alex para que la economía esté al servicio del hábitat y no al revés.

—Como podemos ver —afinó Aum—, todos los temas están entrelazados y deberemos hacer un esfuerzo en no complejizarlos hasta hacerlos inoperantes e incomunicables y luego concluir en una creencia madre por área, y que entre ellas sean orgánicas y funcionales, como tus queridas células, Jacques.

—Creo que la felicidad es el norte, creo. En mi caso, la propuesta de Educación tiene esa premisa como la central: educar para ser feliz. Y la pregunta realista es: ¿quiénes son los interesados en que la productividad esté por sobre la felicidad? Ya lo veremos en detalle ese nudo ciego que tienen nuestras sociedades. Suspenso —dijo Elisa con un pincelazo de femineidad.

A todos quedó claro que, tras una maratónica presentación de Jacques, su motor de vida, su tema, obsesión según algunos, era cómo el ser humano, evolucionando iría habitando el planeta, dando origen a nuevas formas de agruparse, a nuevas formas de convivir. Integrar era su concepto preferido y lo aplicaba con relación a las funciones, a lo natural y lo artificial, a lo personal y lo colectivo, al interior y al exterior, todo un ejemplo de holismo aterrizado en una disciplina tan cargada de tecnicismos.

Dando unas palmadas discretas, irrumpió en la sala la querible Hatria, llena de sonrisa para anunciar que el almuerzo los esperaba afuera, a la sombra, dijo.

—Estoy concluyendo, a medida que pasan las presentaciones, que hay un concepto que nos ronda, para bien o para mal, al que me referiré cuando presente mi parte —comentó Alex al momento de untar una tostada con tarama, a la espera del almuerzo. Aum había improvisado una sombra, tensando, entre dos postes, que utilizaba para una hamaca, de una vieja madera semipetrificada, y una higuera añosa, una tela triangular azul que flameaba suavemente para recordarles que el viento aún existía, pese a aquel calor que no aflojaba. El tarama, caviar de los griegos, se hizo poco a la espera de los filetes de pescado blanco, cubiertos con jitomate y albahaca, cocinados en salsa de mantequilla y ajo que Hatria, nombre que significa riqueza, había cocinado con esmero, talento y tradición, mientras el grupo cocinaba el futuro de la humanidad. "Ya verán el pescado plaki que les prepararé para mañana —decía con el orgullo de quien se sabe una buena cocinera, a punta de historia y mediterraneidad—. ¿Más *tzatziki*? —ofrecía mientras llenaba los vasos con retsina, el vino blanco de los griegos–. Mañana habrá *assyrtiko* y se harán adictos a su aroma a higo y madreselva; era el vino preferido de mi querido Nikolai, que descansa de seguro, en el Olimpo, donde vivió toda su vida, en la pobreza, pero como los dioses".

–Ni Poseidón, ni Atenea, ni Zeus llegaron a almorzar y si lo hubieran hecho habrían muerto de envidia en el acto –bromeó Aum mientras agradecía, con una amplia sonrisa, a Hatria por tan memorable almuerzo, digno del Acta de Ítaca, que ya cobraba vida.

"No será fácil estar lúcido para la jornada de la tarde, si además el calor aumenta", pensaba Alex con una taza de café cargado y la mirada perdida en el horizonte azul que vibraba de puro calor y lejanía.

La quilla de un bote de pesca chapoteaba con unas olas llenas de desgano, repitiendo la melodía desde antes de Pericles, a excepción de trágicos episodios, abruptos y volcánicos que sacudían el mar y desplazaban las tierras y que, cíclicamente, asolaban esa parte del Mediterráneo. Observando los colores propios de la caleta, pintados a franjas en el bote, y el repiqueteo de las olas, turbias de arena, Alex, hipnotizado, recordaba a Rocío y lamentaba que no estuviera allí, aportando todo su conocimiento sobre ecología. Repasó su conferencia y su "Proyecto Edén", y sintió orgullo y tristeza mezclados con retsina y calor.

Afortunadamente comenzó a soplar un viento que agitó las telas azules y refrescó el ambiente. Algunos ya andaban descalzos, y Elisa y Anna se habían tomado el pelo, desentendiéndose de sus respectivas coqueterías. Ya reunidos nuevamente, hizo su entrada Aum, con una significativa sonrisa de satisfacción:

–Debo retomar la idea central –dijo Aum, en tono de padre, al comenzar la sesión de la tarde–: Integrar.

Alex estaba nervioso a pesar de que durante la semana había intercambiado ideas con Aum y había salido airoso. Su preocupación era la de todo perfeccionista que siente que algo está faltando para la impecabilidad. Respiró hondo, tomó consciencia de que cada presentación del grupo, incluida la suya, no era más que un borrador para luego profundizar. En ese entendido comenzó:

—Economía y poder son dos conceptos que, hasta ahora, han sido inseparables Y no me refiero al poder protector, el que cuida a los ciudadanos, el que cuida su salud, su medio ambiente, su seguridad, aquellas necesidades más básicas según la pirámide de Maslow, o que, exigiéndole un poco más, nos protege de otros seres, los humanos, aquellos humanos que, sin importarles la felicidad de los demás, ambicionan más allá de lo que podrían gastar en varias vidas. En consecuencia, economía y poder depredador van de la mano y la ecuación es muy simple: control, control del poder político y control de la economía. El control del poder político se ejerce, como hemos presenciado, o bien ganando elecciones bajo el paradigma del "crecimiento y más empleo" o se consigue vía cohecho, aquella compra de voluntades de políticos afines, pero por sobre todo de aquellos opositores, que en su lucha por el poder requieren dinero para competir con los poderosos. Pero tales acciones no tendrían ningún destino si no estuvieran amparadas por una legislación *ad hoc* a la colusión, a la evasión de impuestos, a la elusión, a los monopolios, al cohecho, con jueces que castigan con menor fuerza a un delincuente de cuello y corbata que a un ladrón de gallinas. Combatir la delincuencia, para ellos, es promover la estabilidad social que impida la salida de capitales o que ahuyente la inversión extranjera, ¡pura economía!

"Obviamente, queridos amigos, ellos encuentran algunos obstáculos o "imprevistos" y deben estar prontos a restablecer el "orden" y sobre todo a no sentar precedentes que pudieran desordenar el naipe. El control de los medios de comunicación se les hace esencial para contrarrestar nuevas ideas o para amenazar con "despidos masivos, cesantía, inflación, recesión", en definitiva, miedo y más miedo, y que, por cierto, les ha funcionado desde siempre. Y si todo lo anterior fuera poco, utilizan la fuerza, el control mediante las fuerzas armadas.

"Cuando una persona, al escuchar lo que estoy diciendo, dice que son argumentos de izquierdosos, de resentidos sociales, de subversivos, que quieren desencadenar el caos, estamos frente a una persona que cree en la ideología del neoliberalismo. Que cree que limitar el lucro, por ejemplo, es atentar contra la libertad y la democracia y que tiene serias dificultades en creer que la libertad mía termina donde empieza la de los demás. Volvemos, estimado Aum, al tema de las creencias y, demostrado por la historia está que la confrontación de creencias entre quienes tienen el poder versus los que no lo tienen, termina siempre a favor de los poderosos. Y… cuando se ha logrado, casi siempre por las armas, léase Revolución francesa, la rusa, la china, entre otras, sus líderes han sucumbido a la tentación del poder, ahora argumentado su liderazgo en la defensa del proyecto de cambios, de la revolución, utilizando métodos de control y dominio bastante menos sofisticados que los neoliberales. Nada nuevo les estoy contando, ha sido el devenir de la historia.

—Estás diciendo, Alex, que abandonar la lucha…

—Por el contario, Elisa, hay que hacerlo de otra manera, cambiando los paradigmas para que las ideologías encontradas abandonen ese terreno y comiencen a creer en otras cosas, a valorar o a resignificar la realidad.

—¿Como qué?

—Cambiar, por ejemplo, solidaridad por utilidades…

—¿Y lo ves posible?

—Si el que valora las utilidades concluyera que habría más utilidades si fuera solidario, cambiaría sin dudarlo, ¿no es cierto?

—Cierto —afirmó Tzering.

—En paralelo, siguiendo con la argumentación del maridaje entre economía y política, necesitaríamos desbloquear el cuello de botella que, en el ámbito político, está interfiriendo: el parlamento.

—Y no sería antidemocrático —dijo Marc, soltando una estrepitosa carcajada.

—El parlamento actual sí es antidemocrático. Nosotros delegamos la representatividad en unos senadores y diputados que luego hacen lo que se les frunce, y que, avalados por la "democracia", defienden los intereses de quienes financian la política o bien de los privilegios personales de la casta política, quienes arañan por migajas de poder y por los sagrados votos que les evitarían ser expulsados a la cesantía y al olvido.

—¿Entonces?

—Otra democracia, amigo, otra. La griega, y no olvidemos que estamos en Ítaca, por algo, solo funcionó los primeros doscientos años y luego se desvirtuó cuando los representantes del pueblo quisieron tener el poder por sobre la representatividad. Nunca ha funcionado bien, aunque es mejor que las dictaduras y los imperios, por cierto. Pero es hora de reformular ese concepto, ¿no les parece de sentido común?

—Hoy, observo —dijo Aum— que la participación ciudadana para equilibrar el poder de los políticos está creciendo a través de las redes sociales, pero, seamos sinceros, lo está haciendo desde el malestar, por el abuso creciente, por la codicia y, por ahora, no hay una propuesta de salida. Vemos a los revolucionarios luchando por el poder, pero la ideología de repartir lo que hay no ha dado buenos frutos. Es necesario… como repito cada vez que me dejan, integrar, integrar.

—A diferencia de otras épocas, el opresor que antes estaba afuera, era identificable y por tanto combatible, hoy está adentro como un gusano que te corroe sin darte cuenta. El neoliberalismo ha conseguido su gran triunfo. Ha logrado ocultarse en un lugar donde nunca será combatido, ha logrado ocultarse dentro de cada uno de nosotros, a tal punto que combatirlo sería una forma de suicidio. Ha actuado por vía de la seducción y ya no desde la opresión, por la fuerza.

—Pero volvamos al parlamento —dijo Anna.

—En esta carpeta —dijo Alex, girándola por los aires— hay varios enfoques que quisiera que ustedes los mediten en los próximos seis meses para que finalmente logremos una visión integradora y sobre todo realista, siempre en la idea de que es necesario solucionar el tema de la economía con su respectivo correlato político. Encontrarán allí una propuesta de parlamento, que he recogido de diversos pensadores en el mundo, para alcanzar una democracia de verdad. Democracia Líquida o Democracia Directa se le ha llamado. ¡Es fascinante!

Hatria entró a la sala con té y algunos pastelitos y no pudo callar su broma:

—¿Están intentando cambiar lo que inventamos hace dos mil quinientos años, aquí en Grecia? ¡Qué atrevimiento!

—Disculpe, querida Hatria, no fue en Grecia, fue en Atenas, no olvide que a los espartanos les gustaba la oligarquía y precisamente por eso lucharon contra los atenienses, 361 años de guerras, con el triunfo final para los espartanos.

—Es cierto, pero la democracia es de estos parajes —dijo Hatria, salvando su dignidad griega.

—No tanto. Durante la democracia ateniense hubo 200.000 esclavos que posibilitaban el auge de la filosofía, de las artes y los deportes. Toda una democracia descafeinada, como siempre —complementó Anna, con cierta ironía.

—Al mismo Platón no le gustaba mucho la democracia ateniense y alegaba que solo debían ser representantes aquellos que se hubieran preparado previamente, personas capaces, con valores, con cultura. Parece estar escuchándolo, queridos amigos. Según Platón, en la democracia ateniense quien realmente gobernaba era una minoría de políticos y demagogos que abusaban de la incapacidad política del pueblo y de su insensatez, estoy leyendo textual: "Son demagogos ambiciosos de honores y poder, formados y educados por los sofistas para alcanzar el poder mediante el halago y el engaño, por medio del arte de la palabra". Menos aún creyó en la democracia cuando su maestro Sócrates fue condenado a muerte. Obvio.

—El abuso vuelve a surgir como un tema significativo —apuntó Inge.

—En muchos países se ha planteado la necesidad de un salario mínimo, ético le han llamado algunos, para estrechar la brecha entre ricos y pobres. Sin embargo, nunca se habla de un máximo y, menos, asociado a lo ético. Escuchando sus pensamientos, podríamos sintetizarlos en "Subamos un poquito el mínimo para evitar reventones sociales, pero no pongamos techo a las utilidades, eso sería atentar contra la libertad, contra la legítima ambición, sería matar la competitividad".

—Nuevamente la ideología justifica el abuso... —comentó Marc.

—Si se limitara el techo de las utilidades, te acusarían, estimado Alex, de antidemocrático...

—No me acusarían si la sociedad, culturalmente, definiera que es de mal gusto tener más de lo que necesitas, que es egoísta.

—¿Y quién determina cuánto es lo que yo necesito?

—Estás pensando en pequeño, querido Jacques. Imagina que el tope máximo sea el dinero para cubrir las necesidades de todos tus hijos, de por vida. Solo con esta medida habría dinero para erradicar la pobreza. Las cifras son elocuentes: hay empresarios que ganan el equivalente a lo que ganan un millón de personas, según el Informe de Riqueza Global y las cifras de The Boston Consulting Group son francamente obscenas.

—Grotescas —apuntó Marc.

—Asquerosas —aventuró Inge.

—Solo como referencia, ya que no los quiero marear con números, que están en la página 98 de este documento, puedo decirles que, en los Estados Unidos, el 0,01 concentra el 5,1% de los ingresos totales, es decir, 501 veces más que el ingreso promedio, toda una burla al sueño americano.

—Tienes razón, Alex, técnicamente se podría erradicar la pobreza si ese 0,01% sintiera vergüenza.

—Parece razonable que se permita financiar a los hijos y sus familias, una generación, como techo ético…

—Y las utilidades debieran ser invertidas en la empresa en un 75%, considerando investigación, capacitación, nuevas tecnologías… y cada empleado que cumpla diez años de lealtad con la empresa debiera pasar a ser socio accionario en forma automática.

—Razonable, posible, ético —resumió Jacques.

—Y… ¿por qué no se hace, entonces?

—Si los empresarios lo probaran, se darían cuenta de que las empresas serían más rentables, el clima laboral mejoraría y el poder adquisitivo de las personas aumentaría y, como consecuencia, el mercado se agilizaría.

—¿Son tontos, o qué? —preguntó desafiante una Cristine que ya llevaba un buen rato con cara de asco.

—No, simplemente son víctimas de una cultura del tener y tener, para ser validados socialmente, la cultura de la ostentación, de ser más que el otro en la medida en que tengo más. Pero ¿si un buen día, cambiara la cultura y el más solidario fuera el más exitoso?

—Nuevas creencias —dijo Tzering, con la autoridad moral que le confería su querido Bután.

—No son temas fáciles —dijo Aum, invitando a que el documento de Alex se revisara con esmero, ya que además del enfoque político, también estaba el economicista técnico y el economicista ideologizado como en el caso de Marx. Alex había incluido partes de su tesis "Lo que Marx no vio" para adentrarse en el área de la psicología y hoy de la neurociencia. La codicia, la competitividad, el egoísmo, ¿son parte del ADN humano, son la herencia genética ineludible al interpretar cualquier actitud humana? ¿Son necesarias las virtudes para contrarrestar los pecados? ¿Se sublima el egoísmo practicando la generosidad? El documento contenía muchas preguntas que se esforzaban por lograr una visión realista de la especie humana, sin idealizaciones que llevaran a utopías frustrantes.

Al anochecer, la cena de clausura terminó con música de Mikis Teodorakis y la voz profunda de Melína Merkoúri. Juntos, estos nueve convocados para redactar el Acta de Ítaca se tomaron de los hombros y bailaron el ritmo del sirtaki, descalzos sobre la arena griega, la melodía de *Zorba el Griego*, en alusión directa al triunfo de la libertad por sobre el deber ser.

Alex dejó Ítaca lleno de energía, tres días intensos que no concluían allí, sino que eran el inicio de algo incierto, misterioso, fascinante. Parecía tener más viento adentro que todo el que le llegaba a la cara durante la travesía al continente. Tenía por delante unos apasionados seis meses para redondear su documento para el Acta de Ítaca, para incorporar todas las ideas que surgieron en casa de Aum y llegar a alguna conclusión respecto de cómo habría que instalar una nueva creencia. Nada fácil, pero se le ocurriría algo, siempre y cuando dejara de pensar linealmente como acostumbraba. "Creatividad" se repetía como un mantra, intentando convencerse de algo que toda su vida había menospreciado y para lo cual no se sentía muy capaz. Todo lo aprendido en el ámbito de la ecología, gracias a Cristine, a su sabiduría al integrar ecología y sustentabilidad con la salud humana, la salud física, mental y espiritual, le ayudaría para conversar con Rocío. Tenía que hacerlo antes que partiera a Bagdad, a fines de octubre, y salir de la angustia que le producía el silencio y la distancia. Miraba el mar tranquilo en un día de sol en que los azules reinaban abajo y arriba. Cómo podría imaginar, allí, que nada de lo que pensaba hacer sería posible.

Tres meses después…
10 de diciembre de 2010, 23.51
@mail

Aum, amigo querido… Todas las energías con que volví de Ítaca se me han ido al suelo; mil gracias por tu presencia y amistad en el funeral. Solo hace cuarenta días de la partida de Rocío y no sé si algún día me repondré o encontraré el sentido de todo esto. La muerte no duele, pero cómo duele el abandono, sobre todo cuando hay cosas pendientes. En fin, habrá que aprender a vivir con esto.

Al trabajo a que me comprometí, mi parte para el Acta de Ítaca, me temo que no podré abordarla. No por falta de tiempo, sino porque mi pesimismo teñiría todo.

A ratos, me sigue rondando la idea sobre cómo instalar las nuevas creencias, pero aún no encuentro el camino. Discúlpame… Un abrazo… Alex

11 de diciembre de 2010, 7.22

Querido Alex… la historia de la humanidad ha esperado más de 5000 años para dar el paso que viene. Tómate tu tiempo y ya sabes… puedes venir a pasarte todo el tiempo que quieras a mi casa, la del acantilado que recién la inauguro. Creo que te gustará. Avísame y te doy las coordenadas por GPS, ya que está al fin del mundo y de los tiempos. Un fuerte abrazo… AUM

Día 5

Romina observaba cómo el rostro de Alex iba transfigurándose, cómo los nudillos de su mano se ponían blancos de tanto apretar el celular, y en silencio escuchaba una voz masculina que sonaba a destemplada.

—Imposible, Jordi, me es imposible estar en su funeral mañana. ¿Han avisado a sus padres? Recién hace tres días pasé a dejarles el encargo de Monique, a su departamento en Saint Sulpice, que tú conoces. —No supo por qué lo decía, quizás para acotar el tiempo en que suceden las desgracias mientras otros viven inocentemente sin saber que han ocurrido—. Pobres viejos —susurró.

—…

—Gracias, Jordi, por avisarme, un abrazo —recién ahí se percató de que estaba desnudo, mojado, con el celular en una mano y una toalla en la otra, y comenzó a sentir el frío de aquella mañana del 6 de noviembre.

—Te voy a hacer un café mientras te secas, y me cuentas qué pasó.

Fue al segundo sorbo de café caliente, que le limpió la tráquea de la angustia recién vivida, cuando miró a Romina:

—La encontraron muerta. Después de cuatro días. Fueron los vecinos que avisaron.

—¡Qué horror, Alex!

—Me dice Jordi que la policía afirma que fue asesinada...

—¿Pero por qué habrían de matarla? ¿Fue un delincuente, un asalto?

—La portera declaró que no recibía visitas, pero recuerda a un señor de bigote, con aspecto latinoamericano... Cómo saberlo, Romina, si fue un asalto para robar, aunque Jordi me dijo que no faltaba nada de valor. No sé, no sé.

Cuando Monique entreabrió la puerta, previo resguardo de poner la cadena, solo alcanzó a ver a un corpulento hombre de bigote espeso e inmediatamente sintió un brutal golpe en la mejilla y la cadena saltó por los aires. El golpe de la puerta la tiró lejos, cayendo de espaldas dos metros más allá, sorprendida y sangrando del pómulo izquierdo.

—Llévese lo que quiera —atinó a decir, temiendo lo peor.

El hombre cerró la puerta y le lanzó una mirada amenazante:

—Pinche cabrona, me vas a responder cada una de las preguntas que te haga y si gritas pasarás a ser una animita en el día de los muertos —cambió de tono y aparentó ser un caballero—. ¿Se entendió, señora Monique?

Gómez reconoció la voz de Serrat que sonaba desgarrada, acompañando lo que Monique supuso sería una tarde de recuerdos. Subió el volumen por precaución, para evitar que los vecinos se percataran de su visita y de su voz de machote, tan reconocible y, para Monique, tan atemorizante.

... ¿Quién me presta una escalera para subir al madero
para quitarle los clavos a Jesús el Nazareno?
Oh, la saeta, el cantar al Cristo de los gitanos
siempre con sangre en las manos,
siempre por desenclavar...

Pero Gómez no estaba para escuchar letras de canciones, menos de un bolchevique como Serrat, el muy cobarde que se exilió en México, pinche catalán, pensó, sin darse cuenta de que estaba pensando.

Entre pregunta y pregunta, siempre la misma, la mirada de Gómez recorría el estar, por pura curiosidad. Allí, en la penumbra de un pasillo que conducía al dormitorio, una foto mediana, en blanco y negro, le llamó la atención: una muchacha dulce, llena de vida, reía.

Pero no fue la belleza de una mujer joven lo que más atrajo la atención del Mexicano, fue el evidente sello árabe del edificio que hacía de fondo de esa hermosa fotografía. "Debe ser de las reclutadas por ISIS para su maldita causa", pensó, intentando atar cabos, como le había enseñado McCaine. Una vela encendida, en el centro de una mesita, bajo la foto, inquietó a Gómez. "Está muerta", dedujo y se sintió mirado desde el más allá. Superó el susto que le causaban los muertos y arrancó la foto del marco y se la guardó entre sus ropas, para luego concentrarse en su interrogatorio, cuajado de golpes e insultos. Serrat continuaba, sin percatarse de que estaba haciendo de coro griego a la tragedia que Monique estaba viviendo en ese instante.

... Cantar del pueblo andaluz, que todas las primaveras
anda pidiendo escaleras para subir a la cruz.
Cantar de la tierra mía, que echa flores al Jesús de la agonía y...

El gaffer le apretaba las muñecas y los tobillos a una de las sillas del comedor y la sangre del pómulo resbalaba hasta la comisura de los labios, con ese sabor salado que asusta.

... ¡Oh, no eres tú mi cantar, no puedo cantar, ni quiero,
a ese Jesús del madero sino al que anduvo en la mar!...

Fueron unos cuarenta minutos de golpes y a cada pregunta sobre el hombre buscado, Monique respondía con la verdad: "Solo sé que está en París, yo no vivo con él, se llevó unos turrones que les mandé a mis padres, no sé más, no sé más", y lloraba de impotencia. Ya harto de Serrat y de sus panfletarias cancioncitas, se apresuró a cambiar la música del ipod, apareciendo lo más inoportuno para ese momento en que debía demostrar fuerza inquebrantable: Chabela Vargas, cantando *Piensa en mí*, la canción preferida de su madre.

El hombre de bigote no creía que Monique nada sabía, aunque por momentos, mirando sus ojos, dudaba y se compadecía de esa pobre mujer. La música le trajo a la mente la imagen de su madre, en Jalisco, hacía ya mucho, que le estaría diciendo: "Mira que haces con una mujer, maricón". Pero el hombre de bigote no se podía permitir sentimentalismos y, aunque nunca había torturado y era solo un funcionario del departamento Koala, debía obtener la información que McCaine le había encomendado recabar. Al fin tenían una pista del terrorista que había intentado, vanamente, reemplazar el discurso 11/9 de su presidente Bush, porque él era norteamericano de USA, y se debía a su país, humildemente, aportando la información para asestar un golpe letal a esos inmundos terroristas, de ISIS deben ser, afirmaba con seguridad.

Le sonó el celular y la voz de la agente Susana Bórquez, simulando ternura infinita, dijo:

—Cariño..., no te tardes. Nos vemos en casa. —Apagó su celular y comentó a la portera del edificio donde Monique vivía, en calle Bailén 116.

—¡Estos hombres! Pero bueno, espero que haya quedado satisfecha con los productos Avon que le traje, son fabulosos. Pasaré en unos quince días para que me cuente cómo le fue en las promociones con sus amigas y, de seguro, me encargará más, son fabulosos. Estos, por ahora, son gratis.

La agente Susana Bórquez, curtida en el arte de actuar y sonsacar información, había preparado la escena para que Gómez pudiera hacer su trabajo, aunque siempre tuvo la sensación de que él no era la persona adecuada para acciones rudas.

Gómez no había conseguido mucho, pero tenía algo: Alex estaba en París y podría rondar la casa de los padres de esa pobre mujer que lo miraba con los ojos desorbitados. Procedió a sellar la boca de Monique con gaffer y al salir dijo un "gracias" que no correspondía para nada a una escena de tortura. Cerró la puerta y sacándose los guantes de látex, bajó los tres pisos y, sin ser visto por la portera gracias a la agente Susana Bórquez que se interponía, se encaminó para tomar el Talgo a París. Monique moriría al día siguiente, desangrada por dentro, en medio de una soledad y abandono inexplicables.

La mañana del quinto día, Feller leía con mucho interés el libro de Bjorn Thomasson que ayer le habían dejado. Había dormido bien y se sentía fuera de peligro de muerte con sus raptores. Alex le daba confianza, aunque todavía no podía adivinar sus propósitos. Una de las cosas que le tranquilizaban fue el hecho de que Alex no le preguntara el apellido de Klaus y que tampoco insistiera en saber del Grupo. En la práctica, eso significaba que el secuestro nada tenía que ver con su pertenencia ni la importancia que él tenía en el Grupo. La vida del empresario Florian Homm le había atrapado no más terminar de cenar. Esa noche, Feller disfrutó de un menú español que, siendo algo ecléctico, le recordaban sus noches de tapas en pequeños bares del País Vasco, cuando visitaba las sucursales de su negocio: berberechos, jamón serrano, tortilla española, escalivada de morrones y berenjena y una crema catalana como debe ser, con azúcar quemada. Leyó hasta muy tarde, aunque la idea de "tarde" en una habitación ciega y tras varios días de encierro, no era una idea lógica.

Antes de abordar el libro, Feller leyó algunos párrafos de un artículo de Danny Fortson del *Sunday Times*, aparecido en *El Economista*, el 1° de abril de 2013 y que asomaba entre las páginas del libro de Bjorn Thomasson. La edición que había hecho Alex comenzaba con una foto de Michel Douglas en el rol de Gordon Gekko, el empresario de las películas *Wall Street 1* y *2*, quien sostenía, abiertamente, que la codicia era buena. Luego venían los párrafos seleccionados del artículo:

Al Gordon Gekko alemán le acribilló un sicario, permaneció seis años a la fuga cuando se hundió su fondo y ahora se enfrenta a una posible condena de 25 años de cárcel.

Cuando el sicario aparcó junto a la limusina de Florian Homm y le disparó en el pecho, **él hizo lo que cualquier magnate de hedge funds, con amor propio hubiera hecho: se rellenó la herida con billetes de cien dólares y llamó a su mujer con una última palabra: "vende".**

Homm sabía que en cuanto se conociese la noticia de su muerte en las calles de Caracas, las acciones de Absolute Capital Management, su hedge fund cotizado en Londres y con un valor de 3.200 millones de dólares, se irían a pique. Por lo menos, pensó, su mujer podría salvarse a tiempo. Pero no falleció. Se quedó sin bazo y con una bala alojada junto a la columna, aunque a los inversores les habría convenido seguir el consejo que dio a su mujer.

En el mismo año del intento de asesinato, Homm desapareció por las acusaciones de que hasta 500 millones de dólares de activos del fondo (apuestas que había hecho Homm) carecían de valor. El precio de las acciones se hundió en más del 90% y los inversores perdieron millones. Homm se dio a la fuga, refugiándose en Colombia con medio millón de dólares escondidos en sus calzoncillos Calvin Klein.

(...)

Hace un par de semanas, sus seis años de fugitivo llegaron a su fin cuando la policía italiana le arrestó en la galería Uffizi de Florencia, gracias a un chivatazo del FBI. Ahora espera ser extraditado a Estados Unidos para enfrentarse a los cargos de fraude presentados por la SEC, que podrían suponer una sentencia de hasta 25 años de cárcel.

Homm, de 53 años, niega cualquier mala conducta. Por si alguien tiene dudas, ha escrito un libro donde narra su versión de la historia: *Rogue Financier: The Adventures of an Estranged Capitalist* (*El financiero canalla: las aventuras de un capitalista enajenado*). Publicado en noviembre, es la peculiar confesión de una vida desmedida, "cegada por la riqueza, el poder y los placeres egoístas". Sin embargo, asegura que "por fin había empezado a distanciarse de Mammon". Ahora es un hombre nuevo y se ha propuesto limpiar su nombre.

La historia de Homm es más que el auge y la caída de un personaje épico que supuestamente se saltó las reglas en exceso. Es una ventana hacia los años gogó previos a la crisis financiera, cuando los hedge funds pasaron de ser un sector muy limitado a una fuerza económica salvaje y poderosa, con casi dos billones de dólares a su disposición y apenas la mínima supervisión regulatoria.

(...)

Era mayo de 2007. Las grandes luces del sector habían descendido sobre la mansión de Pall Mall para la gala Ark, una recaudación de fondos organizada por el financiero francés Arpad Busson. Antes de terminar la velada, el millar de financieros asistentes habían donado más de 26 millones de libras. Todo un récord. El sector estaba en su apogeo. Cinco meses después, Northern Rock sufriría su primer tambaleo, marcando el comienzo de una crisis financiera que barrería a muchos de los aspirantes a amos del universo.

Pero las grietas no habían hecho más que empezar a abrirse y el dinero seguía entrando. En 2007, la cantidad controlada por los hedge funds en todo el mundo llegó a 1,9 billones de dólares, el doble que tres años antes y diez veces más que en 1995.

(...)

A medida que florecían los hedge funds, también prosperaba Absolute. En 2006, fue nombrado el mejor hedge fund europeo por la revista profesional *Hedge Fund Review*. Homm lo comunicó en la Bolsa de Londres. Le encantaban los titulares. En 2004, los fondos que controlaba se hicieron con una participación del 25% del club de fútbol Borussia Dortmund, que en aquel momento estaba al borde de la quiebra. Ayudó a impulsar una reestructuración financiera para salvarlo de un proceso concursal y de paso sacó un buen tajo.

(...)

Cuando golpeó la crisis, los inversores, atemorizados, quisieron sacar el dinero de los fondos de Absolute pero no pudieron. Las puertas se habían cerrado. Homm, embobado con una bailarina erótica rusa tras una dura separación de su mujer, no tenía intención de quedarse. Se llenó los calzoncillos de efectivo, tiró el móvil al puerto y se subió en un turbohélice de Mallorca a Cartagena, en la costa caribeña de Colombia. En Absolute se enteraron cuando, ese mismo día, una nota de prensa firmada por Homm anunciaba su renuncia.

(...)

A finales de 2008, más de 450.000 millones de dólares habían sido retirados por los inversores o perdidos en inversiones malas, con una contracción del 25%.

Los personajes de alto valor neto y los despachos de familia que habían impulsado el crecimiento de los fondos se habían llevado el dinero a casa. Los bancos, grandes actores del sector, cerraron sus divisiones de operaciones internas. Y entonces llegó el ajuste de cuentas de la regulación. En EE. UU., la ley Dodd-Frank de 2010 exigía que los hedge funds con 150 millones de dólares o más se registrasen con el organismo regulador, exponiéndolos a una serie de nuevos requisitos de información y cumplimiento.

Lo leído, no había sido novedad para Feller. El caso Homm fue el tema entre empresarios y financistas durante meses y esperaba que este libro no fuera una repetición novelada de lo que ya sabía. A diferencia del libro *Rogue Financier: The Adventures of an Estranged Capitalist*, el libro de Bjorn se había enfocado en el proceso de transformación de Florian Homm, tema que también desarrollaba el documental de Deutsche Welle *Del infierno al cielo*, aunque lavando de alguna manera la imagen del financista, al obviar su paso por las drogas y la prostitución. En su epílogo, Bjorn hacía un irónico comentario sobre las actividades actuales del redimido banquero que, tras unos años en la cárcel, se orientaba hacia una vida austera y de proselitismo religioso. Decía Bjorn: "Qué desperdicio de talento financiero, ahora amagado por una rutina de reuniones espirituales. ¿No hubiera sido más efectivo que su talento se hubiera orientado a conseguir dinero para los más pobres?". Y fue ese párrafo, sencillo y directo, lo que precisamente llamó la atención de Alex, en el período en que Eve le asesoraba para encontrar al empresario ideal para el secuestro. Marcó ese párrafo con un destacador amarillo fosforescente, para que Feller tomara nota.

Antes de llegar al búnker mágico, como lo llamaba Olga, Alex ya había concluido que el Mexicano era el hombre de Klaus. Su pensamiento deductivo, casi de detective de novela, le llevó a unir dos informaciones o tres si se quiere: 1°: el supuesto mexicano le siguió en las cercanías del metro Saint Sulpice, muy cerca del departamento de los padres de Monique; 2°: eso había sido hacía tres días; 3°: Monique fue torturada y asesinada en Barcelona hacía cuatro días. Conclusión preliminar: Monique habló. Al menos dijo que él estaba en Paris, turrones en mano. Solo quedaba una incógnita para validar la hipótesis. Si el hombre de confianza de Klaus, el Mexicano, había viajado a Barcelona a torturar a Monique para saber del paradero de

Alex, quería decir que Klaus ya sabía de la existencia de Alex y que, ubicándolo en París, llegaría hasta Feller. ¿Significaba todo esto que tenía un traidor en las filas de Crisálida? "¿Garret? Eve no —estoy pensando estupideces se dijo mientras abría la puerta del búnker mágico—. ¿Olga?".

A boca de jarro se encontró con Bert y Stan en un estado de excitación que no les conocía.

—Entramos a la computadora de Klaus, se llama Klaus Wander, entramos y volvimos sin dejar huella —dijo orgulloso Stan, sacándose los anteojos roji-verde para limpiar unos grasientos vidrios.

—¿Seguros de que no dejaron rastro? —inquirió Alex, con la paranoia que el Mexicano le había instalado.

—No fue fácil —comentó Bert—, pero Bitman es un genio, deberían darle el Nobel de Hackers...

—Si se supiera quién soy, es motivo suficiente para que no me den el Nobel —dictaminó Stan, como parte de su filosofía de hacker.

—Muchos filtros, walls, alarmas, cazabobos, de todo. Eso nos hizo suponer que ese Klaus esconde algo muy, pero muy valioso —apuntó Bert con ojos redondos y atesorando algo invisible entre sus manos.

—Por el satélite, cuando le contestamos el *mail* del señor Feller, a través del computador de la señora Ellen, logramos identificar el lugar físico del misterioso señor K. Bert es un genio, es decir, somos dos genios —y soltó una carcajada infantil que contagió a Bert, sin siquiera alterar la seriedad de Alex.

—¿Dónde? —preguntó Alex.

—Con exactitud, exactitud, aún no podemos decirlo, pero es en alta montaña, cerca de un hotel antiguo, de los cincuenta o los cuarenta, que lo buscamos en Google Maps y se llama Hotel de Bilderberg, era de una familia muy top de la época.

—¡Bilderberg! Esto se pone interesante —dijo Alex, mientras ataba cabos sueltos—. Es el "Grupo" y Feller, como siempre supuso Eve, pero sin pruebas, pertenece al Grupo. ¡Vaya sorpresa! Por un lado, agradable, ya que tenemos un pez gordo y, por otro, desagradable, porque nos perseguirán para siempre, hasta la eternidad, y muy bien financiados.

Bert y Stan no entendían mucho lo que Alex decía, pero todo parecía algo *grosso*.

—Trajimos un botín —dijo Bitman con una mezcla de orgullo y de pregunta por si habrían metido la pata.

—No más sorpresas, chicos, por favor...

—Son los nombres de los cien miembros del Grupo. Con todos sus códigos de contacto encriptados, pero Stan ya los tiene descifrados.

—Si se supieran, Klaus caería muerto y su trono se derribaría en segundos, cayendo en el descrédito de quienes le dieron su confianza.

Alex se quedó pensativo largo rato, evaluando pros y contras, pero lo que sí tenía muy claro era que ahora tenía un arma nueva que podría disuadir, solo disuadir, a Klaus para que no lo molestara más con ese mexicano que parecía pisarle los talones. "¡Genial!", se dijo en silencio. Pero Iván lo sacó de sus pensamientos:

—Creo, Alex, que es la oportunidad para desenmascarar a ese maldito Grupo, a nivel mundial…

—Mientras la Operación Crisálida no esté terminada, y con éxito, ni siquiera hablaremos de esa posibilidad. Piensa, Iván, piensa con la cabeza y no con la pasión revolucionaria de Angola, piensa que si se supieran los nombres, eso traería consecuencias inmediatas en las Bolsas, se desestabilizaría la economía mundial y los Estados entrarían a defenderlos para sobrevivir. La internacional del dinero opera mucho mejor que la internacional socialista, querido Iván. Además...

—Podríamos entonces —interrumpió Iván, con vehemencia—, vaciar esas cien cuentas transfiriendo los fondos a... las FARC, por ejemplo o a...

—Por favor, Iván, eres jefe de operaciones de nuestro equipo y no de la revolución mundial. ¡Por favor, enfócate en lo nuestro, se entendió!

Un espeso silencio se coló en toda la habitación, hasta que se rompió cuando Olga comenzó a traer pastelillos y café para celebrar; Zelig, para romper el hielo, tomó a Bitman y se lo subió de un solo impulso a sus hombros y comenzó a dar la vuelta olímpica alrededor de la mesa; Eve se sentó en un rincón y se tomaba la cabeza a dos manos, incrédula de que su carrera había llegado a la cúspide al comprobar que sus sospechas sobre el Grupo Bilderberg eran acertadas; Garret se sobaba las manos viendo la posibilidad de obtener fondos de los cien millonarios, pero no con el objetivo revolucionario de

Iván; Finnley no se reía ni celebraba, porque estaba intentando ir un paso adelante de Klaus, descifrando su psicología y sus debilidades a partir de pequeños detalles; Romina abrazó a Alex, a quien notó preocupado.

Y cómo no iba a estarlo. Alex tenía plena consciencia de que entrar en pugna con el Grupo era muy peligroso, no porque fueran asesinos, sino porque defendían intereses económicos y también políticos tan gigantescos que, llegado el caso, podrían hacer cualquier cosa. Su mente saltó sin aviso a una emoción de molestia: "¡Qué desubicado Iván!". Al mismo tiempo, también estaba irritado por el Mexicano y temía que pudiera poner en peligro toda la Operación Crisálida. Si Feller fuera rescatado por Klaus, todo quedaba en cero, un nuevo fracaso y, sin proponérselo, recordó a Rocío.

"Debo hacer algo –pensó–, algo que lo frene, pero que no lo provoque". Se sirvió un segundo café y dio paso el ritual de los dos terrones de azúcar. Romina observó e inmediatamente supo que Alex se aprestaba a tomar una decisión importante. Con expectación cabalística, Alex comprobó que el café había subido hasta el terrón superior sin que todo se desmoronara. "Buen presagio", se dijo. "Aunque no creo en los presagios", se corrigió. De inmediato se abocó al mensaje disuasivo.

Klaus Wander leyó el mensaje y a pesar de que había arrugado todas sus facciones en un gesto de incredulidad, le fueron más importantes las nueve hojas que Boris le había impreso.

–Venían adjuntas al mensaje –dijo Boris, entre servicial y culposo.

–Seguro que son los secuestradores de Feller –exclamó Klaus, iracundo, enarbolando las hojas como bandera en ristre, amenazante, como la mirada del halcón embalsamado que coreaba su furia–. No acepto chantajes, y menos de terroristas islámicos. Ya verán con quién están queriendo jugar, malditos ingenuos...

—Señor, señor, los técnicos me informan que no hay rastros de intromisión en nuestros sistemas computacionales, que todo está en orden y todo encriptado, como siempre.

—Si es así, Boris, si es así, significa que nuestro querido Brian Feller está hablando, bajo tortura, evidentemente. ¿Me sigue, Boris?

—Es una alternativa posible —acotó Boris para darle la razón y al mismo tiempo para bajarle el perfil, instalando, con recato, la idea de que solo era una posibilidad, entre otras.

—Y qué eso del "Mexicano" —Klaus tomó el mensaje y lo releyó una vez más.

"Deje de molestarme con el Mexicano.
Aténgase a las consecuencias".

—Me amenaza con los cien nombres y ni siquiera sé a qué se refiere. ¿Quién es ese maldito Mexicano, Boris?, ¿quién?

—¿Cómo saberlo, señor? Al parecer, a los secuestradores, aunque habla en primera persona, los está "molestando" un mexicano y creen que es de los nuestros. Qué estará queriendo decir con "molestando", me pregunto, señor, ¿qué?

—Me importa un pepino ese mexicano —vociferó en medio de unas salpicaduras de saliva—. Lo que importa, y lo entiende cualquiera, es que quieren dinero y mucho. No solo quieren dinero por Feller, sino por todos nosotros, extorsionándonos *per secula seculorum*, para siempre, Boris.

—*Houston, we have a problem...*

—¡Qué dice, Boris!

—Solo una broma, para distender tanta tensión, señor. Recuerde que los astronautas se salvaron. Diría que es una broma esperanzadora, diría.

—¡Vaya bromita! No sea frívolo, Boris, ¿no se da cuenta de la magnitud del desastre que se nos viene encima?

—Disculpe, señor. Parece obvio que el señor Brian Feller continuará hablando y que la amenaza que nos hizo, cuando firmó como Rocke, lo recuerda, de hablar si le tocábamos a su familia, ya no corre, señor, ya habló.

—Correcto, Boris. Podríamos retomar esa opción y amenazar más seriamente a Feller para que no siga hablando, pero usted olvida un pequeño gran detalle, Boris: la familia de Feller dejó su casa y está inubicable. Maldito Feller, nos quitó nuestra única arma de presión, siempre supe que era inteligente, maldito.

—No sabía ese gran detalle —dijo compungido.

—Para empezar a resolver este entuerto, pídale a nuestro amigo en la Sureté Française que de inmediato ubique a ese maldito mexicano y que averigüe cuáles son sus intenciones. Vaya, vaya, Boris, mientras... debo pensar fríamente, como la nieve que cae afuera. Maldita nieve y malditas las avalanchas, maldito Holger.

Día 6

La discusión con Alex del cuarto día de Operación Crisálida y, ayer, la humillación sufrida ante todos, dejó muy alterado a Iván. Decidió no ir inmediatamente al búnker; mal que mal le tocaba el turno de la noche y ahora necesitaba pensar, seriamente. Avanzó hasta topar con la rue de Seine para luego tomar el Boulevard de Saint Germain, guiado instintivamente por sus recorridos habituales, cuando de joven aplanaba calles con la esperanza de encontrarse con algún conocido que nunca encontró. El año 89 había sido un mal año para Iván: tenía treinta años y tras su lucha en Angola, aparte de conocer a Alex, nada había sido como imaginó. Su personalidad le llamaba al combate, a las acciones épicas, pero hasta el momento el minuto de gloria no había llegado. En busca de esa experiencia, pasó de Angola a Colombia y puso sus dados en las FARC, con tan mala suerte que lo tuvieron marginado de la lucha y de la información confidencial a causa de su simpatía con Cuba, y así, sabiéndose seguido por la CIA, decidió fondearse un tiempo en París.

Cruzando la pequeña plazoleta del Metro Odéon se le agolparon los recuerdos de aquel sótano, en el 6 rue de l'Odéon, que antaño había sido una cave de techo abovedado y que en el año 74 se había convertido en el hogar transitorio de varios exiliados chilenos. Allí, solo dormía y debía ducharse en diferentes casas cuando iba de visita, junto con lavar la poca ropa que tenía. París ya no era la misma y no estaba para acoger a tanto extranjero revolucionario, a excepción de algunos grupos ultras, maoístas recalcitrantes entre otros, que rondaban por la Universidad de Vincennes, y que utilizaban abiertamente a Iván como testimonio viviente de las luchas guerrilleras.

Iván nunca fue un intelectual y su formación política era exigua, de tal manera que se le hacía casi imposible generar vínculos ideológicos en un París que miraba con preocupación los eventos que se estaban desencadenando en Europa. Recordaba Iván, pasando enfrente de la ex librería Maspero, creada por François Maspero en el año 32 y bastión intelectual de la izquierda en los años setenta, librería que pocas veces visitó, que, el junio del 89, el Partido Comunista de Polonia había sido derrotado por el Sindicato Solidaridad de Walesa y que ese mismo mes moría el Ayatollah Jomeini en Irán con las consabidas repercusiones posteriores; que Yugoslavia tenía lo suyo con su nuevo sistema federal; que en octubre volvían 350.000 soldados rusos derrotados en Afganistán y como si fuera poco para un mismo año, el jueves 9 de noviembre, cayó el Muro de Berlín. Menudo cambio para el mundo, le dijo en aquella oportunidad un Alex ya definitivamente desencantado y ese día Iván supo que ya no combatían del mismo lado. A partir de esa conversación, allí, en el café que tenía delante, en la rue de la Huchette, el Georges Café a un costado de la Taverne Grecque, Iván acusó de traidor a la clase obrera a un Alex que intentaba responder, en un principio, con argumentos de contexto político, con los cambios que se avecinaban con la caída del Muro de Berlín, con el descrédito de la URSS y los horrores de Stalin, en fin, hasta que se rindió ante tal tozudez y le habló de un cambio interno que comenzaría a buscar, como un nuevo enfoque para un cambio social posterior. "Blandengue", le dijo Iván y no contento con eso agregó: "Solo falta que te vayas a la India, cantando canciones de los Beatles y vuelvas levitando". Al recordarlo, Iván tuvo que reconocer que se le había pasado la mano, como tantas veces en que su carácter lo vencía sin medir resultados. El resultado de aquel encuentro fue el distanciamiento entre ellos, de veintiséis años, que solo vino a romperse en ese encuentro, en L'Île de la Cité, cuando Alex le reclutó para Crisálida.

"De nuevo veo —pensó Iván cuando se devolvía al Metro Saint Michel—, veo a Alex con la debilidad de siempre: está frente a la gran oportunidad de develar al secreto y poderoso Grupo Bilderberg; de sacarle hasta el último dólar; de anotarse un punto en la historia; de amedrentar a los abusadores; de darle un sentido a su vida gris y... la deja pasar, empecinado por un tipejo pudiendo ser cien. ¡Qué torpe, que poca visión!".

Llegó a su turno de noche, puso al microondas la cena que le había dejado Olga y esperó pacientemente que Bert y Stan se fueran a casa. Eso ocurrió a las dos de la madrugada, cuando los cibernautas, por naturaleza búhos, recién se dan cuenta de la hora.

Como siempre, había observado Iván, los computadores de Stan y Bert estaban en modo hibernar y con solo mover el mouse se ponían a disposición. Estando solo, con toda la tranquilidad de la noche, no pudo evitar su nerviosismo. Recibiría 10 millones de dólares, solo 100.000 por cada integrante del Grupo, en su cuenta anónima, en Suiza, e inmediatamente de recibidos derivaría el dinero a Mossack Fonseca para formar una empresa *offshore*. "Perfecto, perfecto, perfecto", repetía con la excitación del gran triunfo. Luego, ya con calma, iría sacando fondos para financiar al grupo al que pertenecía y en el cual participaba como informante y como koala desde hacía varios años. "Los compañeros necesitan financiamiento y este Iván se los dará. Cómo le iba a contar todo esto a Alex si yo soy un koala profesional, un activista dormido que, como hoy, despierta, aprovechando una oportunidad única en la historia del proletariado mundial".

Bebió un sorbo de café y escribió su *mail* a Klaus. Tuvo el cuidado de borrar sus huellas digitales y puso los computadores en modo hibernar. Qué fácil había sido, se sorprendió, gracias al genio de Bitman, por supuesto.

Mientras la nieve caía y caía, copo tras copo, como un segundero marca el tiempo, Klaus pensaba y pensaba qué hacer hasta que el silencio le agobió. Se levantó de su sillón de cuero marrón y cruzando en diagonal la espaciosa estancia, encendió su ipod y seleccionó a Brahms, el *Concierto N° 1 para piano*. Serían 48 minutos, respaldado por Brahms, para encontrar una solución. A Klaus le gustaba la versión de Daniel Barenboim, pero su nacionalidad argentina no le podía camuflar su aire judío, aunque no tenía nada en contra de los judíos, mal que mal eran sus socios en todo el mundo, especialmente en el imperio de Norteamérica.

"Feller continuará hablando y no solo dará más nombres, cuentas corrientes, fondos *offshore*, corporaciones, directorios, sino que entregará las claves para acceder al nivel dos. Los terroristas sabrán de las operaciones políticas, del financiamiento de candidaturas, de nuestros miembros instalados secretamente en el aparato de gobierno de los más importantes países y de allí, al nivel 3: las operaciones para neutralizar a nuestros adversarios y, en algunos casos, el estímulo de ciertos grupos terroristas a fin de mantener el equilibrio mundial, cuidadosamente por supuesto". No más repasar esa lista mental, sintió orgullo por el trabajo realizado. En ese momento, el piano entró atacando con maestría.

"Segundo —se dijo—: si Feller muriera en la tortura, yo nunca lo sabría. Me asegurarían que sigue vivo mientras vacían las arcas del Grupo". Hizo una mueca y con su Montblanc dirigió a la orquesta de Barenboim durante un pasaje en que esta dialogaba con el piano. "Tercero... no hay tercero", concluyó. Vio que el destino le ponía por delante una decisión tremendamente difícil. Si bien se sabía rudo, era solo un hombre de negocios, un exitoso financista, no era un asesino. "¡No, por Dios!". Hizo una pausa en su mente atormentada por la decisión que la vida, no él, sino la vida, le estaba exigiendo y escuchó el piano, cada nota, como el sedante para poder actuar sin vacilaciones.

¿Qué era un hombre al lado de toda una organización con más de sesenta años de vida? Le pareció una razonable razón para actuar en consecuencia y pudo imaginar por un momento, a muchos Papas tomando decisiones similares para mantener la nave de la Iglesia a flote y con la credibilidad suficiente para orientar a las masas en el camino de Dios Padre. "Qué difícil, 2000 años versus los sesenta de mi querido Grupo", pensó y se convenció a sí mismo.

No quería decirlo, pero se exigió el decirlo en voz alta, como una sentencia.

—Feller debe morir.

Suspiró hondo, resopló y se le vino encima la pregunta clave: "¿Cómo ubicar a Feller?". No alcanzó a barajar alternativas diferentes de la de sus contactos en la policía francesa, cuando se abrió la puerta justo en el momento en que Brahms decidió terminar su concierto. Esta vez, Boris no golpeó la puerta.

—Señor, malas noticias —dijo semiatragantado—, se complican las cosas.

Boris estiró el papel con un disimulado temblor de manos. Klaus lo leyó y mirando a la cara a Boris, esbozó una sonrisa abierta y dijo:

—Son buenas noticias, Boris, no se alarme. Una vez más, la vida demuestra que las coincidencias no existen. Mire, lea.

"Klaus, le ruego me deposite US$ 10.000.000.- en mi cuenta N° 963175824 del Credit Suisse Group. Apenas esté la transferencia, le indicaré el lugar donde está el señor Feller. Si se rehúsa, publicaré la lista de los 100".

—¿Cómo que buenas? —dijo Boris, olvidando decir "señor".

—Ahora sabremos dónde está Feller, hasta hace cinco minutos, nuestra gran incógnita. Buenas, ¿no le parece? Además, los secuestradores tienen un traidor, de poca monta, por cierto.

—¿Está pensando en rescatarlo? Previo pago de los 10 millones de dólares, por supuesto.

—Siguen las buenas noticias, Boris. ¿Qué son 10 millones de dólares para mantener la cohesión del Grupo? Nada, Boris, podría haber sido mucho más, ¿no cree? Los sacaremos de los fondos reservados y aquí no ha pasado nada.

—¿Y…? ¿Cómo piensa rescatar al señor Feller, si me permite la pregunta?

—Boris, mi querido Boris, siéntese, le voy a explicar.

Feller había leído todo el sexto día, sin parar. El periodismo novelado de Bjorn Thomasson lo tenía secuestrado. Nada mejor dicho en esas circunstancias.

La historia del millonario alemán, que nunca se fotografió sin un puro, había fascinado a Feller, había admirado la audacia de Florian Homm para especular en el mercado financiero y sus creativas invitaciones, en sofisticadas mansiones y castillos, a fin de ganar lo más importante para el negocio, la confianza, le habían transmitido ese aire europeo que los norteamericanos nunca conseguirían, ni a punta de años o siglos. Mientras leía, no podía menos que comparar a Homm con Feller, los respectivos *modus operandi*, el estilo y, por cierto, las cantidades. Feller no tenía ni puro ni estatura como el alemán, pero tenía otras ventajas: ni drogas ni prostitución. Todo el envidiable estilo europeo que desplegaba Homm se había ido al garete con la ordinariez que significó la etapa en que sus fiestas vanidosas invadieron su mansión en Mallorca. Era uno de los motivos por el cual Klaus nunca lo incorporó al Grupo, aunque la soberbia de Homm tampoco lo hubiera permitido, pese a compartir nacionalidad. "Homm es una zanahoria que nos conviene –comentó alguna vez, recordaba–: atrae la atención y nos deja trabajar en la penumbra".

La lectura le llevó, página a página, a hacer un recuento de su maratónico ascenso económico y a un bien ganado prestigio y, casi sin notarlo, su ego menoscabado por el secuestro nuevamente se infló como pavo real en pleno cortejo. Ya en la página 252 comenzó a aburrirse, como se aburre un mecánico leyendo catálogos durante horas, temas demasiado conocidos para él, aunque no para lectores comunes. Cuando Bjorn mencionaba al director general del HSBC, Feller podía verle la cara en su memoria o cuando el periodista investigador hacía referencia al B. N. Y. Mellon, el rostro afable de Adriano Koelle, haciéndole recordar *caipirinhas* en São Paulo, le sonreía con la confianza que debía transmitir quien tenía a su cargo a toda América Latina. Seis días fuera de circulación del sistema financiero habían cumplido el cometido de Alex y logrado que Feller sintiera esa lejanía del dinero, aunque por momentos añorara sus logros. Que Feller pudiera observar su existencia desde otro escenario, ya no desde su oficina acristalada en el piso 32, viendo al mundo bajo sus pies y a los transeúntes como pequeñas pulgas inquietas de aquí para allá y de allá para acá, era el clásico recurso que Aum le había enseñado y que, en general, usan los terapeutas: crear un Observador que permita verse a sí mismo de otra manera, nunca antes vista. El secuestro que se convertía en invitación fue el primer quiebre de cualquier mortal; un secuestrador que le salva a la familia, fue el segundo; las comidas, repasó, en fin, todo extraño, pero nada amenazante, aunque aún no conocía ni tampoco imaginaba por qué lo habían "invitado". Obviamente el libro sobre Florian Homm era una indirecta que se aclaraba al llegar al texto de Thomasson, marcado por el secuestrador en amarillo fosforescente. Lo releyó:

> "Qué desperdicio de talento financiero, ahora amagado por una rutina de reuniones espirituales. ¿No hubiera sido más efectivo que su talento se hubiera orientado a conseguir dinero para los más pobres?".

Coincidió con el subrayado, aunque también valoró que Homm, tras una estadía en la cárcel, se hubiera transformado camaleónicamente en un mensajero de Jesús, fenómeno similar al de Garret, que lo miraba detrás del espejo, pero con menos fondos y ningún habano Montecristo desafiando al destino. Una buena causa, reconoció, pero mejor le parecía que las drogas y la prostitución se hubieran esfumado en la niebla de un pasado narcisista.

Y mientras pensaba en los pobres de Homm, se dijo: "Aquí, en este lugar, soy pobre. Aunque no tan pobre —agregó—, me dan comida, ducha, cama y sé que mi familia está bien, protegida por Kevin". El vaso medio lleno, fue el lugar común que completó la idea.

Como le sobraba tiempo, como nunca, se dio permiso para fantasear, preguntándose, como si jugara: "¿Qué haría yo si dejara las finanzas?".

Todavía no. Fue la conclusión ese sexto día, cuando Alex evaluaba si debería contarle a Feller que sabían sobre Bilderberg, sobre su pertenencia y hacerle un insidioso comentario referente a la amenaza de K a su familia, para, quizás, desestabilizarlo y conducirlo hacia el objetivo de la Operación Crisálida. Pero no, no todavía. Era más valiosa la incipiente confianza de Feller en sus raptores y de nada serviría introducir un factor de inquietud.

Durante su recorrido, camino al departamento, donde Romina le esperaba con unos anunciados *oeufs á la tripe*, Alex se esmeró en detectar si el Mexicano le seguía. Varios trasbordos de metro y otras técnicas de despiste le convencieron, finalmente, ya cerca de la rue Jacob, de que el Mexicano se había esfumado. Con satisfacción comprobó que la amenaza que le había hecho a K había funcionado perfectamente. Antes de entrar al portal, puso en su memoria emotiva dos tostadas fritas en aceite de oliva con romero, luego una cebolla acaramelada haciendo de cama para recibir un delicioso huevo frito, para ser coronado con otra tostada con un agujero que dejaría asomarse la yema amarilla y brillante: *oeufs á la tripe*, tan ricos como solo Romina los hacía, incluso con la envidia de Olga.

Al entrar al departamento, Romina le esperaba con dos copas de Beaujolais, de los viñedos al norte de Lyon, que tanto apreciaba Alex, por sobre el Sangre de Toro, un tinto español demasiado espeso para la ocasión.

—Ha sido un día muy aburrido. Feller ha leído como poseso y creo que es muy probable que esté listo para la conversación de fondo que tendremos mañana. Ojalá su mente haya funcionado como yo espero y como Aum me enseñó...

—Así será, mi perfeccionista preferido —dijo Romina a punto de chocar las copas en señal de felicitación—. Por Crisálida, por nosotros y… también por Feller, ¿por qué no?

—Gracias, Romina, por toda la paciencia que me has tenido, gracias —estaba agradeciendo porque tenía consciencia, ahora, de que sus obsesiones y su perfeccionismo influían negativamente en la relación de pareja. Agradecía porque nunca lo hizo con Monique y ya era tarde—. Quiero hacer un brindis por Monique —dijo Alex con temor a la reacción de Romina–, un brindis de despedida y un perdón por ser una víctima inocente de mis decisiones...

Romina hizo un largo silencio, acompañando el de Alex, y sintió que lo amaba más de lo que creía. "Es un buen hombre –se dijo–, sé que está sufriendo por la muerte de Monique y sé que no me lo dirá para no herir mis sentimientos, y también lo hará para autocontenerse frente a lo tan esperado que ocurrirá mañana".

–Por Monique –dijo mientras levantaba su copa–, por esa maravillosa mujer. –Tras unos segundos de comunicación a través del silencio, Romina se propuso cambiar de tema–: Mañana es "el" día –y sonriendo agregó–: al séptimo día Dios creó al hombre y Alex a Feller...

–Muy graciosa, muy graciosa, que no te escuche el converso de Garret que te excomulga *ipso facto*.

–*Urbi et orbi* –agregó Romina con un franco coqueteo.

Día 7

Al salir de la ducha, Feller se encontró, hoy, con *waffles* y miel, y un texto impreso que dejó al costado para leerlo apenas terminara su café, bien caliente, como le gustaba. Pero no alcanzó a terminar su desayuno cuando vio la fecha del texto: 11/9/2001. Leyó las dos páginas firmadas por G. W. Bush con fruición, entre asombro y sonrisa, que a Alex, detrás del espejo, tranquilizó y le dio el vamos para entrar al "hotel" de Brian Feller.

Feller vio aparecer a Alex con una silla y vestido exactamente igual que la muda de ropa limpia que le habían dejado antes del desayuno: chandal completo de color gris y zapatillas tenis blancas, y nuevas. "Parece que la conversación será de igual a igual", quiso creer Feller, al momento de recordar la paradojal circunstancia: secuestrador y secuestrado, "pero en casa del secuestrado", pensó con un destello de humor negro.

Puso la silla enfrentando a la de Feller e indicando con la mirada el libro sobre Florian Homm, que estaba sobre la mesa, preguntó:

—¿Qué le pareció, Brian?

—Puedo entender su intención al prestarme su libro, Alex —respondió sin responder, para tantear terreno.

—No imagino lo que el texto de Bjorn Thomasson le haya provocado, aunque tengo la expectativa de que sintonicemos...

—¿Se refiere al texto final, el subrayado?

—Es más rápido de lo que creía —confirmó Alex con una sonrisa paternal.

—Dada mi obsesión por la eficiencia, es obvio que concuerdo con el autor. Pasar de ser un millonario a ser un predicador no me parece eficiente si se trata de ayudar a la gente. Coincido con Thomasson en que la habilidad de Homm para hacer dinero debiera ser la virtud que ponga al servicio y no inventarse una supuesta virtud que nunca practicó. Eficiencia digo, aunque respeto su opción.

—Mi expectativa, Brian, se acaba de cumplir plenamente, su comentario es lo que suponía, pero suponer nunca es bueno hasta que podamos comprobarlo: eficiencia, ¿no es cierto?

—¿Está queriendo sensibilizarme para algún objetivo social?

—¿Qué le pareció el discurso de su ex presidente Bush? —preguntando para evitar responder, aún, a la pregunta de Feller. La respuesta sobre el texto subrayado de Bjorn que Feller le había dado hacía unos minutos, hizo pensar a Alex que el plan avanzaba según la minuciosa pauta basada en el conocimiento humano, especialmente en la tipología de personalidad del Invitado.

—¿Usted lo escribió? —preguntó Feller mientras buscaba pistas para saber qué convenía responder. Para terminar con ese juego de evasivas y desconfianzas, Alex optó por no preguntar mientras no se crearan las condiciones de confianza necesarias para un verdadero diálogo, franco, sincero.

—Sí, yo lo escribí. El mismo 11 de septiembre de 2001, pocos minutos después de que la segunda torre del Wall Trade Center se desplomara. Imaginé a Bush hijo, con su mente básica, respondiendo sin altura de miras, como un cocodrilo enrabiado que solo quiere venganza; lo imaginé ofreciendo guerra; lo vi manipulado para aprovechar la oportunidad y ganar control y poder con el petróleo; lo pude imaginar recuperando popularidad al agitar los sentimientos de venganza de una población ya sensibilizada contra los árabes; lo vi alimentando el miedo permanente que asola la vida de los norteamericanos con relación al terrorismo, pude imaginar todo esto, estimado Brian, porque es muy predecible el comportamiento humano si se lo observa con detenimiento, si se l mira con la honestidad de la intuición y del sentido común —Alex hizo una pausa, mientras Feller decodificaba alternativas que nunca se le pasaron por la mente en aquellos dramáticos días de septiembre, como a la gran mayoría de sus conciudadanos, hijos de un imperio—: Sí, Brian, todo ocurrió tal cual —Alex no quiso explicarle el fallido plan de reemplazar el discurso del Presidente por el que había hecho llegar a Adams y quiso aprovechar la expresión de asombro de Feller, que no articulaba palabra—: Quiero, estimado Brian, que usted imagine lo que habría ocurrido en el mundo si ese discurso, mi discurso, lo hubiera leído el mismísimo presidente de la nación más grande y poderosa del planeta, imagine por un momento.

Feller descruzó los brazos y tomó una postura hacia adelante, apoyando los codos en la mesa, actitud que a Alex le estaba indicando que su Invitado había entrado en el juego y se había olvidado de que era un secuestrado. Brian estaba sinceramente interesado en la conversación y el juego de imaginar un mundo mejor le pareció novedoso, aunque poco realista, pero atractivo, y ambas cosas al mismo tiempo. También Alex se relajó:

—Fíjese en esa parte donde dice, mi Bush, que ha convocado a los presidentes para combatir al terrorismo, pero no bombardeando países o enviando a miles de jóvenes a morir, sino combatiendo la causa del terrorismo...

—Pero la causa del terrorismo es que son unos fanáticos religiosos —afirmó Feller con la vehemencia de un ministro de Defensa.

—La religión, Alá en este caso, es solo la forma de convocar a las masas, de darle un sentido épico a una lucha desigual contra el imperio. Alá lo quiere. ¿Cómo rehusarse a la voluntad del Profeta? Dígame, Brian, ¿qué pensarán ellos de monseñor Escrivá de Balaguer justificando la riqueza de los Opus Dei del mundo, como la genuina voluntad de Dios, tergiversando de paso el mensaje del propio hijo de Dios?

—No sé qué pensarán, solo sé que el terrorismo no es la forma, yo soy un demócrata, Alex, aunque republicano, claro.

—Cuando le dije "imagine" es para que imagine, Brian, no para que su mente repita lo mismo que ya cree desde siempre, es una invitación, Brian, a ver la realidad desde otro ángulo —afirmó tajante, como un profesor que riñe a un alumno porfiado.

—Me está hablando de sensibilidad, supongo —preguntó amenazante para defender su orgullo herido por la oculta reprimenda intelectual de Alex.

—Empatía se llama eso —corrigió Alex—, que no solo es ponerse en los zapatos del otro, como dice el diccionario, sino sentir, sentir como el otro. Usted, por ejemplo, en estos cinco días ha sentido, en esta austera habitación, como los que no tienen bienes, pero solo lo ha sentido en un porcentaje muy bajo. Algo es algo, ya que sabe que sí tiene mucho dinero allá afuera, suyo, y tiene otra cosa que la mayoría de la humanidad no tiene: esperanza, Brian.

—¿Esperanza? A qué se refiere si no tengo ningún dato para pensar que tengo la esperanza de salir de aquí...

—Sí la tiene, Brian, quizás no tan consciente: usted sabe que está entre buenas personas, sabe que hay un propósito, que, aunque lo desconozca por el momento, es un buen propósito y lo único que le inquieta es saber qué haremos con usted si no acepta nuestra petición y allí, su mente imagina lo peor, naturalmente: imagina, por una parte, que lo mataremos, pensando en que nos podría denunciar o, por otra parte, que amenazaríamos de por vida a su familia hasta que le doblemos la mano. Sí, Brian, usted lo sabe, tiene esperanza, pero también tiene miedo, el clásico miedo a la incertidumbre. ¿Cierto?

—Cierto —debió reconocer Feller con hidalguía.

—Le adelanto que si no aceptara nuestra propuesta, usted volverá a casa, con su familia, a sus negocios y atrás habrá quedado solo este hombre de setenta y dos años, canoso, con una artritis en camino que no me dejaría empuñar un arma, del que nadie creería que es un terrorista internacional que anda raptando empresarios. Obviamente, tal anciano quedaría muy frustrado, debo admitirlo. Piense, Brian, hasta el momento, usted no conoce a nadie de mi equipo, y en consecuencia nada me preocupa, ni siquiera mi viejo pellejo. Pero volvamos al discurso imaginario de Bush.

—Volvamos —dijo en plural un Brian cautivado con la mente analítica de Alex y más tranquilo con la promesa de libertad. "Qué tipo", pensó.

—El terrorismo —dijo Alex, para fijar el tema—, más allá de la condena que usted y yo hagamos, es una forma de combate que asumen solo aquellos que no tienen ejércitos que puedan luchar frontalmente. Deben actuar en la clandestinidad y asestar golpes con gran espectacularidad para mantener a raya al que, desde el punto de vista de ellos, está invadiendo sus territorios o usurpando sus riquezas. Evidentemente, son grupos pequeños que aspiran a tener el liderazgo entre sus conciudadanos para lograr algo, Brian.

—Aparte de poder, ¿qué?

—Algunos, poder para imponerse en beneficio propio, como lo hacen algunos políticos en todo el mundo y que todos criticamos. Allí están esos poderosos corruptos, amparados por una legislación *ad hoc* que les permite seguir operando...

—No estará generalizando, Alex. Su comentario es el típico de los marxistas.

—Dije "algunos", si me permite seguir con la idea.

—¿Y cuáles son los otros?

—Los que quieren el poder para poder, para poder superar la pobreza, las brechas cada vez mayores de desigualdad, en fin...

—Todos queremos eso —dijo Feller, en tono de ofendido.

—Creo, Brian, en su sinceridad y por eso fue seleccionado entre muchos empresarios para ser invitado nuestro. Considérelo un honor.

—¿Debo agradecer? —ironizó Brian, pero ya sin agresividad.

—El tema ya no es sobre buenas intenciones, sobre el qué sino sobre el cómo. Y allí, aparecen entonces las clásicas ideologías que, demostrado está, no han tenido mucho éxito.

—El marxismo cayó por su propio peso, por ineficiente, por no entender las leyes del mercado...

—No, Brian, cayó por el abuso, abuso de poder al punto de exterminar al adversario, léase Stalin y las ambiciones de poder, las mismas del Imperio romano, del de Carlo Magno y, en su momento, las de USA, que está recibiendo los primeros contrapesos por parte de China. Por abuso, Brian, y eso está indignando crecientemente a la población occidental mientras los gobernantes parecen no descifrar la realidad.

—El crecimiento ha tenido su rebalse y las masas han logrado acceder a más y mejores bienes de consumo, gracias a la competencia en el mercado...

—Han accedido a más deudas, más créditos, más hipotecas, más seguros para tener cosas, por una parte, e ilusión de más oportunidades para los hijos, por otra. Analice cifras, Brian, usted es hombre de números, analice las cifras macro de empobrecimiento de la población mundial y verá que van en aumento y podrá comprobar que la brecha entre ricos y pobres es creciente. La ilusión de llegar a rico es muy tentadora y personas como usted demuestran que sí es posible.

—¿Me está acusando de cómplice de una maquinaria que está destruyendo el mundo?

—Vamos, Brian, usted es un hombre inteligente y puede deducir que no está hablando ni con un marxista ortodoxo, ni con un terrorista, ni tampoco con el Dalai Lama. Usted está hablando con un viejo que está pensando en el futuro, ojalá sin prejuicios ni frases hechas, ni argumentos falsos que, de tan repetidos, suenan a verdad. Como el argumento del crecimiento, olvidando el desarrollo o aquella frase empresarial de "damos trabajo" que, a mi entender, debería redactarse de otra manera: "necesitamos trabajadores", me parece más honesta.

—Demasiadas ideas juntas como para poder rebatirlas una a una —dijo Feller con soberbia de exitoso.

—No está entendiendo, Brian, no quiero debatir con usted ni con nadie, solo quiero que se permita a usted mismo, por un rato, ver la realidad como si viniera llegando desde Marte, sin ningún prejuicio. Solo eso, Brian: un marciano que quiere que los terrícolas sean felices.

—¿Usted cree, Alex, que Florian Homm era codicioso, antes de convertirse en predicador?

—Por supuesto, Brian. Codicia es cuando quieres más de lo que necesitas y, en algunos casos, cuando ni siquiera puedes gastar todo lo conseguido.

—¿Como yo?

—Sí.

—¿Y qué tiene de malo? El esfuerzo merece un premio, un reconocimiento, ¿o no?

—Usted, Brian, ha sido un tipo esforzado, muy esforzado, tiene dinero y puede comprar lo que se le antoje, tiene estatus entre sus pares y dígame ¿cuál es el reconocimiento que ha tenido en estos cinco días que ha estado aquí? Nada, nada, nada, ningún reconocimiento, más allá de haber vendido más periódicos o más rating, siguiendo las leyes del mercado que usted defiende y construye. Nada, Brian, solo han dicho que es un hombre esforzado. ¿No le parece triste y agotador vivir así?

Alex logró sentir el golpe bajo que llevó a Feller a cruzar sus brazos, no para defenderse, sino para proteger su intimidad y ocultar lo que siempre le había perseguido: su necesidad irracional de reconocimiento y su compulsión por el éxito. Una profunda y sentida tristeza inundó el rostro de Brian que, de un segundo a otro, se convirtió en el niño que era exigido, sin límites, por un inmigrante que solo conocía el esfuerzo a ultranza como la única solución para sobrevivir fuera de su terruño apacible, lejos de los viñedos de su infancia. Un inmigrante que solo quería que su hijo no sufriera como él, que saliera adelante, esforzándose siempre más que cualquiera, compitiendo porque la vida es así, decía siempre.

Al notar que Feller había recibido el mensaje y para no abrumarlo, hizo un gesto a Stan, que al otro lado del espejo se había comido gran parte de las uñas mientras veía la maestría ajedrecística de su jefe, para que trajeran el almuerzo y, con un movimiento de labios, pronunció "O-l-ga-aaa".

Se abrió la puerta y Olga, sonrisa en ristre, avanzó con una bandeja.

—Ella —dijo Alex— es la responsable de todas las exquiseces que usted ha comido en estos días. Debía conocerla y estoy seguro de que en una corte no la acusará de terrorista —bromeó para alivianar emocionalmente a un Brian que aún estaba tocado—. Le he pedido que entre para que pueda agradecerle, Brian, personalmente.

—Gracias, realmente gracias. Usted es una...

—Chef.

—... es una chef maravillosa. Me dan ganas de comprar un hotel para contratarla.

—No estoy cesante —dijo Olga—, tengo el mejor trabajo que se pueda tener en esta vida, pero igual agradezco su pro-pues-ta, señor Feller —mientras estiraba sus labios al modular lentamente, separando las sílabas.

"No puede controlarse esta Olga calentona", pensó Alex y procedió a interceptar las señales eróticas que estaban llegando a un pobre hombre, que ya tenía seis días o más de abstinencia:

—Gracias, Olga, se ve exquisito el almuerzo. ¿Una copita de vino, Brian?

Olga hubiera querido seguir coqueteando con Feller. Le excitaba la sensación de poder que le daba la condición de rehén de ese norteamericano, que, si bien era un poco soso, tenía aquello que los *winners* tienen y que sienten como parte de su capital. Siguiendo al sentido común y la mirada de Alex, abandonó la sala para dejarlos solos, almorzando como amigos. *Bon appétit*, dijo antes que Zelig cerrara la puerta por fuera.

—No hablemos de trabajo durante el almuerzo. Cuénteme de sus hijas, de Susi, de Pinky, pero antes cuénteme por qué su perro se llama Wind.

—No le puedo contar mientras almorzamos, sería poco fino... bueno, se llama Wind por algunas ventosidades a que nos tiene acostumbrado, ¿muy pedestre, no?

—Creativo, diría yo.

—Se lo puso Susi, ella es muy creativa, aunque un poco rebelde, no como Pinky que es más dócil, como su madre...

—Y usted qué prefiere Brian: ¿una hija rebelde o una dócil?

—La quiero a las dos por igual...

—No le pregunté eso...

—En verdad prefiero dócil, aunque los dóciles sean menos emprendedores, pero como Pinky es mujer...

—Veo, Brian, que el machismo le caló hondo. ¡Y así culpan a los latinos!

Pero Alex se contuvo y no quiso abrir otro frente de polémica que podría hacer retroceder lo avanzado en la mañana. Simplemente, cambió de tema:

—¿Les dedica tiempo a sus niñas?

—Todo lo que el trabajo me lo permite...

—Es decir: poco.

—Pero Ellen es muy preocupada por ellas, las lleva, las trae, las acompaña a clase de música...

—Si me permite un consejo de viejo, estimado Brian, le digo que no descuide a sus hijas ni las delegue en su esposa. Eso se paga caro, créame.

—¿En qué sentido?

—Yo descuidé a mi Rocío... —un silencio denso y unos ojos que ya no estaban mirando a Feller sino al pasado cambiaron la expresión de Alex y Feller pudo sentir el dolor de un viejo que, si bien se atrevía a involucrarse en un secuestro, estaba sufriendo desde hacía mucho tiempo, calladamente y hoy, sin saber por qué, se le estaba escapando una lágrima que lenta rodó buscando camino por una arruga. Luego, su mirada volvió al presente y terminó la frase—: Y ahora está muerta y no le puedo pedir perdón —y su mirada volvió a perderse en el tiempo y en la neblina del dolor.

Feller, desconcertado y sin saber qué decir, puso su mano en la de Alex a modo de consuelo o de pésame, no sabía. Fueron unos dos segundos y retiró su mano, autocensurándose, pero fueron dos segundos que nunca olvidaría, ni Alex tampoco.

—Tenía treinta y siete años, solo treinta y siete... —y ahora, Alex lloró sin control, con los ojos turbios mientras miraba directamente a Brian, quien, con los ojos vidriosos, no pestañeaba y petrificado, no atinaba a nada. Fueron varios minutos eternos y dos hombres, secuestrador y secuestrado, compartían la vida, en este caso, su cara triste.

Stan y Olga se miraban sin hablar, quizás para no romper el silencio mágico que estaba ocurriendo detrás del espejo y Stan pudo ver que la alegre Olga estaba llorando con sollozos cortos. Vieron a Alex que se levantó y fue al baño, a mojarse la cara y a sonarse, mientras Feller, olvidando el espejo, se tocó el corazón para disipar la pena y la angustia y suspiró hondo y largo.

Volviendo del baño, Alex comentó:

—Esta es la empatía de la que hablábamos, querido Brian, usted no solo sabe que mi hija murió, ha sentido de verdad mi dolor y eso, nunca lo olvidaré. Gracias, Brian, gracias.

—Gracias a usted, Alex, por compartir conmigo... —y sin saber qué más decir, Feller rellenó las copas de vino, simbolizando, sin proponérselo, un vínculo inolvidable.

–Salud, Brian, por usted, por sus hijas... y por qué no, por nosotros.

–Salud, Alex.

–Ahora disfrutemos estas maravillas de Olga: un puré picante y chuletitas de cordero al horno, con mostaza de campo y miel. ¡Vaya chef que tenemos!

Comieron en silencio para descansar del agotamiento que producen las emociones intensas, hasta que Alex compartió una reflexión:

–Somos una cadena –dijo haciendo una pausa–, generación tras generación estamos encadenados, para bien o para mal, y los humanos no aprendemos mucho. –Feller no estaba entendiendo para dónde iba el comentario, pero la siguiente frase se lo aclaró–. Yo también estuve enojado con mi padre y nunca se me ocurrió que pudiera sufrir por alguna acción mía. Creo que, si estuviera vivo, también le pediría perdón por mi indolencia... eso es lo que me enseñó la muerte de mi Rocío, creo.

Feller se mantuvo en silencio y en ningún momento quiso mencionar a su padre, aunque en esos momentos copaba su mente y sus emociones, de rabia y de algo que suponía tristeza, pero que no terminaba de manifestarse. Veinte años sin hablarse habían consolidado la distancia y Feller había creído, hasta ese momento, que lo había olvidado, que las críticas y las exigencias por fin habían desaparecido para siempre, más aún cuando su padre retornó a su país de origen, a sus malditos viñedos de Alpirsbach, cerca de la frontera de Alemania con Francia y con Suiza.

Todos los pensamientos que estaba teniendo Brian, Alex podía imaginarlos con precisión gracias a la minuciosa ficha que Finnley había elaborado, con santa paciencia, en casuales conversaciones con Ellen, mientras jardinereaba en casa de Feller. Sabía perfectamente del resentimiento que Brian tenía con su padre y también sabía del carácter difícil y exigente del señor Fellermann, de Nicolaus Fellermann, nombre que había modificado al ingresar a Estados Unidos por el de Nick Feller, dado que los judíos por aquel entonces eran unos simples inmigrados, como los italianos. Tampoco lo germano de Nicolaus le ayudaba mucho a tan solo dos años de terminada la Segunda Guerra Mundial. Nick Feller no tuvo otra alternativa que el transformismo étnico.

—Qué ricas estas castañas en almíbar, con nueces —comentó Brian intentando romper el silencio, pero Alex estaba en otra frecuencia:

—Rocío fue una de las víctimas de un acto terrorista, en Bagdad… ISIS, antes de que se independizaran de los talibanes. Y como comprenderá, Brian, no quiero nada con el terrorismo, más aún, estoy luchando para que no cunda.

—¿Y cómo?

—Creo que todos los esfuerzos por combatirlos a punta de misiles no han tenido ningún resultado. Aún más: muchos jóvenes europeos, hartos de su sociedad local, han sido reclutados para ISIS y entran por Turquía a los campos de entrenamiento. Por eso, estimado Brian, hay que ir a la causa y no a los síntomas. Eso lo sabe cualquier médico y debería saberlo cualquier político, ¿o no? —viendo que el plato de castañas ya estaba vacío, dijo—: ¿Nos tomamos un rico *espresso*?

—Me encantaría, Olga me conquistó con sus *espressos* al estilo italiano.

—A veces se me cruza la idea de que la existencia del terrorismo les conviene a algunos. Siempre es bueno, para mantener el control, tener un enemigo y eso sí que lo saben los políticos. El miedo vende, Brian. Y… ¡qué mejor que elegir un enemigo que, casualmente, tenga mucho petróleo, qué mejor! Y cómo todos quieren petróleo, todos votarán en la ONU por atacar a esos "fanáticos" islamitas, sin importar si son chiitas o sunitas, sin discriminar entre terroristas reales de ciudadanos como usted o yo, mujeres y niños. Si soy mal pensado, Brian, es porque soy viejo y he visto los aparatos del poder desde adentro.

—Parece película de Hollywood —dijo Feller, ya menos incrédulo.

—Volviendo al discurso falso, el que le escribí a Bush hijo: imagine qué habría ocurrido con "este" discurso visto en todo el mundo, en Occidente y en Oriente, por cristianos, musulmanes, la humanidad frente a un televisor, como así ocurrió con el agresivo discurso de ese 11/9. ¡Un llamado del país más poderoso a unirse mundialmente para erradicar la pobreza y con ello la causa del terrorismo y de muchas convulsiones sociales!

—Visto así, creo que George W. Bush se habría convertido, en ese instante, en el líder mundial. Nunca lo pensé de esta manera.

—Usted lo ha dicho y lo ha dicho porque es de sentido común, y no tiene ideologías involucradas, solo humanitarismo por una parte y eficiencia para derrotar al terrorismo, por la otra. ¿Impecable, no?

—Y, técnicamente, ¿es posible? –preguntó Feller como un alumno interesado.

—Absolutamente, Brian. Usted, como hombre de números, sume narcotráfico y venta de armas y ya tiene gran parte de la meta resuelta. Agréguele las cantidades de comida que se tiran al mar para mantener los precios; el despilfarro de combustible que incide en los precios, pudiendo usar energías que además de sustentables, abaratarían los costos de producción; y obviamente la farsa mundial en torno a la Bolsa, los bonos del Tesoro que no tienen respaldo, y todo eso que usted conoce de sobra. Solo piense que, si a usted le encargaran gerenciar al planeta Tierra, ¿no aplicaría eficiencia para que todo funcionara mejor?

—Pero yo soy un simple empresario, Alex.

—Por ahora, por ahora –dijo misteriosamente.

—¿Qué me está queriendo decir ahora?

—Mañana hablaremos de eso, ¿le parece?

—No me queda otra alternativa –dijo sonriendo.

—Dígame, Brian, ¿tendría suelo político el terrorismo si Bush hubiera leído "este" discurso y no el suyo?

—No. Técnicamente, no.

—Y la pregunta del millón viene ahora: ¿es posible que un acto, un solo discurso en su contexto adecuado, pueda desencadenar cambios en la historia de la humanidad?

—Sinceramente, no creo que de tal magnitud, aunque algo ocurriría, creo.

—Se equivoca, Brian. Son actos que en el momento de suceder parecen irrelevantes, pero que cambian el curso de la historia. Me basta recordar aquel día en que se desarrollaba una reunión del Politburó Soviético y Trotsky arremetía contra Stalin acusándolo de utilizar el cargo de secretario general para sus ambiciones personales de poder. Stalin, haciéndose el ofendido, dijo "renuncio" y se dirigió hacia la puerta, giró la manilla y, a sus espaldas, escuchó la voz de Trotsky diciéndole "pero, compañero, no se lo tome a mal, venga, siéntese".

Dos días después, dos días, Brian, Stalin mató al hijo de Trotsky y este tuvo que exiliarse en México, donde fue asesinado por el sicario catalán Ramón Mercader, el 21 de agosto del 40. Esa frase inocente de León Trotsky significó la muerte de 23 millones de personas y con ello, Joseph Stalin quedó en segundo lugar del ranking de atrocidades, después de un Mao con 78 millones de víctimas. No olvide, Brian, que Hitler también llegó al poder total por la ingenuidad de Hindenburg, al nombrarlo canciller en 1933, dejando 17 millones de muertos como legado. Un caso menos dramático, pero no por ello menos grave fue causado por la inocencia de Allende al confiar en Pinochet y si afinamos, por la inocencia de Allende respecto del señor Altamirano, que lo dejó sin suelo político en su mismo Partido Socialista. Inocencias caras, estimado.

—Y hay, según usted, algún acto positivo que desencadene cambios históricos de gran magnitud —dijo Feller, acusando implícitamente a Alex de pesimista.

—¿Le parece poco la crucifixión de Jesús? ¿Le parece nimia la cifra de 2200 millones de personas que hoy se declaran cristianas? ¿Un 31% de la población mundial? Noé con su arca nos salvó de la extinción, según dicen; Buda, sin el dramatismo de la muerte de Jesús, generó unos 200 millones de budistas o Mahoma, con 1322 millones de seguidores. Definitivamente, Brian, un acto sí puede generar cambios de magnitud. Yo los llamo "actos avalancha", basta tocar el punto preciso y se desencadenan, crecen y crecen, imparables.

—Me habla del terrorismo, de sus causas, de cambios y de avalanchas. ¿Adónde va, Alex?

—Solo hay que provocarlas, Brian. Me refiero a las avalanchas.

—Yaaaaa.

—¿Le gustaría provocar una?

Alex se puso de pie, dejando la silla en señal de que la conversación continuaría y sin esperar respuesta se dirigió a la puerta, pero antes de retirarse se giró y dijo:

—Ha sido una linda conversación.

—Ha sido el mejor día desde que me "invitaron" —respondió Brian Feller.

—Que tenga una buena noche —dijo Alex.

En la mesa quedaba un sobre cerrado, lo previsto por Alex para la noche del séptimo día de cautiverio. En el remitente decía "Susi y Pinky".

E-mail
De: Aum
Para: Alex

Mi estimado amigo, sé que estás de lleno en tu "Proyecto" y no quisiera interrumpirte, pero encontré algo interesante que dice relación con antiguas conversaciones que hemos tenido, tanto en Ítaca como en mi casa del acantilado. Algo de razón tenías cuando afirmabas que los cambios vendrán desde los poderosos y no desde las revoluciones o desde el terrorismo y, tampoco, desde nuestros representantes en la política. Leyendo a Byung-Chul Han, ese filósofo norcoreano que alguna vez te mencioné, me di cuenta de que tu teoría de la avalancha, que ya la pusiste en marcha, tiene una cierta lógica de acuerdo con el texto que te envío. Ya me contarás tus reflexiones después de leer estos párrafos que he seleccionado. Igualmente, debo insistir en que los cambios evolutivos en la cultura, en las sociedades es muy, muy lento y que ni tú ni yo veremos hasta en varias reencarnaciones futuras. Ahí va el texto:

> Para Karl Marx, el trabajo conduce a la alienación. El sí-mismo se destruye por el trabajo. Se aliena del mundo y de sí mismo a través del trabajo. Por eso dice que el trabajo es una auto-desrealización.
> En nuestra época, el trabajo se presenta en forma de libertad y autorrealización. Me (auto)exploto, pero creo que me realizo. En ese momento no aparece la sensación de alienación. De esta manera, el primer estadio del síndrome *burnout* (agotamiento) es la euforia. Entusiasmado, me vuelco en el trabajo hasta caer rendido.

> Me realizo hasta morir. Me optimizo hasta morir. Me exploto a mí mismo hasta quebrarme. Esta autoexplotación es más eficaz que la explotación ajena a la que se refería el marxismo, porque va acompañada de un sentimiento de libertad.

Coincido totalmente con esta distinción, me parece brillante. Sigue.

> ... hace hincapié en que la psico-política recurre a un "sistema de dominación que, en lugar de emplear el poder opresor, utiliza un poder seductor, inteligente (*smart*), que consigue que los hombres se sometan por sí mismos al entramado de dominación".
> Obviamente, la gente no puede aguantar ese estrés. Y cuando fracasa no responsabiliza a la sociedad sino a sí misma. Tiene vergüenza y se suicida. La crisis económica causó un choque social y provocó una parálisis en la gente.

> Asegura que el capitalismo huye hacia el futuro, se desmaterializa, se convierte en neoliberalismo y convierte al trabajador en empresario que se explota a sí mismo en su empresa. ¿No hay salida?

Complementando esto, agrego: el neoliberalismo está tan incrustado en el ADN de las sociedades, que luchar contra él significaría atentar contra uno mismo, una suerte de castración que nadie estaría dispuesto a hacer. ¡Cómo renunciar a algo que soy yo mismo! ¡El enemigo está adentro!

> Resulta que el sistema neoliberal es muy estable e inquebrantable. Nos sentimos libres mientras nos explotamos a nosotros mismos. Esta libertad imaginada impide la resistencia, la revolución. El neoliberalismo aísla a cada uno de nosotros y nos hace empresarios de nosotros mismos.
> Durante la época del Muro existía un enemigo con el que se estaba en guerra. Este enemigo ya no existe. Hoy la gente está en guerra consigo misma. Hoy estamos en una guerra sin muro y sin enemigo.
> ¿Se equivocó Orwell, como tantos otros visionarios? ¿El sistema se ha dado cuenta de que resulta mucho más fácil seducir que

obligar, encuentra voluntarios por doquier para convertirse con entusiasmo a la autoexplotación?

La técnica de poder del sistema neoliberal no es ni prohibitiva ni represiva, sino seductora. Se emplea un poder inteligente. Este poder, en vez de prohibir, seduce. No se lleva a cabo a través de la obediencia sino del gusto. Cada uno se somete al sistema de poder mientras se comunique y consuma, o incluso mientras pulse el botón de "me gusta". El poder inteligente le hace carantoñas a la psique, la halaga en vez de reprimirla o disciplinarla. No nos obliga a callarnos. Más bien nos anima a opinar continuamente, a compartir, a participar, a comunicar nuestros deseos, nuestras necesidades, y a contar nuestra vida. Se trata de una técnica de poder que no niega ni reprime nuestra libertad, sino que la explota. En esto consiste la actual crisis de libertad.

Vivimos en una sociedad que se concentra por completo en la producción, en la positividad. Se deshace de la negatividad de lo otro o de lo ajeno para aumentar la velocidad de la circulación de la producción y del consumo. Solo las diferencias que se pueden consumir están permitidas. No se puede amar al otro al que le han quitado la alteridad, sino solo consumirlo.

La cultura de lo desechable, las relaciones desechables, las parejas desechables, todo ello podría explicarse de acuerdo con lo anterior. ¿No te parece?

Hoy todo se convierte en objeto de rendimiento. Ni siquiera el ocio o la sexualidad pueden rehuir el imperativo del rendimiento. Pero el Eros supone una relación con lo otro, más allá del rendimiento y de las habilidades que se tengan. Ser capaz de no ser capaz es el verbo modal del amor. El estar en manos de alguien y la posibilidad de resultar herido forman parte del amor. Hoy se trata de evitar cualquier herida cueste lo que cueste.

En consecuencia, querido amigo, nadie va a rebelarse al neoliberalismo, salvo, como dices tú, que desde dentro se geste un cambio y para ello, tu teoría de la avalancha podría funcionar. Ojalá así sea. Te felicito por tu audacia. Un abrazo...

Aum

PD: Te recomiendo *La sociedad del cansancio* y *La agonía del Eros*, Byung-Chul Han.

Alex no pudo evitar una sonrisa de satisfacción. Al tiempo que se sintió apoyado por su amigo, le reconoció esa humildad intelectual que le permitía cambiar de opinión o al menos relativizarla sin sentir incongruencia, siempre abierto a sumar ideas, a integrar. Tanto le entusiasmó el *mail* de Aum que se prometió compartirlo con Feller, esa misma noche.

Iván parecía león enjaulado. Durante todo el día había rondado el computador de Stan para saber si Klaus había aceptado su propuesta. Imaginaba sus 10 millones de dólares, la cuota mínima que exige Mossack Fonseca en Panamá para abrir una empresa *offshore*, y desde ella ir retirando la rentabilidad para financiar sus operaciones. En sus rondas para ver si Stan iba al baño y nadie quedaba en la sala, Iván observaba a Alex conversando con Feller y aunque el audio de la grabación solo lo escuchaba Stan, podía ver, a través del espejo, que todo iba bien, que Alex parecía satisfecho con las reacciones del Invitado. Todo eso se iba a perder si Klaus hacía la transferencia y Alex habría fracasado en su última oportunidad en la vida, a sus setenta y dos años. Eran dos sentimientos contradictorios: o su movimiento revolucionario o el sueño de un viejo idealista intentando una utopía. Obviamente, más allá del aprecio que le tenía a Alex, había ingresado a Crisálida con claras intenciones de promover sus asuntos y no los de Alex. En los meses de preparativos, había tenido acceso a toda la información que manejaba Eve sobre los empresarios mundiales, sus corruptelas, sus colusiones, y ya manejaba el ranking de los elusores de impuestos más merecedores de ICIJ. Pero nunca sospechó que estaba a las puertas, casualidad mediante, de hincarle el diente a la presa por antonomasia: Bilderberg. Lamentando, de paso, que Alex saliera perjudicado. Tendría que esperar hasta mañana para confirmar su espectacular negocio con el enemigo.

Día 8

Un antropólogo propuso un juego a los niños de una tribu
africana. Puso una canasta llena de frutas cerca de un árbol
y les dijo a los niños que aquel que llegara primero,
ganaría todas las frutas.
Cuando dio la señal para que corrieran, todos los niños se tomaron
de las manos y corrieron juntos, después se sentaron juntos a
disfrutar del premio.
Cuando él les preguntó por qué habían corrido así, si uno solo
podía ganar todas las frutas, le respondieron:
UBUNTU,
¿Cómo uno de nosotros podría estar feliz si todos los demás están
tristes?

Lo había leído varias veces antes de dormir, y esta mañana una vez más. El texto había conmovido a Feller y le fue inevitable no relacionarlo con Susi y con Pinky, tal como Alex quería que ocurriera cuando escribió sus nombres en el remitente del sobre. En la pantalla de sus recuerdos, vio a sus dos hijas felices compartiendo un juguete e inmediatamente pudo ver lo contrario: '"Papá, dile a Pinky que me devuelva mi juguete'. Susi me estaba pidiendo que arbitrara una situación insostenible para ella, inundada en rabia, reclamando justicia y yo, sin pensarlo, respondía siempre con una naturalidad que ahora me asusta: 'Vamos, Pinky, devuélvele su juguete, juega con los tuyos. Nunca se me ocurrió el UBUNTU, nunca. Por qué de niños somos tan generosos y de adultos se nos olvida", pensó con cierta tristeza. En ese momento, llegaba su desayuno, ya tradicional de ese secuestro cinco estrellas, acompañado de una fuente de frutas con un post-it pegado a una manzana roja que, con letra infantil, decía "UBUNTU es posible".

—¿Sabe por qué nuestros hijos no practican el UBUNTU, estimado Brian? —Apenas abrirse la puerta, Alex lanzó la pregunta inaugurando el octavo día y la continuación de la conversación de ayer, y agregó—: Si me permite, Brian, vengo a compartir el desayuno con usted. ¿Cómo durmió?

—Usted, Alex, me sorprende sistemáticamente y me lleva a recorrer su parque de atracciones sin dejarme muchas alternativas. Es obvio que su texto UBUNTU viene con doble sentido y que la relación a la que me induce con mis hijas no es casualidad.

—No me ha contestado la pregunta, Brian: ¿por qué nuestros hijos no practican el UBUNTU? ¿Será que se trata de manzanas en África y de tablets en Seattle?

—No se mofe, Alex, no soy tan burdo. Todos los niños nacen generosos y luego se ponen egoístas...

—Pero los niños africanos no se pusieron egoístas... ¿me comprende?

—Es otra cultura, son diferentes...

—¿Y es mejor o peor, Brian?

—Es que tienen tan poco que no les queda otra alternativa que compartir ese poco...

—¿Me está diciendo entonces, estimado, que la abundancia trae el egoísmo?

—No sé, pero cada cual puede tener lo suyo...

—¿Como Susi y Pinky? ¿Son suyos esos juguetes o usted se los dio con título de propiedad implícito?

—Yo se los asigné, por supuesto, para que no se peleen y también para demostrarle a cada una que las quiero por igual.

—Lo que le estoy escuchando, Brian, es que usted les enseñó todo eso...

—Bueno, ellas se esfuerzan por sacar buenas notas, por ser las mejores y eso, creo yo, Alex, merece un reconocimiento, ¿no?

—¿Un bono?... Disculpe la ironía empresarial, Brian. Es decir: esfuerzo, logro, premio, la ecuación perfecta.

—¿Y cómo si no?

Alex sabía que esa era la ecuación perfecta de un empresario y que desde esa creencia era altamente difícil visualizar otra forma de vivir la vida. Por el momento, el concepto UBUNTU, en la mente de Brian, ya no era asunto de niños o adultos, sino un fenómeno cultural, aunque impensable para la sociedad moderna en la que Feller vivía. Era el momento para preguntarle por la foto que puso en el sobre. Para Finnley no había sido fácil obtener esa foto en blanco y negro, ya degastada por la historia y por su encierro en un álbum familiar que nunca se visitaba: allí estaba, delante de unas barricas de vino, un hombre de unos cincuenta y tres años, manos en jarra, con el mentón altivo, desafiante mirada y un mostacho prominente, un ario orgulloso que vestía un traje negro y una corbata que solo cubría la necesidad de parecer respetable en tierra ajena. Evidentemente, Nicolaus Fellermann se mostraba como todo un ejemplo de esfuerzo y tesón, digno de transmitir a su hijo Brian. Con sus nueve años y una flacura que nadaba en unos pantalones pata de elefante, Brian no estaba preocupado de la cámara ni de proyectar una imagen que, por cierto, no tenía, sino de sentirse junto al padre, esperando que le devolviera esa mirada de admiración que le dedicaba, mirando de abajo hacia arriba, mientras su brazo se trenzaba con el de su padre sin que él lo notara. Era una foto bellísima, que ilustraba, en una síntesis magistral, al inmigrante esforzado y a una nueva generación que de seguro seguiría sus pasos, instalando a un pequeño Fellermann en la construcción de una nación poderosa.

—No fue fácil obtener la fotografía —comentó Alex, esperando algún comentario, aunque sabía que era poco probable después de lo que había visto anoche, tras el espejo, poco antes de retirarse a descansar: Feller había abierto el sobre, sacado los papeles UBUNTU y la foto, vista de reojo, puesta boca abajo. Luego leyó varias veces el texto y se quedó largo rato completamente inmóvil, sumido en el recuerdo de sus hijas y en su propia infancia. Poco a poco, una tristeza se apoderó de su alma como una niebla que avanzara inexorablemente y sin piedad cubriendo la inocencia de un niño de nueve años, un niño lleno de sueños que, sin saber ni por qué ni cómo, se sintió rechazado, como si su esencia no fuera la adecuada, obligándolo a sonreír, por si acaso era eso lo que se esperaba de él. Alex observó que Feller tomaba la fotografía y tras unos segundos de duda, la giró y, sin fijarse en el niño, miró a Nick Feller de frente, largo rato como en un duelo y la acercó a sus labios, y lo besó con delicadeza y timidez. Sus labios deletrearon la palabra "papá", como pudo descifrar un Alex que estaba pensando en su propio padre. Los veinte años sin verse se hicieron añicos y Brian pudo sentir la tela de la chaqueta de su padre y un dejo de los aromas a odres y a corchos. Y lloró quedamente, guardando su tristeza como un secreto sellado con lacre. Cuando Alex comenzó a sentir que invadía la intimidad de aquel empresario exitoso, viéndolo como un niño triste, y se disponía a retirarse, vio que Feller rompía la foto en dos e iba a la papelera del baño a dejar a su padre, sepultado en un olvido imposible.

Preguntarle por la fotografía no era asunto fácil y menos enfrentar ese ceño fruncido que se activó no más escuchar la palabra fotografía:

—¿Recuerda que ayer le mencioné a mi hija Rocío? Nunca fui lo suficientemente explícito para decirle que estaba orgulloso de ella...

—Mi padre nunca estuvo orgulloso de mí, Alex, para que lo entienda.

—Quizás...

—Nunca, nunca, Alex. Siempre exigiendo más y más, que me esforzara...

—¿Como Susi y Pinky? Y entonces usted las premia, como no lo hizo su padre.

—Es un maldito cabrón, Alex. ¿No le basta tenerme secuestrado, para que además se meta en mi intimidad? Es un desgraciado de mierda... un amargado y no me hable de su hija, hágase responsable de sus cagadas y no las mezcle con las mías. Viejo resentido.

"Solo le faltó decirme que soy un fracasado", pensó Alex, golpeado por las palabras de Feller. Optó por disculparse:

—Lo siento mucho, Brian, lo siento de verdad. Todos los humanos somos tan frágiles y tan necesitados de cariño, de reconocimiento y nos pasamos buena parte de la vida disimulando como estúpidos, llenos de razones razonables que da pena. Discúlpeme por favor.

Feller suspiró profundo y con un gesto sincero, aceptó la disculpa.

Se entreabrió la puerta y el murmullo de Stan llegó a Alex con claridad: "Jefe, jefe, venga urgente, por favor".

—Mire, jefe —dijo Stan en tono de secreto de alto estado.

"Transferencia realizada.
Ahora cumpla su palabra, indíqueme dónde está Brian Feller".

Alex quedó desencajado y no tardó en tomar consciencia de lo que estaba ocurriendo:

—Tenemos un traidor en Crisálida —y Stan hizo unos pucheros de pura incredulidad.

La mente de Alex recorrió a cada uno, imaginándolo traidor y simultáneamente iba descartando hasta que se detuvo en un nombre. Afortunadamente, pensó, esta tarde lograremos la conversación clave con Feller y solo deberemos esperar su respuesta.

Aquella tarde, del octavo día, Brian Feller estaba inquieto. La expresión de Alex cuando en la mañana recibió ese papelito a través de la puerta entreabierta, era muy elocuente: "no son buenas noticias —dedujo Brian—. ¿Quizás hayan sido detectados y vengan a rescatarme o quizás sean noticias de Ellen?". Descartó que fueran de Ellen porque la expresión de Alex se acercaba más a la rabia que a la preocupación e inmediatamente dudó si el potencial rescate vendría por parte de la policía o de la gente de Klaus. Optó por preguntar apenas viera a Alex, quien abría la puerta trayendo una bandeja con té y unos bizcochos que Olga había preparado. Pero no alcanzó a preguntar, ya que apareció en escena una mujer vestida de negro.

—Estimado Brian, le presento a Eve, nuestra experta en cosas feas. ¿Tomamos un té?

—¿Hay malas noticias?

—Nada que a usted pudiera preocuparle.

Tras los saludos de mano, Eve entró de lleno en un monólogo que no iba dejando dudas de que era una experta en temas de evasión de impuestos, de lavado de dinero, de colusiones, de abusos, de estafas piramidales o las Ponzi, en definitiva, de cosas feas, como le llamaba

Alex a todo lo que pareciera o fuera corrupción. Feller escuchaba con una atención inusitada y perplejo por el nivel de profesionalismo de esta defensora de la justicia.

—A Eve han intentado comprarla algunos poderosos, pero no afloja, continúa tejiendo la telaraña y sus investigaciones, apoyadas por un creciente número de informantes, son de una contundencia notable. De modo que considero un honor que esté acompañándonos en esta conversación, estimado Brian, un honor.

Según lo planificado entre Eve y Alex, el monólogo tenía dos objetivos muy claros: que Feller dedujera, aunque Eve no lo mencionara, que su historia con el señor Slimer era algo feo. Y Feller ya había entendido el mensaje y ahora estaba a la espera de la extorsión consecuente, pero esta no venía. Para dar paso al segundo objetivo, Alex interrumpió a Eve:

—No interesa el pasado, Brian, ya pasó. El futuro es nuestro objetivo.

—Y, entonces, ¿para qué estamos hablando del pasado de uno y otro empresario? —Feller contraatacó para despejar su incertidumbre.

—Solo para hacer un mapeo sistemático, realista, de los empresarios y la economía.

—Parece una autopsia —bromeó Brian, algo más relajado—. Con lo que describe la señora Eve, incluso sale mal olor.

—Efectivamente, querido Brian, apesta.

—Y ¿qué tengo yo que ver en todo esto?

—¿Recuerda lo que le comenté sobre la avalancha?

—¿Que yo, como empresario, desencadene una avalancha?

—Mire, Brian, si usted revisa la historia podrá comprobar que la Economía y el Poder, ambas con mayúsculas, han ido siempre de la mano. En ese entendido, postulo que, si promovemos una economía solidaria versus una economía abusiva, deberemos hacerlo desde el Poder y no desde afuera. El Poder es poderoso y siempre se resistirá, pero si el Poder cambia su signo, desde adentro, se transformará, poco a poco, en un poder protector.

—Y ¿es posible, según usted, Alex?

—Si usted observa, Brian, podrá ver que hay múltiples iniciativas que están hablando de la necesidad de un cambio. Hay jóvenes emprendedores que están construyendo nuevas formas de hacer empresas, la Empresas B por ejemplo, porque ya no quieren insertarse en las empresas tradicionales. La empresa pequeña, audaz y moderna se está abriendo paso entre los mastodontes. Pero ¿qué pasará cuando esas empresas quieran crecer más y más? ¿Van a entrar en pugna con las grandes o las grandes fagocitarán a las pequeñas? Esta pregunta es legítima, Brian, en la medida en que los pequeños están haciéndose un espacio en el mercado, con mayor o menor éxito, pero es el mercado de siempre, con nuevos actores.

–Si entendí bien: 1. Cambio desde adentro. 2. Economía solidaria. 3. Avalancha –sintetizó Feller, en su afán ejecutivo de siempre.

–Usted es la avalancha, señor Feller –apuntó Eve, intentando cerrar un compromiso–. Usted puede hacer algo de tal magnitud que a los no poderosos les tomaría siglos, quizás guerras o estallidos sociales imparables. Piense usted que si no hay un cambio de paradigma, surgido desde el poder, el terrorismo será cada vez peor y cada vez más sofisticado. Viviremos en una sociedad abundante, obscenamente desigual, pero bajo el imperio del terror.

–Todo un retroceso evolutivo, querido Brian.

Feller se mantuvo en silencio, mientras Eve y Alex se concentraron en servir más té o en usar la cuchara para atacar al volcán de chocolate que ya comenzaba a solidificarse. Eran segundos de suspenso, a la espera de una respuesta o algún comentario que diera luces sobre el éxito o fracaso de toda la Operación Crisálida. Pero el silencio se hizo insoportable para Alex:

–Formalmente, Brian, queremos pedirle que usted desencadene la avalancha. Queremos que el empresario, exitoso, dé el ejemplo en sus empresas, promoviendo la economía solidaria, queremos que sus empresas apadrinen a otras pequeñas, queremos que su voz llegue a todos los economistas, estudiantes, que un libro aporte todo el sustento técnico para demostrar que todos ganan, en fin, Brian, que usted lidere las nuevas ideas.

Feller continuó en silencio. Alex se puso de pie, impulsado por la dignidad que otorga la edad y, acto seguido, Eve hizo lo mismo.

–Piénselo, Brian. Hacerlo es un desafío de los grandes y la recompensa, inimaginable. Hacer historia no tiene equivalente en dinero.

Mañana hablamos y le reitero que, de negarse, usted volverá sano y salvo a su casa y continuará la vida como si nada hubiera pasado. Es muy probable que tenga más éxitos económicos y quizás llegue a suceder a Klaus Wander.

Eve y Alex salieron de la habitación con una densa sensación de frustración y, sin hablar, pudieron darse cuenta de que ambos estaban desolados, temiendo lo peor. Al cerrarse la puerta, otra realidad esperaba: Crisálida tenía un traidor.

Día 9

La noche del octavo día, Alex tuvo dos grandes preocupaciones: qué respondería Brian Feller a la propuesta que le había hecho y, segundo, cómo descubrir al traidor o traidora de la Operación Crisálida. Sospechaba de Iván por algunos comentarios de esos días, por su discusión en el departamento de la rue Jacob, ese día en que le fastidió la siesta, desconfiaba también porque Romina, con su olfato de sabueso, lo tenía entre ceja y ceja. Pero Alex, y aunque su nombre significara sin ley, A-lex, se había formado en una ética que nada tenía de moralina, sino de un deber ser propio de la gente correcta, con principios y no iba a ser esta la ocasión para transgredirse a sí mismo: debía tener pruebas tangibles de la traición antes de tomar medidas drásticas, pero justas. Solo contaba con Stan para atrapar al traidor al tiempo de no generar pánico en el equipo. Por instrucciones de Alex, Stan no dejó ni un segundo su computador solo, incluso se aguantó de ir al baño mientras Alex conversaba con el Invitado. Con el pretexto de que esa noche se cerraba una etapa y que al noveno día tendrían un sí o un no de Feller, convocó a todo el equipo a cenar juntos en el búnker mágico, salvo a Finnley que seguía de viaje. Inició la cena con una escueta aclaración, que le pareció atingente y que preparaba los ánimos por si Feller daba un definitivo no:

—Si mañana nuestro Invitado se niega a participar en nuestro Proyecto Crisálida, deberemos cumplir con nuestro compromiso y dejarlo ir a su casa y, obviamente, nuestro equipo se disuelve. Tengo la certeza de que Feller nunca denunciaría a Olga, porque se enamoró de sus comidas y de ella también; ni a Eve, a quien demostró gran respeto profesional en la conversación de ayer y tampoco denunciaría a este viejo iluso. Los demás, son desconocidos para él.

Alex pudo imaginar con certeza absoluta que su comentario sobre la liberación posible de Feller habría inquietado a Iván, si es que era el traidor, porque significaba que su negocio fallaría y K lo perseguiría por mar y tierra hasta encontrarlo, dinero y relaciones no le faltaban, rabia tampoco. El traidor aún no sabía que la transferencia de los 10 millones de dólares había sido realizada y la ansiedad por saberlo antes que Feller dijera que no se incrementaba por minutos. En caso de confirmar la transferencia, el traidor intentaría retener la salida de Feller para dar tiempo al rescate que K pretendía. Con la experiencia de Alex, ganada en épocas de clandestinidad, podía prever el nerviosismo disimulado de un Iván que poco hablaba durante la cena. Ni siquiera comentó los espagueti carbonara, su plato preferido y por el cual siempre había felicitado a Olga. Su silencio lo hacía aún más sospechoso, sin embargo, Alex quiso dejar jugada una carta para usarla al día siguiente:

—Todo está saliendo perfecto. Estoy orgulloso de cada uno de ustedes, de la dedicación, del profesionalismo y de la lealtad que han demostrado en estas circunstancias, en que todos arriesgamos la vida o la cárcel, gracias —Alex hizo una pausa teatral, larga y recorriendo los rostros de cada uno hasta detenerse en el de Iván—: Pero hay algo que me preocupa —Iván miró sus espaguetis—, que no deja de preocuparme... el Mexicano —remató, para alivio de Iván, no solo porque comprobó que Alex no sospechaba nada de él, sino porque del Mexicano se estaría ocupando, suponía, la Sureté Francesa.

Alex había jugado sus piezas, había generado ansiedad en el traidor para meterse en el computador de Stan y confirmar la transferencia y, a la vez, había demostrado total desconocimiento de una posible traición. "Perfecto —se dijo—, la estrategia de hacerse el idiota siempre funciona".

Durante un buen rato, se estuvieron riendo de Olga y su peluca arrastrando un carrito de pasteles con un alto empresario dopado y desnudo adentro. "No haber hecho fotos", decía Bert, mientras Zelig se mofaba del guardaespaldas de Feller, incapaz de darse cuenta de que secuestraban a su jefe frente a sus narices.

—Anécdotas hay —decía Garret— y todavía faltan varias como la separación de Feller de su señora esposa para fugarse con Olga a una isla lejana, probablemente a las Seychelles...

—O la de Garret excomulgado por el papa Francisco por meterse al Banco Vaticano, con ayuda de Bitman, a pedir un "préstamo"...

Fueron las típicas bromas de oficina, de aquellas que no hacen gracia a nadie, salvo a quienes las han vivido. Tras el postre, Alex dio las buenas noches deseando que Feller aceptara mañana.

—Siendo las 22.30, se queda de guardia Stan —dijo con tono firme, casi militar.

—Jefe, y puedo salir un ratito corto, una media hora, tengo un *quickly* que me espera a unas tres manzanas y vuelvo. ¿Hay problema?

—Mi querido Stan, usted sabe que el Invitado no puede quedar solo ni un minuto de modo que...

—Yo lo reemplazo ese rato. Se merece su rapidito después de tanto trabajo —dijo Iván, haciéndose el casual.

Cada uno se fue a dormir y sin que lo notaran, Alex y Stan entraron al Café Milou con la esperanza de obtener la prueba de la traición: Stan había instalado una pequeña cámara escondida que enfocaba su computador y que estaba transmitiendo en directo al laptop de Alex. Pudieron observar que Iván hacía un poco de tiempo por si alguien volvía y al comprobar que estaría totalmente solo, se sentó en la silla de Stan y abrió el *e-mail*. Alex y Stan pudieron leer con claridad el mensaje en la pantalla, el mismo que ya conocían:

"Transferencia realizada.
Ahora cumpla su palabra, indíqueme dónde está Brian Feller".

La transmisión no tenía sonido, pero pudieron deducir que los puños arriba, como fan futbolero, celebraban la transferencia como el mejor gol que había anotado en su larga carrera como captador de fondos para su revolución. Luego vino un puñetazo en la mesa, difícil de interpretar, pero quizás Iván estaba maldiciendo a K por lo explícito del mensaje, pudiendo haberse limitado a un simple "OK".

—Seguramente Iván se alivió —dijo Stan—, al deducir que hasta ese momento nadie había leído el e-mail de K.

—Lo tenemos —dijo Alex, satisfecho por la trampa que le tendieron y al mismo tiempo muy alterado por la traición.

—Todo grabado, jefe.

—Ya, desconéctale todo para que no pueda mandar ningún mensaje.

En la pantalla comenzó a escribirse el texto que Iván pretendía enviar:

"Entrega mañana a las 11,...

—Desconecta, Stan, ¡por Dios!

—No puedo, jefe, algo pasó...

... en Rue Poinsot s/n...

—... Mierda, está dando nuestras coordenadas, corta, Stan, corta la comunicación por favor...

... entre Café Milou y tienda Dia%,...

—Nunca me había pasado algo así —se disculpaba el famoso hacker Bitman, viviendo su primer error, que podría costarle la vida a todos.

... fondo pasillo chalet interior...

—Entra al búnker, Stan, y lo interrumpes, pero no te des por enterado, anda, anda.

... No hay portería"...

alcanzó a escribir Iván. Apenas sintió ruido en la puerta, cerró el computador, se puso de pie y con la respiración agitada, preguntó:

—¿Qué pasó, Stan, que volviste tan rápido, o tus *quickly* son así de rápidos?

—Ya puedes irte, Iván, déjame solo con mi frustración sexual, gracias por el reemplazo.

Desde el Café Milou, Alex vio pasar a Iván y desaparecer por la rue du Maine.

Klaus Wander se había retirado temprano a su habitación para ver *Games of Thrones* desde la cama, bajo un grueso edredón de plumas de ganso, para no contagiarse del frío medieval que transmitía la serie. Lo épico le daba nuevas ínfulas y podía sentir el placer del poder y del enfrentamiento por causas nobles, aunque a veces las causas no eran tan nobles y debían justificarse con la defensa del honor u otra virtud esquiva. Antes de dejar el salón y dar las buenas noches a su halcón embalsamado, calculó que ya habían pasado dos días desde que había hecho la transferencia a ese traidorcillo de mala muerte y aún no tenía la dirección de donde estaba Feller. Quizás ya lo habían ajusticiado y eso le evitaba tener que asumir la decisión final o quizás lo habían dejado abandonado, Dios sabía dónde, y se habían largado con los 10 millones de dólares; o ¿los terroristas habían descubierto al traidor y se lo habían echado? ¡Fuera a saber uno! Solo quedaba esperar rezando en que no publicara la lista de los 100. Había tomado algunas precauciones al respecto: cambiar todas las claves, encriptar de nuevo, poner más filtros y tener preparada unas instrucciones alertando a los 100 si las cosas escalaban saliéndose de control. No alcanzó a terminar el capítulo y ni siquiera Daenerys Targaryen logró mantenerlo despierto. Roncó farfullando frases inconexas mientras defendía su trono con ferocidad. Estando en la colmena de su castillo, dirigiendo la defensa, Klaus escuchó una voz lejana que le pareció conocida y ajena al combate.

—Señoooor, disculpe que lo despierte...

Klaus emergió del edredón, transpirado por las plumas de ganso o por la refriega, no sabía, y vio a Boris con una bata a rayas azules sobre un fondo burdeos y no pudo retener su pensamiento: pareces Messi con ese uniforme del Barcelona.

—Disculpe, señor, que no me haya vestido adecuadamente, pero la situación no podía esperar. Nuestra gente debe estar en París a las 11 y ya son las 3.10 de la madrugada.

—Convoque a...

—Ya cité a Erikson y sus hombres para que vengan de inmediato. Están preparando sus cosas, me refiero al armamento *ad hoc*, señor.

—¿Se llevará a Wolff? Y si lleva a Zoltan que lo mantenga a raya que ese es muy temperamental.

Boris pasó el papel y dijo: ya les marqué la ruta más expedita y solo queda que usted les indique la coartada, por si algo falla, Dios quiera que no, señor.

A las 5, el comando de Klaus salía rumbo a París para volver el sábado por la noche. Aún no había amanecido y, según Boris, debían llegar justo a tiempo para ejecutar al que el jefe llamó "el secuestrado traidor", sin mencionar nunca el apellido Feller.

—Mañana debemos abandonar el búnker antes de las 11 de la mañana —fue lo único que dijo Alex después de un largo silencio, mientras Romina le servía un calvet y luego de tres sorbos, agregó—: Confirmado: Iván nos traicionó.

—¿Y por qué abandonar el búnker si ya lo descubriste?

—Bitman falló por primera vez en su carrera de hacker...

—¿Qué hizo?

—Precisamente es lo que no hizo, no cortó la comunicación e Iván logró enviar nuestras coordenadas. Llegan a las 11 a rescatar a Feller o a matarlo o a matarnos, todo puede ser.

—Los citaré a todos a las 8 para que desalojemos los equipos, borremos huellas, dejemos vacío, antes de las 10.30 y te llevas a todos a Versalles, como le pusiste ese día que insististe en tener un lugar alternativo donde replegarse, gran estratega, mi querida Romina, gran idea... Versalles, buen nombre, muy palaciego. Y lo mejor es que solo tú sabes dónde está.

—¿Les contarás sobre la traición de Iván?

—No. Argumentaré que el Mexicano nos viene pisando los talones...

—¿Y tú qué harás con Iván?

—Le pediré que se quede conmigo en París, para desenmascarar al Mexicano, le mostraré la grabación que le hicimos con Stan y le dejaré ir.

—Pensé que querrías vengarte...

—Lo pensé, pero me acordé de Aum y desistí. Menudo karma que se echó encima el miserable de Iván. Además, las buenas venganzas toman tiempo y yo no lo tengo. Mañana, entonces, te los llevas a todos a Versalles, incluido Feller, acepte o no nuestro proyecto, y yo llego en la tarde. ¿Ahí pensaremos qué hacer, te parece?

—Me parece y también me parece que duermas, ya es muy tarde y no debes insistir con el calvet, debes estar muy bien mañana, mi secuestrador favorito.

Eran las 5 de la madrugada y Alex no lograba dormir: una retahíla de pensamientos se atropellaban, buscando prioridad, a manotazos con las emociones que los opacaban. Debía pensar en cómo hacer la salida perfecta del búnker, pero las ráfagas de rabia por la traición de Iván golpeaban sin compasión. A ratos, se contentaba argumentando que Emiliano Zapata, Madero, Pancho Villa y hasta el mismísimo candidato presidencial, Colosio, habían muerto a causa de la traición de sus respectivos mejores amigos. Eso pensaba, pero a los pocos minutos se desdecía: no soy ni famoso ni estamos en México. Maldito Iván. Repentinamente se le ocurrió una idea e inmediatamente llamo a Stan al búnker:

—Bitman, escucha. Manda un mensaje a K como si fueras Iván, diciendo, anota, anota: "Posponer rescate para siguiente día misma hora. Imprevisto. Ya daré detalles. Confirmar recepción".

—Genial, jefe. Me sentiré menos culpable de haber fallado. Lo mando ahora mismo, son las 5.08. Cuando K confirme recepción, le aviso.

—Acabo de convocar a todo el equipo Crisálida a las 8 en el búnker, por si acaso debemos desalojar. No te duermas, Stan, no te duermas.

Calculando el viaje desde casa de K hasta el búnker, una cinco horas y media, estaba al filo de la partida del comando, justo a tiempo para detenerlo, pero... ¿si no leían el mensaje a tiempo?

El noveno día, noche incluida, se había esfumado solucionando imprevistos sin poder cumplir con el plan trazado. Podía imaginar a Feller, desconcertado porque debía dar una respuesta a Alex, pero nadie acudió para escucharla. "A primera hora debo salir de esta gran incógnita e inmediatamente, según sea un sí o un no, debo tomar decisiones", concluyó.

Día 10

Miércoles, 8 a. m.

"Voy a hablar corto y preciso", con esta frase comenzó el décimo día. Una citación a medianoche para reunirse de urgencia a las 8 de la mañana, había creado una tensión incluso superior a la del día del secuestro. Un silencio denso servía de marco al dramatismo que todos intuían, se veía venir. Con los ojos más abiertos que de costumbre, los ocho estaban expectantes. Iván intentaba controlarse para no delatar su traición; Stan disimulaba que estaba al tanto de todo; Romina oficiaba de primera dama y, en consecuencia, sabía, y los demás, simplemente, no entendían qué estaba pasando.

—Han dado con nuestro búnker —dijo Alex mirando a Iván, quien se vio obligado a disimular, preguntando:

—¿Qué te hace suponer eso, Alex?

—No es una suposición, es un hecho. Tenemos una hora máximo para evacuar y no dejar ni un solo rastro...

—Tooooodo —dijo Olga.

—Las ollas y los platos se quedan, pero sin huellas. Todo lo demás fuera: computadores, carpetas, todo.

—¿Y cómo sabes que nos descubrieron? —pregunto Zelig, mientras Iván se puso de pie, con actitud instintiva de huir apenas Alex lo señalara.

—No les daré detalles ahora, pero por respeto a todos ustedes, solo diré una palabra y entenderán: … mexicano.

Iván se sentó y aspiró hondo, mientras Stan disfrutaba del susto que Alex le había propinado al traidor.

—¿Y el señor Feller? —preguntó Bert.

—Romina los llevará a todos a una casa de seguridad, incluido Feller, bajo la responsabilidad de Zelig, por supuesto. Iván y yo nos quedaremos para intentar capturar al Mexicano y obtener información para saber qué deberemos hacer en los próximos días. ¿Entendido? Mientras empacan, conversaré con Feller para saber si aceptó o no nuestro Proyecto Crisálida, la respuesta que hemos esperado estos diez días. Los que sean católicos que recen y los que no, también. ¡A trabajar!

8.33 a. m.

—No acepto su invitación —dijo Brian Feller no más vio entrar a Alex— y espero que respete su promesa de dejarme ir a casa.

—Soy una persona de honor, estimado Brian, y le digo estimado porque en estos diez días he aprendido a estimarlo, incluso me he sentido como un padre, aunque le parezca ridículo que un secuestrador le tome cariño a su víctima...

—Por eso, me ha sido difícil decidir. Por momentos, pensé que me estaba sucediendo lo mismo que a Patricia Hearst con sus raptores, el famoso síndrome de Estocolmo, que me estaba pasando a su bando, Alex...

—Usted no es Patricia Hearst, hija de un magnate; no estamos en 1974; ya no tiene diecinueve años y yo no soy un miembro del Ejército Simbiótico del cual usted pudiera enamorarse, pero entiendo que dudara y no se imagina lo que lamento su decisión.

—Debo decirle que he visto el mundo desde un ángulo que jamás lo hubiera visto si no fuera por su "invitación". Concuerdo, ahora, con la idea de una economía solidaria, con UBUNTU, concuerdo también con que el sistema al que pertenezco siempre tendrá el poder para no ser desplazado del control de la economía y también de los gobiernos, en todo eso creo ahora, gracias a nuestras conversaciones, pero...

—¿Cuál es el pero, entonces?

—Francamente, Alex..., no me siento capacitado para una misión tan grande y, debo confesarlo, también tengo temor a represalias contra mi familia...

—Usted está perfectamente capacitado para liderar este nuevo enfoque de la economía, tiene prestigio, es exitoso y lo más importante: cree en UBUNTU.

—Pero...

—Solo tiene que garantizarle a los Bilderberg que no los delatará y eso puede quedar por escrito en la entrevista que le hará, si acepta, Bjorn Thomasson que viene en camino desde Estocolmo. Él le pedirá los nombres de los Bilderberg y usted se negará, argumentando que todo eso quedó atrás en su vida y que hoy, tras una profunda reflexión, quiere impulsar con toda su energía una Nueva Economía Solidaria Global. ¿Qué le parece? En caso de que cambie su decisión, por supuesto.

—Usted, Alex, es un viejo zorro, debo admitirlo.

—¿Ha pensado, Brian, por qué Klaus Wander lo postula como su sucesor? ¿Usted cree que se retirará algún día o que, en caso de su muerte, será usted el elegido? Ni lo sueñe, Brian, Klaus elegiría a un político y no a un técnico para continuar su obra orientada a un Orden Mundial. ¿No cree?

Hasta el momento, Alex no había recurrido a este tipo de argumentos destinados a socavar la confianza entre Feller y Wander, pero ante la negativa de Brian, no quedaba otra alternativa, se dijo, sintiéndose un viejo manipulador.

—No, Alex, definitivamente no. Debo agradecerle que haya cuidado de mi familia, de haberlo conocido, de las comidas de Olga, de obligarme a tener tiempo para mí, para recordar, para valorar, en fin, gracias, Alex.

Era el punto final de la Operación Crisálida. Un fracaso más, como se lo enrostró Rocío, uno más. Aum también se lo había advertido: "No lo hagas, Alex, no podrás contra la esencia de ese empresario, su naturaleza es competir, ganar y en ese ganar no tienen límites, nunca se sienten lo suficientemente reconocidos por sus acciones, no seas porfiado, Alex, estás arriesgando tu vida y la de todo tu equipo, ¿que no te das cuenta?". Las palabras de Aum se hicieron presentes, dándole la razón, como siempre. En aquella larga conversación, Aum le advirtió que el cambio que Alex esperaba de Feller, que esa oruga tomara consciencia de que era potencialmente una mariposa y que luego se transformara, solo podría ocurrir si se daban dos condiciones: que Feller pudiera vislumbrar un reconocimiento mayor y diferente del que estaba teniendo como empresario o bien que se sanara del sentimiento de rechazo que sentía de su padre. "Para la primera alternativa, se negará —dijo Aum—, porque teme fracasar y eso no puede permitírselo su propia psique y, para la segunda, la de la sanación, se opondrá porque está lleno de rabia contra su padre. Amigo Alex, no soy pájaro de mal agüero ni tampoco adivino, solo te estoy transmitiendo todo lo que he investigado sobre la Tipología de Personalidad 3, la de todos los Feller del mundo".

Alex sintió el peso de la realidad y se entregó como animal herido. "Solo debo cerrar todo esto con dignidad", se dijo.

—Brian, he sido traicionado y debo salvar a mi equipo y a usted. Debemos desalojar este lugar e irnos a una casa segura, ahora mismo. Desde allí, organizaremos su regreso a casa. Todo lo que le pido es que no denuncie a mi personal, que conocerá como consecuencia de nuestra apresurada salida. Usted ya ha visto a Olga y a Eve. Todas son buenas personas. Debo decirle también que estos diez días han sido grabados para demostrar, en caso de, que lo hemos tratado bien. Ahora le traerán ropa de paisano y luego salimos. Me deja triste, Brian, y reconozco que mis expectativas me ganaron, una vez más.

Ya estaban frente al edificio de seis pisos en cuyas entrañas estaba el "secuestrado traidor". Los cinco hombres habían viajado desde la madrugada y estaban agotados y tensos. Boris los había convocado de urgencia para presentarse en el salón de Klaus Wander a las 3.10 de la madrugada, algo completamente inusual en esos parajes tranquilos. "Debe ser algo muy importante", comentaron entre ellos mientras se acercaban a la casona desde el puesto de guardia donde pasaban sus días y sus noches sin que ocurriera nada especial. Entre los turnos de vigilancia, ayudar al jefe con sus halcones, las prácticas de tiro y la mantención del equipo de comunicaciones y, por cierto, la de las armas, la vida transcurría monótona pero rentable para alcanzar una jubilación más que decorosa. Solo los permisos para bajar a Arnhem, a una hora, por estrechos y serpenteantes caminos montañosos, rompían esa rutina para entrar en la vida familiar, con visita a los yernos, quesos y fiambres. Obviamente el respectivo sexo a la hora de la siesta y el recorrido por el mall con los chicos.

Cómo no iban a estar tensos: nunca habían realizado un ataque al modo comando, sorpresivo y sin permiso para equivocarse. El traidor debía morir y, obviamente, los terroristas también, según información que habían recibido del jefe Klaus, además de la dirección en París. Eran las 11.11 en punto y habían aparcado la van después de rondar el lugar para asegurarse de que no los habían detectado y que el lugar estuviera limpio, *clean* como reza la jerga de los comandos. Al doblar desde la rue du Maine, por donde habían llegado al barrio, para luego girar, bordeando la plaza Gastón Baty, hacia la rue Jolivet con sus casitas de aspecto pueblerino, vieron la rue Poinsot, ahora desde enfrente, a través de esa pequeña placita triangular que estaba desierta y los coloridos juegos infantiles cesantes en horario de clases. Circunvalando la placita, fue fácil identificar el lugar de destino: a su izquierda y en la esquina, el Café Milou cuya entrada era por rue du Maine, y a la derecha la tienda de comestibles Dia%. Un portón gris de vehículos, que debían bloquear en su momento, y un portal contiguo, de acceso, sin portería, los esperaban.

Durante las cinco horas y veinte minutos que les había tomado llegar hasta allí, penetrando una espesa neblina entre Arnhem y Amberes, por la A325 y la A50, y luego chubascos intermitentes entre Gante y L'Île, en la autopista A14, hasta que el clima mejoró casi llegando a Roissy, al pasar cerca del aeropuerto Charles de Gaulle, los cinco hombres habían tenido el tiempo suficiente para prepararse psicológicamente, para comentar, e incluso, para bromear. Más de algún pedo los hizo estallar de risa como colegiales en retiro espiritual. Solo una breve parada, entrando en París, para cargar combustible previniendo una huida apresurada tras el atentado, les dio tiempo para orinar y tomar un café cargado y *croissants* tibios.

Deberían volver a casa el sábado 14, después de ver el partido amistoso del día anterior, entre la selección francesa y la alemana, en el Stade de France, en Saint Denis, cumpliendo con la coartada que Klaus les había armado la noche anterior: "lleven alguna camiseta, una vuvuzela, algo, una foto de Joachim Löw, cualquier cosa, y los quiero aquí, con la misión cumplida antes que anochezca el sábado. El domingo tenemos nuestra exhibición mensual de cetrería, no olviden".

—Al parecer, nos enfrentaremos con profesionales —había comentado Erickson, el líder, apenas tomar la salida A3, ya en París—, han elegido un barrio tranquilo, el París 14, sin caer en la tentación de la *banlieue* que usan los principiantes para escapar rápido, tienen estaciones de metro muy cerca...

—Edgar Quinet y más allá Raspail —complementó Zoltan para demostrar que había memorizado completamente el barrio, quizás esperando un reconocimiento de Erickson—, el Metro Gaité y el Metro Montparnasse, con sus múltiples conexiones y, para no ser menos, están próximos a la estación de trenes, la Gare Montparnasse —concluyó, con su lección aprendida.

—Bieeeen, Zoltan, bieeen y, como premio, te quedarás al volante, con el motor en marcha, bloqueando ese portón gris por si quieren escapar en vehículo. ¿Entendido?

—Pero, jefe, yo quiero acción...

—Tu acción será salir de este barrio sin despertar sospechas, ¿está claro? Y tú, Wolff, estarás dentro, pero controlando la escalera del edificio por si un vecino se nos cruza. Si eso ocurre, no dispares, aunque tengamos silenciadores, solo oblígales a sentarse en la escalera, quietecitos, y cuidado con los celulares.

Deberían recorrer un largo pasillo, dejando a Wolff en la mitad, controlando las escaleras, mientras ellos tres, cruzando un pequeño patio interior, accederían a un sencillo chalet, procediendo a ejecutar lo que había que ejecutar. Solo esperaban que la dirección, que habían recibido de Klaus, fuera precisa.

11.16

Una señora de edad, con su bolso de compras por el que asomaba una *baguette*, sacó un llavero y se aprestó, con torpeza, a meter la llave en la cerradura, señal para que Wolff bajara de la van e intentara entrar con ella al edificio.

–*Bonjour, Madame* –dijo disimulando su acento nórdico.

–*Bonjour, Monsieur...*

–*Je vous en prie* –dijo amablemente Wolff, invitándola a pasar mientras sostenía la puerta y miraba hacia la van apurando a los tres hombres para que entraran rápido.

La anciana subió lentamente las escaleras, mientras Wolff simulaba mirar la *boite aux lettres* llenas de publicidad y Erickson y sus dos hombres de apoyo lograban avanzar por el pasillo sin ser ni vistos ni oídos por la señora de la *baguette*, que se perdía ya en el recodo de una empinada escalera.

Era el momento para sacar las armas, antes de abrir la puerta para cruzar el pequeño patio. No vieron cámaras de seguridad. El único, de los tres, que llevaba un arma capaz de vomitar ráfagas de seiscientos tiros, una clásica Uzi, fue el encargado de abrir la puerta por si había un vigilante o eran repelidos sin previo aviso.

El hombre de la Uzi, a pesar de su chaleco antibalas, estaba nervioso y notaba que su dedo transpirado resbalaba en el gatillo. Contó hasta tres y abrió la puerta al patio, encontrándose con un gato sobresaltado que huyó hacia un tejado vecino y, tras el susto, comprobó que reinaba la paz y el silencio, que las macetas con flores y un árbol que intentaba buscar el cielo entre los edificios, que más bien era la atmósfera de un hogar de barrio, lejos de parecer el habitáculo de terroristas islámicos. Los tres hombres cruzaron el patio y se pegaron al muro, escucharon, pero el silencio les pareció muy sospechoso: los estaban esperando, pensaron los tres sin siquiera hablar. A punto de patear la puerta para derribarla, Erickson probó de girar la manilla y esta giró sin resistencia. Demasiado fácil para ser verdad, pensó, al momento que metía la mano en el bolsillo de su largo abrigo y sacaba una bomba de humo. Los tres se miraron, coordinando sus miedos, con las pupilas dilatadas y el cuello rígido. Erickson se agachó y con el silenciador de su Magnum empujó suavemente la puerta, lo justo y necesario para lanzar la bomba, rodando hacia el interior, despidiendo un intenso humo que rápidamente copaba cada rincón.

Pero nada pasó, el silencio aún continuaba imperando. Ni tiros ni ruidos. Era el momento de entrar, dispuestos a disparar a cualquier cosa que se moviera. A la señal, sacaron sendas máscaras de humo, Erickson contó hasta tres con los dedos y entraron.

Poco se veía con el humo, pero fue mayor la sorpresa cuando comenzaron a darse cuenta de que el lugar estaba vacío. La primera habitación a la cual irrumpieron, solo tenía una mesa y a su alrededor diez sillas. "Son diez terroristas", se dijo. El segundo hombre se había adelantado entrando a la habitación que le seguía, encontrándose, en medio del humo, con ollas, sartenes, un aparato de cocina, un microondas, todo limpio y ordenado. "La cocina", se dijo, en un arranque de lucidez. Apuntando con la Uzi, al tercer hombre le correspondió la habitación del fondo, a la derecha y en línea con las anteriores, previa revisión de un baño frente a la cocina. Solo una mesa alargada, como pupitre, y tres sillas mirando hacia un muro, a tan solo 30 centímetros. "¡Qué extraño! Más extraño aún que esté enfrentada a una cortina". Al otro extremo de la habitación una mesa, dos sillas y un enjambre de cables de computación daban cuenta de que estaba en el corazón del escondite de los terroristas. El lugar ciego, sin ventanas le llevó a descorrer la cortina. Lo que vio le sacó un resoplido, entre sorpresa y alivio que empañó el cristal de su máscara por unos segundos:

—Vengan, vengan —susurró llamando a sus compañeros que ya estaban en camino.

La habitación, detrás del vidrio, la más amplia de todo el recinto, ciega y colindante con el garaje del edificio, parecía un hotel: amoblada de todo gusto, luminosa, bonitos cuadros, con una amplia cama, al fondo un baño. Todo esto observado con solo una mirada rápida, buscando enemigos, pero era inevitable no enfocarse en la figura de un hombre de espaldas, sentado en una silla y fuertemente amarrado con gaffer.

—Es el traidor —dijo Erickson con entusiasmo—. Lo abandonaron.

—Quizás lo mataron —dijo el segundo hombre, abriendo esa posibilidad al ver que no se movía.

De un solo balazo, amagado por el silenciador, se abrió la puerta y todo estaba nítido, sin humo, y avanzaron hasta el hombre que lentamente movió sus ojos llenos de susto.

—El secuestrado y traidor —dijo Erickson con sorna y superioridad, rodeándolo mientras enarbolaba su arma en forma amenazante—. El señor Wander no nos dijo su nombre, pero lo calificó de traidor, un traidor secuestrado por los terroristas islámicos que, como ve, han huido como ratas despavoridas.

Sonó un Whatsapp de Zoltan: *Schnell bite*.

—¿Sabes lo que te espera, me imagino? —dijo Erikson con parsimonia sádica.

Pero el gaffer que le clausuraba la boca apenas dejaba salir sus gemidos desesperados. Los ojos, desorbitados por la angustia y el sello en su boca tenían a Iván en un estado de absoluta indefensión e impotencia. Moviéndose en la silla y avisando algo con los ojos, intentaba que le quitaran el gaffer para poder explicar que era él quien dio la información a Klaus, que no era el secuestrado, aunque sí traidor, pero de Alex.

—No tenemos mucho tiempo, señor secuestrado-traidor —dijo Erickson poniendo la punta del silenciador entre los dos ojos aterrados de Iván. Cerrando los ojos como aceptación de su destino, Iván lamentó que su vida de lucha guerrillera terminara de forma tan absurda, sin combatir, solo y burlado por Alex, comprobando que siempre fue mejor que él, con más agallas.

No fue necesario un segundo disparo.

—La foto, la foto, jefe, la foto para el gran jefe —dijo el segundo hombre, entre shockeado por el ajusticiamiento y satisfecho por la misión impecable que estaban realizando.

Erickson guardó su arma y luego sacó su celular poniendo foco en el orificio de bala y disparó.

—Revísalo entero —ordenó.

Después de revisar todos los bolsillos y no encontrar nada, vio que entre los dedos un papelito sobresalía. Al tomarlo, el tercer hombre pudo ver que todos los dedos tenían sus huellas quemadas con ácido.

—Son verdaderamente profesionales estos árabes —dijo, mientras le alcanzaba el papelito a Erickson.

"Ya no eres mi amigo", decía.

11. 32

Los cinco hombres abandonaban el lugar, dejando el primer cadáver de Klaus Wander, su primer cadáver físico. Tras un largo silencio, ya afuera del barrio 14, se escuchó la voz de Erickson deletreando lo que tecleaba en su celular, bajo la foto del traidor muerto: "Mi-si-ón cum-pli-da".

11. 30

Desde el Café Milou, mientras esperaba a Iván para tener una seria conversación sobre su traición y dar por terminada la supuesta amistad, Alex revolvió su segundo café, al tiempo que observaba que cuatro individuos salían apresurados y se subían a una van que arrancó enseguida. Supo de inmediato que eran los hombres de Klaus. No solo su aspecto nórdico, la corpulencia y el clásico corte de pelo de los paramilitares no dejaban dudas, sino que, además, los horarios calzaban casi con perfección, como le gustaba a Alex. Era obvio que el mensaje que envió a K, anoche, de posponer el rescate para el día siguiente a fin de ganar tiempo no había sido leído o bien desestimado temiendo una jugarreta de Iván. Cómo no dejar un registro de este episodio, se dijo Alex, pensando en Feller y, por si las moscas, en Klaus. En la primera fotografía se identificaba perfectamente al que parecía el líder, apurando a los demás y en la segunda foto, Alex pudo registrar el vehículo, matrícula incluida. No dio tiempo a más, guardó su celular y se tomó el café que empezaba a enfriarse.

Decidió esperar a Iván otra media hora, pero una irritante sirena de bomberos se acercaba con estrépito, deteniéndose justo en frente de su búnker mágico. "En pocos minutos llegará la policía", se dijo, mientras se ponía su gamulán y pedía la cuenta.

11.36

Hacía ya media hora que Klaus apretaba con ansiedad su celular, como cuando apretaba a su personal para que respondiera a su ritmo acelerado. Boris, a su lado, todavía no había podido asimilar que había un muerto de por medio. "Tan grave debe ser que mi jefe, un honorable empresario, de prestigio internacional haya tenido que llegar a esta difícil determinación", eran los pensamientos de Boris, sentado allí, como una momia, fiel hasta la muerte.

No más sonar la notificación del Whatsapp, Klaus abría el mensaje, pero más abría sus ojos, hasta estallar en un grito aterrador que hizo palidecer a Boris.

—¡Han matado a otro! —espetó incrédulo.

Recién había salido de la autopista dejando atrás la ciudad de Limoges y solo faltaban cincuenta y cuatro kilómetros a Angoisse, unos cincuenta minutos, calculó, más otros pocos por caminos rurales y finalmente llegar a Versalles. Durante los trescientos noventa y dos kilómetros entre París y Limoges, Alex condujo sin prestar demasiada atención al paisaje. Un cielo nublado de un gris parejo y monótono, sin amenaza ni de lluvia ni de sol, un clásico noviembre francés, ponía el telón de fondo a la tristeza que eran varias tristezas en conjunción relevándose una tras otra mientras el paisaje corría en dirección contraria. La suavidad del Citroën y una buena autopista, respetando fielmente la velocidad permitida, le hacían sentir que estaba detenido, flotando en el tiempo. Nada en el dial de la radio terminaba por gustarle: desechó a la Piaf para no deprimirse más; "La Valse", con un Brel entusiasta le pareció una burla a su estado de ánimo; las noticias, irrelevantes, aunque el progresivo avance de Trump le hicieron refunfuñar abiertamente. Optó por poner un CD de Ray Charles, pero muy pronto lo agobió tanto sentimiento, tanto blues, y dejándose llevar por su obseso mandato por la perfección, lo cambió por Sinatra, "la voz", impecable, como una máquina de cantar, sin esfuerzo, cortando las sílabas con la seguridad de los que se saben infalibles. No tardó en compararse, como siempre, y la frase "eres un fracasado" se le pegó al parabrisas nublándole la razón: Crisálida a la tumba; la traición de Iván, ahora fugado con el dinero, quizás donde, riéndose. Demasiadas cosas para un solo día. "Qué haré ahora, a mis setenta y dos, con todos los proyectos fracasados, ¿qué haré? ¿Encerrarme en una casa de campo, con Romina, a la espera de la muerte? ¿Serán diez años o quince quizás viendo cómo el mundo se desquicia, sin poder hacer nada?". Entre un neoliberalismo feroz, insolente, abusivo y codicioso o un terrorismo creciente y cruel, no había mucho donde elegir. Entre ambas lacras, una humanidad atemorizada, o por la escasez o por los atentados, deberá continuar sus vidas con la mayor dignidad que las circunstancias lo permitan, soñando con más y mejores oportunidades para sus hijos, pero con unos hijos más lúcidos y realistas que no vislumbran con buenos ojos tales oportunidades. ¿Para qué más oportunidades, para ser aburridos y hacer cuentas, para sobrevivir como los padres?

"Parece que estoy sufriendo un ataque de pesimismo", se dijo mientras tomaba la salida de Limoges. "Debo reconocer —se dijo, autoinyectándose optimismo–, que no solo abundan los indignados, que podrían pasar a la acción, o los llamados a la desobediencia civil global que propugna el filósofo anarquista y verde John Zerzan, sino que comienza a vislumbrarse una nueva mentalidad, que los emprendedores ya comienzan a generar ideas, creatividad y sobre todo una repulsa orgánica a pertenecer a las instituciones, de cualquier tipo. Las comunidades de internet, comunidades de intereses, más allá de nacionalidades o credos, han generado, poco a poco, una valoración por lo pequeño, por lo manejable y allí, la sustentabilidad comenzará a echar raíces, no ya como un concepto sino como una virtud. Vaya optimismo, un poco forzado pero real. Ni blanco ni negro, como le repitió tantas veces Aum cuando Alex se disparaba hacia los fundamentalismos. Grises, grises", se repitió en voz alta para llamarse la atención después de casi cinco horas al volante, con un cielo gris, gris.

Sintiendo ya la cercanía de Versalles, se obligó a pensar en lo práctico: explicarle al equipo que Feller se negó; explicar que Iván se había fugado, traicionando a todo el equipo Crisálida y además con 10 millones de dólares; explicar que el Mexicano no existía; agradecer y finalmente disolver el grupo.

"Versalles" fue el nombre que Romina le puso a esa vieja casona semiabandonada que restauró pacientemente por años, siguiendo el ejemplo de las masías catalanas del Ampordán, cerca de Figueras, la tierra de Dalí, que tanto le fascinaban. Durante años, a la casona en franco rejuvenecimiento y con el humor que la caracterizaba, la llamó "Angustia", aludiendo, por una parte, a la angustia que provoca una obra que nunca se termina y, por otra, a la zona de Angoisse, de Angustia. Pero cuando las obras estaban casi terminadas y Alex apareció en su vida, ella vio, en esas piedras, en esas nobles maderas restauradas, en esas vigas , en esas pequeñas ventanas mirando a un paisaje tranquilo de suaves lomas, a aquel ancestral cobijo para los animales que, ubicado en el primer piso de la casa servía también de calefacción en esas noches de frío medieval, olores de por medio, allí, Romina vio Versalles, un lugar donde Alex le hizo la Corte, el palacio para la reina Romina, RR, como bromeaba Alex cuando la atendía con un aperitivo de quesos varios, Brie, Cantal, un Charolais de Borgoña, o un Reblochon de la alta Saboya, el Bleu d'Auvergne, Camembert, junto a unas espigadas copas de vino, en la terraza, esperando el ocaso y las estrellas: Versalles.

Ahora, episodios mediante, Versalles se había convertido en la casa de seguridad del equipo Crisálida y, a la vez, en la lápida de la esperanza de Alex. Una ventolina se había levantado mientras se acercaba a la casona por eso caminos rurales flanqueados por interminables líneas de álamos. Las hojas amarillas y rojas golpeaban el parabrisas con la gracia que solo el otoño tiene, arremolinándose para tomar direcciones insospechadas en una danza, a veces poéticas y por momentos cargadas de drama. Detrás de esa cortina, Alex vio dos vehículos junto a la casona. El Renault de Romina y la van, ya desnuda del anuncio "Bovary", donde Feller había viajado inconsciente hacía ya diez días.

En esta ocasión, desde que dejaron la rue Poinsot, pocos minutos antes de la llegada del comando de Klaus, Feller no podía estar más consciente de todo lo que iba ocurriendo. El solo hecho de ver luz natural ya era un milagro que lo hizo sentir más libre que nunca. Sabía que iba vigilado por el corpulento Zelig y que Alex había ordenado que no viajara encerrado en el carrito de los pasteles de Olga, sabía que sus captores cumplirían con la promesa de permitirle volver a casa en pocos días más, para abrazar a Ellen y a las niñas, para agradecer a su amigo por dar protección a su familia y, a pesar de que sabía todo eso, casi como una certeza, Brian Feller registró cada detalle del viaje: puntos de referencia, letreros camineros, distancias, todo lo que pudiera servir si su certidumbre se derrumbaba. Nadie del equipo Crisálida sabía que Feller había respondido a Alex con un rotundo "no" y, viendo relajado al Invitado, casi disfrutando del viaje, creyeron que todo iba bien, no perfecto, ya que estaban huyendo hacia donde el auto de Romina los llevara. Al parecer lejos, rumbo al sur, ¿camino a España?

Alex estacionó, y pisando una alfombra de hojas que todavía no crujían se fue acercando a lo que le esperaba: dar explicaciones. Antes de tocar el pomo de la puerta, ancha y robusta, esta se abrió y el umbral enmarcó una leve sonrisa de consuelo que Romina le regalaba, ya entrando en Versalles.

Día 11

Versalles, jueves 12 de noviembre, 2015

Alex se levantó poco antes que saliera el sol, se puso un mullido chaquetón y un gorro de lana y con el caminar de un *clochard* desesperanzado fue a la terraza a beber un enorme tazón de café. No podía quitarse las expresiones de cada uno cuando les explicó que Brian Feller había rechazado la invitación de Crisálida. Después de la primera impresión, todos se giraron para mirar a Feller, demandando una confirmación de la noticia que echaba por tierra un año de trabajo y siglos de ilusión. Feller solo hizo una mueca de un "lo lamento" y movió levemente la cabeza de abajo arriba y abajo, confirmando su decisión.

Con ambas manos en el tazón de café caliente y los primeros rayos de sol entibiando su rostro, Alex miraba sin ver, absorto en sus cavilaciones, en un duelo de sí mismo, como deudo y como cadáver al mismo tiempo, ya sin tiempo, cuando la voz de Romina lo trajo a la vida:

—Acaba de llamar Finnley. Ya viene por Limoges y confirmó que trae el encargo.

—Hay que decirle que entre por la cocina y...

—Ya le expliqué todo, mi amor.

—¿Y le contaste las malas noticias?

—Tú se las contarás en persona. ¡Viene tan ilusionado! Ahora, voy a Angoisse por pan de campo, en fin, por desayuno y verduras.

—Trae diarios, Romina. Quizás haya noticias sobre la rue Poinsot.

Cincuenta minutos después, mientras se turnaban la ducha, Finnley apareció desde la cocina, por donde había entrado con el encargo, y atravesó el salón buscando el calor de la chimenea y, a su paso, iba saludando a sus compañeros a los que recordaba con más vida en sus caras y con más optimismo en sus ojos.

—¿Qué pasó? —preguntó finalmente, exigiendo una respuesta con las palmas extendidas. Alex, que en ese momento entraba a la casa y temiendo que Feller ya hubiera salido de la ducha, le hizo un gesto a Finnley.

—Ven, salgamos, te contaré.

Mientras ponía la mesa para el desayuno, ayudándole a Romina, Eve no pudo aguantarse:

—Pobre Finy, venía tan contento y... —Eve comenzó a sollozar como un perrito huérfano y Olga se le sumó con un llanto más histriónico. El pequeño Stan comenzó a hacer pucheros y Bert se tocaba el nudo en la garganta. La tensión había sido demasiada, once días a tope, un año sin descuidar detalle, salvo las vidas privadas, demasiado. Garret no tardó en soltar unas lágrimas gordas y espesas y se persignó, solo Zelig se mantuvo controlado, junto al pasillo para escuchar a Feller. Pero Zelig, esta vez, fue sorprendido con la entrada silenciosa al salón de un Feller desconcertado con la escena. Solo atinó a decir:

—Perdónenme, perdónenme por favor. Lo siento de verdad.

La frase la alcanzó a oír Alex cuando entraba a la casa seguido de Finnley, ahora con su rostro homologado con la desazón que invadía a todo el equipo, lo cual no fue óbice para que saludara amablemente a Feller:

—Cómo está, señor Feller, supe que volverá pronto a casa y que su señora y las niñas están muy bien.

—Finnley, mi jardinero espía —dijo Feller con el cariño que le había tomado—. Hace más de diez días que el jardín no tiene mantención y voy a tener que despedirlo por abandono de funciones...

—Siempre tan bromista, señor Feller, a pesar de las circunstancias...

Romina no dejó a Finnley entrar en detalles y, con su empatía siempre dispuesta, quiso romper esa atmósfera de funeral:

—Ahora, un rico desayuno, que les va a gustar seguro, con pan de campo, mermelada casera, huevos con *bacon*, todo rico, y... Alex nos va a leer la prensa.

Alex asumió el rol y se puso los anteojos. No más leer una cinco o seis líneas, estalló en una ruidosa carcajada que descolocó a todo el grupo:

—Voy a leer la nota sobre lo que ocurrió ayer en la rue Poinsot. ¿Conocen esa calle?

Anciana evita un voraz incendio en confuso incidente

—No se rían, es el titular, hay más:

Según fuentes fidedignas, el conato de incendio que se produjo en un chalet interior de la calle Poinsot, junto a la cafetería Milou, afectó a una pequeña empresa dedicada a la Contabilidad que operaba allí desde hacía algunos meses. Según la anciana, los clientes no venían nunca a las oficinas ya que, según se rumorea en el barrio, esta se dedicaba a asuntos de impuestos, probablemente a la evasión de los mismos y, en consecuencia, los clientes preferían los mail, de los que se encargaban dos chicos poco agraciados y algo mal vestidos, diría, aseguró la señora al recordar lo bien que educó a su Stephanie y a Jean Paul. "Más no les puedo decir porque eran muy discretos y creo, una empresa modelo ya que su dueño almorzaba con el personal, como debería ser, ¿no es cierto?". Afortunadamente todos sus empleados lograron salir con vida, a excepción de uno de ellos que falleció asfixiado y quemado,

—¿Qué? —dijo Alex—. ¿Qué?

—Iván —confirmó Zelig algo compungido pero orgulloso.

—¿Cómo? ¿Quién más sabía de esto? —preguntó en tono de acusación.

—Nadie —aclaró Zelig—. Murió como deben morir los traidores. Lo dejé amarrado, en la pieza del señor Feller, con un poco de gaffer, para que creyeran que era él y, bueno, fueron ellos quienes lo eliminaron.

—Pero, Zelig del alma, cómo se te ocurre complicar las cosas aún más de lo que ya están, por Dios, Zelig.

—Nunca van a identificarlo, Alex, y, por otra parte, Klaus ya se habrá enterado de que no estamos jugando. Debe estar cagado de susto ahora que sabe que el señor Feller, aquí presente, está con vida y, quizás, con ganas de hablar.

—Ya hablaremos de todo esto en detalle. Ahora retomo la lectura que, además de fantaseosa, podría traer algo que desconocemos. Retomo:

> ... que falleció asfixiado y quemado, cuyo nombre aún se desconoce ya que no portaba identificación y sus dactilares quedaron borrados con el incendio antes de ser sofocado por heroicos bomberos que acudieron al llamado de una anciana. Ella se alegró mucho, no solo porque los contables y auditores salvaron con vida sino porque también se salvaron cuatro clientes, que se habían retirado segundos antes, después de una reunión de trabajo. La señora en cuestión, quien no quiso dar su nombre, tuvo elogiosas palabras hacia el personal y destacó que el dueño, un señor mayor y apuesto, era todo un caballero, como su marido ya fallecido. Sin embargo, Madame Hulot, empleada de la tienda Dia%, no concuerda con su vecina y asegura que el señor muerto fue ajusticiado por narcos que se vengaron porque la empresa no hizo bien el lavado de dinero. "Lo prueba –dijo–, que yo vi, cuando sacaban el cadáver, que tenía un balazo entre los ojos y no estaba quemado". "Típico de narcos", afirmó.

—Como para fiarnos de la prensa, aunque este diariucho amarillo no es *Le Monde* –acotó Alex entre las risotadas de todos, salvo la de Feller. Alex notó el gesto fruncido de Brian y le aclaró:

—Sí, Brian, esos cuatro "clientes" eran el comando que envió Klaus Wander, armados hasta los dientes, y la humareda de incendio, que menciona la anciana, eran bombas de humo para entrar a jarro y eliminarlo, quizás también a nosotros.

—¿Y cómo sabe que los mandó Klaus? –desafió Feller.

—Mire esta segunda foto y fíjese de dónde es la matrícula de la van en que llegaron. Observe la letra D al lado izquierdo, sobre fondo azul, junto al escudo de la Unión Europea...

—"D" de Deutschland –apostilló Zelig.

—... ahora fíjese en las dos primeras letras, las que corresponden al distrito: AR, de Arnhem, ¿le dice algo, Brian?

—Eso no prueba una intención de matarme.

—Mi estimado Brian, si Klaus hubiera querido rescatarlo, ¿cómo se explica usted que ajusticiaran al único hombre que había en el lugar y además en la habitación suya?

—A Iván lo mataron porque no me encontraron a mí —refutó Feller—, porque seguramente él les disparó...

—¿Usted cree que Klaus daría la orden de muerte a su informante, Iván ya sabemos, que no cumplió con la entrega del secuestrado Feller y que, además, ya había cobrado 10 millones de dólares?

—¡10 millones! —exclamó Feller.

—No lo hubieran matado, lo habrían llevado a casa de Klaus para "sugerirle" que devolviera el dinero y quizás luego lo harían desaparecer en algún risco nevado. En consecuencia, Brian, el comando creyó que Iván era usted, no cabe otra alternativa.

Feller se sentó para asumir lo que había negado: Klaus ordenó su muerte. "Debería haberlo supuesto desde que amenazó a Ellen y a mis niñas", se recriminaba en medio de un torbellino de ideas que se cruzaban, mientras todo el equipo Crisálida, en absoluto silencio, lo observaba con un dejo de lástima. Alex pudo adivinar que Feller dejaría, sin dudarlo, el Grupo Bilderberg y que la vida de su familia y la propia continuarían en peligro mientras Klaus pensara, como estaba pensando, que Brian Feller se iría de lengua, haciendo tambalear toda la organización y, por supuesto, su prestigio. "Estoy solo, es lo que debe estar pensando Feller" y Feller estaba pensando precisamente lo mismo que Alex.

—¿Quieren un rico café? —dijo Olga, para distender la tensión.

Alex no pudo evitar la idea que se le vino inexorable y con visos esperanzadores: "quizás ahora Brian quiera aceptar la propuesta Crisálida", su confianza hacia el Grupo, que era su referente, se había desmoronado en un instante, como lo que ocurre con las avalanchas, sin dejar espacio para volver atrás. Pero Brian Feller nada dijo, ni siquiera un "gracias" cuando Olga le trajo su café.

Fue un almuerzo extraño. Nadie quiso hablar sobre los sucesos de la rue Poinsot respetando el silencio de Feller y solo Romina se explayaba con lujo de detalles sobre todo el proceso de restauración de la casona, sin lograr mucho interés de los demás. Cuando hubo terminado el almuerzo, uno a uno, como los había instruido Alex, se disculparon argumentando algo por hacer, o una siesta, o pasear, o nada, dejando a Feller solo, sin ningún plan para la tarde, solo a la espera del domingo, creía, para volver a casa. Estaba decidiendo si se retiraba a su habitación, con Zelig guardando su puerta, cuando a su espalda escuchó su nombre y una voz que nunca podría confundir.

—Brian..., hijo... te vine a ver... —dijo la voz trémula del anciano, intentando ser cauto para evitar el rechazo, que, por cierto, ya duraba veintidós años.

Finnley había logrado que Nicolaus Fellermann accediera a viajar hasta París desde su originaria tierra de Alpirsbach donde se recluyó a sus setenta y cinco a esperar la muerte, rodeado de viñedos y de la tradicional cerveza lager Alpirsbacher Klosterbrau, dorada, con sabores a manzana, malta y miel, que le habían permitido generar una fortuna más que razonable en los Estados Unidos, desde que en 1939 había salido de Alemania obedeciendo a su intuición que le afirmaba que el tal Hitler no tenía buenas intenciones. Finnley había quedado mareado, después de casi seis horas de viaje, escuchando una y otra historia de esfuerzo y dedicación que le habían permitido construir su pequeño imperio cervecero, el cual dejó a cargo de su hijo Julian, el hermano menor de Brian, cuando decidió volver a su tierra natal. Pero Nicolaus Fellermann no murió cuando él quería, de modo que resolvió morirse de repente y sin aviso previo a la familia, cosa que aún no ocurría evidentemente. La vitalidad del anciano quedó más que manifiesta cuando Finnley le anunció que el destino no era París sino varias horas más allá, hacia el sur. "Usted, joven, solo preocúpese de manejar con cuidado. Por mi parte, solo pido algunas paradas para aliviar la vejiga", había dicho, mientras Finnley ya se angustiaba con la sola idea de hacer el mismo viaje de vuelta hasta Alpirsbach, escuchando de nuevo todo el proceso de destilación o el detalle de la muerte de Henry Ford, en el año 47. Ambos temas en que Finnley ya era experto, sin quererlo.

—No tengo nada que hablar contigo —dijo Brian Feller, abiertamente molesto, poniéndose de pie en una actitud rígida y beligerante.

Fellermann dejó una gruesa carpeta en la mesa y con una voz más suplicante, intentó de nuevo:

—Hice ochocientos kilómetros para venir...

—Un esforzado padre —ironizó Brian.

—Vamos, Brian, no seas orgulloso, yo solo...

—Señor Fellermann —dijo Brian, evitando decir "papá"—, usted ni siquiera conoce a mis hijas, sus nietas, pero conoce a las hijas de Henry Feller y a los hijos de Julian Feller.

—Tú no me hablas desde hace más de veinte años. Me he tenido que enterar de tus éxitos por la prensa...

—Gracias, *Daddy* —ironizó nuevamente.

—Brian, por favor, siéntate, porque quiero pedirte algo.

Era la primera vez en su vida que Brian escuchaba esa palabra de su padre: "pedirte". ¿Acaso le estaba diciendo que tenía algo para dar que su padre no tenía? Desconfiado, Brian accedió a sentarse.

—En esta carpeta, están todos los recortes en que apareces, Brian, desde la universidad, tus empresas y todos los reconocimientos que te han hecho no solo entre tus pares, sino también los del Partido Republicano, todo, Brian, todo, incluido este extraño secuestro. El mismo hecho de que te hayan secuestrado indica lo importante que eres, a mí nunca me secuestraron.

—¿Y qué prueba esa carpeta?

—Cuando Finnley llegó a Alspirbach para convencerme de que viniera, le dije que no, que moriría sin entender por qué mi hijo no quería ni hablar. Para demostrarle a Finnley que yo he estado muy preocupado por ti, Brian, le mostré esta carpeta. Finnley la hojeó meticulosamente y comentó: "Su hijo ha tenido más reconocimiento que muchos mortales". "Y todo mi reconocimiento", le contesté. Pero fue solo cuando Finnley me preguntó si yo te lo había dicho en persona, alguna vez, cuando decidí venir, Brian.

—¿Y qué me quieres pedir?

—Algo muy importante para mí, Brian, que me perdones, eso te pido.

—¿De qué serviría?

—A ambos nos serviría. A ti, el saber que estoy y siempre he estado orgulloso de ti, Brian, y, es cierto, nunca te lo dije, para que no aflojaras, para que te esforzaras más y más, porque eres capaz de más, Brian. A tus hermanos nunca les exigí tanto porque tienen el techo más bajo que tú, a Julian le dejé el negocio de la cerveza, ya enrielado, porque nunca hubiera hecho lo que tú has logrado.

La mirada de Brian se tornó indescriptible, pero se asemejaba a la mirada de ese niño de nueve años que aparecía en la foto que había roto tan solo hace dos días, enviando a papá Fellermann a la papelera.

—¿Y a ti de qué te serviría? —preguntó Brian mientras una oleada de algo parecido a la felicidad le llenaba el pecho de tanto aire como se pueda imaginar.

—Me queda poco tiempo de vida. Este es mi único pendiente para morir tranquilo. Tú sabes que no es lo mío eso de pedir perdón, pero realmente lo necesito. Cómo no fui capaz de entender que tu distanciamiento se debiera a que sentías que no te reconozco tus méritos, ¿cómo? Siempre te acusé de orgulloso, incluso de soberbio, y hasta que Finnley me hizo la pregunta, ni siquiera se me ocurrió que pudieras estar sufriendo por mi culpa. Por favor, Brian, perdóname.

Brian lloraba en silencio, sin aspavientos, sin poder creer que ese día había llegado, menos aún en esas circunstancias tan extrañas. Los noventa y seis años de fortaleza y empuje se disolvieron por encanto y el viejo lloró como nunca, mirando a su hijo preferido a los ojos, sabiendo que volvían a estar juntos de nuevo. Estiró sus brazos y sus manos huesudas y artríticas se encontraron con las de Brian. Pasaron así muchos minutos, deseando ambos que no fuera solo imaginación.

Romina observó cómo los Feller, padre e hijo, se alejaban a paso de anciano, entre los frutales, para reconstruir veintidós años de vida, pero por sobre todo, para estar juntos. Brian le ayudaba dejándose usar como bastón y a veces se inclinaba para escuchar la voz tenue de su viejo. "Qué estarán hablando", se preguntaba Romina mientras, a su lado, Alex veía a Rocío y a su padre, tomados del brazo, escuchándole su viaje a Bagdad, o lo que fuere.

Romina abrazó a Alex y allí se quedó largo rato, consolándolo, diciéndole con su abrazo cuánto le admiraba. Pronto, Alex volvió a la contingencia, buscando nuevas alternativas. Recordó a Aum: acababa de cumplirse una de las dos premisas que Aum había anunciado. El Invitado ha recibido el reconocimiento más importante de su vida, ya no necesita más. Parte del Plan Crisálida era este encuentro padre-hijo, sobre todo en caso de que Feller hubiere respondido con un no a la invitación de Alex. Finnley había estado magistral, ganándose el apodo de "El Terapeuta". Al llegar a la casona, Finnley le mostró al señor Fellermann el video en que su hijo, en la habitación de cautiverio, observaba largamente la foto que el anciano reconoció de inmediato. Vio a su hijo llorar con una pena honda y lo vio también enfurecido, rompiendo la foto para tirar a su padre a la papelera. Allí, Finnley dijo la frase clave: "¡Cómo lo quiere su hijo, señor Fellermann! Solo falta, en mi modesta opinión, que usted le diga lo que me dijo a mí, allá en Alspirbach, que está orgulloso de él".

"*Genau*", respondió el anciano alemán, tomó aire y se encaminó al comedor, carpeta bajo el brazo, para encontrarse con su hijo Brian.

La cena de esa noche fue dedicada formalmente al reencuentro de los Feller y el anciano se lució con dos javas de cerveza Alpirsbacher Klosterbrau. Había obligado a Finnley para que las subiera al auto, antes de iniciar el viaje a Francia. Entre las bromas, Stan, ahora ex Bitman, amenazó con obligar a su padre a que le pidiera perdón y reconociera que era el mejor hacker del mundo, pero luego admitió que su padre no tenía el kilometraje del señor Fellermann. Zelig quiso mofarse de Iván, pero fue rápidamente reprimido, por desubicado; Olga se enamoró más aún de Brian al verle su expresión de felicidad y cómo le celebraba la cerveza a su padre; Finnley ya no podía más de agotado, pero aún mantenía su sonrisa de satisfacción; Alex observaba todo aquello con su corazón, pero la razón le inducía a pensar si podría revertir la postura de Brian. Decidió intentar lo último: dejaría, en el velador de Brian, una carpeta que resumiera su proceso de cautiverio. Todos los documentos a los que Eve había hecho referencia, dedicados a corrupción, a evasión de impuestos, a cohecho, en fin, la lacra del neoliberalismo; le dejaría UBUNTU, obviamente; el texto subrayado del libro de Florian Homm; el Acta de Ítaca con las propuestas de economía; la foto del comando Klaus con la matrícula de la van, frente al búnker mágico; el *mail* de Klaus amenazando a Ellen; la foto del periódico con Iván baleado, todo eso dentro de una carpeta que tituló "Mis once días...". Sobre la carpeta puso la foto, remendada, de un chico de nueve años y un cervecero de cuarenta y cuatro, juntos. Fuera de la carpeta, como si todavía no tuviera derecho a estar dentro, Alex dejó un grueso documento sobre el terrorismo en el mundo y lo acompañó del falso discurso de Bush, que esbozaba la solución. Toda una puesta en escena, la última, que encontraría a un Feller psicológicamente diferente después de lo vivido hoy, en esa casona, Versalles, siendo honrado con el reconocimiento de su padre.

Día 12

Feller no había revisado la carpeta que Alex le dejó en su habitación. Agotado por lo vivido con su padre, decidió dormir con esa exquisita sensación, tan lejana, del niño que ha recibido las buenas noches de papá.

Al desayuno, todos notaron que a Feller le había ocurrido algo trascendente y sin proponérselo, entraron en su ámbito de alegría, casi olvidando que la Crisálida no sobreviviría. Les extrañó que Brian tomara la carpeta que Alex le dejó, saliera al campo y se instalara toda la mañana y parte de la tarde bajo un árbol, para leer y también releer, quizás como un inconsciente reconocimiento al grupo Crisálida por haber gestionado un insospechado encuentro con su padre.

Aquel anochecer, Finnley, alarmado, comenzó a gritar como nunca lo hacía. Pocos minutos atrás, a las 21.17, la explosión en un bar cercano al Estadio de Francia, en el barrio de St. Denis, la primera de tres, dejaba los primeros muertos en una seguidilla de atentados terroristas que casi simultáneamente sembraban el pánico y el desconcierto total en París, y la conmoción mundial esperable.

—Bert, Bert, conéctanos al satélite para ver las noticias —dijo un ansioso Finnley.

—¿Qué pasa? —preguntaron varios al unísono, alarmados al ver a Finnley, habitualmente compuesto, sereno, ecuánime, totalmente desquiciado por las noticias que había visto en su celular, hacía unos minutos.

—¡Atentados terroristas en París, varios, parece!

Mientras la televisión entregaba las imágenes en la zona de St. Denis, se producía un tiroteo en la rue Bichat y a las 21.45 comenzaría la pesadilla en el Teatro Bataclan, cuando, al menos cuatro hombres irrumpieron en el concierto de Eagles of Death Metal, acribillando a ochenta personas y rematando cruelmente a algunos sobrevivientes heridos. Más de doce minutos ininterrumpidos de metralla, entre gritos de pánico y humo espeso, dejaban ver a algunos jóvenes arrastrándose para salvar sus vidas, en medio de escombros y sillas destrozadas.

–No puedo creerlo, no puedo. ¡Qué horror! –repetía Eve mientras estrujaba un cojín hasta que le sangraron los nudillos.

–Tienen ciento veinte rehenes en el Teatro Bataclan, los van a matar, los van a matar.

–Son de ISIS, los mismos de la matanza de *Charlie Hebdo*, los mismos –informaba Zelig, sintiendo que la información militar le correspondía.

Francia estaba perpleja, la conmoción era severa y la policía no daba abasto, dado que simultáneamente se abrían focos de tiroteos en diferentes lugares. La balacera en el restaurante La Petit Cambodge dejaba cuatro personas muertas; once personas más en la terraza del bar Le Carillon, en las cercanías del canal Saint Martin; en la terraza de la pizzería La Casa Nostra, morían otras cinco personas; en el ataque al bar Le Belle Equipe, otras dieciocho.

A algunos entrevistados que intentaban tener cordura, los delataban los ojos desorbitados y la mirada fija: "Hay que mantener la calma y no darles el triunfo, debemos seguir con nuestras vidas", decían, para calmar su angustia esa noche de viernes, de un viernes que debió ser para divertirse. "Mientras existan las desigualdades que hay en este mundo, el terrorismo no va a parar", decía angustiada una chica con su bebé en brazos, apretándolo en un afán de protegerlo de la barbarie. "Se parece a Pinky", pensó Feller, llenándose de angustia.

A las 00.55, la televisión informaba que, de los ciento veinte rehenes, ochenta habían sido ejecutados sin piedad y que los cuatro atacantes ya habían muerto, tres de ellos autoinmolándose con explosivos.

Las imágenes del terror daban la vuelta al mundo, mientras los hospitales apenas podían responder a más de cuatrocientos quince heridos, cuarenta y dos en condiciones de riesgo vital. A las impactantes imágenes se sucedían las especulaciones sobre la huida del líder del grupo terrorista y varios apuntaban a que ya estaría en Bélgica.

—La policía allí es lo peor, unos inútiles —decía Zelig con certeza de comando y agregaba—: En Bruselas los reclutan después de radicalizarlos. Ahora hay muchos que tienen cara de europeos y es más difícil detectarlos.

—Menos mal que estamos en el sur —dijo Garret y nadie contestó.

Feller, agotado por la intensidad de las emociones, por lo impactante de las imágenes en la televisión, por una oscura sensación de impotencia y contagiado por los rostros de franceses y turistas, vaciados de sentido y que solo atinaban a comprender lo incomprensible, como fantasmas dolidos y silentes, apartó la vista y fue recorriendo uno a uno a aquellos seres que se habían transformado ya en parte de su propia historia. Nueve desconocidos, su padre en medio, que la vida había reunido en una vieja casa de campo al sur de Francia. La tristeza se había tomado el lugar y prueba de ello era la expresión de Olga, la siempre alegre Olga estaba atrapada en el dolor y sus ojos se habían hundido en la negrura de las profundidades del espacio. Cuando la vista de Feller llegó a Alex, en la penumbra de un rincón, tragado por un viejo sofá, sintió el estremecimiento que solo se tiene cuando un ser querido ha muerto. Mientras lo observaba, inmóvil, notó que lloraba en un anonimato propio de un líder que debe mostrarse fuerte. Brian sintió el derrumbe interno de Alex y pudo imaginar que el tiempo que le quedara de vida ya no tendría ningún sentido para él, había disparado su último cartucho, que había resultado ser solo una sutil bengala en la inmensidad de la noche. Esos seres, mirando la televisión, habían arriesgado sus vidas por una idea, sabiendo que nada personal ganarían, salvo la satisfacción de que otros tuvieran un mundo algo mejor, más justo, sin terrorismo. No pudo evitar el sentirse miserable.

Día 13

Versalles, sábado 14 de noviembre, 2015

–Casi no he dormido, Alex –dijo Brian–. Entre las noticias de la televisión, repetidas una y otra vez, los muertos, los heridos y el pánico, sumados a mis pensamientos, se me ha ido la noche. Vi amanecer, vi a mi padre dormido y en un gesto impensado lo tapé con el edredón y creo, quizás estoy loco, que ese pequeño detalle disipó mis dudas y mis miedos. Me inundó, Alex, una sensación de felicidad que no recordaba desde pequeño y tuve que salir al jardín, descalzo, abracé un árbol y sentí que estaba naciendo.

Brian hizo un largo silencio, que Alex no quiso interrumpir:

–¿Estaré loco, Alex? ¿O al fin estoy cuerdo? ¿Cómo saberlo?

–El corazón nunca miente, la cabeza sí, siempre busca razones. Sea lo que sea, dígamelo desde el corazón, por favor –dijo Alex, arriesgándolo todo.

–Acepto –y una sonrisa ratificó que hablaba desde el corazón.

Alex se apretó sus nudillos para comprobar que estaba ocurriendo lo más esperado, que la Crisálida tomara consciencia de que siempre fue una mariposa. Dejó el tazón de café en la mesa del jardín, se puso de pie y abrazó a Brian, como si se abrazara a sí mismo.

Bjorn Thomasson llegó a Versalles a las 18.20 en un Honda alquilado en el Aeropuerto de Limoges, tras hacer un tortuoso vuelo desde Estocolmo, con escala en París. Los controles policiales en el Aeropuerto Charles de Gaulle eran extremos: cientos de uniformados con chalecos antibalas y premunidos de armas de grueso calibre no dejaban rincón sin vigilar, atentos a paquetes o a mochilas sin dueño, escrutando cualquier rostro de rasgos árabes, con evidente miedo contenido. No era descartable que otra bomba estallara en el aeropuerto, aumentando las víctimas y el estado de conmoción en que se había sumido Francia y toda la Euro Zona. Bjorn, en la sala de pasajeros en tránsito, observaba con la frialdad de un avezado periodista que logra calibrar la envergadura de los sucesos con más información que un pasajero común, pero no podía evitar el impacto que toda esa danza del terror producía en su corazón. Londres, Madrid y ahora París era el itinerario del terrorismo castigando a los aliados de Estados Unidos, haciéndoles ver que no eran invulnerables, que estaban infiltrados, que debían temer siempre.

—Señor Thomasson, usted es periodista y va a Limoges. ¿Por qué?

Bjorn entendió perfectamente que el policía unió periodista y terrorismo y quería verificar si Thomasson podría tener una pista que la policía francesa aún desconociera.

—Quisiera quedarme en París a cubrir la noticia, pero ya no estoy en edad para estas correrías y tampoco mi amiga me lo perdonaría. Usted sabe cómo son las mujeres —dijo con la más creíble expresión de machismo y complicidad de género.

—¿Vacaciones o placer? ¿Qué le pongo como motivo del viaje?

—Amor, supongo —dijo Bjorn siguiéndole la broma.

—¿A qué dirección va?

—No lo sé, me recogerá en el aeropuerto —mintió.

Los controles continuaron en el Aeropuerto de Limoges y otros dos en el tramo de la autopista en dirección al sur. Toda Francia cerraba sus fronteras y las posibles salidas de los terroristas, hacia España, o Alemania, o Suiza, o Luxemburgo, o Bélgica. Bjorn dedujo que lo más cercano y rápido para salir de Francia, desde París, era Bruselas, Bélgica, y que según le habían informado, allí no solo había una policía francamente ineficiente, sino que residían muchos jóvenes árabes. Se rumoreaba también que desde allí reclutaban a muchachos belgas, rubios, que entraban por Turquía a los campos de entrenamiento del Estado Islámico, para luego infiltrarse en Europa sin ser detectados. Bjorn observó que en el aeropuerto, las personas circulaban como zombis, en silencio, alertas, y los monitores de televisión solo se referían a los atentados de ayer y a las posibles pistas que se estaban barajando. Le gustó la idea de que Alex y el grupo Crisálida estuvieran en la dirección sur, lejos de París y relativamente cerca de la frontera española.

Bert salió a recibirlo apenas vio acercarse el vehículo conducido por un inequívoco sueco con un celular al oído que lo había orientado los últimos kilómetros, ya en carreteras rurales. Varias veces, Bert y Bjorn habían hablado por teléfono satelital para coordinar el viaje de Estocolmo con destino a Feller y para que Alex le transmitiera sobre el proceso interno que estaba viviendo el "Invitado": Bjorn ya sabía de UBUNTU, sabía del encuentro con el anciano Feller, sabía de los documentos sobre terrorismo que Alex le había dejado dos noches atrás, lo sabía todo, y con dicha información había preparado la entrevista que se disponía a hacer. Tras una breve reunión a solas con Alex para comentar sobre lo que estaba ocurriendo en París y para recordar el encuentro en el Café Glenn Miller de Estocolmo, donde nació el vínculo aquella noche torrencial, Bjorn se instaló en el salón a la espera de Brian Feller.

Frente al hogar de una gran chimenea de piedra, dos sillones y una mesita baja hacían la escena para iniciar una primicia que cualquier periodista hubiese ambicionado: entrevistar a un empresario converso, que ha estado desaparecido trece días, que se rumoreaba que tenía vínculos con el Grupo Bilderberg, que quería comunicar algo inesperado, en fin, para no perdérselo. Atrás, a distancia prudencial, un trípode con una Handycam HD registraría la entrevista completa, durara lo que durase.

—Buenas tardes, señor Feller.

—Leí su libro sobre Florian Homm, señor Thomasson...

—Bjorn —prefiero.

—En ese caso, dígame Brian.

—¿Dónde ha estado estos últimos trece días? —inquirió Bjorn, entrando de lleno en materia.

Así comenzó la entrevista. En la habitación contigua al salón, Alex cruzaba los dedos para que todo fluyera lo mejor posible. Sabía del carácter inquisidor de Bjorn Thomasson, pero en esta ocasión Bjorn no estaba ante una denuncia, ni de corrupción, ni de cohecho, sino frente al lanzamiento de una buena noticia. Respecto a Feller, ¿cómo saber cuál sería su desempeño? ¿Sería capaz de explicar su nueva postura con claridad y, por qué no, con un tono de liderazgo? Stan grababa la entrevista y Eve tomaba notas que servirían para perfeccionar la comunicación que estaba planificada para los próximos meses. La española *Revista de Economía Mundial*; *América y Economía*; *Money*; *La Tribune*, entre más de ochenta que Eve había seleccionado, aparte de las revistas que vinculaban explícitamente la economía con la sociología, como las de la Biblioteca Utopía, entre muchas. Pero el debate entre economistas no era el objetivo, aunque de igual forma habría que enfrentarlo, incluso para desatar la polémica. Lo importante, según el Plan Crisálida serían las innumerables charlas y diálogos con economistas jóvenes, en facultades de Economía, a fin de instalar los nuevos conceptos.

Bjorn redactó la entrevista, transcribiendo con gran profesionalismo aquellos momentos más significativos, cuidando de mantener un equilibrio entre los conceptos que el entrevistado iba desarrollando y aquellos aspectos humanos que hicieran de Brian Feller un personaje querible, exorcizando de paso su propia imagen de periodista caza-empresarios que se había granjeado merecidamente. Cuidó que no hubiera ninguna referencia a un secuestro y menos a dar pistas de dónde se estaba realizando la entrevista, según lo acordado con Alex. Leyó por segunda vez la redacción final, saltándose el titular y la bajada:

–Buenas tardes, señor Feller.
–Leí su libro sobre Florian Homm, señor Thomasson...
–Bjorn –prefiero.
–En ese caso, dígame Brian.
–¿Dónde ha estado estos últimos trece días? –inquirió Bjorn, entrando de lleno en materia.

–Si se refiere a un lugar geográfico, podría decirle que en un lugar de Europa, pero si es necesario ser más preciso, he estado aquí –dijo tocándose el corazón con las puntas de sus cinco dedos derechos–, aquí adentro –agregó con un dejo de emoción.

–¿Una suerte de retiro espiritual?

–De espiritual, nada, creo. Diría que ha sido literalmente un paréntesis que me he permitido a mí mismo, con la ayuda de un amigo que actuó como la voz de la consciencia, un...

–¿Podemos saber su nombre?

–Por el momento no, discúlpeme. Le decía que fue un paréntesis porque dentro de un paréntesis usted no tiene nada, ni dinero, ni éxito, ni estatus, ni amigos, ni enemigos, ni siquiera esposa e hijas que, por cierto, adoro. Dentro del paréntesis uno está solo, completamente solo, hasta que se da cuenta, casi sin proponérselo, de que uno está consigo mismo y que lo ha estado siempre, sin darse cuenta, anestesiado de sí mismo.

–Eso que describe parece una terapia. ¿Su amigo es un psicólogo?

–No, gracias a Dios. Pero me ayudó a no poner resistencia cuando intentaba salirme del paréntesis, justificándome con muchas razones que parecían razonables...

–¿Como cuáles? Deme un ejemplo, Brian.

–Parece razonable que un empresario tenga todo el derecho a ganar tanto dinero como pueda. Parece razonable cuando avalamos ese argumento con el derecho a la libertad. Y, en consecuencia, un argumento en contra siempre parecerá provenir de resentidos sociales o de envidiosos o de marxistas dominados por el odio.

–¿Así pensaba antes del paréntesis?

–Sí. Al comienzo, cuando intuí que se podía ver la realidad de otra forma, lo atribuí a Yale, a mi profesión de economista, a mis amistades...

–A los del Grupo Bilderberg, ¿quizás?

–¿A qué se refiere?

–A rumores que quizás usted pueda aclararme, Brian.

–Eso sería un gran titular de prensa y lamento desilusionarlo, Bjorn. Si me permite, continuaré con la idea en que estaba.

–En lo que parece o no parece razonable, ¿no es así?

–Exacto. Desde adentro del paréntesis, solo, vi que era más razonable la solidaridad...

–... ¿Que la libertad? ¿Un neoliberal hablando así?

–Por primera vez, comencé a ver que la libertad colinda con la solidaridad y que, al imponerse sobre la solidaridad, ya no se llamaría libertad, se...

–¿Cómo lo llamaría, Brian?

–Abuso.

–Y si la solidaridad se impone sobre la libertad, ¿qué diría?

–Que atentaría contra la innovación, la creatividad, el emprendimiento. Entonces, lo que nos parecía razonable a la luz de la libertad, ya no lo es cuando ponemos por delante la solidaridad. Véalo de otra forma: la libertad es un concepto que requiere apellido, ya que de lo contario se presta para algunas cosas deleznables.

–¿A qué se refiere con eso de "apellidos" para el concepto de libertad?

–Libertad para especular, por ejemplo. Libertad para fijar precios, libertad para coludirse, libertad para regular desde la Bolsa la oferta y la demanda, etcétera. Bjorn, usted conoce muy bien las llamadas libertades del neoliberalismo.

–¿Y a qué otras libertades amagan las llamadas libertades neoliberales?

–Libertad para desarrollarse, ser feliz, para expresarse, para lo que vinimos al mundo. O ¿no?

–Parece obvio, Brian, pero la mayoría de la humanidad vive, más bien sobrevive, en el miedo, con la vana ilusión de que sus hijos tendrán un futuro menos duro, y eso ocurre generación tras generación.

–Hay miles y millones de personas que ven la realidad desde adentro del paréntesis, y muchos que hacen diagnósticos impecables, razonables, pero viven en un estado de impotencia que solo los lleva a la desesperanza.

–¿Impotencia? ¿A qué se refiere?

–No tienen el poder para hacer los cambios, y sus luchas, cuando se proponen el poder, son fallidas o utópicas. Vea lo que ocurre con el terrorismo, comprobará que sus escuálidos éxitos no tienen relación con la barbarie que desencadenan, con miles de víctimas inocentes de una guerra en la cual ni siquiera participan. Es horrible, Bjorn. Mire lo que pasó este viernes en París y lo que seguirá ocurriendo, muerte y terror, salvo que haya soluciones de fondo.

No bastan más policías, más servicios secretos, son aspirinas para un cáncer.

–Veo, Brian, que su paréntesis le conduce a abandonar la cultura del abuso y orientarse hacia la cultura de la solidaridad, incluso pensando en que ello le quitaría piso al terrorismo, pero también percibo un pesimismo en alcanzar ese cambio.

–No se puede abusar si no se tiene el poder y el poder se logra a través del control de las reglas del juego y del miedo a la carencia, a la cesantía, a la pobreza. Una ecuación que, por cierto, viene sucediéndose por siglos.

–No me ha respondido, Brian.

–Sí le respondí, quizás no tan explícitamente como usted quiera, o sus lectores...

–A ver.

–Desde adentro del paréntesis llegué a una conclusión que parece utópica, pero creo yo que es posible.

–¡Tanto suspenso, señor Feller!

–Los cambios solo sucederán si provienen desde dentro del poder...

–¿Una suerte de elite iluminada que convencería a todos los poderosos de que abandonen sus beneficios? Un poco iluso, ingenuo, naíf, si me lo permite.

–Así lo parece, es cierto. Pero no es así, Bjorn. Pero no teoricemos tanto: ¿quiénes tienen hoy el poder en el mundo? ¿Los empresarios o los políticos?

–Evidentemente, los empresarios, los consorcios, las corporaciones –corroboró Bjorn.

–¿Qué buscan?

–Ganar dinero –respondió Bjorn, dándose cuenta de que ahora Feller lo entrevistaba a él.

–¿Qué garantías piden esos empresarios a los políticos?

–Paz social, reglas claras para la inversión, impuestos bajos. Si no consideramos la impunidad para los delitos de cuello y corbata, la evasión de impuestos, le elusión, la colusión para fijar precios, el tráfico de influencias...

–¿Con qué amenazan, o amenazamos, cuando no se cumple lo anterior?

–Con cesantía, despidos, tasas de crecimiento no competitivas para presionar a los políticos, inhibir la inversión, y si todo eso se desborda, con militares, como ocurre en algunos países –dijo Bjorn, repitiendo el abecedario de las dinámicas socioeconómicas.

–Usted sabe que los empresarios somos prácticos, nos guía el éxito y creemos que la competitividad es el motor del crecimiento. En consecuencia, es imposible convencerlos de lo contrario, salvo que uno les demuestre que se puede ser más exitoso de otra manera.

–Veo que su paréntesis ha sido muy provechoso, Brian. Sigamos. ¿De qué manera?

–Eso es, precisamente, a lo que me abocaré apenas salga del paréntesis, mañana.

–¿Podría ser más específico? De lo contrario, muchos pensarán que se volvió loco.

–Lo que demostraré, partiendo por mis empresas, es que la frontera entre libertad y solidaridad se deben una a la otra y que podemos revertir la idea de que la competitividad es lo único que mueve al mundo. Mientras las empresas compiten para ganar mercados, los empleados y obreros compiten para no ser despedidos. ¡Vaya! En poco tiempo más, lanzaré el libro que demuestra este nuevo paradigma, que no es nuevo en sí mismo, pero lo es si emana desde el empresariado, configurando una nueva economía. Las iniciativas que han ido surgiendo espontáneamente para un nuevo enfoque de la economía provienen siempre de minorías antagónicas al capital, que confrontan sin plantear nuevos modelos, apelando a una ética, pero sin el poder para imponerla. Y, por otra parte, las iniciativas que provienen de jóvenes emprendedores nacen de la búsqueda de un espacio donde encajar en la globalización sin ser presa de las grandes empresas y consorcios. Una actitud legítima, creativa, de sobrevivencia diría. Las empresas B, el comercio justo, entre otras, no deberían ser excepciones, pero, mientras la propuesta de un nuevo paradigma no emerja desde los que hoy tienen el control, seguirán siendo casos aislados y, desgraciadamente, condenados a ser fagocitados por los grandes.

–Veo que tendremos que esperar ese lanzamiento. Y ¿cómo cree que reaccionarán sus pares, los empresarios?

–Creo que habrá una primera etapa en que muchos me ridiculizarán y que luego, cuando vean los resultados de mi propuesta se sentirán atacados y me sabotearán, en fin, las clásicas reglas del mercado y la competencia que conozco de memoria. Otros en cambio, quizás los más jóvenes, verán una oportunidad que no solo gratificará sus bolsillos, sino también su alma. Habrá de todo, es la vida.

–Antes de terminar, permítame preguntarle, ¿por qué abrió el paréntesis, pudiendo no abrirlo, como la mayoría de los poderosos?

–No fui yo quien lo abrió, Bjorn, fue una circunstancia de la vida la que me dio esta oportunidad para ver, y sobre todo para sentir. Creo, Bjorn, que hoy soy una mejor persona, creo, o al menos me siento así.

–¿Me podría relatar esa circunstancia?

–Podría, pero no quiero. Es algo muy íntimo, prefiero ofrecer resultados en unos meses más.

–Supe que tuvo un encuentro con su padre, después de veintidós años de distanciamiento. ¿Es así?

–Sí. Mi padre es...

–¿Por qué le emociona, Brian?

–Él entró a mi paréntesis, la verdad es que yo se lo permití, y me dio todo su apoyo y eso, Bjorn, vale más que todas mis empresas. Ahora, discúlpeme, debo terminar esta conversación.

–Muchas gracias, señor Feller.

–A usted, señor Thomasson.

Bjorn envió la primicia a las 00.40 al *Süddeutsche Zeitung*, en Múnich, y esperó la confirmación aferrado a una copa de coñac. Para Bjorn era una jugada importante: el *SZ* era uno de los periódicos alemanes que llegaba a más de 4,4 millones de lectores, en papel y electrónicamente, y que a comienzos de 2015 se había anotado un acierto periodístico de envergadura, cuando una fuente anónima lo dirigió al grupo Mossack Fonseca, saliendo a la superficie los mundialmente renombrados Panamá Papers, con información confidencial sobre las empresas *offshore*, un verdadero enjambre de evasión de impuestos en múltiples países. Para Bjorn era muy significativo entregar esa primicia al *SZ*, ya que este periódico trabajaba en estrecha relación con el ICIJ, The International Consortium of Investigative Journalists, con miembros en todo el mundo y al que Bjorn aspiraba pertenecer, reflotando su carrera que atravesaba por un período de sequía informativa.

El índice de Bjorn Thomasson oprimió Send, no del todo feliz con el titular, que probablemente el editor jefe se lo modificaría.

"Reaparece empresario Brian Feller con provocador enfoque sobre la economía", era el titular, seguido de una escueta bajada: "Inesperada propuesta de un magnate que se sumió en un paréntesis existencial de 13 días para revisar su vida y la economía mundial. Una propuesta polémica para algunos, utópica para otros".

"Recibido", decía el Whatsapp, pocos minutos después.

Alex respiró aliviado: no solo encontró que Brian había estado impecable, sino que sintió una genuina admiración. "La transformación de la Crisálida es posible", se dijo con orgullo callado. Con la luz verde del Whatsapp, Bert y Eve se aprestaron a difundir vía satélite, a fin de no indicar la procedencia, un comunicado de prensa, con una foto de Feller y algunas frases de la entrevista, a todos los medios y agencias noticiosas del mundo, incluida Al Jazeera TV en Qatar: "Entrevista completa al magnate Brian Feller, en *Süddeutsche Zeitung*, por Bjorn Thomasson".

Día 14

15 de noviembre, 2015
Alta montaña

Ese domingo, Klaus se aprestaba a leer la entrevista a Brian Feller que le había hecho aquel periodista "enemigo de los empresarios", con el temor de que hubiese mencionado nombres o actividades del Grupo. Bjorn Thomasson se había anotado un punto a nivel mundial con la entrevista a un magnate que había tenido una epifanía y que hoy planteaba nuevos paradigmas sobre la economía. La noticia había sido primera plana en casi todos los medios prestigiados a pesar de que los atentados del viernes 13 en París seguían siendo el gran tema mundial. De terroristas se podía esperar cualquier cosa, se dijo Klaus, pero una traición dentro de casa no podría ser perdonable jamás. Tomó el *Süddeutsche Zeitung* y respiró hondo. Ya tenía suficiente con un muerto a las espaldas y 10 millones de dólares perdidos en la cuenta de un cadáver desconocido y no estaba de ánimo para hacer la presentación semanal de sus halcones, y el solo hecho de ver a Erickson, a Wolff y a Zoltan deambular con el rabo entre las piernas, haciéndose los serviles para acallar la culpa de haber asesinado al hombre equivocado, le hacía sentir palpitaciones de ira en las sienes. Tendría que actuar, como cada domingo de fin de mes, el asombro de ver a su halcón preferido cayendo desde el cielo como una piedra, imaginando su propia caída, pero sin ninguna certeza de que sus alas le permitirían frenar antes de aplastarse contra el suelo, incluso, sacando aplausos de algunos de corte progresista. Se preguntó, quizás por primera vez desde un ángulo diferente, sobre la caída de los imperios, tema que solucionaba fácilmente atribuyéndole mayor poderío a un enemigo que, legítimamente, se habría ganado el derecho a desplazar al imperio anterior. Pero en esta ocasión, tal enemigo no existía o al menos no había declarado la guerra. Sintió la estúpida sensación de estar luchando contra nimiedades, pero que, así y todo, lo tenían arrinconado en el temor. A falta de confrontación directa, su mente estratégica vislumbró la idea de abuenarse con Feller para volver a tenerlo bajo su control. En ese escenario, Klaus debería explicarle a Brian Feller que intentó rescatarlo, pero que los terroristas escaparon, dejando al informante muerto, más bien ajusticiado fue como lo encontró su personal cuando llegó al rescate. Pero, por el momento, no tenía cómo comunicarse con Brian Feller sin dejar en evidencia unos comprometedores vínculos. A lo más, pediría a Boris que investigara con el *SZ*, el *Süddeutsche Zeitung*, dónde se habría realizado la entrevista, al parecer, en Alemania, quizás cerca, para traer a Feller de vuelta al redil. "Qué estúpido ese Feller, qué estúpido, le lavaron el cerebro, siempre fue un débil", repetía mientras se paseaba como si buscara una solución en medio de su enorme salón.

Cuando hubo comprobado que Feller no hacía mención alguna al Grupo Bilderberg, a pesar de que el periodista sueco le había preguntado, se relajó a tal punto que le sobrevinieron unos diez bostezos llenos de aire de la alta montaña que solo le dejaron ganas de una siesta. Sin dejarle espacio al deseo, se enfundó su guante de cetrería de tres capas y salió a escena con la certeza de que aún dominaba a sus halcones, y que al final de la mañana recibiría los acostumbrados aplausos de unos ciento cincuenta turistas deslumbrados por un hombre, ya mayor, que había sabido controlar a esos ejemplares que, aunque seguían siendo aves de rapiña, parecían, incluso, elegantes y majestuosos. "La estética del poder", se dijo mentalmente, felicitándose por su capacidad de síntesis.

Domingo 15 noviembre, 2015

De: H. Gómez
Para: E. McCaine, Depto. Koala

Estimado Jefe:

Seguramente usted está al tanto de lo que me ha ocurrido en estas últimas horas, ya que di su nombre a la Sureté Francesa para que me creyeran que trabajo para nuestro glorioso Depto. Koala, que aunque pequeño es de gran importancia para la CIA. Me retuvieron en París, al parecer después de varios días en que me seguían y tras una denuncia de un señor alemán, el mismo viernes de los atentados terroristas cuando asistía al partido amistoso entre Francia y Alemania, en Saint Denis. Como anécdota, Jefe, tengo que contarle que, durante el partido, antes de la explosión, había congeniado con cinco alemanes que habían viajado de su pueblo para hinchar a su equipo, con vuvuzelas y todo, pero que no me apoyaron en nada cuando me detuvieron y se fueron del estadio como almas en pena. Debe ser el carácter alemán, tan diferente del mexicano y del norteamericano como el mío y el suyo. Al detenerme, la Sureté me preguntaba de qué país árabe era y qué hacía allí, viendo un partido donde no había árabes, ni siquiera el árbitro. Me costó un mundo convencerlos de que en México también tenemos nuestras narices y que algunos somos más morenos. Me acordé de sus *bullyings* y hasta tuve algo de nostalgia. No ha sido fácil, Jefe. La señora aquella, la de Barcelona, se me fue en collera y murió sin que yo la matara, después, en París, el vejete ese parece más profesional que las apariencias, lo perdí. Pero lo que está claro, a todas luces, que está involucrado en los atentados de Le Bataclan y que es nuestro hombre, el del discurso falso de nuestro gran ex presidente Bush: terrorismo puro, Jefe. En consecuencia, apenas atrapemos, la Sureté y yo, a los terroristas, que parecen ser de ISIS, podremos dar por cerrado el caso, aunque creo que siempre se negarán, incluso bajo nuestros estándares de Guantánamo, a confesar lo del discurso. Salúdeme a los compañeros de trabajo, a Nancy en especial. Yo seguiré luchando contra el terrorismo internacional, esté donde esté, defendiendo la libertad,

y con la ayuda de la Agente Bórquez, que ahora tiene más tiempo, desde que su marido nos pilló intimando. Me estaré reportando, Jefe, tengo una pista, pero no se la contaré por ahora. *Surprise!*
H. Gómez

De: McCaine
Para: H. Gómez

Excelente informe, Gómez, digno de la acuciosidad propia de nuestro honorable Depto. Koala. Mis felicitaciones.

La cena de celebración del sábado, recién terminada la entrevista de Bjorn Thomasson a Brian Feller, fue al estilo de Olga, por lo alto, una exquisitez tras otra, y no era para menos. Haciendo fe en que la entrevista a Feller sería lo esperado, Olga comenzó a cocinar a las 16.30, y en su lista mental de los mejores vinos del mundo no pudo menos que incluir al Chateau Latour pero luego lo descartó, eligiendo a otro famoso, un Casillero del Diablo, en honor a Alex y en memoria de Rocío, que había nacido en el país de los buenos vinos. Medallones de cerdo untados en mostaza de campo, por un lado, y miel, por el otro, irían al horno envueltos en papel aluminio para conservar la humedad y los sabores. El puré de manzanas verdes, tibio, sería el acompañamiento, previa ensalada de apio, aguacate y nueces con aceite de oliva y eneldo. No deberían faltar ni el paté de canard ni el humus para esparcir en crutones de pan de campo, con aceitunas negras. Como postre, la crema catalana sellaría la celebración, pensando en Romina, la primera dama. Todo perfecto, incluido un jarrón con flores recién cortadas por Finnley, debido a su experiencia como jardinero internacional.

El anciano Fellermann no paraba de contar anécdotas de sus primeros años en Estados Unidos e insistía a Zelig que fuera a buscar algunas cervezas de las que trajo de Alspirbach, pero no tuvo respuesta. "Tome vino chileno, para que llegue a los 100 –le bromeaba Zelig–, es bueno para el colesterol y para que el diablo no se lo lleve, como dice la leyenda, aquí en la etiqueta".

–Señor Fellermann –dijo Alex–, mañana domingo, Zelig lo llevará a casa, a su querido Alspirbach y su hijo tiene vuelo a medio día, en Limoge, con destino a California, donde lo esperan Ellen, Susi y Pinky y, quizás, Wind –y mirando a Brian, agregó–: Brian, en su regreso al imperio, le acompañará su jardinero, quien, aparte de cuidar sus plantas, le asistirá en la producción de su libro, y también hará de contacto con nosotros, por si algo necesita. Tienen que estar a las 11 en el aeropuerto, los llevará Garret.

Brian miró a su padre, que ya lo miraba, y pensaron lo mismo: "es la última vez que nos vemos". El anciano levantó la copa y mirando a su hijo, le hizo un brindis silencioso.

Ya terminado el café, al que se sumó Bjorn haciendo una pausa en la redacción de la entrevista, apareció, desde la cocina, Romina con las manos juntas, como en señal de oración, interpretaron algunos, como un *namasté*, otros. Esperó que se hiciera el silencio, miró a Alex, y con suavidad abrió sus manos ahuecadas y una mariposa azul emergió revoloteando por el comedor para luego salir por la ventana, en dirección a la noche. Nadie dijo nada, pero todos tenían los ojos nublados por la emoción.

6 meses después...

El sol comenzaba a entibiar nuevamente y la primavera ya se hacía notar, en la atmósfera y en las ganas de vivir. El aire mediterráneo había borrado las nubes develando un cielo azul casi olvidado y Barcelona se desperezaba desde el Tibidabo al Montjuic. Las chicas ya mostraban más piel y el invierno unisex daba paso a la diferencia.

Todavía no podía deshacerse de las imágenes de la noche anterior y de los moretones en toda su geografía y del clásico tirón que el ciático le obligaba a sentarse en escorzo. Había llegado con la respiración agitada, con sangre en su cara y visiblemente afectado. Romina abrió la puerta al escuchar los golpes, extrañada de que Alex no abriera con sus llaves. Algo malo pasaba, dedujo con el corazón alterado. "Me atacó" fue lo primero que Alex dijo, y lo repitió varias veces mientras Romina le limpiaba la sangre. La sangre es de él, aclaró Alex para tranquilizarla.

–¿De quién es la sangre, Alex, de quién?

–Tuve que hacerlo, no me dejó alternativa, Romina. Tuve que hacerlo.

–¡Qué hiciste por Dios!

–El Mexicano quiso quitarme el computador y ya sabes todo lo que hay allí, Romina, quiso quitármelo y forcejeamos. Le di en plena nariz con mi frente y cayó sangrando e inmediatamente quise alejarme de allí, pero no podía irme sin saber quién era... y lo registré.

–¿Y quién es?

–No tenía documentación, pero tenía esto en su bolsillo interior –Alex sacó la foto de Rocío, enrollada, arrugada y con manchas de sangre.

–¿Por qué andaba con esa foto de tu hija? –preguntó Romina.

—Esa foto la tenía Monique, en un pequeño altar que le hizo a Rocío después de su muerte, su última foto, en Bagdad.

—Entonces, el Mexicano mató a Monique y... ¿te siguió el rastro a través de la foto de Rocío?

—Eso mismo pensé y un torbellino de ira me invadió. Mató a la inocente Monique y profanó la memoria de mi hija. Lo estrangulé con su misma cadena que sostenía un medallón, aunque quizás ya estaba muerto con el golpe.

—Qué terrible, Alex, todo iba tan bien...

—Si ya sabía que yo soy el padre de Rocío, nunca más me hubiera dejado libre, me tenía identificado...

—Pero ¿por qué el interés en tu computador, pudiendo matarte?

Alex metió su mano adolorida en el bolsillo de su pantalón y sacó el medallón del Mexicano.

—Por esto, Romina —el medallón redondo, de unos dos centímetros de diámetro, tenía una enorme letra K de tipo gótico y detrás de ella, un águila imperial que con las alas abiertas tocaba los bordes—. Es Klaus, el Mexicano era el hombre de Klaus, que quería mi computador para recuperar los cien nombres de su Grupo, probablemente para desprestigiar a Feller...

—Dúchate, Alex, mientras preparo algo de comer, ya no hay nada que hacer, era un asesino a sueldo y un torturador...

Alex se desvistió, lavó los rastros de sangre del medallón y lo puso en la repisa del baño, sin imaginar que el águila era de la CIA y la K, de Koala. Imposible adivinarlo. Desvelado gran parte de la noche, acorralado por una avalancha de recuerdos de Rocío, culpándose por la muerte de Monique, con pensamientos encontrados sobre la muerte del Mexicano, recordando a Iván, repasando la Operación Crisálida y exigiéndose el dejar de pensar a esas horas de la madrugada, finalmente el cansancio lo sumió en la espesura del sueño.

Pensando en el lanzamiento del libro de Brian Feller, en unos días más, Alex hizo un esfuerzo notable para que su anular artrítico y machucado por la riña de anoche no le impidiera poner su segundo terrón de azúcar sobre el primero. El café espumoso comenzó a trepar, despreocupado de la cábala que le habían asignado e invadiendo hasta el último grano auguró el éxito que tendría el libro *Crisálida*. A pesar de que buena parte del libro había sido escrita por Alex antes de conocer a Feller, la redacción final expresaba genuinamente el proceso de transformación interna de Brian. Su relato no solo era conmovedor por su honestidad, al reconocer su pasado depredador y obnubilado por la compulsión del éxito, sino que se proyectaba ahora con sus virtudes de siempre, emprendedor, con su energía para pasar de las ideas a la acción, por su capacidad de convocar voluntades, ahora enfocadas para construir una economía en donde el valor central sería la solidaridad. En la lectura de los borradores previos a la impresión, Alex había puesto especial atención para evaluar si el mensaje de Feller sería empático con los empresarios que leyeran el libro, tras el revuelo mediático suscitado por las incansables giras por universidades, por asociaciones de empresarios y por medios de comunicación, que Feller había desplegado en estos seis meses. La teoría decía que sí, que en cada empresario no hay una obsesión por el dinero sino por el reconocimiento social que este da, expresado en estatus, vanidad, éxito. En consecuencia, si el éxito o reconocimiento social fuera para los más solidarios y no para los más ricos, muchos empresarios optarían por competir en este nuevo escenario. "Comprobarán —afirmaba Feller—, que las utilidades aumentarán y, en el marco de la solidaridad, el bienestar de la población no solo será cualitativo".

Alex estaba muy satisfecho con los resultados del Plan Crisálida y veía con optimismo cómo se iba instalando, poco a poco, el nuevo paradigma, a tal punto que los consumidores ya estaban detectando a quiénes comprar, premiando a los empresarios solidarios y castigando el abuso y la codicia. Todo iba bien y el cierre de Plan Crisálida con relación a la economía estaba por ocurrir pronto, con el lanzamiento del libro. Las largas conversaciones con Aum para abordar la espiritualidad, como segunda fase del plan iban viento en popa; el equipo Crisálida se afiataba cada día y se había convertido para cada uno en una opción de vida que se movía por la pasión; Finnley había construido una preciosa amistad con Feller y también había que reconocer que Klaus Wander no había molestado en absoluto, aunque no tenía certeza de que no tramara algo, sobre todo ahora en que el libro daba acta de nacimiento al nuevo paradigma.

En pocos días más, junto a Romina, viajaría a París, ya que Brian había insistido en hacer el lanzamiento de su libro donde todo comenzó. Hacerlo en un lugar simbólico y con invitados especiales. Decisiones que trajeron de cabeza al equipo Crisálida para organizar todo aquello en coordinación con la editorial.

Esa mañana de sol, Alex había salido de casa sin decirle a Romina adónde iría, como acostumbraba a hacerlo. Su destino inconfesado era el 22 de Rambla de Catalunya y había recalado como siempre en el café de enfrente, esquina calle Córcega, para hacer tiempo. Por más de una hora, revisó su vida y concluyó que sus sucesivas tentativas revolucionarias, algunas por la vía pacífica, otras por la armada, solo habían dejado una profunda sensación de fracaso e impotencia, pero que a la Operación Crisálida, por primera vez en su vida, la consideraba todo un éxito que venía a darle sentido a toda la búsqueda anterior. No sabía si eran la sabiduría de sus setenta y dos años o una concepción diferente del éxito que tenía a los treinta y seis, pero ahora le hacían sentido todos los años que, tras su abandono de la política, le había dedicado a su desarrollo espiritual. Había optado por el cambio interno como detonante para un cambio global, un cambio evolutivo, y el Plan Crisálida solo era una avalancha que había desencadenado, con todo el respeto al cambio interno que, aunque inducido por él, había desarrollado Feller, respetando su proceso e incluso aceptando su potencial rechazo. Alex pensaba, mientras daba de baja a un tibio *croissant*, que había logrado un equilibrio entre un cambio interno y su incidencia en un cambio social, colectivo y, de ello, estaba satisfecho. Pero no estaba haciendo hora, nervioso, para visitar a un psicólogo por motivos tan existenciales y legítimos sino por algo que le apretaba el corazón.

Miró la hora, pidió la cuenta y cruzó la calle como si fuera camino al paredón. Indefenso, frágil y con el miedo de la incertidumbre, tocó el timbre y con una voz casi inaudible, dijo a la secretaria:

—Tengo hora con el doctor Ridley, mi nombre es Alex...

—Sí, don Alex, ya me dio sus datos por teléfono, ¿recuerda? Tome asiento, por favor.

Alex no supo si fue porque andaba muy sensible o bien porque la secretaria lo trató como si fuera un anciano con Alzheimer, pero supo que se sintió muy desamparado. Quiso tener las manos de Romina entre las suyas, pero tampoco quería contagiarla de su tristeza. Quizás a ella pudiera ofenderle que no la incluyera en sus cavilaciones o quizás el psicólogo pudiera aliviarle y así volver a casa como si nada hubiera ocurrido. No sabía, no sabía nada de nada, solo miraba el reloj de la pared y, por momentos, un ficus de plástico, lleno de polvo.

—Qué lo trae por aquí —el doctor Ridley comenzó con esa clásica pregunta de psicólogos, que ningún paciente logra responder con claridad.

—No sé —dijo Alex, con tono de disculpa—. No sé. Pero no me pregunte por la salud, si duermo bien, mi alimentación, mi libido, está todo bien, todo...

—... ¿salvo qué?

—Acabo de terminar un trabajo exitoso que da sentido a algunos fracasos y estoy feliz y tranquilo por eso...

—... ¿salvo qué?

Alex hizo un silencio, bajó la vista a sus zapatos y sintió que no podía evadir más su dolor, que ya le perseguía por tres años. Desde la mente, le parecía absurdo que le afectara tanto y no podía comprender por qué se le apretaba el corazón. Bajó los hombros y se entregó:

—Que no puedo sacarme de la mente las críticas de mi hija...

—¿Como cuáles?

—Me dijo que yo soy un fracasado...

—¿Y lo es?

—No. Ya no —respondió con firmeza.

—Y entonces... ¿cuál es el problema? —preguntó, para llevar a Alex a que lo definiera, lo delimitara.

—Me duele que piense eso de mí. Yo la adoro... "Te odio", me dijo... —y Alex lloró sin poder sacar el llanto, hasta que articuló su emoción—: Solo quisiera poder abrazarla, solo eso, solo eso... aunque me repitiera lo mismo, que soy un fracasado...

—... y ha pensado en hablar con ella, quizás haya cambiado de opinión y...

—Me escribió una carta diciéndome cosas terribles y nunca pensé que ella sufría tanto por mi culpa, que me odiara tanto...

—... ¿y qué le recriminaba?

—Que la abandoné por dedicarme a puras estupideces políticas que no conducen a nada y que, además, "has fracasado en todo lo que te has metido, en política, en tu matrimonio", decía, en síntesis. Y luego se fue de viaje y nunca más volvió.

—Discúlpeme, Alex, ¿cuándo se fue de viaje?

—En 2010...

—¿A Bagdad?

—Por supuesto y usted lo sabe...

—¿Estamos hablando de Rocío? Discúlpeme, pero no asocié su nombre con el de Rocío...

—Quiero que me cuente sobre ella, por eso he venido a verlo.

—Por secreto profesional no puedo darle detalles. Y ¿por qué no habla con ella?

—Está muerta...

—Lo siento, lo siento mucho, nunca me enteré. ¿Qué pasó?

—Murió en un ataque terrorista en Bagdad.

El doctor Ridley, contraviniendo todos los protocolos que enseñan en las facultades de Psicología, se levantó y pidió a Alex que se pusiera de pie y luego lo abrazó, y ambos lloraron a Rocío, en un silencio lleno de amor. Luego preparó un café para ambos y dijo:

—Y ¿qué ha pasado con usted, Alex, en estos cinco años?

—Casi seis. Desde su partida hasta 2013, cuando leí esa carta en su computador, viví sumido en una tremenda tristeza por haberla perdido, al punto que dejé todas mis actividades y vagaba como un zombi, sin encontrarle sentido a nada y a fines de 2012 apareció Romina, mi pareja, quien me fue sacando de la tristeza, poco a poco.

—¿Y qué le pasó en 2013?

—Al leer la carta, acusándome de fracasado, tomé la decisión de demostrarle que no lo era y, aunque ya no estaba aquí, allá podría estar orgullosa de su padre.

—Siempre lo estuvo, Alex.

—¿Cómo?

—La rabia que manifestaba aquí, en la consulta, provenía de no poder extirparse a su padre, usted, quien, según ella, la había abandonado. Tenía rabia contra usted, Alex, y rabia consigo misma por no poder desprenderse de la admiración que le tenía.

—La carta no tenía mucho tono de admiración, discúlpeme.

—La carta fue una tarea que yo le pedí, y que muchos terapeutas piden, para sacar la ira hacia afuera y poder ver el problema real, sin la carga de esa emoción tan poderosa.

—Pero ¿por qué decía eso sí, según usted, me admiraba?

—Porque cuando estamos muy enrabiados decimos lo que sabemos que es lo más hiriente para esa persona. Rocío lo conocía como a su propia mano, sabía que eso del fracaso le calaría hondo. Por algo, ¿no es cierto, Alex?

—Yo no la abandoné...

—Es probable que sea cierto que no la abandonó, pero Rocío sintió que sí. Ella quería estar a su lado, ojalá ir a sus viajes y usted se ausentaba periódicamente, mientras se gestaban en silencio el resentimiento y el deseo de romper la relación. De todo esto fuimos hablando y tras sacar la ira, con esa carta que nunca le iba a enviar, fue comprendiendo que eran muy parecidos, que mientras su pasión estuvo en la política para cambiar el mundo, ella estaba en la ecología para cambiar el mundo. Se descubrió tan pasional como usted, Alex, y descubrió que lo épico era lo suyo a diferencia de su padre que se orientaba por un deber ser ético.

—Mi niña preciosa, perdóname —dijo Alex como si Rocío estuviera allí.

—Ella lo perdonó, Alex —dijo con firmeza.

—¿Cómo lo sabe?

—Lo perdonó aquí, delante de mí, y convinimos que después de su viaje a Bagdad se lo diría. Esa misma tarde, la di de alta y hasta hoy nada supe de su vida.

—Me perdonó, me perdonó —repetía para convencerse.

—Es usted quien aún no se perdona, Alex. Aún siente la sensación del fracaso, aunque ya sabe, racionalmente, que no ha fracasado.

Usted mismo lo dijo, entrando aquí, que ha tenido un triunfo que le daba sentido a toda su existencia y acaba de tener otro triunfo, no solo el perdón de Rocío, sino el orgullo de tener una hija que luchaba por un mundo más habitable. ¿A quién le copió los ideales, la pasión, sino a usted?

—Es cierto. He tenido una vida intensa, pasional, intentando ser consecuente. Creo que ha sido una vida hermosa, y parece que es la primera vez que lo digo en setenta y dos años. Sí, hermosa.

Antes de volver a casa, Alex quiso estar con Alex, a solas, para digerir todo lo hablado en la consulta del terapeuta de Rocío. Se dio cuenta de que el tema del fracaso, que detonó por la carta de Rocío, era un pendiente con su severo padre, y le tranquilizó sentir que, en todos los planos, ya lo había superado, que él ya no tenía autoridad moral para recriminarle nada, para exigirle más y más. "¡Qué absurdo!, hablo como si estuviera vivo. ¡Cómo es la mente de traidora!". Untó una medialuna en el café cortado y sin percatarse, se pilló hablando solo hasta que la mirada de la camarera del café se lo hizo evidente: "Desde el Edén, tu jardín, debes haber visto todo lo de Crisálida y también todo lo que te he echado de menos. Ya estoy viejo —decía—, y pronto nos veremos y allí nunca más me iré de viaje".

Al abrir la puerta del departamento, se encontró con Romina:

—¿Qué te pasó, Alex?

—¿Por qué preguntas?

—Te ves más joven, estás guapísimo. —Y Alex solo sonrió.

Klaus Wander había envejecido. La ira lo tenía secuestrado. Vivía en la convicción de que Feller se estaba burlando de él con aquello que más le dolía: ya no le tenía miedo. En los últimos seis meses, Klaus había probado diferentes alternativas para revertir el descrédito creciente que estaba sufriendo en el interior del Grupo. Intentó varias veces comunicarse por teléfono, pero la secretaria de Feller lo desviaba con elegancia de diplomático de carrera. Por el celular y el Whatsapp, Klaus estaba bloqueado y las veces que intentó llamar desde el celular de Boris, se encontró con un Feller que simulaba no escuchar con repetidos "aló" para culminar con un "parece que se cortó". El amo de los halcones tenía varios temas por solucionar, pero con ninguno estaba pudiendo hacerlo: las ideas de Feller iban consolidándose tras cada charla que daba y ya eran tema entre economistas y expertos; debía parar la sangría de dinero que secretamente y desde fondos reservados que tenían un límite, pagaba sistemáticamente, bajo la extorsión que recibía de los amigos guerrilleros de Iván, su cadáver más caro hasta el momento; su imagen como articulador y líder del Grupo, seriamente dañada al no controlar el incendio que Feller había desencadenado, y que hoy se veía más amenazada con la deserción de dos prominentes empresarios del Grupo, Leonard Baldwin y Jean Luc Detigny. Demasiados problemas, se decía en su paseo como león enjaulado, bajo la mirada severa de su halcón embalsamado y la mirada lastimera de Boris. Pero nada de todo lo anterior se equiparaba a su orgullo herido y esa permanente sensación de fragilidad con que se despertaba cada mañana, tras noches aciagas en que le acusaban de ser débil, el peor insulto que puede asimilar un poderoso. La pérdida de poder inminente y las manos atadas le sacaban de quicio sin que Boris pudiera contenerlo. Suprimió los espectáculos mensuales de cetrería, aumentó la guardia en un arrebato de paranoia y salió de viaje para ganar adeptos y escuchar opiniones que le servirían para continuar siendo el líder, más allá de lo que sus ancestrales convicciones respecto al control de los mercados y de las Bolsas le indicaran. Estaba abandonando la ortodoxia para conservar el poder, nada nuevo bajo el sol.

Tuvo que reconocer que el infeliz de Feller, manipulable, se le había escapado de las manos, dejándolo en ridículo: el propio querubín, el que asumiría su cargo, estaba teniendo audiencia mundial e influenciando los destinos de la economía. "Intolerable, nadie le hace eso a Klaus Wander", decía mientras se golpeaba su pecho con un índice más duro que una bayoneta. "Hay que encontrar una acción ejemplarizadora para evitar más deserciones, para recuperar el liderazgo", le decía a Boris con la expectativa de que aportara alguna idea. Boris ya llevaba seis o siete meses dignos de jubilación o de un año sabático con sueldo. El mal humor, las constantes burlas al personal, los caprichos se habían incrementado exponencialmente a medida que su jefe perdía terreno sin saber cómo reaccionar. El mismo hecho de que el Grupo fuera secreto, pensaba Boris, le inhabilita para buscar una solución, fuera de diálogo o de confrontación. Habituado a operar en las sombras bajo la internacional del dinero, el Grupo no tenía ninguna experiencia para enfrentar las circunstancias a plena luz del día. Ya le había pasado, en otro ámbito, a los Templarios, a los Iluminati, que desaparecían devorados en su propio secreto. Los masones habían comprendido que abrirse significaba sobrevivir. Pero Wander no leía mucha historia, salvo las batallas de Carlomagno y las estrategias de Bonaparte.

"Del señor Klaus se puede esperar cualquier cosa, ha perdido el norte", comentó Boris. "Ha perdido toda racionalidad y su ira lo puede llevar a tomar decisiones equivocadas", decía Boris a su mujer, a modo de anticipo de un posible cambio de trabajo, lejos de las montañas y de los halcones.

De Alex no supe mucho más de lo que ya he relatado. Quizás ya no me necesita y deba abandonar mi trabajo como su biógrafo que, por cierto, necesito para pagar mis estudios de literatura. Tengo la impresión de que Alex ya no necesita trascender a través de una biografía, y lo atribuyo a su visita al psicólogo de Rocío. Del resto del equipo Crisálida he sabido bastante más: he tenido unas fabulosas conversaciones con Aum, quien hace referencia permanente a Alex y manifiesta que está muy entusiasmado con la fase dos de la Operación Crisálida, para 2017.

Si de algo estoy seguro, es que Alex quedó satisfecho con la avalancha producida. Creo que deberé negociar con él para que me dé los

derechos para publicar su biografía en forma póstuma, compartién-
dolos con Romina, por supuesto.

Esa mañana del miércoles 29 de junio, me desperté al alba, pensando
en el lanzamiento del libro. Brian había insistido, hasta convencer a la
editorial, sobre la idea de realizar el lanzamiento del libro en un lugar
simbólico de París y, de las varias alternativas que le presenté, Feller
se atrevió con el símbolo de La Bastille, el hito mundial que marcó
el inicio de la Revolución francesa, terminando con la monarquía e
inaugurando un nuevo paradigma económico. Feller había dejado de
ser un empresario técnico para comprender que los gestos políticos
son relevantes y que están llenos de símbolos y señales. Pero Brian
no consideró que la fortaleza de La Bastille, convertida en prisión
por el cardenal Richelieu, había sido saqueada, destruida y demolida
hacía ya doscientos veinticinco años y que hoy la Columna de Julio,
como epicentro de un cambio mundial, se erigía en medio de la Place de la Bastille. Finalmente, concordamos en que el teatro Opéra
Bastille, frente a la plaza, reunía la condición de símbolo histórico y
que su fachada moderna, no del todo armónica, instalaba el debate
propuesto en el libro. Tal como acordamos, solo yo asistiría al lanzamiento y lo haría como un anónimo señor mayor. Eve, Bert y Stan
estarían a cargo de la difusión mundial de la noticia y de todos los
ámbitos empresariales y políticos con notas producidas sobre alguno de los asistentes al evento, a cargo de Bjorn Thomasson, que ya
disfrutaba de su prestigio como mimbro de ICIJ a nivel global. Entre
las entrevistas, me pareció notable la realizada a Tshering Tobgay,
primer ministro del Reino de Bután, en la cual explicaba cómo su
país había logrado medir el desarrollo en función de la felicidad de
sus habitantes y coincidía con Brian Feller en la necesidad de que los
cambios también provinieran desde aquellos poderosos inspirados en
una nueva cultura de la solidaridad. Ya había llegado a París el ben-

galí Mohamed Yunus, el banquero de los pobres; varios representantes de diversos países de las Empresas B; del Comercio Justo, todos ellos invitados esperables y necesarios, pero lo más significativo era el compromiso de empresarios que ya habían virado hacia los planteamientos de Feller en los últimos meses y que eran testimonios reales del potencial de este nuevo enfoque.

"Será una *soirée* maravillosa", me repetía mientras preparaba uno de los mejores cafés de mi vida. Hoy ya no sería necesario comprobar el destino con el terrón de azúcar, hoy era un día de celebración, no de cábalas.

El viaje desde Barcelona había sido cansador y Romina aún dormía, con esa expresión tierna, casi de niña, y me detuve a mirarla hasta comprobar, una vez más, que la amaba profundamente. Era perfecta, bella y sabia: la Romina que me había enamorado mientras esperábamos el fin del mundo en Yucatán, ese 21 de diciembre de 2012. Decidí hacer hora antes de irme a las reuniones que tendría a lo largo del día para finalmente irme al Opéra Bastille, un momento que quizás había estado esperando toda la vida: una idea que cuajara, desencadenando cambios, como la avalancha imparable. Sobre mi escritorio descansaba, hacía varios días, mi propia biografía, ya sin entusiasmo por convertirse en libro, como si hubiera perdido todo sentido el narrar la historia de un frustrado vomitando su desesperanza e impotencia. Con el texto literario de Leo estaba satisfecho, pero sentía que este joven estudiante de literatura no había podido expresar algunas cosas que solo se pueden comprender con la edad. Sin embargo, esa no era la razón para dejar la biografía inconclusa y sin destino. La compulsión por trascender se había disipado y una profunda comprensión del devenir humano le invadía ahora, haciéndole ver su finitud y simultáneamente su grandeza, como un punto en la sucesión de puntos de la evolución, en un proceso perfecto, donde solo es posible lo que la dinámica de la evolución permita, sin importarle las expectativas que se puedan tener. Una vaga e invasiva sensación de paz y plenitud se instaló en su corazón, dejándole ver a su padre que le sonreía. Comprobó esa mañana silenciosa, de rayos de sol filtrado que daban pincelazos de luz en la penumbra, que esa sensación de autoexigencia, que le había perseguido desde niño, ya no estaba, que el rostro severo de su padre sonreía por primera vez y todo parecía estar en orden. "¡Qué extraño! Tanto empeño para que, de repente, sin empeño, todo sea perfecto. Quizás, el perdón de Rocío me llevó a perdonar a mi padre o quizás me perdoné a mí mismo. ¿Cómo saberlo? Qué más da, qué importa ya, a mis setenta y dos años. Solo sé que me pasó algo dentro de mi corazón, sin la intervención de la mente que, por cierto, estaba ocupada en otros menesteres, llena de razones. Quizás deba escribir sobre esto, aunque al parecer la vida no se puede explicar a otros y solo hay que vivirla, como me lo ha repetido Aum, mil veces y yo no le oía. Sin embargo, y a pesar de este exquisito estado de plenitud, debo reconocer que estoy nervioso, que aún las expectativas me asolan y que no solo quisiera que llegue el momento del lanzamiento del libro, sino que esas ideas crezcan y se instalen en el devenir. ¡Cómo es la mente de traicionera!".

Al despedirme de Romina, vi que aún dormía. Me hinqué al lado de la cama y muy suavemente le besé la frente, y con un lejano gemido acusó recibo para nuevamente sumirse en el sueño, sintiéndose amada.

Al salir, cerré la puerta con suavidad y bajé las escaleras con una agilidad juvenil que ya no recordaba. La *petit* Place Furstenberg me vio pasar en dirección al metro. Antes de sumergirme en busca del andén, compré el diario.

Le Monde traía un titular que me inquietó: "¿Se revelarán los nombres del Grupo Bilderberg?". En la bajada agregaba: "Hoy, el empresario Brian Feller lanza su libro sobre la nueva economía y hay altas expectativas de que en sus páginas aparezcan los nombres de los neoliberales a ultranza". El resto del artículo describía las ideas y los casos, pero no ahondaba en el tema Bilderberg. Imaginé a Klaus Wander sintiendo que la espada de Damocles al fin podría caer sobre su cabeza, después de seis meses de inquietud permanente ante la posibilidad de que Feller hablara. "Mientras más prestigio gane Brian —pensé—, más protegido estará de Klaus. O, quizás, ¿Feller significa algo tan amenazante que Klaus haga algo inesperado?".

No cabía un alfiler. El gran teatro Opéra Bastille, acostumbrado a Puccini, Rameau y a orquestas sinfónicas, hoy recibía a un empresario. En esta ocasión, la acústica del espectacular teatro estaba al servicio de un coro que interpretaba a Freddie Mercury:

Y nosotros queremos seguir sin parar y sin parar.
Nosotros somos los campeones, mis amigos.
Y nos mantendremos luchando
hasta el final.

En la testera, frente a los 2745 asistentes, sonreía el primer ministro de Bután; se sobaba las manos con nerviosismo disimulado el editor Larry James; revisaba el texto de su intervención el representante global de las Empresas B, Jacques Duhot; y los empresarios jóvenes que ya habían cosechado éxitos con el nuevo enfoque de la economía y que hoy darían sus testimonios, Rose Winegard y Richard Brown, dejando el lugar central para Brian Feller. El coro, con entusiasmo lírico, ya iba cerrando su intervención:

Nosotros somos los campeones, mis amigos
Y nos mantendremos luchando
hasta el final.
Nosotros somos los campeones.
Nosotros somos los campeones.
No hay tiempo para los perdedores.

Brian Feller fue recibido con una verdadera ovación, de pie. Mi alegría era casi insostenible, observando cómo la avalancha iba tomando volumen y velocidad. Desde un rincón, bajo el primer palco, observaba a los jóvenes asistentes que jamás podrían imaginar el dificultoso tránsito de una idea hasta convertirse en un faro que guiara y orientase lo que estaba latente, no manifiesto. La propuesta que

Feller expondría en pocos minutos más no era un nuevo enfoque de la economía, como se anunciaba humildemente, era un nuevo enfoque valórico para la economía y, de triunfar, sería un hito evolutivo para la civilización humana.

Las cinco intervenciones previas a Feller fueron espectaculares, no solo por su claridad conceptual, sino por su inmenso valor testimonial, con experiencias reales y con cifras elocuentes.

Cuando Brian comenzó su alocución haciendo referencia a los rumores que habían corrido sobre su secuestro, pensé que, en un ataque de honestidad súbito, todo lo logrado se caería en pedazos, pero Feller hizo un giro magistral:

—Estuve secuestrado, sí, estuve secuestrado... por una idea, por el neoliberalismo a ultranza, codicioso, abusador, obsceno, de la cual me liberé tras un autosecuestro de trece días en París, hace seis meses. Fue una experiencia en la que no descubrí ninguna idea, fue un descubrimiento de mí mismo y, desde allí, solo emergió lo que siempre estuvo, lo que todos ustedes llevan en su corazón, cuando nos desprendemos del egoísmo y damos paso a la solidaridad. Quizás muchos de ustedes conozcan la historia UBUNTU, la historia que nos remite a nuestra niñez, cuando no pretendíamos ser otra cosa que nosotros mismos...

Brian hablaba como poseso y sus palabras rondaban lo espiritual, se referían a evolución, a despertar, a consciencia, como las directrices que inspiraron su libro.

—Sabían ustedes —dijo—, que la crisálida no sabe que es mariposa hasta que se convierte en ella. Fueron circunstancias externas las que me recordaron lo que siempre fui, sin saberlo, y, por ello, quiero dejarlo por escrito, en este libro, para que aquellos que sospechan que están secuestrados por una idea malsana para la humanidad, puedan sentir la energía que les impulse al cambio.

"Ustedes saben que soy un empresario, que soy competitivo, que me gusta el éxito, que soy eminentemente práctico y ahora yo sé que tengo más dinero del que necesito, que mucha gente sufrió a causa de mi ambición desmedida, que fui cómplice de un sistema depredador donde la codicia solo lleva al abuso, ahora sé, y no pido ser perdonado porque eso tiene que ver con el pasado y yo quiero mirar hacia el futuro, construirlo, haciendo cosas.

Lo que estaba sucediendo no solo era fabuloso por sus repercusiones externas, también venía a demostrar que un ser humano puede cambiarle el signo a su naturaleza, a diferencia de Florian Homm, quien dejó su naturaleza para convertirse en quien no es, en un predicador. Feller seguiría siendo ese empresario, emprendedor, influyendo con su prestigio en la economía mundial.

—A partir de hoy, todas las Empresas Crisálida tendrán un sello naranja en su logo, un sello de certificación internacional que refleja la práctica de todo aquello que se plantea en este libro.

Los aplausos dieron el amén a la nueva iniciativa y el evento, que había comenzado como el lanzamiento de un libro, fue derivando en un acto político que traería cola y que, indirectamente, aludía al combate contra el terrorismo, solucionando las causas que lo desencadenaban. Vendrían los consabidos agradecimientos.

—Quiero agradecer a una persona, que me ha pedido expresamente que no la mencione, por esta experiencia Crisálida que he vivido y que hoy comparto con todos ustedes y con los potenciales lectores.

Fue inevitable que la emoción me secuestrara el alma y sentí esa profunda sensación de plenitud. Todo lo que había hecho, arriesgando el pellejo, involucrando a todo el equipo Crisálida, secuestrando a un empresario, tenía sentido, pero este era completamente diferente del que yo había creído. Rocío y su carta no habían sido el detonante para movilizarme y dejar de sentir esa sensación de fracaso que toda la vida me había perseguido. Ahora veía con claridad que había estado toda una vida intentando cumplir con mi padre o con lo que yo supuse que él esperaba de mí.

Cuando Brian Feller agradeció a su padre, recién fallecido, aquel inmigrante esforzado, el exigente Nicolaus Fellermann, fue inevitable pensar en mi propio padre, fue inevitable el darme cuenta de que Feller y yo éramos más parecidos de lo que creía: Ambos, secuestrados por la figura paterna. Feller ya libre, yo quizás no, aún.

Esperé a Brian a la salida, en la acera, frente a la amplia escalinata coronada por el pórtico de acceso del cual colgaba un misterioso anuncio de la ópera *Aída*, de Giuseppe Verdi, que desde el 13 de junio encabezaba la programación del Opéra Bastille. Hoy, la entrada triunfal de Amneris en Egipto sería la salida triunfal del empresario

Brian Feller del neoliberalismo, y esa asociación paradojal me trajo a Aum a la memoria, con sus absurdas bromas históricas.

Lo vi bajar rodeado por periodistas y jóvenes que aún insistían en que les firmara el libro. A mi alrededor decenas de personas esperaban para saludarlo o hacerse una fotografía en ese día primaveral y, entre ellas, llamó mi atención un hombre con abrigo. "Demasiada ropa para un día de sol", pensé, y sin darle importancia, miré nuevamente a Brian que descendía con dificultades, entre manos y cámaras. "Me es cara conocida el hombre del abrigo". Ya en los últimos peldaños, Brian me descubrió entre la gente e inmediatamente desvió su recorrido para saludarme. "Es Erickson, sí, es él, el hombre de la foto, el de la calle Poinsot". Próximo a saludarme con los brazos extendidos pude leer los labios de Brian que decían "Mi querido Alex", sonido que no escuché porque fue acallado por los agitados latidos de mi corazón que ralentizaron el tiempo, dándome la posibilidad de mirar a Erickson que abría su abrigo y sacaba una Magnum con silenciador. No cabía ninguna duda: Klaus quería eliminar a Feller, pero no pude comprender por qué. Feller no había dado los nombres ni en el libro ni en el lanzamiento recién realizado y, en consecuencia, debía ser algo que yo desconociera. El tiempo se iba haciendo cada vez más lento y mi mente no pudo evitar un pensamiento aterrador: "Si él muere, yo habré fracasado". Brian estaba a punto de abrazarme y el arma de Erickson ya apuntaba a la cabeza de Feller cuando mi cuerpo, llevado por la idea de "si el que muere soy yo, habré triunfado", se interpuso al disparo. "Brian podrá continuar con el proyecto, su liderazgo es aún necesario y yo habré conseguido mi sueño…".

Sentí un golpe en la nuca, sin dolor, y…

se hizo un silencio desconocido, sentí que el tiempo se detuvo finalmente, dejándome suspendido en un espacio donde existe todo, allá afuera. Allá estaba Alex, tendido en la acera, con su rostro desencajado mientras muchas personas se alejaban del lugar, entre ellas Erickson. Pude comprobar que ya no se siente ni con el cuerpo ni se piensa con las neuronas, que se está en el No-Tiempo, viendo desde otra dimensión, mientras la biología se va diluyendo como si ya no fuera mía, como un ropaje innecesario, como la carcasa de una crisálida abandonada al pasado, sí, pude verme en medio de una paz que nunca encontré. Destellos de luz, cargados de historia, se presentaban trayendo momentos vividos sin importar la edad ni el contexto, cobrando sentido como una experiencia ajena a juicios y a creencias. Allí estaba Alex de seis años recriminado por su padre, pero ya no tenía ni miedo ni rabia, era solo una experiencia que se arremolinaba con miles y miles que se sucedían sin tiempo, como la presencia inmanente de un dios que siempre me habitó sin saberlo. Sentí gratitud, y el amor se presentó sin las turbiedades del miedo, ahora, a paisaje abierto, lleno de viento.

Observé el cuerpo de Alex, desangrándose, y tuve la idea de consolarlo, de tomarle la mano para que se sintiera acompañado en ese tránsito de la muerte, pero me di cuenta de que en la dimensión del tiempo donde él estaba, todo es irreversible. Un grupo de personas intentaban asistirlo y otras miraban sin comprender qué sucedía, sin saber quién era ese hombre mayor que yacía muerto y por qué Brian Feller lo abrazaba y le hablaba al oído con tanto sufrimiento.

Miré a las personas que rodeaban la escena trágica y la vi. No me extrañó que estuviera allí, con su sonrisa de siempre, llena de alegría, invitándome para acompañarla, para viajar. Caminamos juntos, en silencio y, cuando todo vestigio del mundo se esfumó, me miró con sus ojos de niña y dijo: "Papá, mi viejo precioso".

Epílogo

Le Monde
Jueves 30 de junio, 2016

Atentado ISIS en Aeropuerto Atatürk, de Estambul
Tres terroristas causaron más de 40 muertos y 239 heridos en...

Más abajo, una pequeña nota.

Atentado contra el empresario Brian Feller
Salvó ileso gracias a que un anciano se interpuso entre la bala y el autor de *Empresas Crisálida*, su recién lanzado libro sobre un nuevo enfoque para la economía.

"Estuve secuestrado, sí, estuve secuestrado por una idea, por el neoliberalismo a ultranza, codicioso, abusador, obsceno, del cual me liberé tras un autosecuestro de trece días en París, hace seis meses. Fue una experiencia...".

Agradezco

a todos los personajes de la novela que me fueron permitiendo recordar, agradecer y reconciliarme con algunas sombras sobre la hojarasca que el viento disipa con el tiempo. Fue una experiencia intensa, en la cual me vi sorprendido, más de una vez, llorando, a veces de alegría, otras de melancolía porfiada. Cómo no agradecer a quien contuvo los desbordes y que con sabia asertividad me sacó de más de una duda en aquellas encrucijadas de los relatos que perturban y desasosiegan: Cristina Vásconez. Detrás de una lupa, mi amigo Raúl Corvalán revisó los rincones del relato, buscando inconsistencias, pocas afortunadamente y a algunas de las cuales me resistí con vehemencia. Gracias a mi hijo Nicolás, con quien he compartido varios de los temas que atraviesan la narración, en apasionadas conversaciones esclarecedoras. Gracias.